悬月

吴然——著

天津出版传媒集团

百花文艺出版社

图书在版编目（CIP）数据

悬月 / 吴然著. -- 天津：百花文艺出版社，2025.
5. -- ISBN 978-7-5306-9094-9

Ⅰ. I247.5

中国国家版本馆 CIP 数据核字第 2025MW3459 号

悬月

XUAN YUE

吴然 著

出 版 人：薛印胜

选题策划：徐福伟　　　责任编辑：邱钦雨

美术编辑：郭亚红　　　封面设计：末末美书

出版发行：百花文艺出版社

地址：天津市和平区西康路 35 号　　邮编：300051

电话传真：+86-22-23332651（发行部）

　　　　　+86-22-23332656（总编室）

　　　　　+86-22-23332478（邮购部）

网址：http://www.baihuawenyi.com

印刷：天津联城印刷有限公司

开本：900 毫米×1300 毫米　　1/32

字数：238 千字

印张：10

版次：2025 年 5 月第 1 版

印次：2025 年 5 月第 1 次印刷

定价：58.00 元

目 录

·第三篇·

图源远流

第一篇　岁禾不登

南陌

虽说仲夏时节位于淮河南岸蚌山的天气已经开始变热,正午时分若无枝叶繁茂的大树或者造型讲究的房屋挑檐遮阴,只消片刻,人们就会热得大汗淋漓,但一早一晚在家中歇息并不难熬。白天日头的暴烈显然抵不过夜色中淮河之水滚滚奔腾且翻卷不息时掀起的微风带来的些许凉爽,否则何来"浪淘风簸"的说法?夹在淮河与曹山湖之间的蚌山因此就讨来一些便宜——家中门窗敞开,总会不时吹进阵阵小风,裸着上身在屋里纳凉的男人便会如同挠痒般舒畅地感慨一句——"我的个乖乖!"

熟悉曹山湖水情的孩子们通常只在近午时分下水嬉戏,个别性子急且贪玩的男孩子一大早跳进湖里摸鱼,刚入水的那一刻还会打个激灵或者起一身鸡皮疙瘩。所谓"松下茅亭五月凉,汀沙云树晚苍苍",说的就是盛夏之前,再怎么热,也能找到偶然清冽带来的惬意。而入伏之后,无论白日还是黑夜,蚌山人手中的芭蕉扇哪里敢有丝毫懈怠?

1

或许因为津浦铁路相连，蚌山人时常搭乘硬席票车去浦口，晓得浦口更热，热得早，热得狠，热得如同火炉。所以即使再热，想想浦口，蚌山人也就不说什么，至多芭蕉扇挥动得更快些，手膀子更酸些。当然，在酒酣耳热的场合，遇到话赶话的时候，有见识的人便会一边用火柴杆剔着牙花子，一边涨红着脸抬杠："噫嘻，耶熊吧！广州才叫热，浦口不能比，蚌山更不在话下，马路牙子旁边井盖上可以摊水烙馍，不信你去试试！"

刚刚高中毕业的时兹禾乃地道白面儒冠，世面见得不多，知道的事情却不少。和那些爱抬杠的平头百姓相比，他知道岭南属东亚季风气候南部，而北回归线横穿岭南，高温多雨为主要气候特征。时兹禾对那里的高温有充分的心理准备，但结果还是远超他的预估——他不过就坐了两天两宿的票车，黄昏之时刚刚走出广州大沙头火车站，瞬间就感受到一种海天云蒸般的闷热，与蚌山两重天一般，让他几近透不过气来。

但时兹禾还是长舒了一口气，不管怎样，总算平安抵达了广州。

蚌山与广州相距甚远，路不好走，无论水路还是陆路。去上海吴淞码头乘船，耗时不说，票价也不便宜，而且并非每天都有班次。最重要的是，广州警校招生广告标明的考试时间早于其他大学，坐船显然来不及，剩下的旅程只能搭乘票车。这可不是一件简单易为之事。蚌山在津浦线中段，广州则在汉粤线南端，从蚌山到广州要经过陇海线与平汉线的连接。

时兹禾上高一那年的开学典礼上，蚌山崇正教会学校的校董鲍朴一在给新生训话时讲过他去广州的经历——

"我的个乖乖，三天时间倒了四五趟车，"鲍朴一说话时眉飞色舞，"快车上面有睡铺，躺在那儿跟着车厢一起摇晃，倒也自在，而慢车只能干坐着，小半天时间就耗得腰杆子疼。"

鲍朴一的本意是吹嘘自己走南闯北，见多识广，但那些话给时兹禾留下深刻印象的却是广州路途遥远,搭票车中途换乘格外麻烦且过程复杂。

蚌山崇正教会学校高中毕业的时兹禾,是同届学生中少数几个出过远门的人。时兹禾爹妈虽然都在蚌山,但爷爷时康仁家在苏北,姥姥赵周氏家在上海。老家和姥姥家都在外地,时兹禾假期去,就算出远门。苏北终究是乡下,不提也罢,上海肯定值得夸耀。孩提时一群半大小子玩累了趁歇息工夫闲聊,时兹禾一句"俺妈是上海的"不知引来多少小伙伴羡煞的眼神,他们脑海中马上闪现出高楼林立与车水马龙的景象。

时兹禾小时候第一次随母亲赵翠娥回娘家省亲,深感意外,没想到姥姥家坐落在浦东巫家荡——黄浦江东岸一处被滩涂地半围合的小村落,断壁残垣,荒凉满目,穷得叮当响。任谁头一回到巫家荡,肯定失望,白白顶着上海的名头。看着还不如苏北老家,后者至少还有几幢看上去蛮周正的青砖瓦房,时兹禾想。不过也多亏巫家荡属于上海地界,每次与同学提及,时兹禾故意含糊其词,只说上海,并不言及巫家荡。

事实上,在时兹禾的记忆中,每次去姥姥家,来回都得途经繁华热闹的十六铺码头。时兹禾念高中后隐约知道,母亲赵翠娥年轻时曾在上海汉口路的黑猫舞厅做过舞女。母亲很少提及那段岁月,毕竟那是在男人身上讨生活的职业,跟渐渐长大的儿子说这种事情,难以启齿。但不管怎么说,那时赵翠娥有着曼妙的身材,天天在炫目华丽的舞厅中舞动,总有些东西难以忘怀。所以即使赵翠娥在娘家逗留三五天,也要挤出多半天时间带儿子时兹禾坐渡船去浦西霞飞路、西藏路那一带逛街。那里白天喧嚣热闹,人来人往,晚上流光溢彩,霓虹闪烁。

上海是时兹禾至今去过的最远的地方,从蚌山出发,若搭早班票车,落日之前到达,而晚班票车则需在车上睡一宿,得十几个小

3

时。按照鲍朴一校董的说法，广州距离此地之远简直就是 long day's journey into night。时兹禾印象很深，鲍朴一说到此处停顿一下，解释道："这是美国戏剧家尤金·奥尼尔一出戏的剧名，翻译过来叫作《长夜漫漫路迢迢》。"眼见得台下的师生们惊讶得睁大双眼看着台上眉飞色舞与口若悬河的鲍朴一。

崇正的教职员工私底下都说鲍朴一纯粹是个混世魔王和花花公子，平素就喜好喝酒以及与女教师打情骂俏，间或做些偷香窃玉的勾当。偷香窃玉是与女人上床的代名词，那种腌臜龌龊之事没人亲眼见过，却传得神乎其神。说实话，蚌山人哪个不喜欢"听说"？

时兹禾的游泳教练布鲁托是意大利人，身兼三职，除了担任体育科教职，还做英文老师，而其本职与正差则在隔壁的崇正天主教堂担任着神父。时兹禾喜欢布鲁托身上雅俗兼备的气质，脱俗时"非淡泊无以明志，非宁静无以致远"，而入世时则尽显"一生大笑能几回，斗酒相逢须醉倒"的神采。时兹禾常常感慨，这个神父并不纯粹，若他在庙中，恐怕更接近花和尚。花和尚并非单指喜欢女人，而是世俗味道浓厚一些罢了。时兹禾喜欢这样的人，不做作。因而，布鲁托所言，时兹禾向来深信不疑。

布鲁托告诉时兹禾，识人不能仅仅看表面。布鲁托在学校图书馆目睹过鲍朴一一次借阅了两本奥尼尔的戏剧集。布鲁托很诧异，他在意大利佛罗伦萨读书时就知道奥尼尔的戏剧在美国甚是流行，时尚且高雅。在布鲁托看来，随手翻看某位作家写的一本书可能是偶然，一次借阅他的两部著作就不同寻常了。

在蚌山待了数年的布鲁托精通汉语，于是就有了很拧巴的怪事，一个在教会学校讲授英文的意大利人居然读过美国剧作家奥尼尔戏剧集的中译本。瞧瞧，这里绕了几道弯？但这并不重要，重要的是，布鲁托心目中产生了疑问：像鲍朴一这种传言中俗不可耐之辈，怎么会是新潮戏剧的爱好者？

4

鲍朴一喜好卖弄,新生训话时刻意将奥尼尔的英文名字在黑板上以花体连笔方式书写出来——Eugene O'Neill,一副龙飞凤舞的样子。别的学生面面相觑,犹如隔雾看花,时兹禾听后心里却啧啧道:"乖乖,这比喻可以称绝,丝毫不亚于李太白的'蜀道难,难于上青天'。所谓路不好走,无非坎坷与漫长。如此看来,与广州相比,上海大抵算得上近在咫尺。"

　　动身之前,时兹禾生怕父母看出端倪,尤其担心母亲发现他并没有像应允的那样准备去上海圣约翰大学参加考试,只能连续数天入睡前在自己卧房里悄悄研究火车时刻表列出的相关车次到开与换乘的衔接时间。时兹禾发现,只要计划周密,两天多一点即可到达广州,说得更精准些,是四十九小时十五分钟。这个时间包含了汉口至武昌渡船的时间。

　　待一切计划安排妥当,时兹禾便以去上海考试之名辞别父母,先搭乘票车到徐州,再转车至汉口。徐州至汉口,只有一趟快车直达,中途无须在郑州换乘。时兹禾掐着点赶上了这趟票车。于是,此趟远行,时兹禾仅仅换车两次。每次换车,时兹禾在月台上看着隆隆作响的火车鸣笛进站,都会下意识地掏出怀表看一下时间。这块汉密尔顿怀表是母亲赵翠娥在他离家前一天掖到他手里的。赵翠娥原本打算给时兹禾买一块英纳格手表,被一贯对她言听计从的丈夫时昭明果断制止,理由是手表太招摇,弄不好会惹祸上身。

　　赵翠娥说:"在上海没有表怎么好的喽?别人瞧不起不说,没有准头是要误事的,误事就会吃亏!"

　　时昭明听后马上附和道:"那是,那是!有一块怀表可以掌握时间,只是不要买太好的。"

　　时兹禾觉得很神奇,票车的到开时间与时刻表所罗列的车次及时间竟然分秒不差。在那一霎,时兹禾甚至想到,将来不做警察而当

5

个铁路职员也一定很有意思。

时兹禾完全没有料到，从汉口乘船到武昌换车后，行程不再像前面那样顺畅。票车一路不断晚点，走走停停，慢若牛行。原本车轮与铁轨接缝触碰时产生的行云流水般哐哐当当的快节奏声响，听起来蛮悦耳，这会儿成了"哐——当，哐——当"间歇性响动，像铁匠铺师徒二人打铁，你一下，我一下，不紧不慢，如同催眠曲一般。即便不赶时间，票车上的旅客也被如此响动之声渐渐磨得心急如焚。

时兹禾一路上盯着巴掌大的列车时刻表看，焦虑中预估着何时能够抵达广州，可心越急，车越慢，票车居然还在捞刀河站这种表上根本没有列出到开时间的四等小站停靠了许久。待驶抵长沙小吴门车站，票车干脆趴窝了。

民国二十七年（1938年）文夕大火，小吴门车站毁于一旦。眼前的车站这几年才得以临时修复。时兹禾透过车窗看到狭窄简陋的月台上站满了左臂缠着白色袖标且神情严肃的士兵，气氛煞是紧张。时兹禾在蚌山铁路闸口见过敞开门的运兵闷罐车，印象中那些士兵的神情与小吴门车站月台上的差不多，呆板且肃穆。时兹禾不知这里究竟发生了什么事，内心便有些忐忑不安。除了顾忌自身安危，时兹禾更担心万一票车在此停下不走，那他就赶不上两天之后广州警校的考试了。

幸好士兵们执行的军务与此趟列车无关，并未上车惊扰乘客。但车站接到命令，所有人不许下车，到站旅客只能在下一站黑石铺下车。于是，车厢里很快骚动起来。男人的叫骂声、女人的埋怨声与孩子的哭闹声搅在一起，让心急如焚的时兹禾心慌意乱。所谓"情急屎多，心慌尿频"，憋在车厢里的旅客们纷纷往票车两头的茅厕跑，偏偏列车规定停靠月台须锁闭茅厕。车厢过道上挤满了怨声载道之人。列车长也不知晓几时方可发车，架不住哭爹骂娘的叫喊声，无奈之下破例打开茅厕门以供旅客解决内急，没承想不大工夫便使月台上臭气熏天。只见一名气势汹汹的军官挥舞着手枪，在月台上顺着票车从头至尾一溜跑着，终于在尾车平台的护栏旁看到列车长，便冲着他吼叫起来："你个龟孙没看见士兵们正在执勤？停车了还让旅客屙屎撒尿，想熏死俺们？再不锁闭茅房，老子崩了你！"

票车茅厕之门被再度锁闭。

票车驻留了五六个小时后才继续行驶。按照铁路上的说法，这种情况被定义为晚点。时兹禾身边两位年龄稍大的乘客悄声议论着刚刚看到的情形，其中一个戴着眼镜的贴着另一人的耳朵说："徐州和蚌山大战在即，莫非长沙也要开战？"时兹禾绝无偷听的意图，偏巧那人说的话他恰好能够听到。

莫说对时局变化不甚敏感，时兹禾在人情世故方面似乎总是洁净如纸。若不是阴错阳差遇到桂兰的姑父——那位在蚌山鼎鼎有名的老警察"疤叔"赵传勇，时兹禾恐怕也不会动了违逆母亲赵翠娥意愿的念头。

高中会考之后，时兹禾满脑子都被上大学之事占据。此事本不复杂，时兹禾会考成绩斩获蚌山崇正教会学校当届高中毕业生头名，旧时即为"状元"。民国三十五年（1946 年）以来，省内大学以及少数来此招生的外地大学均按照会考成绩择优录取，无须再考。时兹禾上省内大学那是板上钉钉——没跑的事情。但专门报考外埠某所大学则需持高中毕业文凭到所报大学参加考试，同时也相当于放弃了省内大学录取资格。寻常人哪里肯冒这种风险？时兹禾自视甚高，并不担心自己考试能力。问题出在母亲赵翠娥一直以来的坚定意愿与他的突发奇想产生了冲突，这着实让他十分纠结。

赵翠娥希望儿子时兹禾去上海读大学，一开始只是偶尔说说，后来变成执念，每每絮叨。时兹禾明白，上海是大都市，大学条件好，毕业后也好找工作。但不能不说母亲也掖藏着小心思，那就是儿子去上海念书可以弥补她当初离开故乡的遗憾。父亲时昭明则不以为意。都说娘亲舅大，可终究是外姓人，且不说老时家根子在苏北，如今全家早已安身立命在蚌山，哪里有长子不守家却去外面闯荡的道理？

这种话父亲肯定不敢当着母亲的面讲。身为家中长子的时昭明当年不就是瞒着家人悄悄从苏北跑到上海闯世界的？老子能做，儿子为何不可？更重要的是，母亲当初在十里洋场正值风光，舞姿与身材每天不知吸引多少男人的目光，主动搭讪与献殷勤者不计其数，却义无反顾地跟着父亲从上海来到蚌山，从未有过抱怨。这让父亲总觉得对母亲有所亏欠，所以表面上父亲还是顺从了母亲。

时兹禾此前不甚清楚未来究竟应该做些什么，天资聪慧以及对父母言听计从渐渐合并成他的生活习惯——且行且看且从容，且停且忘且随风。直到老警察赵传勇在风高月黑的曹山湖将他这个眼看就要溺水的游泳健将打捞上来，时兹禾才想到，成为一名匡扶正义的警察或许是他应该努力的方向。

再怎么讲时兹禾也是读书之人，明理晓义是本分。他当然知道禀报父母只需告知平安的结果且须臾不可耽搁，路途并不顺利的过程不必赘言。

时兹禾四处打量，想在附近找个电话亭。

以前，时兹禾从不觉得家里有部电话有什么好处，反正他也用不着——他的同学中，谁家也没有那种奢侈品。蚌山街头公用电话少得可怜，人们寻常有事，宁可步行前往相告。时兹禾家住烟墩子，离中心城区稍远，找他说事的人至多骑脚踏车前来，谁也不肯花费五分钱打劳什子电话。父母好像也很少摆弄那个摆件般的东西，也就是天来卷烟厂的老板肖财旺偶尔打电话找父亲时昭明。近些年，肖财旺把厂子里的诸项事务通通交给本是技术总监的时昭明，自己则做了甩手掌柜，给时昭明打电话的次数也少了许多。

偏偏崇正教会学校那些同学对时兹禾家里有电话很感兴趣，闲聊时动辄就跟时兹禾打趣："哪个讲蚌山土气穷酸？烟墩子的老时家一点也不差，和上海静安寺有钱人家一样，楼上楼下，电灯电话！"玩笑的口吻中显然透着艳羡。

时兹禾打电话报平安的心情很急切。他知道即使现在拨通电话，父母头一句也会责怪他为何拖了这么久。这不奇怪，他们本以为儿子去了上海，当天即可到达的地方，为什么两天以后才想起告知？

初来乍到，语言不通，又拎着行李箱，时兹禾好不容易找到路边的电话亭，天完全黑了下来。但月光皎洁，路灯明亮，时兹禾看得很真切，电话亭闸门上端玻璃窗上写着"仅限本埠"的字样。时兹禾很沮丧，闷热潮湿的气候和两天几乎未曾合眼休息的票车旅程几近让他的精力消失殆尽，他琢磨着不如先在警校附近的粤黔旅社住下——那是招生广告上为外埠考生推荐的与警校一街之隔的旅社，打电话之事明天再说。反正现在与父母通话，遭到抱怨也在所难免，只要不影响后天考试即可。

时兹禾刚刚转过身来，只见一个人力车夫拉着黄包车一路小跑来到他跟前。车夫取下脖子上围挂的毛巾，掸了掸座椅，伸手做出请上车的姿势。鬼使神差般，又累又热的时兹禾来不及多想，二话没说，竟然一屁股坐了上去，一下子靠在了椅背上，脖颈顺势向后仰了仰，顿时感觉舒缓多了，甚至马上有了些微困意。

车夫叽里呱啦一通说辞令时兹禾不知所云。时兹禾猜想车夫所言大约是白话，他一个外地人初来乍到很难听懂，但他猜测车夫大约问他要去何处。时兹禾本想说要去粤黔旅社——哪承想却不由自主地伸出右手大拇指和小拇指，在耳朵旁比画了一下，做出了打电话的样子。

车夫每日与各色人等打交道，见时兹禾站在电话亭跟前，又比画打电话的手势，猜测他要去打长途电话的地方，便问："邮务局？"

时兹禾听懂了，赶紧点点头。邮务局是以前仅运营邮政业务时的叫法，民国三十年（1941年）前后，因加入电信业务而改称邮电局，蚌山亦如此。时兹禾很诧异，广州的人力车夫竟然这样老派？

黄包车载着时兹禾东拐西绕走了许久，来到一条两侧骑楼林立的马路尽头。车夫指着一幢三层建筑对时兹禾说："邮务局！"

时兹禾一眼看到马路尽头矗立着路牌，上面写着"大沙头路"。时兹禾一愣。他记得刚才走出火车站，就在路口见过"大沙头路"的路牌，只是路标箭头所指方向与此相反。他才意识到车夫要了滑头，肯定沿着周边蜿蜒曲折的大街小巷绕了一圈，又回到离那个电话亭不远的地方。

火车站与邮电局位于大沙头路的两端，近乎直线，估摸不到两里地。白天晴空透亮时整条大街或许可以一眼望穿，而那个电话亭恰恰在两者中间。时兹禾本想冲着车夫发火，怎能做这等无良生意？但一想自己身处陌生之地，犹如双耳左右相隔而又不容相近，咫尺天涯般，有甚值得计较？车夫若不载他而来，他两眼一抹黑，单凭步行，还不知寻到何时。于是，时兹禾并未作声，付钱后便拎着行李走进邮电局。

出乎时兹禾意料的是，邮电局里灯火通明，人声鼎沸，像曹山桥集市那样热闹，区别则是，这里虽然嘈杂，却井然有序。长途电话柜台前的人们排着长队，身穿绿色马甲的伙计依次给排队者发着序号，柜台里头的服务小姐则用电声话筒不断喊着几号顾客到几号房间通话。时兹禾在蚌山何曾见过这种场面，如此众多的人聚集在一起等待打长途电话？时兹禾忽然觉得人头攒动的邮电局里不像街面那样闷热难耐，不时有忽疾忽徐之风吹来，四下环顾，发现大厅顶棚悬吊着几个快速旋转的电扇。时兹禾赶紧拖着行李箱站到队尾，还没等他回过神来，身后竟然又排了许多人。

此刻的时兹禾略感疲惫，心中默默期盼前面的人尽量缩短通话时间，好让他尽快向父母报完平安去旅社休息。浑浑噩噩之际，时兹禾忽然嗅到一股茉莉花香,淡淡的,却很宜人,定睛一看,原来排在他前面的是一位身穿藏蓝色上衣和黑色裙子的年轻女子。愣神的时兹禾有些不相信自己的眼睛,从背影看,女子娇小且秀美,很像桂兰的身姿。时兹禾感到意外,也有些慌乱,怎么可能这么巧?他想与前面的女子打个招呼,但又怕认错人而尴尬。

恍惚中,时兹禾的思绪纷乱起来。如果没有桂兰,好像今天的一切都不会发生。漂亮的桂兰从南洋归来,不但带给他不一样的感受,也唤醒了他对异性的奇妙情愫。他不知道为什么自己将桂兰唤作姐姐而不愿称其为老师,也不清楚桂兰是否喜欢他,就像她喜欢那个从南洋奔赴抗日前线而牺牲在皖南的黄一峰一样。时兹禾之所以无法确定桂兰是不是真正喜欢他,是因为桂兰告诉他,他的容貌和身高与黄一峰十分相像。

想来也就半月之前,冥冥之中仿佛有一种看不见的力量催促着时兹禾,让他抛开其他事情在第一时间与桂兰相见。若不是桂兰突然从崇正教会学校图书馆离职,若不是时兹禾急于将自己取得"状元"的佳绩告诉住在曹山桥的桂兰——那地方看似不远,但隔着曹山湖,骑单车绕行一圈至少要两个小时,若不是布鲁托冷不丁出现,带他去东亚饭店一层的维多利亚咖啡馆,并告知自己马上返回意大利,若不是他在送别布鲁托之后仍然执意赶往曹山桥,或许他就不会在落日之后于曹山桥遭遇一场迄今令他百思不得其解的意外——他莫名其妙地被持枪的保安队追赶,或许他更不会在暴雨滂沱之中横渡曹山湖,因溺水而被赵传勇搭救……当然,也就不会有他这趟瞒着父母来广州报考警校的特殊行程。

时兹禾胡思乱想之际,前面的年轻女子回头望了一眼。时兹禾此时正在打量姑娘的背影,思绪飘飞,目光因凝滞而显得直接、专注。四目相对的那一刻,时兹禾发现她并非桂兰,而是一位长相清秀俊俏的陌生女子。那女子侧着身,时兹禾见她乳峰饱满高耸,衬托得腰身分外苗条，他顿时感到热血全都涌到脸上似的，尴尬万分。

看到眼前这位满脸污渍却难掩帅气的高大小伙子，姑娘一下子愣住了，觉得他有些面熟，但又想不起来在哪儿见过。毕竟周遭人多，环境嘈杂，姑娘来不及细想，只是她见小伙子不知何故而满脸通红，感到纳闷，又不好说什么，迟疑了一下，便朝他礼貌地微笑着点点头。

难堪伴随着窘迫，时兹禾恨不得找个地缝钻进去，一时不知如何是好。他本能地后退了一步，刻意与姑娘保持了一段距离，这让等待打长途电话的"一"字形队伍在姑娘与时兹禾之间出现了一个明显的空当。

果然无巧不成书。眼看就要排到柜台跟前，时兹禾心绪渐渐平复下来，却听柜台里的服务小姐忽然透过电声话筒说："抱歉地通知各位顾客，本局长途中继线出现间歇性故障，今晚需要提前结束营业，以便维修。"

话音刚落，只见身穿绿马甲的伙计朝排队的人们款款走来，见队伍中有一处空当，便径直走到那儿，对时兹禾说："从你这里开始，后面的人无须排队了！"说罢拱起双手，冲着时兹禾以及后面的人表示歉意。

时兹禾一下子傻眼了，他哪里会想到自己后退的一步竟然成为人家提前结束营业的"切口"，急忙对绿马甲伙计说："拜托了，先生！我路上耽搁了两天，今天一定要打电话的，能不能通融一下？"

绿马甲伙计瞥了他一眼，客气且冷漠地说："对不起，先生，给你通融，后面这么多人怎么办？哪个不需要通融？有急事可以到隔壁柜台拍电报的。"

绿马甲伙计的话提醒了后面的排队者，马上有人转到拍电报的柜台，其余人见状也陆续散去。但时兹禾没有离开，自打从蚌山离开，他在路上一直琢磨如何将自己报考广州警校之事瞒到录取结果发榜。根据他的判断，一旦木已成舟，父母最多一开始埋怨几句，反正待他进了大学之门，而且上警校又无须家里支付费用，时过境迁，事情早晚会尘埃落定。按照招生广告介绍，除了衣食住行各项费用均由学校负担，每月还发给学生少许零用钱。

现在的关键是，万万不能让父母尤其不能让母亲赵翠娥知道他根本没去上海，而"平安抵达"的电报很容易暴露他的行踪。时兹禾甚至都能想象得来，邮差送电报时会在蚌山烟墩子他们家高墙大宅的门外高声吆喝："老时家，广州来的电报！"那样等于不打自招。

时兹禾万般无奈之际，没想到站在他前面的姑娘对绿马甲伙计说："我可以不打，让他打吧。我没有急事的。"说完，姑娘走到一旁，示意时兹禾站到她刚才的位置，并微笑着说："看你拎着行李，一定刚下火车，说不定你的家人还在等你的消息。"

时兹禾简直不敢相信自己的耳朵。想想刚才，尽管自己并无歹意，只是误以为姑娘是熟人，但死死盯住人家打量，确有失礼之处。姑娘不但没有计较，还在特殊境况下用谦让的方式解了他的一时之难。看着姑娘真诚的眼神，时兹禾想起念高二时在《申报》副刊上看过的一篇散文，文中一段文字令他印象深刻——"女人漂亮的秘诀在于眼神的清澈，那是心灵的上善若水。男人俊朗的秘诀在于心胸的宽阔，那是灵魂的厚德载物。"这与传世名句"皎若太阳升朝霞，灼若芙蕖出渌波"不谋而合，说的都是姑娘真正的漂亮都源自心灵。

时兹禾忙不迭地朝着姑娘鞠了一躬，文绉绉地说："万分感谢姑娘的好意！"

姑娘"扑哧"笑出声来，打趣道："讲话文绉绉的，看样子像是学生。还万分呢，其实用不着这么多，十分就够了！"

与父母通电话的内容比时兹禾想象的简单。父亲时昭明只是说了一句"到了就好"，话筒就交给了母亲赵翠娥。奇怪的是，母亲只字未抱怨为何迟滞两天才打电话，甚至连平时千叮咛万嘱咐的絮叨之言也未赘述，仅仅说了"考完了就回家，等着发榜。不多讲了，早些休息，为明天考试养精蓄锐"。

时兹禾很纳闷，难道母亲因为担心长途电话费用昂贵而省却往日常有的啰唆？假如不是这般，仅仅是父母担心影响他考试而故意将挂念之忧掩藏起来，那他岂不是果真应了"天下本无事，庸人扰之为烦耳"的老话？顾虑虽有，但电话通罢，时兹禾心中的一块石头总算落地，于是，走出邮电局后他心安理得地拦下一辆黄包车，直奔粤黔旅社而去。

舟车劳顿的时兹禾入住旅社后，困顿袭来，倒头便睡，自然一夜无话。

次日早晨，时兹禾来到旅社前厅，准备找个地方吃罢早点便为下午参加警校预考做准备。时兹禾发现，旅社柜台前挤满了操着各地口音的青年，小伙子居多，居然还有几位身着黑色裙子、浅蓝色立领上装的姑娘，看样子是打算报考警校的女生。时兹禾内心感慨，女孩子想当警察，真不简单，也不知道都是哪几个省来的？

凑在柜台前的人不少，乌泱泱十多人，加上不断有人往来于大门及楼梯之间，使得本不宽敞的旅社前厅显得十分拥挤，热闹得如同卖菜的早市。时兹禾比这些人高出小半头，居高临下，一眼就分辨出哪些人是昨夜入住的，哪些人则刚刚抵达，后者无一例外都面露疲态且拎着行囊。

时兹禾一开始并不清楚大家为何聚集在前台，只见有几个人议论纷纷，神色焦急不安，而另一些人则喜笑颜开地说着什么。时兹禾凑过去侧耳倾听一会儿，大致弄清了原委。原来与旅社一街之隔的警校门口张贴了一张告示，昭告外埠考生当日预考取消，但要求全体考生下午在校门口集合，有重要事情通告。

那几人担心，北方战事不断，战火日益南延，越来越多的迹象表明，华南核心都市广州也日益动荡。警校的告示是不是意味着招生情况有所变化,或者原本定好的事情临时变卦。谁都知道,报考警校的学生通常有两类:一类是家境贫寒的人,上警校可免除一切学杂费用;另一类则是拥有信念与情怀的热血青年,打算毕业后为民族做贡献。假如果真如猜测一般,那这两类人的念想都将化为泡影。

另一拨说笑的人则明显在与柜台后面的姑娘套近乎,问一些无关痛痒的问题,无非附近有哪些好吃好玩的地方之类。时兹禾觉得自己的心态与后一拨人相似,并不担心有什么突如其来的变化。想来也是,警校招生非同儿戏,即使计划有变,也会在考生动身之前告知。难不成非等到各地考生风尘仆仆地赶到广州再通告大家情况有变?堂堂国办警校,怎可开这种言而无信的玩笑?因而完全没有必要在此议论纷纷,自寻烦恼。

时兹禾正打算穿过人群去柜台询问何处可以吃早点,突然发现柜台后那个正在与人交谈的姑娘十分面熟。他有些不相信自己的眼睛,用力眨了眨,凝眸一看,原来正是昨晚在邮电局遇见的那个姑娘。时兹禾惊喜交加,昨晚在邮电局一门心思想着与父母通电话,是人家姑娘的主动谦让,才让他能与家人通上电话。而他仅仅匆匆道谢,并未多言,显然礼数不周。可惜的是,时兹禾通罢电话,再想对那位姑娘表示谢意,哪承想人家早已没了踪影。时兹禾当时心中很是懊悔,油然生出一种说不清道不明的歉意,甚至隐隐还夹杂着失落之感。

一时兴奋无比的时兹禾奋力拨开挤在柜台前的几个人,冲着姑娘轻声喊道:"哎——"

猝然

文静秀气的鲍云彤无论如何也不会想到,因为几件交织在一起的事情突然纷至沓来,让一趟本以为轻松愉快的迎接二姨萧万华从广州归返黔阳之旅，瞬间变成了压在她肩上的重重责任，使得她这个长沙湘理护病学校毕业的护士，不得不开始学着看账，整日与算盘珠子以及洗衣店打交道，临时扮演起老板的角色。虽然店里有帮工负责掌柜与打理具体事务，她不过就像二姨那样扮演老板的角色，隔三岔五听听掌柜的说说旅社的经营情况，偶尔出面请街面上掌管治安的警察和税务官喝喝早茶。但鲍云彤此行毕竟秉承外公之意，加上二姨住院之前反复叮嘱，因而她丝毫不敢怠慢，一有空闲便在前厅、后厨以及客房来回跑，生怕有所闪失。

幸好鲍云彤最担心的事情没有出现。以鲍云彤在黔阳的生活经历以及在长沙求学时遭遇过的情形，她以为最难缠的治安警察反而非常客气，不但没有三天两头以各种理由对粤黔旅社找碴挑刺，有时甚至主动出头为她解决遇到的各种麻烦。鲍云彤有些不解，便问掌柜的何以这般。掌柜的指了指街道对面的警校，然后笑着将两个大拇指对碰了一下。

鲍云彤想了想，恍然大悟。刚来的时候，她听二姨说粤黔旅社与隔壁警校一向关系不错，彼此互有关照。小小旅社对堂堂警校能有何关照？无非那里管事的私下有事，旅社给予他住店与用餐的方便，不收钱或者少收钱而已。至于警校，场面上安排的食宿则多交予粤黔旅社。掌柜的说，广州警界许多头面人物都毕业于这所学校，虽然他们上学时警校尚在南京，但警校搬迁至此后他们时常前来拜访曾经的师长，自然也对下属尤其学校所在地区的警所有所交代。治安警察懂得这个道理。

连续一个月各种事情缠身，尤其最近几天住店客人猛增，鲍云彤焦头烂额且烦恼不堪。鲍云彤这才想到，身在黔阳的家人们都以为广州遍地黄金，唾手可得，二姨的日子定然过得轻松愉快，没想到二姨来广州这两年真不容易。放眼望去，广州大街小巷的各类店铺星罗棋布，哪个不是男人做老板？假如表哥晏承德能来打理这些纷乱如麻的杂事,年近半百的二姨怎会如此操心?可偏偏多年前晏承德去保定师范上学,从此再没回过家,偶尔写信回来,也不告诉家人他究竟在哪里做些什么。

家人都能看出来,外公在这件事情上明显偏袒晏承德。二姨萧万华每每提及儿子之事,都忍不住抹眼泪,话里话外带着埋怨,说千不该万不该,不该让孩子去那么远的地方读书,学到什么不晓得,毕业后没有回家却是事实。说来也是,晏承德去保定读书那年刚满十四岁,在他母亲眼中就是个孩子。外公就说,男儿马上志四海,不是寻常客子心,男娃娃守在屋里头能有什么出息。

姑且不说表哥晏承德,二姨父晏传安不也是大男人吗?他为何不亲自管理旅社?既然口风一向甚严的外公同意并安排二姨父携二姨离开黔阳来到广州,不就明摆着是让二姨父操持此事的吗?鲍云彤当然知道这个问题极其敏感,会直接触及二姨的神经。这是鲍云彤想都不敢想的话题,更遑论提及?二姨住院固然因为劳累,但根本上与二姨父去香港有关——二姨夫说是要谈一宗黔阳人根本没听说过的大买卖,便将眼前这一大摊杂事不分青红皂白地一股脑甩给了二姨。一直以来养尊处优的二姨何曾经历过这些,劳神费力,身心俱疲。

鲍云彤是黔阳远近闻名的大户人家——萧士余家的第三代子孙。

拥有深宅大院的萧宅主人萧士余,并非家财万贯的大财主,顶着大户的头衔纯粹因为家中人口众多。当然,人口再多的蓬门陋屋从来不能算作大户。"彩树转灯珠错落,绣檀回枕玉雕锼"与"莫笑蓬门雀可罗,老农正要养天和"自古就有云泥之别。萧家深宅大院虽然没有怡红院那般院外粉墙环护,绿柳周垂,三间垂花门楼,四面抄手游廊的景致,但安富尊荣且丰衣足食确切无疑。

鲍云彤的外公萧士余是赫赫有名的法学家,早年留英。萧士余留英赶上清廷的末路,虽说回国后清廷当初承诺的"论功行赏,授予官职"已无法兑现,但凭借这样的学业背景,在民国初年的京城也是十分抢手的人才。萧士余在京城代理过几桩轰动一时的大案,旋即被北洋政府司法总长聘为法律顾问,虽不算高官,却享有厚禄,又结识了许多权贵,一时风光无限,后因时政纷杂与人事纠葛等诸多缘故,萧士余毅然辞职回到故乡黔阳。

　　萧家第三代子孙无人姓萧,皆因萧士余无儿。

　　回乡后的萧老爷子貌似做着寓公,两耳不闻窗外事,实则在黔阳名望甚高,影响颇大。这与萧士余曾在京城做过大事有些关系,但又不尽然。黔阳闭塞,崇山峻岭围合之城,道路崎岖难行,既然外出不便,此地人也就对山外之事没多大兴趣——你如何发达与我何干? 即便是本地官宦或富贾,无论招摇或敛迹,也不会引来人们关注。柴米油盐酱醋茶,更不要说粉汤或肠旺,哪一件不比那些不着调的事情更加重要?

　　当然也有特例,本地羊姓省长以及马姓副司令为本地百姓所熟识。坊间传说出身行伍的川籍羊姓省长拥有数位老婆,且不断传出续娶的消息。每逢有新消息,报刊争相报道,吸引无数眼球。而满嘴本地方言的保安司令部马姓副司令则煞是能言善辩,尤为突出的是人长得格外"撑抖"——撑抖在本地算是书面语,口语以方言说出则读音为"抻头",落到马副司令身上意指身材俊伟、肤色白皙、目光炯炯。偏巧这两人有共同爱好——喜欢在街面转悠,号称巡视。前者必每周一、周三乘坐福特牌敞篷小轿车走石板街。这条街记载了他的政绩。以前此街为纯粹土路,下雨便泥泞不堪,市民戏称"水泥路"。后者逢周三、周五则必定骑着棕褐色高头大马途经北大街——此街路面平坦宽阔,骑马行进可快可慢,又不像石板街那样容易绊蹄。一旦两人开始巡视,石板街或北大街两旁的百姓便纷纷围观。男人们都想看看羊省长何等体魄,如此岁数竟能不歇?而女人们则大都想亲眼看看身着笔挺军服的马副司令究竟英俊几何。每每看后,人群中总会不时传出惊叹的声音:"天——"

萧士余的名气缘起于嫁女,说起来这事是很久之前发生的——自民国十五年(1926年)起,差不多在六七年光景里,萧士余扯旗放炮地连续主导了三个女儿出嫁不出阁的戏码,引得黔阳各界男女老少广为关注。嫁女不出阁又非招婿入赘,与当地习俗格格不入,难免遭人非议,萧士余却并不在意。

明眼人还是看出个中奥妙,三个女婿均为外省籍人士,学历不浅,却孤身于此谋业,在黔阳没有根基,而且他们都由萧士余亲自选定。黔阳有好事者说:"古时岳丈择婿,无人能超过黄承彦。如今黔阳择婿高手当数萧士余。黄承彦将诸葛孔明收为女婿,使尽心机,盖因其女丑陋不堪。而萧士余则不费吹灰之力,且不收则罢,一收便是三个女婿,个个仪表堂堂。"

有趣的是,萧士余家里除了二女儿萧万华婚后生了儿子晏承德,大女儿萧万芳与三女儿萧万琴如同父辈一般,仅得弄瓦之喜而无弄璋之缘。萧士余的开明之处,不仅在于心怀坦荡地将三个女婿纳于自家门下,而且似乎更加喜欢女儿与外孙女,丝毫看不出重男轻女的意思。萧士余国学基础雄厚,但终究喝过洋墨水,观念中透着新潮与开放,时常在家中三代女人簇拥的聚会场合,以轻松幽默的口吻讲述女权运动的法律依据以及约翰·斯图尔特·穆勒①的女权观点,有时还会用带着浓重西南口音的国语给家人朗读易卜生的戏剧作品《玩偶之家》。

问题是萧家三姐妹成亲后在娘家一住多年,同爨共食,虽然无忧与安逸,时间久了却总感觉缺少某种随意的畅快,只是谁也不敢

---

① 　约翰·斯图尔特·穆勒(John Stuart Mill,1806—1873),英国哲学家。

率先挑起搬出去另立门户的话头。老爷子不发话，萧家始终保持着三代同堂的大户规模。然而，朱楼绮户，骈肩累足，大户人家过日子，头绪纷杂，难免想法不尽相同。三姐妹年龄各差两岁，成亲时间却依序相差一年。夫妻年轻时倒也无妨，初尝人道，应付完三餐与叙聊等举家集聚的场合，都急着回到各自卧房忙着卿卿我我，打情骂俏。自打有了第三代，随着孩子们渐渐长大，情况则一日不同于一日——不那么迫切回屋，又不想在厅房久留，而女眷们的话题难免婆婆妈妈，女婿们便觉得焦躁与无聊。

鲍云彤在家中阁楼的藏书柜翻看《红楼梦》时发现过一个秘密，不知谁在第六回王熙凤所言的一段话旁用水笔画下一道线——"殊不知大有大的艰难去处，说与人也未必信罢。"那书是旧版竖排，纸页泛黄，所画笔迹格外鲜明，仿佛提示阅读者需要尤为关注。鲍云彤问母亲萧万琴，家里有谁可能如此标记，萧万琴顺口说道："你外公的书，别人看就看了，哪个敢胡乱涂抹？不是你外公，还能是谁？"

萧万琴的猜测并非没有依据，萧士余对这种事情比家里任何人都看得透彻，早早就在家人面前撂过重话："哪个都讲'十二龙治水不下雨'，所谓'人多事杂心不齐'。老话这么说，肯定有道理。但只要我活着，萧家就不会出现这种情形，不是不可能，而是我不允许。时局动荡，内忧外患，眼下不是分家单过的时候。"

听话听声，锣鼓听音。萧士余的话两头说得都很决绝，合并在一起听反倒显得含混。究竟是为维护自己大家长之地位不允许分家，还是在眼前纷乱的时局下，身为父亲或者岳父，萧老爷子放心不下这些多时依附在自己羽翼之下的群鸟各自单飞？众人不解其意，又不好追问，便喏喏称是。于是，萧士余继续彰显着自己的特点，外事一般置而不问，家事则事必躬亲，且一言九鼎。在二女婿晏传安看来，岳丈萧士余每每所言，简直如同一锤定谳，威严且不容置疑。

好在家人皆知大树底下好乘凉的道理，身体依然康健的老爷子可以为众人提供各种庇佑，释然后便也得过且过。虽然晏传安内心每每琢磨，这些庇佑远不如"各扫自家门前雪"带来的感觉更好。这也怪不得别人，萧士余为三个女儿择婿，平庸之辈自然入不了他的法眼。在黔阳财政局干着公差的晏传安是湘西新晃人，骨子里带着不甘于现状的天性，一时想着发财，一时又琢磨着在官场施展身手，隔三岔五与各色人等应酬交际在所难免。喝酒时自然畅快，但在觥筹交错之后带着微醺神态回家，晏传安就担心岳丈那犀利的眼光落在自己身上。

萧士余毕竟是律师出身，又阅人无数，通古晓今，深知人生与社会远比条法律规复杂。当年为女儿们安稳踏实着想，将三个亲自选定的女婿揽在身边，但他知道，依情循理，如此这般终究不是长远之事。黔阳城中哪个不晓得"儿娶媳妇满堂红，姑娘出门满屋空"的道理，何况学贯中西的萧士余？莫说在国人眼中"出嫁"两字意味着嫁人即出门，西人嫁女难道不也是要改换夫姓？退一万步说，萧士余本并不反对家中男丁闯荡社会。可惜的是，除了老爷子本人，萧家男丁不过就是三个女婿外加一个外孙。

与大女儿萧万芳一样，大女婿范福增也在黔阳中学任教，早出晚归，为人低调，看不出有何闯荡之心。小女婿鲍柏年原本在一家商贸公司做会计，因身体欠佳，回到家中给岳丈做助手，打理协调人际往来琐事。唯有外孙晏承德外出求学，萧士余自然鼎力支持。哪承想那孩子年岁不大，却一去未归，以至于二女儿萧万华因此患上思虑之疾，常常焦虑失眠。晏传安身为父亲，固然亦会思儿心切，挂念万分，但心思总归多半拴在外面，至少不像萧万华那样时时愁眉紧锁。

也是赶巧，萧士余在黔阳的老相识张祥鹏遇到官司找上门来咨询应对之道，顺嘴说到准备转让广州一家旅社股权之事。张祥鹏做马口铁生意，在西南一带买卖十分兴隆。为生意之事，多年往来于南洋，结识了位于南洋雪兰莪首府莎阿南一家锡矿的黄姓老板。"七七"事变之前，黄老板在南洋开矿发了大财，想到回国跑生意安顿与歇息方便，又可顺带以住宿赚钱，便在泉州与广州各购得一家旅社，并加以改造装修，成为两地颇有规模和档次的旅社，一时间住客如云，一房难求。祖籍泉州的黄老板将两家旅社定名为侨闽旅社。黄老板年岁渐大，叶落归根的念头日益强烈，便打算让刚刚大学毕业的儿子接手南洋的矿山业务，自己两头跑，以经营国内旅社为主。

谁料想战争爆发，儿子在爱国情怀的感召下，与众多青年回国参加了新四军，两年后儿子在皖南事变中牺牲。以矿山为主业的黄老板无法再抽身回国，便将泉州的旅社卖掉了。民国二十七年广州沦陷后，许多广州知名商号与机构纷纷迁到远离战火的大后方黔阳，但总归需要时常往返于两地。张祥鹏有些胆识，发现其中蕴含商机，便冒着风险将广州的侨闽旅社的小部分股权接过手来并负责经营。日军对南洋华侨倾力支持祖国抗战的行径十分恼火，在东南亚占领区及中国境内大肆搜捕、迫害华侨同胞。黄老板当然不便在国内露面，虽说股权仍占大头，但从不过问旅社经营之事，任由张祥鹏折腾，包括将旅社的"侨闽"更名为"粤黔"。

说者无意，听者有心，想到家中剪不断理还乱的纷杂琐事，萧士余决定干脆买下张祥鹏的旅社股权，派晏传安去广州经营，虽然不见得符合女婿的心愿，至少可以解开他在黔阳并不安生的心结。而二女儿萧万华随丈夫一同前往，换一下环境与生活方式，没准心境也会渐渐开阔。

人算不如天算，去广州后，突然间没了岳丈那种无处不在的牵制，晏传安的思绪与行为似乎放开许多，认为自己毕竟怀揣商科学校文凭，当个旅馆小老板实在屈才，便尝试着倒腾买卖。他先是在广州周边跑单帮，早出晚归，旅社之事有一搭无一搭地过问一下，之后又与他人合伙去香港做生意，不时在穗港之间往返。终究感到不便，他索性在那头租了房子住了下来，而将妻子萧万华撇在广州独自支撑粤黔旅社。萧士余很久之后方才闻此消息，惊讶与气愤之余，便动了让二女儿萧万华放弃粤黔旅社、回到黔阳的念头。

鲍云彤在长沙就读医学类护病学校，毕业前要完成实习方可获得文凭及医院从业资格。湘理护病学校与湘理医院系留美学人募捐集资所建，本为医校一体，一墙之隔而已，往届学生就地实习并无问题。偏巧鲍云彤他们这届学生被舍近求远地安排到几百公里之外宜章小城附近的一所国民党部队的医院实习。这所医院的正式名头是"国防部联合勤务总司令部第708后方医院"。

护病学校学生多数来自富家，一律女生。女孩子多的地方，骄娇二气难免滋生，毕竟从条件优渥的省城蓦然来到偏远穷困之地，反差甚大。医院周边一片荒凉不说，离县城居然还有好几里地。有些女孩子来了没几天就哭起鼻子。

谢小羽是沈阳姑娘，一向快人快语，冲着带队教师嚷嚷起来："啥意思呀，实习非得跑这么远的地方？湘理医院安排不了咋的？"

戴着高度近视镜的带队教师也感到意外。他早就知道宜章地处湘南，翻过层峦叠嶂的南岭即为粤北连县，且不说路途遥远，医院环境还如此之差。想到时局，带队教师不敢造次，只能悄悄告诉谢小羽，国民党颁布《动员戡乱时期临时条款》，计划与共产党军队全面开战。考虑到战事一开，伤员必将大量增加。联勤总部即刻要求各医院招人扩员。708后方医院派专员专门联系学校，索要应届毕业生到医院实习。学校迫于压力，不得不将这一届毕业生安排于此。

鲍云彤并未将自己在湘南一家医院的实习情况告诉家人，想想在此逗留不过三个月，与在湘理三年念书时光相比，白驹过隙而已，条件再差咬咬牙就挺过去了。鲍云彤心知肚明，只要家人尤其外公获悉她有不如意之处，定然会出手相助。鲍云彤不想让年逾古稀的外公总是为儿孙两代人操心，况且老人家那些旧友大都过了花甲之年,即便有心也未见得有力了。

鲍云彤他们刚来的时候,医院尚没有从战场转送来的伤兵,病员多为方圆几十里内桂系第 7 军和第 48 军所属团营级基层部队官兵。也许是水土不服,这些病员以头疼脑热和跑肚拉稀症状居多,大都不符合住院条件,开药或者注射针剂后即可离开。好不容易收了几位住院患者,检查后并未发现问题,医院就动员他们出院,可那几人执意不肯,纷纷咬定自己重疾在身。

医院的院长张三强乃晋省榆次人,虽是江湖郎中出身,没有医学院就读背景,却在晋绥军第 19 军军长史泽波中将身边做过医官。史泽波在军队高官中属于另类,闲暇之余喜好针灸拔罐,并颇有心得,所以张三强这号人反倒很受青睐。听诊器、体温计这些医疗设备在张三强那里几乎成了摆设,遇有病患,无非看舌苔、把脉搏,所谓"望闻问切"。这让那些西医出身的医官多有微词,说他瞧病不行,瞧人有把刷子。第 19 军兵败上党之前,张三强赶上了一个绝佳机会——军政部需要了解中医药在基层部队防病治病当中的作用,而军医署那些业务官僚尽数医学院毕业,没人能说明白"寒者热之,热者寒之;实者泻之,虚者补之;燥者润之,湿者燥之"的道理,所以开战不久,张三强便接到调令,赶赴军政部军医署任职,最终避免了随军部一众人被俘的命运。

不管咋说,在这家医院里,张三强是唯一经历过枪林弹雨的人,知晓一些士兵的战前心理。仅仅一个照面,连舌苔都不用看,张三强就断定这几个都是怕打仗而装病的人。于是,他便会同医护人员使了计谋,软硬兼施,连哄带骗,硬是将这几人清理出院。临别他还给那几个出院的士兵每人赠送了一只搪瓷茶缸,上面印有"别来无恙"四字,白地红字,醒目得很。

张三强为自己这番狡黠且实用的杰作扬扬自得,笑呵呵地对曾经在装病者面前束手无策的医勤室参谋说:"'无恙',就是没病。'别来'，就是不要来我这里蒙事。"其实，搪瓷茶缸也成为装病者的免死金牌，毕竟"别来无恙"的字面含义并不像张三强解释的那样充满诡计，各家长官都以为自己属下的兵果真大病治愈，自然轻轻放过。否则，依照战时规定，装病当逃兵，是要吃枪子的。

自此，没有伤员亦没有住院患者的 708 后方医院反倒比寻常医院清闲许多。

"一日三餐，按点值班。屋里闲扯，室外看天。"闲得发慌倒不至于，但国文一向不错的湘妹子实习生欧阳雯雯能编出这样的顺口溜，足以看出实习日子果真无聊与无趣。

张三强当院长，算计总归是他的强项，他觉得这些女孩子并非医院所属人员，看着许多人在此实习，最终能留下的没几个人，说到底不过是些来去匆匆的过客，没必要在她们身上多费周章，额外花钱，所以甚至不曾在休息日安排这些花样年华的女孩们去宜章县城逛街，以调剂生活和放松心情。

那天刚刚吃罢晚饭从饭厅出来，女孩子们看见一辆美式军用吉普车欻地一下停在她们不远处，旋即车上下来一位中尉军官——瘦高个，面庞白净，鼻直口阔，军装笔挺，皮鞋锃亮。初夏时节的黄昏，斜下的夕阳仿佛带着金色光亮，从医院西侧山峦之上倾泻过来，正巧洒在中尉的侧身。这景象在一刹那间很像画家吉普林斯基的油画《骑兵军官达维多夫》，尽管中尉面庞光洁，不像画中的达维多夫嘴唇上方留着浓密的胡子，但正因如此，看上去反而显得更加清爽俊朗和英气逼人。姑娘们看得有些愣神，虽然众人在缓慢的行走中已经渐渐经过了中尉下车的位置，但是都不约而同且不由自主地扭过头将目光留在他的身上。

接下来的日子，姑娘们每天在饭厅与院子里都能看见那位军容严谨整洁、利落亮眼的中尉，这让郁闷了近三个月的姑娘们一下子有了兴致。

说起来也是咄咄怪事,十八九岁的姑娘们都不喜欢708后方医院的医官。按说医官们多为三十来岁的成熟男人,学历高,有城府,对青春芳华的女孩子应该很有吸引力。偏偏这些医官平时趾高气扬,傲气十足,动辄教训女护士,丝毫没有怜香惜玉的气度。护士是实习生的帮带者,类似为师。帮带者尚且被如此对待,实习者肯定更不在医官的眼中。姑娘们时常被不同科室的医官呼来唤去,做些端茶倒水、洗衣擦鞋之类的琐碎杂事,仿佛对待女婢一般。

　　帅气中尉明显不同,每每见到实习的女孩子,他都会主动停下脚步,微笑着点点头,有时还会抬起右手,冲着对方挥手致意,显得文质彬彬,气度优雅。更重要的是,中尉不像那些整天口罩遮面的医官,谁也不晓得口罩下掩藏着何种样貌,他总是显露着清新俊逸的面容,令姑娘们有一种透心的清爽感。

　　中尉成天在医院里东瞅西瞧地四处逛荡,既不穿病号服,也不穿白大褂,显然不是来住院的患者,更不是新近调来的医官。虽说中尉身份是个谜,姑娘们偶尔也会好奇,但她们的注意力更多地被他那帅气的长相与斯文的气质所吸引。都说"水是眼波横,山是眉峰聚。欲问行人去那边,眉眼盈盈处"讲的是姣美女子,可在扎堆聚群的女孩子们眼中,这不同样也可以描述像中尉这样品貌非凡的男人吗?总之,她们不再像之前那样闷声不语,只顾低头干活,而是有事没事凑到一起,叽叽喳喳地议论着这位仿佛自天而降的中尉军官——

　　谢小羽直言不讳地说:"啧啧啧,长得细皮嫩肉的,看着像南方人,可个头那么高大,双肩那么宽厚,跟我们东北大汉差不离,他可真俊哪!"

　　欧阳雯雯平时讲话喜欢模仿电台女播音员的腔调,软绵绵的国语口音,而此时则拖着长音说了一句衡阳家乡话:"嬲——噻。"

　　说不好是性格使然还是打小家教严苛,鲍云彤在同学们议论异性的场合往往至多低头笑笑,并不多言,但因为说的也是她感兴趣的中尉,而且架不住谢小羽反复追问黔阳方言如何描述英俊男子,鲍云彤不假思索地脱口而出:"抻头(撑抖)噻——"

青春的蓬勃势头是不会被寂寥抑制住的,姑娘们的议论很快变为行动。

欧阳雯雯居然找了个机会与帅气军官在住院区前方一条两旁夹杂着荆棘草丛的小道上狭路相逢。小道只有一块砖那么宽,两人迎面走来,只能彼此侧身错过。欧阳雯雯侧身时故意停下脚步,让中尉先过。中尉贴着欧阳雯雯的身体走过去的时候,依旧礼貌地冲她微笑着点点头。欧阳雯雯仿佛感到中尉的鼻尖与她的额头相碰。她激动得不行,在颔首的同时拼力装出矜持的样子,回之以微笑。但欧阳雯雯回到房间后立即懊丧起来,开始懊悔自己胆怯,明明该说些什么的时候,偏偏心跳得像怀揣着一只兔子,脑袋一片空白,硬是没张开嘴。欧阳雯雯甚至遗憾地想到,假如当时她装作不慎摔倒,那不正好倒在中尉的怀里吗? 这个想法她没敢向大家说,因为当她讲到两人几乎擦身而过时,众人已经兴奋得难以抑制,连珠炮般地追问:"真的吗? 真的吗? "

胆子大的谢小羽不像欧阳雯雯那样总是干些欲说还休或者欲言又止之类的矫情事。谢小羽觉得实习时日已经不多,又不知晓中尉在这里逗留多久,不如单刀直入。头一天欧阳雯雯有了"艳遇",谢小羽次日就直截了当地与中尉搭讪,主动问人家吃饭了没有。中尉有些发蒙,犹豫一下后说:"吃过了。"

谢小羽回到宿舍向众人描述她的勇敢行为时引起哄堂大笑,因为她"巧遇"中尉的时间是上午十点,正是各科室派人去药品仓库领取医用耗材的时间。

欧阳雯雯打趣地问道:"上午十点吃哪门子饭? "

鲍云彤自然不好意思像别人那样想方设法找机会与中尉巧遇,

或者上赶着与他攀谈,她甚至不敢在姑娘们面前以此为话题让心扉放肆一下,但她非常羡慕她们敢于表达心声。

直到有一天,中尉拿着表格分别与实习姑娘谈话,众人才知道,这位帅气军官原来是联勤总部军医署预备干部处专门派来选调实习学生的专员。之前,军医署归军政部管辖,民国三十五年八月,军政部撤销后划归联勤总部,权力大得了得。

湘理护病学校毕竟不是军校,大多数女生对参军入伍没多大兴趣,加上708后方医院没给她们留下好印象,大家原本都想着赶紧完成实习回到湘理医院做个护士,起码将来可以在长沙其他医院谋个职位。可是面对帅气的中尉,许多姑娘的态度居然暧昧起来。她们很担心,假如自己表态不愿意留下,会不会引得中尉不开心。她们哪里会舍得让这么个俊朗帅气的军官伤心呢?因而便在中尉面前支支吾吾地表示去留拿不定主意,有的干脆羞羞答答地问中尉有什么建议。

与姑娘隔桌相对而坐的中尉在谈话时一脸严肃,双手交握搭在桌面上,完全没有平素那种和蔼斯文的表情,一副公事公办的样子。事实上,中尉根本没有回答姑娘们的任何问题,只是例行公事般把表格上涉及的问题逐一问完,然后冷冷地说:"你没有入选,可以出去了,叫下一个进来。"

谈完话的姑娘猛然意识到,想在此时加入待遇明显高于长沙各类医疗机构的军方医院并不是一件容易的事情。少尉护官,四十二块大洋的薪资,这个待遇甚至连三湘四水某些做县官的也望尘莫及,因而门槛之高、选拔之严远超她们的想象。换句话说,女孩子们此时想在中尉那里"拽"一下的前提都不存在。需求既可以体现为市场力量,在很多特殊条件下,又可以体现为人力资源调配的力量。这要看供需双方谁为主导。果然,大多数姑娘都被毫不留情地淘汰了。

眼见得一众姑娘垂头丧气地从谈话的房间出来——她们本以

为可以借此机会展示一下自身的魅力,譬如,故意将胸脯挺得很高,或者穿上能够束腰的衣裤,并与受到诸多姑娘倾慕的帅气中尉套近乎,如此这般,说不定可以将中尉关注的目光更多地吸引到自己身上。遐想成为大多数姑娘此时的共性:万一能收获意外之喜呢?

哪承想中尉在谈话时几乎未曾抬头,更不用说两人之间的目光有过带着交流意味的对视。

说来也怪,中尉来医院十多天,每日或在饭厅,或在院子都能见到他的身影,可直到谈完话,谁都不知道此人尊姓大名。她们在背后议论中尉时都心照不宣地使用“那人”作为指代,而“那”在众人口中通通发音为nèi,并不是欧阳雯雯通常以标准语音说的nà。过了许久,大家才意识到,这个指代方式是东北姑娘谢小羽首先使用的,不知道什么原因,姑娘们居然跟着就这么说了。一时间,“那人”今天如何,谁在哪里见到了“那人”,总之,与“那人”相关的话题每天都充斥在女孩子们的宿舍。

欧阳雯雯从谈话房间出来的时候,眼中噙着泪花,失望中带着愤懑。原本欧阳雯雯还想在合适时机将自己琢磨的“未曾探得郎姓名,却把心头放枝头”这样的诗句献给中尉以表达心情,可结果分明就是“相思树底说相思,思郎恨郎郎不知”。欧阳雯雯瞬间明白,一切尽在不言中与一时语塞貌似相当,昭揭的却完全是两种心境呀!尤其当欧阳雯雯看到谢小羽兴高采烈,连蹦带跳地走出谈话房间,脸颊红润,如沐春风般,连连欢声地说着“他相中我啦!他相中我啦”,便一改往常的淑雅神态,醋意十足地用衡阳话小声嘟囔道:“相中你充军当炮灰,又不是做那人堂客,高兴么子(什么)?”

谈话按顺序进行,谢小羽之前无一人入选,出来时个个灰头土脸的。而排在谢小羽之后的鲍云彤则是中尉最后一个谈话对象,假如也遭淘汰,那就意味着此番宜章实习之行,谢小羽成为唯一合格者。鲍云彤真心替谢小羽高兴,暗自想:性格大大咧咧的谢小羽,穿军装吃军粮果然蛮合适,而包括自己在内,其他哪个女孩子不像个大小姐似的,娇气十足,怎么可能成为中尉眼中的合适人选呢?鲍云彤做好了打道回府的准备。

鲍云彤进屋刚刚坐下,就见中尉笑容满面地站了起来,三步并作两步来到她跟前,双手一并伸出与她握手,同时自我介绍道:"你好,鲍云彤!我叫刘永初,联勤总部军医署预备干部处中尉参谋。恭喜你被录用,我代表联勤总部军医署很快为你办理入伍手续。"中尉的声音很好听,洪亮且深沉,很像唱片里男高音歌唱家胡然的那种腔调。

坐在椅子上的鲍云彤顿时怔住了。她完全没有任何心理准备,甚至不知如何接话。最尴尬的是,鲍云彤坐在那儿与刘永初握手,看上去好像有点反客为主,她的手绵软无力,任由刘永初紧紧握住并且上下晃动。还没等鲍云彤回过神来,刘永初松开双手,站直身体,面色稍显严肃地说道:"鲍云彤小姐,我明天就要返回军医署了,要先开车去长沙,再坐飞机去南京,此一行山高路远,再见面并不容易。最主要的是,我是个军人,随时可能上战场,所以有件事情我必须现在就告诉你。虽然有些仓促,也不够礼貌,但我怕这次不说,以后就没机会了。我喜欢你!我想娶你做妻子。无论你今后走到哪里,只要你答应,我都会在最短时间里赶到你身边,与你结婚。"

鲍云彤只觉得脑袋嗡的一声,脸颊立时变得热辣辣的。她害羞地低下头,双手不知所措地揉搓着,甚至都能感觉到自己心脏在怦怦跳动。刚满二九年华的鲍云彤第一次在如此特殊的场合遇到别人向自己求爱,而且这种求爱几乎没有渐进的酝酿过程,也未经过家人的同意,更让她难以置信的是,求爱者是那么多女孩子共同青睐的对象。

鲍云彤一时不知如何应对。其实,和别的姑娘一样,鲍云彤一开始也被刘永初的不凡气质与英俊外表所吸引,暗自喜欢。她不知道这样的喜欢与刘永初冷不丁提到的要娶她为妻能不能相提并论,或者说她对他那种朦胧的喜欢是否达到了心甘情愿嫁给他的程度。

说不好是激动、慌乱,还是难为情,鲍云彤本能地扭过身体,背对着刘永初。她在转身的一刹那隐约地意识到,不管怎么样,刘永初刚刚说到的两件事情,她显然都无法马上答复。

意外

站在粤黔旅社柜台后面的鲍云彤被几个学生模样的人围着追问各种问题。这些问题在鲍云彤看来多数与刚到陌生之地感到不踏实相关,包括警校是不是像军营一样壁垒森严、炎热之地有什么降温消暑的好办法、外埠人讲话广州佬能不能听懂之类。鲍云彤从一大早起不知回答了多少遍。唯有考生们问及为什么今天下午的预考突然取消却又要求大家在警校门口集合这一问题,完全令鲍云彤丈二和尚摸不着头脑。鲍云彤想:自己只不过是警校隔壁一家旅社的临时当家人,警校有什么事情她怎么会知道,况且她仅仅比这些外地考生早来广州一个多月,除了对粤黔旅社的客房数量与待客规模刚刚了然于胸之外,其他许多事情也不甚了解。事实上,鲍云彤看上去好像有条不紊,其实内心焦虑万分,倒不是眼前琐事纷杂,难以应对,而是她迫切期盼两件事情可以尽快有个结果——一是二姨萧万华能尽早康复出院,这样她就可以从旅社杂务中脱身,至少不必如眼下这般;二是外公萧士余已然着手转卖粤黔旅社股权,老爷子那边若早日觅得下家,那就意味着她可以早日陪同二姨一起返回黔阳。

其实,那些打探各种问题的考生们并不完全像鲍云彤想的那样有着诸多担心,都是些血气方刚和脑瓜灵光的小伙子,不至于因为初来乍到而鼠首偾事或者缩手缩脚,他们敢于放弃本省大学录取机会而投考外埠的广州警校,除了有胆识,成绩好,身体大都活龙鲜健。考生们在办理入店手续时,鲍云彤俏丽的容颜一下子就吸引住他们的目光,尤其是她那湖水般深邃的目光、略显凹陷的眼窝和稍带羞涩的笑容,让那些充满青春气息的小伙子简直无力抵抗,多看几眼甚至找借口多说几句话在所难免。

这情形萧士余早有预料。

没人比萧士余老爷子对此类事情更加了然于胸,终究年轻时在英伦念书,印象尤深——雨后天晴,肆意洒脱的微风吹过,花花草草便异彩纷呈,随着扑鼻香气飘来,多会闪出前凸后翘的美人身影,或人高马大,或娇小玲珑,无不令人心旌荡漾。重要的是,人在异国他乡,不像在故土黔阳那样不得不瞻前顾后,观念与举止牵绊甚多,因而无须努力装作目不斜视的样子,心思与眼神完全可以信马由缰,全无拘束。

彼时的萧士余英气逼人,活力四射,只是马褂刚刚换作西装,脑海中不时闪现"可为"与"不可为"的君子之道,于是,咂巴咂巴嘴,吞咽口水后便意识到那些金发碧眼的洋姑娘多半不适合娶来做老婆,即便四目相对撞出火花且仅仅渴求一晌贪欢,也未见得匹配。除却身高、胖瘦、好恶与习俗,内蕴及神气也多有差异,难以契合。不过,有一点萧士余无法否认且屡试不爽,每当那些有着精致白皙面容和浮凸有致身材的欧罗巴美女从眼前走过,他的眼前都会豁然一亮,继而怦然心动。说来也是,非如此,何来"千秋无绝色,悦目是佳人"的说辞?

鲍云彤当属佳人,及笄之年便千娇百媚。自家外孙女如是,萧士余为之自豪,也为之担心。那年鲍云彤受初中同学的鼓动和影响,执意去长沙念书,她父亲鲍柏年坚决反对,尤其那位鼓动她的女生最终因为家里不放心而未能成行,使得偌大黔阳仅仅鲍云彤一人去长沙读书。作为萧宅当家人,萧士余虽然最后勉强同意,但心态与当初外孙晏承德去保定读师范大不相同,少了谆谆教诲,多了重重顾虑。世人常说儿行千里母担忧,更莫说鲍云彤父母要看着漂亮女儿远赴外乡求学。萧士余作为隔辈长者本应对孩子爹妈多做些宽慰与疏导,可他对萧家最小的外孙女鲍云彤百般疼爱,万般操心,萧万琴和鲍柏年夫妇反倒不敢在他跟前表露挂牵之心,生怕如同求学未归的晏承德那样,再给老人添堵。

晏承德是男娃,念师范的年纪勉强可以视为小伙子,再添岁数则为汉子。何为汉子?萧士余有两条标准:大丈夫不能建功立业,几与草木同腐;不挑担子不知重,不走长路不知远。出去闯荡,即便吃亏,也算为人生课堂缴纳学费。鲍云彤是娇弱女子,偏偏容颜出众,尤其眼眶略显深邃,仿佛带着些许西洋之气,格外引人注目。历来的情形是,男人窥看人家女子,心思如何放纵,无须在意或忌讳什么,与己欲满情足,与人亦可津津乐道。反过来,自家姑娘被人惦记、议论或指点,无论为爹为娘,就是像萧士余这样做外公的,总觉得不甚踏实,生怕有闪失吃亏。古人早说过,"鲜肤一何润,秀色若可餐",这话显然是男人视角,说的是男人天性。君子好美,但求之以礼,倒也无妨。万一遇到心术不正之人,家人远在他乡,一时鞭长莫及,弄出点什么事,那可追悔莫及。幸好医护类学校是女校,管束严格,三年以降未曾听说鲍云彤在男女之事方面遇有不妥。

萧士余安排鲍云彤去广州,纯属刻意之举,或者说不得不为之。想想也是,老爷子在宜章打来的电话中获知情形,不由分说就让鲍云彤速归黔阳,且不容置辩。身为父母的鲍柏年与萧万琴站在接听电话的老爷子身后,也不敢吱声,以为孩子做了何等错事。事后,莫说家人,萧士余自己都觉得用这样的口吻对鲍云彤劈头盖脸地来一番蕴含着怒斥的要求显得甚为武断和霸道,尤其是鲍云彤回到黔阳后一时半会儿并未找到合适工作,整日闷在家中。赶上二女儿萧万华夫妇在广州经营粤黔旅社过程中龃龉不合,遇到剪不断理还乱的麻烦,萧士余便想到让鲍云彤打着接二姨回家的名头去广州散心。

其实,鲍云彤未按联勤总部军医署要求加入708后方医院的说法并不准确,因为刘永初尚未将湘理护病学校实习生选调结果上报并存档——他此行得到授权,可先办后报。所以,严格说来,鲍云彤违背的是中尉参谋刘永初的意愿。这当然是萧士余立行决断的后果。

鲍云彤在长途电话中将此消息告知外公萧士余时有所隐瞒,她仅仅说自己被军方医院相中,没敢提及刘永初中尉的求婚。刘永初的求婚方式尽管算不得冒失,但那种直截了当怎么说也有鲁莽的成分,多少有点像伏天酷暑时分突如其来的雷电,眨眼间一声巨响,还带着闪光、震撼、耀眼且令人猝不及防。对女孩子来说,那种求爱充满了军人色彩,完全没有小说或戏曲杂剧中描写的浪漫与缠绵的过程——鲍云彤小时候随外公与父母看过黔剧《珍珠塔》,家境贫寒的书生方卿与富家女陈翠娥的爱情故事波折起伏,苦涩中夹着甜蜜与期盼,丝丝入扣,水到渠成,而她后来看过张恨水的小说《春明外史》,更是以为男女情事的前提怎么着也要经历花前月下或者耳鬓厮磨之类的铺垫。让人不解的是,刘永初看上去白净斯文,讲话和风细雨,举手投足张弛有度,倘若军装换成长衫,再架上一副珐琅眼镜,那活脱脱一个书香门第或者大户人家的儒雅少爷。谁能想到这样的人竟会向一个从未经情事浸染的大姑娘如此表白?偏偏桃李年华的鲍云彤纯洁如玉,以至于她毫无心理准备,自己都没有想好的事情,当然也不知如何向外公表述。

萧士余断然否决的态度甚至怒至拍案而起,至少鲍云彤在电话里听得十分真切,外公那头"嘭嘭嘭"地在砸什么物品。时局如此动荡,一个小姑娘家的,怎可选择这种人生路径?自打老爷子辞别京城回到黔阳,对官府之事素来不感兴趣。反倒是外孙晏承德当年在保定念师范参加学生活动,萧士余却称赞有加,写信鼓励晏承德勇于迎风昂首,遇事莫怕。之后,或许因为晏承德未再归家,二女儿萧万华与二女婿晏传安偶有抱怨,加之国内抗日烽火渐燃,萧士余自此不议时政。只是近年局势越发混乱,老爷子又开始不时表达失望之情。萧士余和鲍云彤哪里知道,此时拒绝军方的招募行为分明与"动员戡乱时期"的特殊要求相悖,极端情形下,依照规定,任务长官可直接遂行枪毙,无须上报。

鲍云彤能顺利返回黔阳,自然是刘永初的缘故。

话说谈话次日近午时分,刘永初来到停放在医院花园旁那辆美式吉普车跟前,准备踏上返程之旅。按照刘永初事先的要求,医院无人为他送行。刘永初非等闲之辈,在南京浸润数年,深谙联勤总部官员大都喜欢前呼后拥这类虚头巴脑的场面,尤其军医署那帮家伙自命不凡,仗着懂些专业知识,每每下到医院,颐指气使不说,离开时恨不得所有漂亮护士都来送行。刘永初性格孤傲,自命清高,不喜欢搞那些既要装腔作势,又要借机揩油的名堂。吉普车被提前擦拭得一尘不染,像刘永初的军容仪表那般整洁。

刘永初在拉开车门的一刹那犹豫了一下,他觉得无论如何还是应该当面向鲍云彤郑重地道别。虽然如此操作并不简单,那么多实习生,何以偏向一人道别?况且刘永初身为联勤总部派员,即使肩扛中尉军衔,却也位势甚高,不安排送行仪式也就罢了,岂可行错位之事?但想到如今战事频繁,世事难以预料,再度相见,并非易事。于是,刘永初横下心来,转身去找鲍云彤,没料想转遍医院几个科室与宿舍都没有看到她。被问及的一众实习学生,纷纷摇头表示不知人在何处。欧阳雯雯冷笑着看刘永初焦急的样子,嘴里悄悄蹦出一句:"也不说和我们大家道别,光想着鲍云彤啦。"倒是谢小羽没把自己当成外人,忙前忙后帮着寻找,最终竟然还是从欧阳雯雯口中得到消息,鲍云彤去了宜章县城。

刘永初露出失望的神情,悻悻地登上美式吉普车,猛地一踩油门，呜地一下驶出医院大门。说时迟那时快，只见鲍云彤搭着一辆黄包车迎面而来，朝吉普车挥了挥手。刘永初看到对面来人是鲍云彤，猛地踩住刹车，兴奋不已地从车上跳了下来。

鲍云彤说："一大早就去县城给家里打长途电话，线路不畅通，好不容易才接通，差一点没赶上向你说明情况。"

刘永初说："不必这么着急，过两天医院就为你办理入伍手续。被装物品发放后，你可以穿上军服回家一趟。"

鲍云彤说："我不打算入伍，家人也不同意。"

刘永初中尉顿时愣住，平素清爽光洁的眉眼之间刹那间皱起了川字。他意识到鲍云彤根本不知道此事的严肃性与严重性，以为随时改变主意没有什么大不了的，就像在百货公司买东西，原本物品已在手中，只待付款，却临时变卦不要了。然而没等鲍云彤反应过来，刘永初的表情已经恢复如初，他默默地点点头，然后不动声色地从公文包里取出一张印有表格且填满文字的纸，当着鲍云彤的面撕碎，一甩手扔到路边草丛中，然后果决地说："云彤，我和你说的第一件事不存在了，但第二件事情，在我这里始终作数。"

时兹禾一眼认出鲍云彤就是昨晚在邮电局遇到的那个在关键时刻帮助过他的姑娘，兴奋地冲到柜台跟前，摆着手喊道："哎——"

鲍云彤抬头一看，眼前冲她打招呼的小伙子不仅高大帅气，而且十分眼熟，再仔细端详，也认出了时兹禾，立刻露出惊喜的表情，急忙从柜台一侧走了出来。

鲍云彤昨晚去邮电局是想给外公打电话，了解一下老爷子托人办理粤黔旅社股权转让的进展。她估计二姨近日即可出院，届时可结伴返回黔阳。鲍云彤一天也不想在这里待下去了，即使外公那边一时半会儿没有办完，她也想劝二姨就此暂停营业。虽然电话没打成，但昨晚那个小伙子的样子却留在她的脑海中。除了他瘦高的身躯在人群中十分醒目,令鲍云彤印象最深的是他那羞涩的表情中透出的一股子纯真劲头。鲍云彤在返回粤黔旅社的路上还在想,一个长得蛮气派的大小伙子怎么会像小男孩那样害羞呢?她很好奇,甚至内心产生了一种说不清楚的感觉,想对这个人有更多的了解。想到这里,鲍云彤哑然失笑,这不是自作多情嘛!一面之缘,人家与自己何干?

无论如何,鲍云彤都没有料到昨晚邂逅之人竟然也住在粤黔旅社。邮电局在火车站附近,鲍云彤当时看见他拖着行李,猜到他刚下火车,可怎么也没想到他也是报考警校的外埠考生,早知如此,还不如等他打完电话,一起回旅社呢。

鲍云彤笑着说:"我昨天可是帮过你的呀,就算你不必谢我,也不能这么没有礼貌吧?我的名字不叫'哎',而叫鲍云彤。"

鲍云彤如此一说,时兹禾有些不好意思,喏喏说道:"哎哟,失礼了,请鲍云彤小姐原谅!不知者不为过嘛。我叫时兹禾,时间的时,兹有的兹,禾苗的禾,蚌山来的。"时兹禾想,以往在家乡蚌山,他从来没有机会如此这般与人客套。

"蚌山?"鲍云彤显出疑惑神情。

"皖省蚌山,在淮河南岸的一座小城。"时兹禾说。

"离这里远吗?"鲍云彤问。

"很远呀!我坐了两宿票车,中途换了两趟车,先在徐州,后在武昌,果然就像我们学校鲍朴一校董说的是 long day's journey into night,长夜漫漫路迢迢。这是一出美国戏剧的剧名。"

"哇,你的英文说得真好,像我的同学欧阳雯雯,我念书时一直敬佩她。她不该学护士的,应该像你一样考大学。"

受到鲍云彤夸赞,时兹禾有些得意,接着说道:"鲍朴一校董说的是老派译法,颇得古风之道,但我觉得略显造作,不如译作'入夜路遥'简明扼要。我的英文老师布鲁托说我译得更好。实际上也如此,白天坐车看着窗外景致倒不觉得怎样,天黑后便觉得路途遥远,好像没有尽头。"

鲍云彤并未接话,只是微笑着看着时兹禾。时兹禾本以为话更投机,却没了反应,便意识到自己跑题了,连忙说:"瞧我,本来说的是蚌山很远,却讲起了怎么翻译,驴唇不对马嘴了,不好意思呀。"

鲍云彤说:"我喜欢听的。当然,我更想知道,蚌山这个小城漂亮吗?"

时兹禾想了想,说:"蚌山的曹山湖很漂亮,水波荡漾,芦苇环绕。我小时候跟父亲去湖对岸的曹山桥赶集,听那里孩子说,若赶巧了,芦苇丛里可以捡到野鸭蛋的。"

鲍云彤惊讶地问:"真的吗?"

时兹禾点点头。

鲍云彤笑道:"以后有机会,我一定要去蚌山看看曹山湖。"

时兹禾也笑道:"好呀,如果真有机会,我带着你去。"

哪承想这句顺嘴之言让两个年轻人猛然悟出可能包含其他意味,竟都瞬间沉默,不知该接着说点什么。时兹禾有些自责,自己平时寡言少语,怎么今天讲起话来喋喋不休?看着鲍云彤,时兹禾眼前突然浮现出桂兰的身影。他记得与桂兰第一次见面也是如此这般,两人顶着飞舞的雪花骑车同行,一路说个不停,好像总也说不够似的。时兹禾觉得不可思议的是,桂兰与鲍云彤个头与身材相似,尤其侧身与背影更加相像。

两人说话时很投入,就有些忘乎所以,忽略了他们身旁还站着许多刚才一直向鲍云彤打探各种事情的人。明眼人都能看出,挤在柜台前的多数人只不过想与这位漂亮姑娘多说几句话,借此机会撩拨一下而已,也有人因为初来乍到,凡事摸不着头绪,确有问题打探。果然,有人等得不耐烦,冲着时兹禾嚷道:"这位同学,请问你说完了吗?我还有要紧事情询问!"

鲍云彤听后抿嘴一笑，连连说着"抱歉"，并急忙唤来旅社伙计应对，然后示意时兹禾同她去到柜台旁边挂着经理室牌子的房间说话。

时兹禾分明感到自己是在众目睽睽之下与鲍云彤一起走进经理室的，他甚至没有察觉到鲍云彤顺手开启了电风扇。屋内微风轻拂的时候，时兹禾还在想入非非——或许柜台边的那些人都在揣测，为什么同为外埠来的考生，此人与旅社这位漂亮的女主人何以如此熟稔？

经理室约莫有两间客房大，晨光透过窗子洒了进来，使得屋里显得宽敞明亮。时兹禾好奇地打量着屋内陈设，除了办公桌椅和置放各种文件夹的木质柜子，最醒目的是桌旁摆放了一盆白兰花，花盆硕大，花丛犹如小树，远超桌面高度，叶绿花白，还散发着淡淡的香气。明眼人一下子就能分辨出来，这里的主人是女性。

时兹禾蓦地意识到自己刚才与鲍云彤交谈的方式可能唐突了。如果算上昨晚的邂逅，时兹禾一直以为鲍云彤就是一个寻常的漂亮姑娘，即使她在前台卒卒鲜暇地招呼八方来客，想来至多不过在旅社做事。看到经理室这番秀雅且气度不凡的气息，时兹禾怯怯地问："您是这里的老板吗？"

时兹禾刻意将"你"改换成"您"。

鲍云彤咯咯笑起来，声音格外清脆。也许想到隔墙有耳，如此放声大笑难免让人诧异，她赶忙捂住嘴，憋着笑声悄悄地说："什么老板呀？我是护病学校刚刚毕业的学生，家在黔阳，来这里给我二姨帮忙的。"

时兹禾如释重负，吁了一口气，也跟着笑起来，说："俺爸在蚌山天来卷烟厂做事，烟厂老板姓肖。俺爸平常讲话很随意，不讲究，但只要提到肖老板，他的语气就很小心。万一你是老板，我刚才那样讲话是不是就算冒犯了？"

鲍云彤笑得更加厉害，因为尽力压抑，身子抖得花枝乱颤。

鲍云彤笑罢指着办公桌对面墙上挂着的一排照片，说："你瞧，那个人才是这儿真正的老板，大老板。我二姨只是个小股东，照看旅社日常经营罢了。听我二姨说，大老板十多年没来过了。那些照片都是旅社刚刚修建好的时候大老板挂上去的。"

时兹禾走到墙边，仔细端详那些略显发黄的旧照片——有单人的，也有两人和数人合影的，不是照相馆拍的那种呆板的人头照，而都是背后衬托着棕榈树的风景照，一派东南亚风光。照片上的老板五六十岁，穿西装，打领带，戴着礼帽。合影照中，老板身旁站着一个身材高大风度翩翩的年轻人。时兹禾不由得一愣，莫非撞见了鬼，那个年轻人居然与自己长相多有相似。

跟在时兹禾身边的鲍云彤也同时看到这张照片，她转过头来又仔细打量了时兹禾一眼，露出恍然大悟的神情，说："我想起来了，昨晚在邮电局看到你，我就觉得似曾相识，好像在哪儿见过似的，原因找到了，就是因为这张照片。好奇怪，你怎么和这个人长得这么相像？天下有这么巧的事情吗？"

时兹禾讶异地瞪大双眼，半晌说不出话来，少顷才问："这人叫什么名字？"

鲍云彤说："我听二姨说，老板是祖籍闽省泉州的华侨，姓黄，在南洋经营一家锡矿。我们这家粤黔旅社就是黄老板投资修建的，起初叫侨闽旅社。这个年轻人是他的儿子。"

看着墙上的照片，时兹禾的神情变得恍惚起来，不由想起桂兰在曹山桥家中与他说过的一段往事——她在南洋雪兰莪州首府莎阿南念初中时，爱上了邻家大哥黄一峰。那时，黄一峰刚刚大学毕业，原本打算接父亲的班做锡矿老板，赶上祖国抗日战争爆发，黄一峰毅然回国参加了新四军，两年后不幸在皖南牺牲。时兹禾清楚地记得，正因为自己与黄一峰长相酷似，桂兰抱着他痛哭了许久。

时兹禾暗想：天下之事，无巧不成书，莫不成照片上与自己相像之人就是桂兰口中的黄一峰？

时兹禾说：“鲍云彤小姐，此事说来话长。我和这位年轻的黄先生没有任何亲缘关系，长得相像纯属巧合，不过这里可能还有更加巧合的事情。我认识一位名叫桂兰的姐姐，算是我的老师。她从南洋回来，蚌山是她的老家。她跟我讲过一个名叫黄一峰的人。我猜想照片上的年轻人可能就是黄一峰。”

鲍云彤露出吃惊表情，感慨道：“天——”

时兹禾说：“我想冒昧提一个请求，如果不影响旅社营业，可不可以把这张照片给我收藏？万一今后能见到桂兰姐姐，我想把照片送给她，说不定对她而言很有纪念意义。”

鲍云彤说：“你说的那个桂兰姐姐现在还在蚌山吗？”

时兹禾说：“我不知道，我已经许久没有她的消息了。她是我们学校的图书管理员，会考前我为报考大学的事还征询过她的意见。可后来她突然消失了……”讲到这里，时兹禾露出落寞的神情。

下午烈日当头，酷热。幸好警校大门旁有几棵粗壮高大的凤凰树遮出一片绿荫。住在粤黔旅社的外埠考生和广州本地考生二百余人按照约定聚集在树荫下。一个身穿短袖警服的中年人招呼考生列队集合。站在头排的时兹禾好奇地透过警校大门向里面张望，七八辆大卡车依次排列在院子里面的路边。许多人从三层高的楼里将各种设备搬运出来，直接运送到卡车上。校园里人来人往，行色匆匆，路边与操场上堆满各种各样的物品。时兹禾与身边许多考生面面相觑，不知道警校发生了什么事情。

那位招呼考生集合的中年警察一个箭步登上校门旁边的石台，清了清嗓子，朗声道：“报考警校的各位同学，本人为警校副教务长徐长奇，现在代表学校正式宣布：接重庆国民政府内政部暨教育部联合训令,即日起警校全员全装迁往重庆。依据内政部警察总署和教育部高等教育司两天前的联署电文,今年报考警校的入学考试取消,录取名额核减。根据未来数年警力配备需求,凡冀鲁豫三省男性考生,可持高中毕业证书及会考优良以上成绩单办理入学手续。警校研究决定,在此招生基础上扩招部分广州男生,要求身高达一米七以上。其他省份考生不在录取之列,可以自行返乡。两个小时后,入学新生携个人行李在警校大门处登车前往火车站,警校整建制搭乘专列奔赴重庆。未按时登车者,一律视为自行放弃入学资格。"

列队的考生们瞬间不淡定了,一开始还是相邻者交头接耳,继而吵闹声一片,队伍很快散了开来。多数人冲到中年警察跟前大声诘问,还有人朝大门旁边的登记台走去,少数几个女生掩面哭泣。

时兹禾有些不相信自己的耳朵,呆若木鸡似的站在原地,不知如何是好。少顷,时兹禾鼓起勇气从人群中挤到自称副教务长的中年警察跟前,问:"警官先生,我是皖省考生,个人成绩很好,是今年蚌山崇正教会学校会考的头名,可不可破例录取?"说着双手递上自己的高中毕业证书和会考成绩单。

中年警察一把推开时兹禾的手臂,不耐烦地说:"再说一遍,凡冀鲁豫三省考生,符合条件的皆可登记入学,其他省份不在录取之列。上头定的标准,我们是警校,只能照章执行。"

刚才听到中年警察如此之言,时兹禾还有些将信将疑,此番再听,他知道此事便是千真万确。时兹禾感到脑袋嗡嗡作响,他怎么也想不明白,他在蚌山崇正教会学校是显赫一时的会考"状元",最终竟也不能如愿入学,且不说无法向父母交代,即便说起来别人也不会相信。其实,更严重的问题是,他不但没了再回皖省上大学的可能,在时间上也错过了去上海报考圣约翰大学的机会。想到要打道回府,一向温文尔雅的时兹禾心头突然冒出一股无名之火,一反常态地向自称副教务长的中年警察大声斥责道:"如此重大变更,为什么不提前告知？我可是千里迢迢来到广州，容易吗？再说，警校现在不录取我们，就等于断送了我们今年上大学的机会！警校这样做能为我们的前途负责吗？"

时兹禾的话音刚落，他身边一位女生带着哭腔喊道："警校凭什么不录取女生？国父中山先生早年就说，男女本非悬殊，平等大公，心同此理。男女平权乃是现代社会基本标志。你们不能这么随意制定录取标准！"

一位身材不高的男生也冲着中年警察说："警察是主持公道的职业，警校自己就不公道，怎么培养秉公执法的合格警察？我就问一句，为什么单单要求广州考生身高达一米七以上？"

围在中年警察身边的众人听到这几人的诘问，也纷纷表达起自己的愤懑，现场一片嘈杂之声。中年警察后退一步，与众人拉开距离，扯大嗓门说道："诸位同学少安毋躁！鄙人理解大家的心情，只是眼下时局动荡，广州亦受影响，很多事情并非我们能够掌握。不瞒诸位，迁往重庆的命令，我们也是几天前才收到。警校搬到广州不过一年多时间，许多教职人员家眷前不久才从南京迁来，这厢刚刚安顿好，又要奔赴重庆，我们也有许多无奈。特殊时期，情况非同寻常，还望各位同学多多包涵。"

中年警察说罢匆匆朝警校大门内退去，几乎同时，两位持枪站岗的警察横起枪杆拦住众多拥上来七嘴八舌提着各种问题的考生。时兹禾站在原地没动，反而被拥上来的人群挡在了后面。他的脑袋一片空白，目光呆滞地看着眼前的一切：攒动的人头和众多舞动的手臂，而人群中发出的声音仿佛被过滤掉了一般，现场看上去一团混乱，却静谧无声。渐渐地，那场面仿佛幻化成默片电影中断断续续在跳动中行进的画面，滑稽且不真实。

发呆的时兹禾与那些义愤填膺的考生都没有注意到，二十几个人来到大门旁边摆放着"登记报到处"牌子的桌子旁，悄无声息地排着队。这些来自冀鲁豫三省的考生侧脸望着还在据理力争喊叫的人,面无表情,眼神复杂。

此刻的鲍云彤忐忑不安且心急如焚,连她自己也说不清楚是什么原因让她在大街上漫无目标地寻找时兹禾。鲍云彤完全没有料到,前后不过半晌工夫,情况骤变。晌午时分,鲍云彤还按照警校来人叮嘱,差人专门在柜台前再次张贴了提醒告示:"请各位住店考生务必于今日下午两时整在警校大门处集合。"鲍云彤觉得还没过多久,赶去集合的考生们就陆续回到粤黔旅社,有人拿起行李着急忙慌地立刻离开旅社,更多的人则垂头丧气地收拾物品,准备返乡。站在柜台后面的鲍云彤这才发现,所有人都沉着脸,默不作声,好像刚才他们经历了什么不愉快的事情。鲍云彤是局外人,与所有住店的外埠考生素不相识,唯独与时兹禾有过两次接触,尽管时间不长,却令她印象深刻。

事实上,时兹禾正是从旅社的经理室去的警校——他与鲍云彤在这里相谈甚欢,似乎有说不完的话。平素寡言少语的时兹禾仿佛打开了尘封许久的话匣子,滔滔不绝,无所不谈。从意大利人布鲁托如何训练他游泳,到老警察"疤叔"赵传勇怎样将他这个溺水的泳池健将从夜黑风高的曹山湖捞起来,听得鲍云彤一时咯咯笑个不停,一时瞪大眼睛听得入神。鲍云彤偶尔也插话,说的多为湘理护病学校女孩子之间的逸闻趣事。不知不觉两人竟从一大早聊到午饭时分。没等时兹禾反应过来,鲍云彤已经安排旅社伙计端来炒河粉。两人继续边吃边聊。若不是鲍云彤提醒,时兹禾差点忘记下午要去警校集合这件大事。时兹禾拍了一下脑门,伸出舌头做了个鬼脸,离去的时候还笑着冲鲍云彤竖起右手大拇指,寓意定会马到成功,一切顺利。

偏偏此时往来匆匆的人群中没有时兹禾的身影。

鲍云彤心绪慌乱地走出柜台，急忙拉住一个考生问："这位同学，请问你知道时兹禾去了哪里？"

那人一怔，说："哪个是时兹禾？不晓得撒！"话语透着浓浓的"川音"。

鲍云彤猛然醒悟，住在这里的考生来自四面八方，萍水相逢，偶然聚集，彼此之间都是陌生人，怎么可能知道时兹禾为何许人士，便补充说："就是那个皖省来的大个子男生！"鲍云彤边说边用手超过自己头顶比画了一下高度。

"不晓得哪个是皖省来的，大家都是初次见面，对不上号的。不过皖省和我们川省一样，考生都没得录取撒。就这样还说警校要搬到重庆，天晓得搞啷个鬼名堂。只有冀鲁豫三省的考生撞上大运了！"

鲍云彤疑惑地问："难道不考试直接录取？"

"是撒！"那人愤愤不平地说罢，转身离去。

鲍云彤心里咯噔一下，暗想：坏了，那个害羞的时候会脸红的时兹禾多半遇到了迈不过去的坎——害羞其实也是遇到坎，只不过这个坎并非难以逾越，脸红一下便过去了。鲍云彤在与时兹禾聊天时得知，他的成绩一向很好，会考荣膺学校"状元"。鲍云彤担心的是，他如此成绩未被录取，可千万别一时想不开。

鲍云彤此前从未与陌生男孩子打过交道，到了情愫萌发的年龄，偏巧上的是湘理护病学校这样的女校。一群花样年华的女孩子根本没机会接触男孩子，整日里天真烂漫地各自扮演着公主，以为白马王子随时会带着鲜花来到身边，甚至嘻嘻哈哈地讨论男生应该在什么时候以什么方式单膝跪地，献上纯真的爱情。这显然是把想象以及在看戏或者阅读小说中得到的感受杂糅起来，凭空说一些听上去似乎很有主见而实际上完全不着边际的话。

对鲍云彤来说，刘永初中尉在医院的求婚是突如其来的，让鲍云彤感到惊讶与突兀,除了她事先毫无心理准备,根本原因在于她完全不了解男人是怎么一回事。

鲍云彤哪里知道,对男人而言,无论和风细雨还是疾风暴雨,求爱的本质并没有根本区别。《周易》所言"乘马班如,泣血涟如,匪寇,婚媾"的抢妻婚俗,与"一阳初动,二姓和谐,请三多,具四美,五世其昌征凤卜,六礼既成,七贤毕集,凑八音,歌九和,十全无缺鸳鸯和"这种婚联描述的完美婚约,也只是在表现上有所不同。

思春男子弱冠时,到了不得不絮绒飞扬与青春喷涌的年华,老天爷都会暗中助力。于是,"设法"成了求爱的谋略,因人而异,因时有别。对女人来说,情形则相去甚远。女人为了踏实与安稳,大多祈求的都是男人那副宽厚结实的肩头,仅仅瞄一眼肯定不行,她需要在接触时判断这副肩膀是不是靠得住。说起来甚为遗憾,莫说手拉手或者拥抱这类欧阳雯雯私底下自诩与男人有过的亲密接触,就是单独与男人面对面聊天这种近距离接触,鲍云彤以往的经验也近于零。

按说刘永初挺拔帅气,加上熨烫平整的军装衬托,俨然一副风流倜傥的神态,即使不会一下子打开鲍云彤的心扉,至少也会令她暗暗心动。但奇怪的是,鲍云彤总觉得她与刘永初之间少了些什么。可自打与时兹禾在邮电局相见,鲍云彤的内心仿佛就被什么东西吸引了一样,时兹禾的身影总是不由自主地在脑海中闪现。鲍云彤觉得很奇妙,时兹禾朝她竖起大拇指告别的一刹那,她忽然有了一种魂牵梦萦的感觉,甜蜜且难以忘怀。

魂不守舍的时兹禾踟蹰在街道上,像只无头苍蝇。

离开警校后时兹禾不知道该去哪里,一开始人群裹挟着他朝马路对面的粤黔旅社走去,即将迈进旅社大门时,时兹禾停下了脚步。他很清楚,自己不属于拎上行囊即刻就要返回警校登车的那二十几个人,而只要踏进旅社,就意味着他该收拾行囊返乡了。旅社本是临时落脚之地,按照最初设想,最多也就逗留两个晚上,他总不能毫无理由地再住一晚,次日与大多数人一样打道回府。时兹禾当然知道现在返乡肯定不合时宜,即使无路可走不得不回到蚌山,也得寻找到一个能让父母信服更让他自己信服的理由。

摘埂索涂之间,时兹禾居然稀里糊涂地来到大沙头火车站。虽然这里人头攒动,嘈杂喧器,但时兹禾一眼就看到车站墙壁上张贴着硕大的列车时刻表。时兹禾立刻联想到自己手头那本袖珍版的时刻表,这趟广州远行能如此顺畅,多亏那本小薄册子提供了精确依据。

时兹禾摸了摸口袋,发现除了一支钢笔,小册子与零用钱都搁在旅社中的行李箱里。三天前离家时,母亲赵翠娥执意往时兹禾的箱子里塞了一大沓金圆券,又递给他一枚金戒指。母亲说,这年头钱不值钱,但穷家富路,还是多带些方便,这东西看着不大,关键时候作用不小。时兹禾想着一旦考进警校,吃住等各项费用一概由学校负担,多带钱财路上反而不安全,便以上海离蚌山不算很远、花费不多为借口,将金戒指还给了母亲。时兹禾到了旅社收拾物品时才发现,母亲趁他不注意,将金戒指装进一个精致的锦缎小方盒中,塞进了他的行李箱。

时兹禾全然不知夜色是何时降临的,他从大沙头火车站旁边狭窄的街巷穿行过来,一条已然亮起路灯的人行小道横亘在面前。借着昏暗的灯光,时兹禾看到与小道并行的竟然是一条大河。时兹禾一下子灵醒了,莫非这就是他在教科书中早已熟知却未曾见过的珠江?时兹禾感到纳闷,为什么靠近江边的水面在路灯映衬下显得暗灰混浊,而远处的江面却波光粼粼?

时兹禾抬头望去,原来一轮皎洁的月亮高高悬挂在半空,月光肆无忌惮地挥洒下来,在江面折射出亮色。时兹禾脑海中蓦然闪现出孟浩然的"秋空明月悬,光彩露沾湿",一种莫名的酸楚之情油然而生。时兹禾想起了家乡蚌山的淮河,想起了往他行李箱里悄悄塞进金戒指的母亲,想起了根本不愿意让他去外地念书的父亲。他的鼻子一酸,脸颊很快被泪水打湿……

暗合

萧家人都知道萧士余老爷子最喜欢外孙女鲍云彤。

萧士余的这种喜欢,与乡下人常说的民间谚语"靠老大,疼老幺,最不待见是当腰"不完全是一回事。鲍云彤的确是萧家外孙辈中最小一个,但鲍云彤出生前晏承德也做过老幺,又是男孩,却从来没受过像鲍云彤这般娇宠。不仅如此,晏承德打小反倒被要求甚严,诸如食不言寝不语、行得端坐得正之类,稍有闪失,即刻打手板伺候,而且是老爷子亲自上手。晏传安和萧万华夫妇俩为此心疼得暗自落泪,却又怒不敢言。而鲍云彤在老爷子跟前几近"为所欲为",跨脖颈、跪骑腰,为了逗鲍云彤开心,年过半百腰腿渐硬的萧士余没少扮演马牛猪狗的角色。同在一个屋檐下生活,萧万华难免心中不平衡,背地里与三妹萧万琴有过龃龉,尽管话语隐晦曲折,转弯抹角,意思却很分明。

两姊妹私下斗嘴之事不知被谁偷听,于是在家中传开。萧士余老爷子闻之大怒,当晚即在家人聚会中冲着二女儿与三女儿厉声喝道:"都是自家人,爹生娘养,哪个不亲? 你们为这种事情斗嘴,想搞哪样?你们可知道,从来富贵多淑女,自古纨绔少伟男。男儿之贵,贵在意志。所谓'必先苦其心志,劳其筋骨,饿其体肤,空乏其身,行拂乱其所为,所以动心忍性,增益其所不能',萧家男娃娃长大可做武将,刚正不阿,勇往直前。女娃娃则不同,长大即为公主,端庄高贵,雍容大方,将来为人妻、为人母,那些都是必须的。这些人生百年大计,哪样不是从小娃儿时期开始做起？"

老爷子铿金锵玉,言之凿凿。家人们喏喏称是,未敢多言。

既然老爷子认定,又有依据,自此,鲍云彤受宠便成了萧家生活的惯例,由它而去。直到有一年,一贯乖巧的鲍云彤突然提出想去长沙护病学校念书,萧士余恍然大悟,这孩子的"宠期"届满了。

明做之事,人人可见,但萧家无人知道大女儿萧万芳一直是萧士余内心的骄傲。刚从京城迁回黔阳不久,萧夫人突发急症撒手人寰。原本顺遂的日子忽然遭遇大坎,萧士余一时不知所措。那时,三个女儿最大的八岁,最小的四岁,整日里哭喊着要娘,萧士余难以应对,感觉遭遇人生最难熬的时光。萧家杂务本由用人尽数担当,无须萧士余费心,但亲情的"人"字终究少了一撇支撑,无人能够替代。

与萧家走动频繁的老友张祥鹏见状,出于善心好意,劝说萧士余寻个填房,将家政主持起来,以免萧家生活乱了方寸。

消息不胫而走,络绎不绝的媒婆不请自来。几十万人口的黔阳当然少不了待字闺中的姑娘,不为人知的是,竟然还有许多容貌依旧可人只是错过出聘时光的少妇以及三十啷当岁风韵犹存的寡妇。媒婆说得巧妙,考虑年龄差不能太大且需扮演后娘角色,语气的侧重点明显在后者,又怕萧士余老口喜嫩草,便捎上些许家境不甚好的前者。正值壮年的萧士余听闻后自然吃惊,他一个拖家带口的老爷们居然还可以对如此众多佳丽美人挑肥拣瘦,难免心旌荡漾,血脉偾张。明里与他人说,娶个女人可以持家,暗里他心知肚明,夜晚若有软玉温香的女人相伴着缱绻缠绵,这样的日子不仅舒坦畅快,而且阴阳匹配着才称得上生活完整,也算是补充。媒婆啧啧道,如今世道艰辛,哪个女人不想攀上萧家的高枝呢？

续弦之事眼看就要摆上台面,萧士余便择了合适日子与女儿说明。三个女儿静静地坐在一起,与萧士余对望时,女儿们的眼睛都流露出无助的目光。萧士余似乎看出了什么,鼻子一酸,眼泪差点落下来。他猛然想起在京城做事时在某个权贵举办的堂会上听过的北方民歌——

> 小白菜呀，地里黄呀；三两岁呀，没了娘呀！
>
> 跟着爹爹，还好过呀；只怕爹爹，娶后娘呀！
>
> 娶了后娘，三年半呀；生个弟弟，比我强呀！
>
> 弟弟吃面，我喝汤呀；端起碗来，泪汪汪呀！
>
> 亲娘想我，谁知道呀；我想亲娘，在梦中呀！

萧士余心头像是被什么东西猛击了一下，阵阵发痛，暗自感慨："我这是为哪样咧？"只见萧士余脖子一仰，挺直腰杆，慢慢走到孩子们跟前，挨个轻轻拍了拍三个女儿的肩膀。萧士余当即决定日后以鳏寡之身维系萧家表面上的体面与女儿的心理上的踏实。他知道，大不了夜深人静的时候努力抑制欲念的滋扰。

那日之后，仅仅比二妹萧万华年长两岁的萧万芳仿佛突然长大，开始扮演长姐如母的角色。萧家虽然无须萧万芳"黎明即起，洒扫庭除"，更不需要上演孔融让梨的戏码，但萧万芳对两个妹妹的谦让与照顾无处不在。那年冬天黔阳遭遇奇寒，落雨后路面凝冻，树枝挂霜。偏偏两个妹妹喊着外出看景，萧万芳就背着小妹，牵着大妹出门。山城软坡甚多，萧万芳一不留心踩到冰面，瞬间滑倒，也是她用心着力，刻意朝前扑倒，并用力拉住大妹的手。最终两个妹妹都倒在她的身上，并未受伤，她自己却摔得口鼻出血。萧士余闻之感慨万分，又甚是欣慰。

萧万芳与范福增成家后，两口子做教员为人师表，稳当谦逊。都说夫唱妇随，举案齐眉，而在萧家，丈夫范福增也照着妻子萧万芳的样子，以身作则，情礼兼到。范福增虽然长相气派，满腹经纶，却为人谦和，既没有当官的那种趾高气扬的派头，也不像生意人那样能说会道,看菜下碟,该说的话净在课堂上讲毕,回到家中常常默不作声。两个姨妹与连襟都以为范福增欲求不多。作为尊崇父亲意愿出嫁而不出阁,与丈夫踏实且无怨无悔地住在娘家的第一人,萧万芳算是给萧万华与萧万琴两个妹妹做了表率。晏传安与鲍柏年身为二女婿与小女婿,对常年住在岳丈家中并非没有怨言,尤其晏传安,想法活络,不甘仰仗岳父鼻息。但同为连襟,为长之范福增从来没在家中聚会场合提过分家单过的建议,而且多次暗示众家人,众姐妹与众连襟应一切以照顾和尊重萧老爷子为重。

萧万芳夫妇唯一没按萧士余想法去做的紧要之事,是自家女儿范青青定亲,择选对象就是黔阳当地人。这与萧士余择婿时将标准定为外乡人完全不同。更重要的是, 他们打算按照黔阳风俗将其"嫁"出去。说白了,他们女儿的小家并不安置在萧宅。

这件事情非同寻常,说明萧家第三代人结婚之后可以不像父辈那样,与几个小家庭一起同时依附在老爷子羽翼之下生活。由此推算,老二家的晏承德与老三家的鲍云彤一旦成家,完全可以参照范青青的方式,另起炉灶,开启独立的以小家为生活单元的新生活模式。当然,眼下如此问题貌似并不紧迫。晏承德虽然偶尔来信告知外公与父母他一切安好,但毕竟多年不见踪影,天晓得这位萧家第三代唯一的男丁成家立业是何年何月之事。鲍云彤刚刚于护病学校毕业,尚未有人提亲,而据萧士余以及萧万琴夫妇的观察,鲍云彤并没有自由恋爱的迹象,所以成家之后生活于何处自然无从谈起。

其实,大女儿萧万华与大女婿范福增的真实身份,萧家无人知晓,只有晏承德是个例外。

民国十几年,意气风发的范福增从泸县来到黔阳开办书店。书店开张那天碰巧萧士余外出办事时路过,发现里面竟然售卖《语丝》《莽原》之类开明进步刊物。萧士余顺手翻阅一下觉得不同凡响,便进去与唯一的店员聊了起来。几番对话,萧士余感到这个家在外地名叫范福增的小伙子谈吐不俗,锐气蓬勃,便主动说书店应增添人手,若资金不足他可帮忙。

听到来人如此一说,范福增既感意外,又觉得惊喜,书店当下缺的正是人手。没想到次日萧士余便将刚刚高中毕业的萧万芳送到书店。萧士余的目的当然不是给萧万芳找一份工作,他一个孤身老者独自抚养三个女儿长大,现在到了需要考虑女儿终身大事的时候了——萧士余实际上相中了范福增其人。也是机缘巧合,萧万芳进书店做店员,与范福增性情相投,配合默契,这对范福增和书店来说如同锦上添花,书刊售卖很快进入正轨。

恰好黔阳中学与书店相距不远,那里高中部许多学生思想新潮,下课后便成为这里常客。穷学生口袋里没钱,喜欢蹲在角落蹭书看。身穿校服的男女学生只进不出,使得面积不大的书店常常人满为患。有些市民不知内情,看着此处喧嚷异常,也凑趣进来看热闹,见这里弥漫着书香气息与青春活力,明显不同于其他商铺,也不由自主地围着店里摆放书刊的书架闲逛起来,东摸摸,西看看,顺手买一本漫画册子或者《新生活手册》之类的时髦书籍也是常有的事,以至于书店成了这条街上最繁兴的店铺。

萧士余不可能天天去书店打探两人的情况,但女儿每天回到家后的神情说明了一切,从喜形于色到喜上眉梢,女儿日渐白里透红的气色表露的不仅是愉悦,更是心有归属后才会显出的绵绵衷情。眼看时机成熟,萧士余趁势亲自做媒成全了两人婚事,然后小夫妻顺理成章地搬进了萧宅。

情形的骤然变化出现在萧万芳与范福增婚后不久的四月,他们从报纸上看到腥风血雨的事变消息已是当月中旬。虽与黔阳相距甚远,但乌云依旧能够越过崇山峻岭随风飘至这里,小两口从书刊售卖中明显感受到外界的巨大变化——许多书刊被禁售了。接着几日，街上抓人的警车鸣叫声时常响起。

忽一日，范福增突然向萧士余提出要带新媳妇萧万芳回泸县看望公婆。

萧士余在京城经历过北洋政府时期风风雨雨的各种波折，知道范福增在时事呈现波谲云诡之时贸然提出这种要求并不简单，背后必有隐情。想着自己在黔阳的人脉还算广博，万一遇到麻烦，说不定可以为他们提供庇护，便想劝阻，但想到范福增常年生活在异地他乡，带新娘子去故乡探望公婆的理由，无论真假，他这个老丈人都不好多说什么，最终还是随了女婿之意。

没料想这一去便杳无音信。萧士余说不担心那是假话，焦虑时就会食不知味，夜不能寐，但他坚信范福增的为人，况且还有懂事的萧万芳陪伴在他身边。不想回来与不便回来是两种情形，萧士余始终认为后者占据上风。果然，两年后，民国十八年（1929年），萧万芳夫妇带着一周岁的女儿范青青回到黔阳。萧士余大喜过望，因为萧宅一下子四喜临门，大女儿夫妇携外孙女归来恰好赶上二女儿结婚周年纪念以及外孙子晏承德满月。

大家庭壮阔的生活由此肇始，虽然达至巅峰是一年后三女儿萧万琴与三女婿鲍柏年结婚，萧宅从此真正热闹起来。

只是萧万芳与范福增此番受中共赤水合江特别支部派遣而来的内情，萧士余全然不知。

不过，范福增很久以后回想，岳丈萧士余主动对他说的那番话耐人寻味："别开书店了，抛头露面的，现在不合时宜，你们去黔阳中学教书吧。"

范福增当时一愣，马上说："太好了，我和万芳正想跟父亲您说这件事。"

没承想萧士余三两天便促成此事。范福增感觉老爷子似乎胸有成竹，早有准备。

说话就到了民国三十七年(1948 年)秋，已经身为中共黔阳特支负责人的范福增接到中共上海局密电指示，要求他们近期秘密接洽一位名叫晏小楠的人，并配合他的行动。范福增仅仅知道，晏小楠的公开身份是重庆绥靖公署中校参谋，实则为解放军潜伏人员。这事当然就落到萧万芳身上，按照分工，除了对接解放军进军大西南之前各项准备工作，对国民党部队的策反与渗透也由她负责。范福增戏称萧万芳是黔阳特支的军事专员。

　　化名晏小楠的晏承德在离开黔阳十二年之后终于归来。按照指示，晏承德需要在黄昏赶到大东门陈记肠旺面馆，趁食客云集之时在三号桌与黔阳特支接头人碰面。晏承德隐约记得，他打小生活的外公家与陈记肠旺面馆同在一条街道，只不过面馆地处十字路口，从四条街道前往均可抵达。晏承德刻意选择了途经萧宅的街道。

　　对晏承德来说，思念生长于斯的故土是一种无法遏制的情感。刚去保定念书那会儿，这种感受并不明显，他以为念师范不过三年时间，转瞬即逝的事情，毕业后就可以回到那个他熟悉得闭着眼都能从大东门路口摸回家的地方。谁料想情况骤变，回到故土的希望变得日益渺茫。随着时间推移，想家而且是那种与他熟悉的房子与亲人紧密相连的家，在他心中越发强烈。

　　说来奇怪，在他小时候，父亲晏传安总是在外公不在的场合悄悄告诉他，湘西新晃的晏家乡才是他真正的故乡。刚念小学那会儿，晏承德随父亲去过一次地处山坳里的晏家乡。从县城到老家，几十里山路走了大半天，以至于最后晏承德累得筋疲力尽，哭着坐在原地不愿再走半步。后来，无奈的父亲只好在附近村子雇来侗族乡民，用挑米的担子将他挑到了晏家乡。遥远的山坳与陌生的村落无论如何都无法让晏承德产生亲切之感，即便父亲反复介绍那些姓晏的七姑八叔与他拥有共同的祖父或者曾祖父，而在他眼中，那些冲着他微笑的男女老少都十分陌生。如果说这些人与其他陌生人有什么区别，那就是第一次相见时他们都用好奇的神情打量着他，仿佛在观察这个外乡来的晏姓后人与他们有什么相似之处。

自从去过新晃老家，很长一段时间里，故乡在晏承德脑海中变得模糊混沌起来，他不知道故乡到底是什么。等他离家几年之后，夜晚入睡之前透过窗子仰望星空，他才越来越明晰地意识到，故乡就是儿时的记忆，是成长中的欢笑与烦恼，是满街的水城烙锅和红油素粉带给他的所有印象和感觉。所以，当晏承德得知即将去黔阳时，内心的激动久久不能平静。尽管任务要求晏承德不能暴露身份，也不能与家人联系，但他以为，只要近距离地感受一下他曾经每日上学与玩耍都要蹦蹦跳跳走过的街道，尤其是看一眼格外熟悉的萧宅大门，他就心满意足了。

黔阳多雨，淅淅沥沥下了十几天小雨，仿佛为了迎接晏承德归来，天空终于放晴。担心惹人注目，晏承德有意将肩配中校军衔的军装换成西服，戴着墨镜，并将礼帽朝前压低，看上去像个外地来的生意人。当晏承德看到萧宅那扇挂着铜环的双开大门时，眼睛马上湿润了。他假装向上推了推鼻梁上架着的墨镜，掩饰一下此刻的激动，并借机狠狠吸了一口雨后略带土腥气和草木味道的空气。

晏承德不禁感慨，离开黔阳时自己刚满十四岁，从青涩少年到如今肩负特殊任务的战士，其间历经了许多磨难和锻炼。当年跟随学长学姐们参加抗日集会与游行示威，许多人遭到枪杀或逮捕，他因年龄小而躲过一劫。一位支持进步学生的老师知道晏承德家在数千里之外的黔阳，回家路途遥远且危险重重，保定又不能继续逗留，便将他带到了自己的家乡阜平。半年后，晏承德才知道那位老师是共产党人，他受北平党组织的指派，在保定组织与北平大学生遥相呼应的抗日救亡游行示威。在那位老师的介绍下，晏承德在阜平参加了八路军。因为他年龄小又读过师范，刚刚成立的八路军晋察冀军区将晏承德送到延安学习。

在延安城南七里铺小沟，晏承德与三十余名学员挤在三孔窑洞里开始了封闭培训。他们被告知禁止与外界联络、不得互相探询来历、严禁暴露真实身份……晏承德参加了陕甘宁边区保安处首期情报侦查干部训练班。结业后，大家奔赴各战线，而晏承德几经辗转，潜入国民政府军事委员会重庆行营，他隐藏起晏承德的真名，以晏小楠示人。国民政府还都南京后，晏小楠继续以参谋身份潜伏于新组建的重庆绥靖公署。

晏承德刚刚经过萧宅大门，身后传来大门吱扭一下打开的声音。他心头一震，不知里面会走出谁来。晏承德没敢回身，更不能停下脚步。他希望开门的人是外公——他也说不清，为什么在这个大家庭里，自己对外公的感情如此笃深甚至超过父母。现在回想起来，在这个动荡纷乱的时代中，学富五车、观念超前却又强势专横的外公，分明以他特有的方式影响与护佑着这个大家庭中的每一个人。当年若不是外公托付京城故旧将他保送进保定师范并对他去外地念书鼎力支持，他晏承德怎么可能经历三回九转走到今天而成为革命战士？假如开门之人确为外公，即使此刻不能相认，晏承德觉得从背后感受一下，也一定会有重逢的温馨之感。

晏承德走进陈记肠旺面馆的时候，正赶上晚饭用餐高峰。一眼望去，每张餐桌都坐满食客，甚至面馆外面空地上蹲着吃面的人也不在少数，而炉头灶台前等待取面的人排着长队，队伍甚至延伸到馆子外的马路边。衣衫褴褛者和穿着体面的人混杂在一起，竟然互相之间毫无鄙夷神色，却都将目光紧盯着灶台伙计。谁都知道，灶台伙计稍不留心，血旺与烧肠切得多寡不同总是在所难免。所谓肠旺面，乃是肠旺为首。肠足旺多，自然吃着过瘾。反之，食客不仅觉得吃亏，而且吃起来也会感到憋屈。因而炉头灶台前排队取面者时常会出现有人急了眼不顾脸面地大吼一声的情形："为哪样少了阿（那）么多？再多切一刀嚜！"

这场面晏承德曾经十分熟悉，他小时候外公萧士余和父亲晏传安经常带他来这里换口味打牙祭。他很早就知道肠旺面是当地味美价廉、穷富不嫌、老少皆宜的吃食。晏承德不假思索地付了钱，迅速跟在了队尾。幸好不像其他饭馆需要后厨烹饪，过程复杂且等待时间偏长。肠旺面制作看似并不复杂——滚着热气的汤锅以及预先熟制的大肠与血旺，在灶头伙计煮面、捞面、剁切等一系列令人眼花缭乱的动作中，被熟练地混装到一只盛汤的大碗中，再加上一勺子油辣子和一把切成细末的芫荽，全部过程差不多也就眨了十多下眼睛，所以排队无须等待许久。汤锅侧面则摆放着卤鸡蛋、卤豆腐干、辣子鸡、烧猪大排等额外增配食材，食客依凭口袋里铜钿多寡与口味偏好另行择选。

晏承德端着冒着热气的面碗迅速斜睐一眼，发现三号桌台紧倚墙角摆放，只能两人就座，一位只能看见背影的中年女人已经坐在其中一个座位上，另一个空位上摆着一个用土布方巾系扎的包袱，明眼人一看就知道那是为正在取面的人提前占据座位。晏承德迅速走过去，将面碗放在桌上，冲着中年女人微笑着说："请问孃孃，我可以坐在这里吗？"

中年女人正是萧万芳，她抬头看了一眼来人，大吃一惊。

"承德？"萧万芳惊讶得脱口而出，声音很小，像是自言自语。

晏承德也一眼认出眼前坐着的竟是他多年未曾谋面的大姨萧万芳，虽然他记忆中的大姨额头上没有皱纹，两鬓也没有渐显的白发，但她那双与他母亲萧万华格外相像的眼睛，以及萧家三姊妹相似的椭圆形面庞基本没有改变，尤其大姨下颌右侧边缘有一颗明显的黑痣，让他确信无疑，黔阳特支派来与他接头的人正是他的大姨萧万芳。

上级组织没有告诉晏承德接头人是男是女，只是让他放心，与他接头的这位同志是个有着二十年党龄的老党员，地下斗争经验丰富，一定会配合好他的工作。晏承德估算，自己离家求学时，大姨已然是党龄七八年的老同志了。他竟然丝毫没有觉察，想必他现在是萧家第一个知道大姨真实身份的人。想到这里，晏承德暗自感慨，或许大姨也是萧家唯一知道他真实身份的人。

　　晏承德心里不免有些激动，但他很沉稳地将包袱拎起来，放到桌子靠墙角的地方，然后坐了下来，慢条斯理地接话道："嬢嬢说的可是热河避暑山庄的承德？巧了，我去年酷暑时节碰巧去那里进货，买些黄旗小米和兴隆山楂等土特产。不过说实话，那地方枉为皇家避暑胜地，远不如黔阳夏日凉爽。"

　　萧万芳瞬间意识到自己刚才失言，赶紧转过话题，按约定暗语说："这位先生看着像是生意人，不会差些许银两，肠旺面里为何只加了卤豆腐干而不加卤鸡蛋，这么节俭？"

　　"嬢嬢有所不知，我最爱黔阳的卤鸡蛋。只是多年养成的习惯，每天早餐食用。"晏承德说。

　　"陈记的酱大排在黔阳名气很大，不加一块尝尝可惜了。"萧万芳说。

　　"这个实属萝卜白菜各有所爱。我更喜欢红烧排骨，切成小块的那种。"晏承德说。

　　萧万芳眼中立即露出兴奋神色，压低声音说："孩子，万万没想到晏小楠就是你。这么多年了，家里人的担心你无法想象，尤其是你外公和你母亲。"

　　晏承德急切地问："外公身体好吗？我爸妈怎么样了？还有小姨他们呢？"

　　"说来话长，你外公还好，只是岁月不饶人，成了耄耋老人。你爸妈现在广州经营旅社。广州局势复杂，你外公打算让他们回来，已经派你表妹鲍云彤去接你母亲先返回。家里情况以后找机会慢慢细说,先说说你的任务,需要我们做哪些配合?"萧万芳说。

"这次重庆公署安排我晏小楠来黔阳担任保安五团代理团长。离这儿几十里的清平镇还有保安一团,团长叫于启佑。"晏小楠刻意说了自己的化名。

萧万芳说:"于启佑的情况我们大体掌握。这个人脑瓜灵活,善于见风使舵,与现在的保安司令张文焕是老乡。"

晏小楠说:"国民党在找后路,准备整合地方武装与杂牌军,将驻扎黔省的保安部队改编为绥靖第 101 军。这个方案一旦启动,他们至少打算编两到三个师。负隅顽抗的意图很明显,原来的守备任务转化为作战职能。万一黔阳守不住,他们就准备撤往黔西南的大山里,利用险峻地势负隅顽抗。老蒋现在已经黔驴技穷,主力部队大都驻守重庆、成都附近,无暇顾及这边。他过去从不把保安团这种地方武装放在眼里,现在顾不了许多,萝卜快了不洗泥,拾进篮子里都是菜。可是他又对这些人不放心,专门叮嘱让重庆公署派人来掺沙子,我来就是起这个作用的。据我所知,保安五团和保安一团很可能成为新组建的 272 师的骨干部队。上级首长明确指示我利用这次机会继续潜伏,在我军展开解放大西南行动的时候伺机策划国民党部队起义。黔阳特支对当地及周边情况熟悉,我需要一些可靠的人跟在身边,先设法进入保安团,将来作为策划起义的骨干力量。"

萧万芳说:"我马上向特支报告,尽可能安排合适人员。另外,保安司令部副参谋长谭良本是我们黔阳特支一直努力争取的对象。此人倾向于我党的政治主张,厌恶老蒋政权。"

晏小楠说:"我马上向上级报告谭良本的情况。据我们掌握的情况,谭良本在预定方案中担任第 101 军参谋长。我们军地双方共同做好他的工作,利用他位势较高的有利条件,争取让他在下一步策划起义中发挥作用。"

说罢,晏小楠看了看手表,起身准备离去,忽然问道:"我离开那年,云彤表妹还是小姑娘。现在怎么样了?我很想念她,我们可是一起长大的。那时,都是青青表姐带着我和云彤玩。"

　　萧万芳说:"云彤刚从长沙湘理护病学校毕业,实习时被国民党军队医院相中,差点被征召入伍,多亏你外公及时制止。你青青表姐已经订婚了,她和她未婚夫平飞都是我们特支的联络员。"

　　晏承德说:"大姨一家人都在为我们的事业工作,是真正的革命之家。"

　　萧万芳笑着说:"咱们萧家每个人都在努力,尤其你外公,他老人家虽然不知道我们的真实身份,但他总是在我们遇到困难的时候不动声色地帮助我们,经常做些雪中送炭的事情。我和你大姨父都觉得你外公是个心里有数的明白人。"

　　晏承德说:"等我恢复了'真身',得回到家中住上一阵子,好好孝敬一下咱们家老爷子。可以说,没有老爷子,我也不会走上革命道路。"

　　萧万芳说:"可不是嘛!你外公是咱们家的大功臣,若不是老爷子断然出手,云彤这会儿跟你一样,都披上国民党军队那张皮了。"接着,萧万芳话锋一转,说:"家里人现在最担心你父亲,原本他和你母亲在广州经营旅社,可执意跑到香港做生意。"

　　"哦?"晏承德紧蹙了一下眉头。

　　鲍云彤不知道夜幕是何时降临的,但她知道,几个小时已然过去,在偌大的广州城如此漫无目标地继续找寻下去,如同大海捞针,不会有任何结果,便沮丧地返回旅社。鲍云彤刚刚在柜台后面坐下来喘口气,一位拎着行囊准备返乡的外地考生客气地朝她打了招呼:"姑娘,我要回家了,谢谢你这两天的关照。欢迎你以后有机会来汉口玩。"

一脸愁云的鲍云彤此刻眉头紧锁,还在琢磨时兹禾为何不见了踪影,听到那人招呼,站起身来,客套且毫无表情地回话道:"这位同学,要回家呀?祝你一路平安!"

那人问:"姑娘,你好像有愁事,满脸不开心的样子。"

鲍云彤觉得很奇怪,她脸上又没有刻字,他怎么能看出她开心与否。不过想到这些未能入学的外埠考生的境遇,鲍云彤并没有接茬,安慰道:"这次没能入学,真替你感到遗憾!千万别灰心呀。"

那人不但没有离开的意思,反而放下行囊,将身体侧靠在柜台边,笑呵呵地说:"照理说,我们这些人才会不开心呢,欢欢喜喜地来,悲悲戚戚地走。点灯熬油这么多年,马上就要迈进大学门槛,没想到人家一句话就把我们打发了。最要命的是,警校打发我们的时间好像经过精确计算一样,让我们一下子处在前不着村后不着店的地步。宋人汪洙说'久旱逢甘雨,他乡遇故知,洞房花烛夜,金榜题名时'。第一桩是天象,我们无能为力。第二桩说不好,大家接触时间太短。不过,据我所知,住在旅社的考生们对你印象都很好,觉得你大气、开朗、为人周到。希望我们能成为朋友。至于有没有第三桩,回乡后要么凭运气,要么靠媒婆,反正我不打算出家当和尚。至于第四桩,你知道的,今年彻底没戏了。哈哈!"

那人的一番话让鲍云彤有些意外。遇到如此懊糟的事情,很多人都因此垂头丧气,可他竟然还能以豁达姿态应对。鲍云彤感到这人胸襟开阔,非同寻常,便说:"你能这么想,真不简单,没准以后你还会有更好的机会。"

那人说:"那就借你吉言啦!我刚才说的是玩笑话。但我真的想开了,上不了警校,大不了回家做别的事情。你不知道,我特别喜欢写诗,也许写得不好,但从未失去信心,说不定以后还能手握笔杆子闯出一条新的人生之路。你看,落魄的我都能笑对未知的人生,而你们旅社生意这么好,天天有钱可赚,还有什么让你不开心的?"

那人的这样一通说辞居然让鲍云彤的焦急心情有所缓解,她忽然意识到人家不厌其烦地在此与她对话,完全出于好意,便顺嘴解释道:"有个考生,不知什么原因,行李还在旅社,人却不见了。他上午还在经理室与我聊天……"

　　那人笑着说:"你带他进经理室,我们都看到了。说实话,我们几个人都有点愤愤不平,凭什么我们不能进去呀?哈哈!"

　　鲍云彤也笑了,说:"我在周边找了一圈也没看到他的人影。"鲍云彤说的是实情, 只是她隐瞒了自己急切地寻找时兹禾的真正原因。

　　那人说:"不用担心,我不是也刚刚回来嘛!来一趟广州不容易,花了不少钱,既来之,则安之,至少应该去欣赏一下云山珠水。我若不是盘缠吃紧,说不定还会再住几天。"

　　"什么是云山珠水?"鲍云彤好奇地问。

　　"白云山和珠江呀!"那人说。

　　"珠江?"那人的话瞬间提醒了鲍云彤。粤黔旅社离大沙头火车站不远,而流经城区的珠江恰好就在大沙头火车站后面。鲍云彤并不担心此时的时兹禾正在闲逛,她的潜意识告诉她,那个遇事会露出羞赧神情的小伙子或许是个敏感多思的人。鲍云彤担心的是,万一他无法面对眼前发生的一切,一时想不通,跑到江边瞎琢磨,做些不计后果的事情怎么办?越想她越觉得不踏实,顾不得与那人继续细说,鲍云彤绕过柜台急忙朝门外走去。

　　那人不知发生了什么,一脸疑惑,迟疑了一下,追了出去,却见鲍云彤拦下一辆黄包车,跳上车飞奔而去。

　　那人在她身后喊道:"我叫徐晓硕,诗人徐志摩的'徐',晓之以理的'晓',硕果累累的'硕'。老板娘,你不用为那个同学担心的——"

　　坐在黄包车上的鲍云彤转头向后,用两只手在嘴前做出扩音手势,大声喊道:"我不叫老板娘,我叫鲍云彤——"

62

或许因为湿暑闷热,往日夜幕中习习江风吹拂下时常有人休闲漫步的堤岸步道此刻显得空荡寂寥。借着幽暗的路灯光亮,心急如焚的鲍云彤跳下黄包车后沿步道疾步行走,眼睛一刻不停地向两边扫视。一路近乎小跑的体力付出伴随着燥热与焦急,让鲍云彤有些心力交瘁。她停下脚步,拿出手帕擦擦额头上渗出的汗珠,然后靠在一根路灯杆上喘着粗气。

　　鲍云彤忽然觉得自己的行为荒唐、莽撞且不可理喻。一个外埠来广州的考生与她无亲无故,只不过一次意外邂逅和一次欢快畅聊,让她的心绪一时间掀起波澜,但仔细想来,这样的接触充其量只能算作萍水相逢。鲍云彤想到欧阳雯雯经常在同学面前诵读的古人诗句:"关山难越,谁悲失路之人;萍水相逢,尽是他乡之客。"在广州,她和时兹禾都是他乡之客,一个来自黔阳,一个来自蚌山,路径不同,各有事由,自然也是萍水相逢。一个他乡之客放着旅社那么多杂事不去处理而不管不顾地四处找寻另一个他乡之客,岂不是咄咄怪事?鲍云彤陷入迷茫,她无法说清自己的这种牵挂与担忧究竟因何而生。

　　鲍云彤正琢磨是否应该作罢放手,彷徨间蓦然发现远处江面上透着反射的月光,便不由自主地举头仰望,一轮高悬的月亮皎洁如玉,再看江面,波光粼粼,亮影时隐时现。在山城黔阳长大的鲍云彤看惯了山峦沟壑和峡谷飞瀑,何曾见过江月辉映的如此景色?

　　月光顺着江水汩汩地漂到下游,也将鲍云彤的目光带到远处。鲍云彤放眼望去,一个坐在岸堤斜坡上的人影映入她的眼帘——鲍云彤有些恍惚,在皎月波光的映衬下,她仿佛看到一张江清月近人的图画。鲍云彤揉了揉眼睛,再度仔细观望,江岸堤坝的护坡上果然坐着一个人。谁这么无所顾忌,胆大如斗,不怕稍不留心滑落水中吗?鲍云彤瞬间一惊,那人会不会就是时兹禾呢?鲍云彤刚才有些颓丧懈怠的心绪再次紧绷起来,她丝毫不敢怠慢,三步并作两步朝那人的方向奔去。

鲍云彤离得越近,看得越清,原来那段坡堤虽是斜面,却并不陡峭,且砌有石阶缓慢地伸向水中,石阶上方的护栏留着将近两米的开口。显然这里是为日常疏浚与修缮留下的阶梯式通道,靠近水面的阶梯也为胆大的垂钓者和观景人提供了坐下歇息的方便。鲍云彤担心认错人而遭遇尴尬,便蹑手蹑脚地顺着石阶慢慢走下去。她这时才意识到,奔腾疾逝的江水并不平静,激浪冲击着岸堤,发出哗哗的声响。坐在石阶上的人此时并未察觉到有人向他走来,依然呆呆地望着江面。

鲍云彤终于从侧后方清晰地辨认出,坐在石阶上的那个人正是时兹禾。

顿时,哀怨伴随着惊喜,委屈夹杂着期盼,一种复杂的情感在鲍云彤心中油然而生。她本想大声呵斥一下时兹禾,责问他为何不知会一声独自跑到江边、为何遇到问题而没有找她商议。仔细一想又觉得她的责问毫无道理,她与他是何种关系,人家凭什么要跟她打招呼并与她商议?其实,除了这些,鲍云彤最担心的是她在这里突然出现会惊吓到时兹禾,万一他在特殊境况下不管不顾地冲进江水之中,那该如何是好?

对时兹禾来说,一切都是突然发生的。他那么高大的身躯居然被一股强大的力量顺着石阶拖拽到步道上,时兹禾身上的短袖褂子哪里能够支撑这么大的拉力,他的脖子几近被鲍云彤的胳膊卡住,拖拽时他差点喘不上气来。待时兹禾站稳脚跟,脖子被卡住的胳膊松开,他连连咳嗽,大口喘着粗气,然后迅疾转过身来,这才看清,原来拽拉他的人是鲍云彤。

没等时兹禾反应过来,鲍云彤居然像发疯似的,一边尖叫着,一边朝他胸前拼命捶打起来——

"你在这里干什么?

"你还是个男子汉吗?

"这么一点小事就让你过不去了?

"这么长时间没有消息,你想过我的感受吗?"

时兹禾被突如其来的拖拽和连续击打搞蒙了,他不知道身材娇小的鲍云彤哪里来的这么大的劲头和爆发力,手足无措地站在那儿,任由鲍云彤的斥责和捶打。打也打了,喊也喊了,或许意识到什么,鲍云彤突然停下手,借着路灯光亮,她发现时兹禾满脸泪痕。鲍云彤哇的一声哭了起来,一下子将头靠在了时兹禾肩上。

让时兹禾潜然泪下的是他听到鲍云彤最后喊出的那句"你想过我的感受吗",夹杂着辛酸和委屈,一股暖流顿时涌上他的心头。此时的时兹禾完全忘却了"失学"的绝望。他猛然张开双臂,紧紧地将鲍云彤拥在怀中……

折向

从餐桌旁站起来的时候,鲍云彤除了略觉头晕,身体倒没有其他反应,还算平稳地站住了。身材高大的时兹禾却有些东倒西歪地站立不稳,他本能地伸手扶了一下鲍云彤的臂膀。鲍云彤瞬即像触电般甩开时兹禾的手臂,还狠狠地瞪了他一眼,那意思是碰她干什么?结果没想到两人都打了个晃,差点摔倒。幸亏时兹禾眼疾手快,一把抓住鲍云彤的胳膊。这会儿,鲍云彤不仅没再挣脱,反而借势牢牢地挽住了时兹禾的胳膊,还冲着时兹禾莞尔一笑。借着灯光,时兹禾突然发现,鲍云彤此刻比之前更加漂亮,双瞳剪水,明眸善睐,面庞白里透红。时兹禾将鲍云彤手臂挽得更紧的同时,立刻想到蚌山人最常用的带有赞叹成分的感慨术语:我的个乖乖……

他们相互搀扶着踉踉跄跄地朝粤黔旅社走去,天色已经朦胧见亮。时兹禾有些恍惚，左手掏出怀表看了一眼，见时针即将指向五点，疑惑地自言自语道："怎么这么早天就快黑了？"

"你说什么？"鲍云彤脑子有点晕乎。她知道刚才喝了酒，却一下子想不起来她与时兹禾谁先提出喝酒的。不像刚才起身那一刻并无头重脚轻之感，走了一会儿，鲍云彤反倒觉得自己有些步态趔趄，思路也飘忽不定，索性就扶着时兹禾的臂膀站在原地，拼命回想着之前发生的一切——

从珠江边返回粤黔旅社途中，鲍云彤和时兹禾饿着肚子经过一条食肆小街，空气中飘浮着浓郁的醇酒与美食之香，两人不约而同地停下脚步。小街两侧的食档一家挨一家，灯火通明，食客云集。时兹禾感到惊奇万分，离开江边步道时，他下意识地看了眼怀表，知道亥时即将结束。这个时辰蚌山的街道已经寂若无人，而这里却开始热闹起来。餐桌上飘来的扑鼻香气以及食客们大快朵颐的神态，也是时兹禾顿步不前的重要原因，热天耗人，几经折腾，他感到自己已然前胸贴后背了。

目不暇接的时兹禾突然被一声呼唤吸引了注意力——"有请先生小姐，屋内室外皆有空座。"

两人循声望去，一个年轻的跑堂伙计躬身朝他们做出邀请手势，他身后是一家热闹非凡的馆子。馆子大门敞开，门楣上的四字牌匾"石岐酒家"显得通体透亮。奇特的是，馆子里面空空荡荡，除了腰扎围裙的伙计跑来跑去，并无就餐之人，而在数盏悬挂的汽灯映照下，门外与街道之间的空地上，十几张餐桌则坐满了推杯换盏的食客。

时兹禾略显急切地对鲍云彤说："我们入乡随俗，也坐在外面吃点东西吧。"

时兹禾与鲍云彤刚刚在珠江边经历了剧烈的情绪波动,是那种愤懑和幽怨宣泄后的激情高涨——两个人的紧紧相拥,更多地裹挟着相知与抚慰、感激与理解,就像一个人从悬崖失足坠下后被什么东西猛然托住,让失落一刹那变成了安稳。

　　当然,其中也有充满蓬勃生机的青年男女之间不尽相同的气息吸引。

　　鲍云彤第一次感受到男人胸膛的宽厚与坚实,尤其那种混杂着男人肌肤馨香的淡淡的汗味,让她产生了近乎眩晕般的沉醉。鲍云彤闭上眼睛,心跳得厉害,脑子一片空白。她希望时间永远停在此刻。时兹禾第一次主动拥抱一个姑娘,激动与兴奋让他难以自持。处在忘我状态下的时兹禾甚至根本没有意识到自己怎么会张开双臂将鲍云彤揽入怀中。当他的脸颊触碰到她的头发,一股茉莉花的香气扑鼻而来,这才低头看着依偎在自己胸前的鲍云彤。他猛然想起在邮电局排队等待打长途电话时,他闻到的正是这种气息。时兹禾有些不敢相信,那个从背影看让他误以为是桂兰的漂亮姑娘此刻正依偎在他的怀中。

　　时兹禾不由想起桂兰在曹山桥桂家小院拥抱他的情形。尽管他后来知道,桂兰的情不自禁之举是将他幻化成她心目中的恋人黄一峰,而且事情的发生毫无征兆,他也毫无准备。

　　当时,桂兰说到他长得与黄一峰格外相像,然后触景生情的桂兰便坐在那儿嘤嘤哭泣。时兹禾本打算走过去抚慰一下这位他应该称作老师却被要求唤作姐姐的女人,没想到桂兰猛地转过身来将他紧紧抱住进而失声痛哭。手足无措的时兹禾自始至终双臂都垂在身体两侧。之前的时兹禾虽然从未有过与女人身体接触的体验,但他确信,桂兰抱住他并不意味着两人的相拥。这与当下他将鲍云彤紧紧揽在怀中大不相同——他居高临下从鲍云彤双肩处伸出双臂搂住她的后背,而鲍云彤则揽住他的后腰。

只是时兹禾感到纳闷，为什么桂兰的身影会在这个时候跳入他的脑海？激动万分的时兹禾忽然感到有一根线绳暗暗拉扯着他，让他无法迸发与张扬。他甚至未能像感知桂兰丰满且有弹性的胸脯那样，真切地从鲍云彤身上感受到一种能够让他怦然心动的柔软。说不好是不是戛然而止，情绪渐渐平静下来的鲍云彤和沮丧感渐渐遁逝的时兹禾彼此松开了双手，然后两人陷入默默无语的尴尬。鲍云彤低着头，时兹禾则不停地搓着双手。若不是鲍云彤轻声地问肚子饿不饿，时兹禾都不知道接下来该怎么办。

两人刚刚落座，刚才那位招呼他俩的伙计便满脸堆笑地递给时兹禾一张杂志大小的硬壳纸单。时兹禾没明白他的用意——他一直以为下馆子都是伙计主动询问打算吃点什么，然后他再反问这里能做哪些菜品，所以他不知所措地看着伙计。伙计指着硬壳纸单上分行排列的小楷字，说可以照此点菜。时兹禾恍然大悟，连忙递给鲍云彤，然后下意识地摸了摸口袋，发现身上未带分文。他猛然想起，自己所有钱物都在粤黔旅社的行李箱里。原本他想着暑天衣着单薄，揣着荷包不方便，而警校集合，或者训话，或者预考，一俟结束即可返回旅社。

只见时兹禾拍了一下脑门，忽地站起来，对鲍云彤说："坏了，我身上没带钱！要不然，你先坐在这儿点菜，我去旅社取钱，好在旅社离这里不算远。"说着，拔腿便要离去。

鲍云彤看到时兹禾的动作和表情反应，不觉抿嘴一笑，连忙拽住他，说："我虽然不是你曾经想象的老板，可衣兜里总还揣着一点零用钱的，吃饭够用。"

时兹禾惊讶地说："我的天哪，你怎么跟俺妈这么像，去馆子吃饭，她口袋总是有钱！"

长这么大，时兹禾在蚌山下馆子的次数屈指可数。除了高中会考后拿着母亲给他的专用零钱跟同学们凑伙吃了一次毕业散伙饭，其余几次下馆子，他要么由父母带着，要么随母亲一起。

时兹禾记忆犹新，第一次进馆子吃饭那年他刚满九岁。母亲赵翠娥在小报上得知蚌山二马路的东亚饭店开张大吉，里面竟然有一家西餐厅。年轻时在上海做过舞女的赵翠娥见识过法、意、德、俄各式西餐的别致与美妙，尽管她那时陪舞所赚之钱仅够养家糊口，总有一些充大头的小开或者怀揣各种心思的男人给她们这些舞女提供这样的机会。或许心情急切，等不得丈夫时昭明空闲时陪她同去，赵翠娥当即拉着长子时兹禾作为陪同去开洋荤。至今，时兹禾都认为那次吃过的两道菜——法式香煎鹅肝和四喜烤麸是天底下无与伦比的美味佳肴，令他终生难忘。时兹禾记得回家后母亲赵翠娥眉飞色舞地向父亲时昭明描述刚刚品尝过的异域美味，父亲一反常态地没有为了讨母亲欢心而说些曲意迎合的话语，却露出不屑表情，说四喜烤麸分明是登不得台面的上海本帮菜，在西餐馆吃它算哪门子事。

当然，时兹禾印象最深的是，无论是与父母一起去下馆子，还是随母亲去，母亲赵翠娥总是能十分优雅地从皮夹子中掏出钱来。

鲍云彤听到时兹禾如此一说，瞬间脸红了，脱口说了一句黔阳方言："乱讲哪样嘛！"说罢，鲍云彤突然意识到与蚌山人时兹禾讲自己家乡方言好像有种奇怪的感觉，这种感觉在长沙念书时曾经有过，原因当然是自己稍不留心脱口而出的方言引得谢小羽等一众同学哈哈大笑。她感到脸颊发热，然后低下头来。

时兹禾听后不觉一愣，他倒没有觉得鲍云彤讲的方言有何不妥，只是琢磨自己这样说怎么会是"乱讲"，他以为"乱讲"近似于蚌山人口中的"胡说八道"，语气分明很重。但想到与鲍云彤初识不久，出于礼节她应该不会使用过重的言语，八成是方言之故，尺度拿捏上有所差异。不过看到鲍云彤低头不语，时兹禾也不好再说什么。

伙计又来到他们身边,问:"二位用点什么,考虑好了吗?"

店家的主动问询倒是化解了他们的尴尬,两人互相看着,却依然不知如何点菜。菜单上许多菜名他们都是第一次看到,不知菜名包含的意思,诸如啫啫粉丝煲、钵仔糕、牛三星、艇仔粥。时兹禾疑惑,自己的国文成绩如此之好,怎么可能看不懂这张硬壳纸单上标示的菜名?

跑堂伙计一副很有经验的样子,轻车熟路地说:"二位可以尝尝本店拿手的腌青口和椒盐濑尿虾,再来一份粥粉面就足够了。"

鲍云彤点点头,对时兹禾说:"我来广州一个多月,今天第一次在外面吃饭。人家既然推荐,咱们不妨尝尝?"

虽然濑尿虾这个菜名让时兹禾吓了一跳,以为这种虾的烹制方法与某种污秽有些许关联,但看到鲍云彤同意,也就顺势点点头,心想万一吃起来有不妥,大不了少吃或不吃罢了。但伙计仍然看着时兹禾,没有离去的意思。坐在一旁的鲍云彤不解,连忙问:"还有什么问题吗?"

伙计对鲍云彤说:"我看这位大哥人高马大的,想必是北方人吧?我们家的米酒十分不错,来这里用餐的,几乎人人都喝。我不敢说我们家的菜在广州最好,但不是吹牛,做米酒的,在广州没有超过我们家的。二位可以来上一瓶品一品。"生意人懂得凡事拿捏的方式,劝男人喝酒的话,却冲着女人说。

时兹禾从不喝酒,唯一一次沾酒还是祖父时康仁第一次从苏北老家到蚌山探望三个孙辈,那时身为长孙的他不满十岁。祖父祖母离别蚌山的前一天,母亲下厨做了丰盛的晚餐。想到苏北老家父子不同席、叔侄不对饮的习俗,父亲怯怯地问能否破例与祖父一起喝酒助兴,为祖父祖母送行。祖母率先同意,祖父就坡下驴,不仅时康仁与时昭明父子得以把酒言欢,祖父一时兴起,还用筷子蘸了白酒伸进时兹禾的嘴里,辣得时兹禾眼泪都淌了下来。时兹禾从此惧怕白酒,且不理解这等烧心辣肺的黄汤怎会讨得这么多成年男人的欢心。

但时兹禾喜欢米酒。说米酒是酒,时兹禾反倒不甚理解,明明没有什么度数,喝起来有股淡淡甜味的东西,却将它与濉溪老窖等白酒通通以酒称之,岂不是咄咄怪事?时兹禾喜欢米酒,是因为它又非水,混浊中透着醇厚,几碗米酒下肚,腹中会有温热之感,似酒非酒,蚌山人宁可称其为醪糟。《说文》曰:"醪者,汁滓酒也。"家家可做醪糟,无非买来酿制好的酒曲勾兑以水,浓淡由己。贪恋酒味的可多放米曲,寻常百姓过日子讲究细水长流,并不舍得那样,常常水多曲少。母亲赵翠娥喜欢将醪糟当成早餐稀饭的替代,还会在其中打入鸡蛋花。稀稀拉拉漂浮于其中的糯米粒被近乎丝状的蛋花包裹,悬浮着并不下沉,那是时兹禾最乐见的米酒成色。

时兹禾问鲍云彤:"黔阳人喝米酒吗?"

鲍云彤笑着说:"当然啦!我们那里叫甜酒粑。说喝不太贴切,因为米酒里通常放入切成片的糯米粑,喝与吃兼顾才行。那东西很有营养,是产妇坐月子的常备吃食。"

不一会儿,动作麻利的酒家伙计用大托盘将粥粉面、两道菜与一瓶米酒一并端上桌来。时兹禾的眼睛立刻瞪大了:椒盐濑尿虾色泽金黄,上面点缀以切成碎块的红色小米辣,腌青口则黑白分明,黑壳上托着蒜蓉覆盖的白色贝肉。最吸引人眼球的当数粥粉面,鸡蛋面与沙河粉被浓郁的肉粥淹没,又以绿色芥蓝菜围合。扑鼻而来的诱人香味让两个饥饿了大半天的人对视一眼,会心一笑,然后不约而同地端起碗,狼吞虎咽地吃了起来。

少顷,鲍云彤问:"喝甜酒?"

时兹禾附和道:"好,喝醪糟!"

接着,两人异口同声地笑着说:"喝米酒!"

时兹禾这会儿才觉得奇怪,摆在面前的根本没有盛装米酒的钵罐器皿,却是金属盖封口的一瓶酒和两只小酒盅。他们面面相觑,本该以小碗饮用的米酒,用那么小的酒盅来喝,这不成杯水车薪了吗?两人都觉得甚为有趣,索性装着喝白酒的样子,开瓶后小心翼翼地将米酒倒入酒盅,然后两人举起杯来。

时兹禾说:"很高兴在粤黔旅社认识你。"

鲍云彤说:"我认识你更早,在邮电局。"

时兹禾笑了,然后说:"对啦,很高兴我们在邮电局相识。"

两人碰杯后将一小杯米酒一饮而尽。哪承想一股暴烈火辣之感立刻由嗓子传遍全身。鲍云彤几近喘不上气来。时兹禾也被辣得呛了一下,连咳几声。他立即跃起身,拎着酒瓶冲到柜台找到店家质问:"这哪里是米酒?!"

伙计指着酒瓶上的商标说:"你自己瞧瞧。"

时兹禾这才注意到酒瓶标签上印着四个大字"石岐米酒"。

时兹禾哪里知道,这家名号为石岐酒家的馆子售卖的石岐米酒声震南粤大地,许多食客正是为此而来。只不过此米酒非彼米酒,粤乡米酒虽以大米或糯米酿制,度数却比醪糟高出许多,而石岐米酒更是达到烈性白酒的度数。

鲍云彤一边用手呼扇着嘴里冒出的酒气,一边说:"天晓得差别这么大?"

时兹禾说:"与我们说的米酒完全不同。"

鲍云彤说:"不喝也罢。"

时兹禾想了想,故意转言转语地说:"夫鸡肋,弃之如可惜,食之无所得。这酒恐怕并非鸡肋,或许因为不曾喝过,或许因为不胜酒力。不如我们一点点品尝,若最终实在难以下咽,我们再放弃,如何?"

鲍云彤笑道:"外公若知道我一个姑娘家在外面喝酒,定会暴跳如雷的!他前不久为我的一件事发过一次火。"

时兹禾有些好奇，问："难道有人向你表达……"

"打住！"鲍云彤惊讶于时兹禾的敏感——外公发火是因为708后方医院录用之事，而鲍云彤之所以截住时兹禾的话题，是担心他的猜测与刘永初向她求爱撞到一起，她赶紧转移话题，说："我外公一向疼我，但对我要求也很严格。"

时兹禾说："幸好我们远离亲人，索性无所顾忌一次？"

说话间，两人眉头紧锁，居然把酒持螯地饮将起来。

没料想酒过三巡，虽仍觉辣口，但时兹禾与鲍云彤并未感到有什么明显不妥，浅斟低酌之间，两人渐渐进入微醺状态，只觉得情绪越发高涨，话匣子也逐渐打开，好像之前隐约存在的某些障碍被拆除了。

"云彤，我这么叫你行吗？"时兹禾突然问。

"你叫我云彤？跟我父亲叫的一样欸！"鲍云彤瞪大眼睛，分外惊喜，"我喜欢你这么叫我，听起来很亲切。家里人都随外公的习惯唤我幺儿，只有我父亲例外。他是北方人，认为我是女孩子，不该唤作幺儿，况且即便我在萧家这个大家庭里现在是老幺，以后却不一定。我父母一直想为我生个弟弟或者妹妹，可惜天不遂愿。对啦，我感觉你的大名叫起来好拗口吧。'兹'，与你的姓连起来读，很容易念成了'织'，好像变成了大舌头。"说着，鲍云彤笑了起来。

时兹禾笑道："俺妈也这么说，她为这个没少埋怨俺爸。她给我起的名字叫'根生'和'金龙'，还起过一个很洋气的名字叫'比德'。俺爸说，俺妈起的名字都好听。可惜的是，我的辈谱轮到了'兹'，多少辈的时家人都是这么轮下来的，也是没法的事情。俺妈拗不过，又觉得别扭，所以她一直唤我乳名'毛头'。上海人喜欢把家里的头一个男孩唤作毛头。"

鲍云彤也笑了，说："那我也叫你毛头吧！总比时兹禾叫起来顺口些。"

时兹禾说:"当然可以啦,不过好生奇怪,为什么你总跟俺妈的习惯一样?"

鲍云彤一噘嘴,嗔怪道:"你好烦欸!以后不许说我和你妈一样!"

时兹禾愣了一下,问:"你不喜欢俺妈?"

鲍云彤刚想说"乱讲哪样",觉得不妥,便说:"你说什么呢,我又没见过她老人家,何谈不喜欢?你是男孩子,你不懂的。"

时兹禾说:"云彤,你说我是不是个倒霉蛋?明明成绩很好,放着省大不读,放着上海那么好的大学不去报考,千里迢迢跑到广州,偏偏赶上这么不走运的事情。"

鲍云彤说:"毛头,你还在为这件事情纠结吗?"

时兹禾并未与鲍云彤碰杯,自己一仰脖喝了一杯酒,或许因为火辣烧灼之感的刺激,他皱了皱眉头,然后舌头略显发硬地说:"哪里是纠结?纠结是选择上难以决断,我现在没有选择,无路可走。往前走,警校已经对我关上了大门,别的大学也错过了报考时间。往回走,就是回家,回蚌山,可是我回去后怎么跟俺妈交代?"

虽然鲍云彤喝酒后不再像之前那样讲话小心翼翼,但她还是意识到不能继续这个话题,否则万一触及时兹禾内心的痛点,恐怕无法收场,便说:"我外公说,男娃娃长大可做武将,刚正不阿,勇往直前。你敢放弃其他更好的机会而来广州报考警校,说明你有勇气,也有追求。你的成绩这么好,干什么不行,有什么可怕的?"

没想到听了此话,时兹禾情绪越发激动,说:"云彤,疤叔赵传勇救过我,也启发了我,我真的想做个勇敢正直的警察,为这个社会力所能及地做些好事,只怕以后再没这个机会了。"

"怕什么?实在不行,我们去找我外公!"鲍云彤好像突然想到了什么,兀自独饮一杯,拍了一下桌子,略显豪气,"我外公认识许多人,重庆和南京都有许多故旧。对,我带你去黔阳,让我外公写一封信给你带上,在重庆没准能够找到熟人,让警校重新录取你!"

时兹禾睁大双眼,惊讶地看着鲍云彤问:"真的?"

"警校今天刚刚搬迁,在重庆开学肯定需要时日,一切都来得及。咱们说走就走,去黔阳,找我外公去!来,再干一杯!"鲍云彤脸色绯红,说不好是情绪激动所致,还是酒酣耳热的缘故。

一直坐在粤黔旅社柜台处等待鲍云彤消息的萧万华被大门打开的声音惊醒,定睛一看,原来是鲍云彤走了进来,这让她悬吊起的心总算放了下来。

昨晚萧万华回到旅社的时候,鲍云彤刚刚搭黄包车离去。碰巧遇到徐晓硕在粤黔旅社门口等着拦车去火车站,萧万华顺嘴与他搭了几句话,方才知道鲍云彤外出寻找一个"失踪"的住店考生,心中啧啧感慨,萧家的人个个都是古道热肠。

徐晓硕是个机敏的小伙子,三言两语就搞清楚了鲍云彤与萧万华的关系,立即拎着行李又跟着萧万华回到旅社。徐晓硕看了一眼墙上的时钟,发现离火车开车尚有一些时间,索性在前厅与萧万华聊了起来。头一天挤在柜台处与鲍云彤套近乎的考生中,徐晓硕是其中之一。朝气洋溢的小伙子喜欢长相俊美的姑娘,没什么好奇怪的,偏偏鲍云彤坐上黄包车后回首冲他调皮地喊了一声"我不叫老板娘,我叫鲍云彤",给他留下深刻印象——姑娘不但漂亮,而且性格开朗。汉口人坦荡爽直,徐晓硕心里包不住事,就想从萧万华那里获知更多鲍云彤的情况。

得知警校迁往重庆以及今年仅仅录取冀鲁豫三省考生,萧万华心里多少有些同情眼前这位并非因为成绩差而被警校拒之门外的小伙子。聊了几句后,萧万华发现徐晓硕言语中透出想打鲍云彤主意的意思,便说:"天高地远,万事应以务实为本。你当下最重要的事情是千万别误了赶火车。以后若有机会,可以去黔阳玩!"

徐晓硕头一歪,斩钉截铁地说:"若有空闲,我倒是还希望来广州玩的。大姨,你可别以为我在说笑话!"

萧万华笑着说:"你来广州搞哪样?鲍云彤过两天就回黔阳喽!"

徐晓硕一听,愣了一下,马上明白话中含义,连忙冲着萧万华拱手作揖,说:"原来如此。我晓得啦!谢谢大姨!"说罢拎起行李走出旅社。

看着徐晓硕离去的背影,萧万华不由想起自家儿子。说起来晏承德的岁数比这拨考生还要年长六七岁,人家这些刚刚高中毕业的小年轻都开始跃跃欲试惦摸着找对象,而晏承德这会儿人在何方都不知晓,身边有没有合适的姑娘更无从得知。萧万华不免黯然神伤。

萧万华没有告诉鲍云彤自己要提前出院。她原本只是因为急火攻心致使血压升高才被鲍云彤强逼着住院的,其实并无大碍。让萧万华心情豁然开朗的主要原因,是晏传安居然打电话到医院问候,并告知自己他很快就要回到广州,一门心思经营旅社,不再孤悬于香港做那种没有头绪的买卖。

晏传安当然没敢将全部实情如数告诉萧万华。那天晏传安在香港突然接到萧老爷子从黔阳打来的电话,委实吓了一大跳。他简直无法想象老爷子动用了什么关系,居然能够大海捞针般找到他在香港的租住地址与联系电话。

萧士余当初得知晏传安的情况后,先是大发雷霆,在安排鲍云彤去广州接萧万华之后,便找到老友张祥鹏说及此事,所谓"解铃还须系铃人"。张祥鹏说此事不难,他在广州与香港经商的朋友甚多,但他劝萧士余切莫感情用事,意气之中卖掉旅社股权并接回萧万华就等于将晏传安逼上绝境,万一两口子分崩离析,残局并不好收拾。萧士余受到触动,想到晏传安多年在自己遮护之下生活,虽有雄心,却无经验,乍一放飞,缺乏头绪也属正常,便按照张祥鹏托人打探来的地址与二女婿晏传安有了一番通话。萧士余在电话中语气平缓却不容置疑地给出两个方案，要么通通回到黔阳的萧宅，继续过以往的日子，要么两口子齐心协力把粤黔旅社经营好。

老爷子最后一句话让晏传安如梦初醒："承德那孩子早晚会回来，他要看到你这个当爹的是不是有正事可做！"

萧万华乐得其所，觉得丈夫既然回心转意，不如就让鲍云彤近日返回黔阳，并告诉外公，旅社股权不必转让了。萧万华哪里知道，这件事情已经成了过往。

没想到子夜已过，鲍云彤迟迟未归，萧万华坐立不安，担心发生意外之事，不敢回屋休息，一直守候在柜台处，迷迷瞪瞪地等到黎明。

见到鲍云彤身边的时兹禾，萧万华说："你就是那个失踪的住店考生吧？"

鲍云彤连忙说："他叫时兹禾，是皖省蚌山来的考生。"又转身向时兹禾介绍说："这是我二姨。她才是这里的老板娘。"

此时的时兹禾困倦不堪，却不敢怠慢，赶紧打起精神，说："伯母好！我没有失踪，我只不过是坐在珠江边上思考下一步该怎么办。"

萧万华闻出两人身上散发着浓重的酒气，惊讶地问："你们喝酒了？"

鲍云彤说："二姨，您可千万别告诉外公。我在珠江边找到他的时候已经夜半。我们两个饿了大半天肚子，顺道吃夜宵的时候，店家伙计问我们喝不喝米酒。我以为就是甜酒粑，就答应了，没想到这里的米酒度数很高，与白酒没什么差别。"

萧万华笑道："傻孩子，既然知道是烈酒，那就别喝呀！"

时兹禾说："伯母，这事怪我。我觉得整整一瓶酒刚喝了一小盅，扔了怪可惜的，想着慢慢喝，若没有醉酒反应，喝完也罢。光顾着别浪费,没想到喝完酒的神态不比正常,让您看出来了。"

萧万华说:"你一个大小伙子能不能喝酒我不晓得。我们家幺儿从不喝酒,头一次喝阿(那)么多白酒居然还能走着回来,果然是酒乡来的丫头!"

时兹禾仗着酒劲,接着萧万华的话说:"伯母,她是女孩子,您不该叫她幺儿的。我叫她云彤的。"

鲍云彤嘿嘿一笑,插嘴道:"我叫他毛头。"

萧万华意识到这两个孩子都有些醉意,哈哈笑着说:"对,对,那个时,时什么禾说得对。我们家幺儿叫云彤。"

鲍云彤说:"他叫时兹禾,滋生的滋,不带三点水旁。"

萧万华说:"说阿(那)么复杂搞哪样?我晓得嘛。你们赶紧休息。我一哈(会)儿去给云彤买火车票,顺便在邮电局给你外公打个电话,告诉他你动身的时间。"

鲍云彤吃了一惊,忙问"买车票去啷个地方吗?"

萧万华说:"让你回黔阳呀!你来广州个把月了,该回去(kěi)了,再不回去(kěi),我阿(那)个万琴小妹该念叨我喽。正好你二姨父马上从香港回到广州。你回去后告诉外公,我们打算踏踏实实在这里经营粤黔旅社。"

鲍云彤虽然此时人困马乏,但她脑子还保持着一丝清醒,对二姨说:"我休息之后自己去买车票,哪能劳您大驾?"

一觉醒来,时至当午,鲍云彤脑子清醒了许多。在返回黔阳的问题上,她与二姨萧万华的想法不谋而合,虽然各自考量点完全不同,但至少她不必为此再向二姨多做解释,这让她暗自窃喜。尤其鲍云彤没有告诉二姨萧万华,时兹禾将与她同行。虽然鲍云彤涉世未深,但她知道,如今世事纷杂,外公能否真正帮上忙还是未知数,况且她一个姑娘家带着一个大小伙子奔娘家而去,知情者知道她是乐于助人,不知情的人没准猜测她在广州期间做了什么过分之事竟然交下一个不知来路的男友,而且人在广州的二姨萧万华根本不知内情。这哪里还有萧家大小姐的做派?所以,鲍云彤很清楚,若想不让此事在萧家弄得沸沸扬扬、尽人皆知,前提是绝对不能让二姨萧万华知情。

虽然陪着时兹禾去黔阳是酒酣之际话赶话做下的决断,酒醒之后又不知前景究竟如何,但鲍云彤对即将与时兹禾一路同行仍然充满兴奋的期待。不管怎么说,时兹禾是鲍云彤心仪的男孩子,高大帅气、聪慧坦诚,且话语相投,尤其他那单纯执着的性格和略显羞涩的表情,不但深深地吸引了她,也令她萌生了踏实与信任之感。说实话,鲍云彤不愿意把刘永初与时兹禾做比较,但奇怪的是,这两个人的身影常常同时浮现在她的脑海中。说起来刘永初儒雅的外表与气质似乎更讨女孩子喜欢,这也是在 708 后方医院实习的那些女生对他趋之若鹜的原因。或许是环境使然,鲍云彤的目光也曾被刘永初挺拔的身姿吸引,但她潜意识当中总觉得自己与刘永初之间隔着某种东西。而时兹禾则不同,鲍云彤自己也说不清楚,为什么她与时兹禾初次相见就有种一见如故的感觉。

说不好是归家心切,还是想早些与时兹禾结伴同行,鲍云彤没能掩饰住自己的兴奋心情。他们在粤黔旅社门口等待黄包车时,鲍云彤不经意间哼起了吴莺音唱的流行小曲《明月千里寄相思》——"人隔千里路悠悠,未曾遥问心已愁,请明月代问候,思念的人儿泪长流……"

给他们送行的萧万华看出了些许端倪,故意打趣道:"这么开心,为哪样咧?想家还是别个事情?"

鲍云彤意识到了什么,吐舌扮个鬼脸,连忙解释道:"不为哪样,随口唱唱而已。"

萧万华突然问道:"时兹禾去(kěi)哪里?"

没等时兹禾回话，鲍云彤急忙插嘴道："他去蚌山。"

时兹禾惊愕地看着鲍云彤，却见鲍云彤向他使了个眼色。时兹禾不解其意，便含混其词地对萧万华说："伯母，我家在皖省蚌山。"

萧万华问："你们坐同一趟车吗？"

又是鲍云彤主动回答："不是一趟车。"

时兹禾总算弄明白鲍云彤的意思，她不打算让她的二姨萧万华知道实情，便故意解释道："我们坐同一辆黄包车去火车站。我回蚌山的路线是先去武昌，乘船过江后在汉口转车。"

萧万华哈哈笑道："这个我晓得嘛！你还别说，我倒是真希望你能与我们家云彤同行。现在时局这么乱，云彤毕竟是个姑娘，若有个人陪伴，至少让我放心哈！"

时兹禾毕竟是一介书生，出行之前乐于查看地图，然后辅之以列车时刻表对照。他从地图上判断，广州至黔阳距离不算很远，无论如何都不会像去蚌山那样旅途漫长且乘换车复杂。

时兹禾对鲍云彤说："云彤，我估算了一下这趟旅途的实际里程，如果把换乘车次的时间计算好，说不定用不了两天就可以到达黔阳。"

鲍云彤看着时兹禾认真的眼神，忍不住笑出声来，说："你说什么呢？毛头，我来广州，用了整整五天时间。如果顺利，返程差不多依然如此。"

时兹禾惊讶地问："怎么会这么久？"

鲍云彤说："我们坐火车要经过湘省和桂省，然后还要搭乘长途客车。火车与长途客车各需要两天多的时间。你不能光从地图上测量距离。你不知道吗，黔省是不通火车的呀？"

萧万华哈哈大笑起来："唥个你们我们的，讲得好乱嘝。说了阿（那）么多，时兹禾去(kěi)蚌山到底要好久吗？"

崎岖

直到时兹禾与鲍云彤登上即将驶离广州大沙头火车站的列车，时兹禾还处在迷蒙与恍惚之中。上车之前所发生的一切——下午两人离开粤黔旅社后所经历的每个环节，像电影画面，一幅幅在他脑海中闪过。时兹禾突然意识到，在各种情况突如其来的时候，鲍云彤好像比他更有主见和决断力。这让时兹禾想到自己从记事起，就觉得父亲时昭明做事常常不及母亲赵翠娥，虽然母亲常说父亲是家中顶梁柱，在外面干着大事，但时兹禾看不到父亲在外面的情形，看到的都是与母亲相伴之下笨拙、木讷、丢三落四的父亲。时兹禾没有与女人打过交道，不晓得别人家的男人与女人究竟如何。他完全无法想象，鲍云彤这个身材小巧的姑娘身上竟然蕴藏着这么大的能量。更让时兹禾感到惊奇的是，鲍云彤应对每件事情都显得自然顺畅，丝毫没有刻意做作的痕迹，仿佛顺手而为一般，之后还会朝他莞尔一笑——

时兹禾与鲍云彤在粤黔旅社门口向萧万华挥手告别后，坐上黄包车朝火车站奔去。鲍云彤对车夫说："从警校门口拐一下，我们不下车，仅仅路过。"然后她对时兹禾说："再看一眼这所给你留下遗憾的学校。"

时兹禾说："我与这所学校无缘，不看也罢。"

鲍云彤说："你的人生因它而改变，看一眼是为了记住它，说不定以后你会更加努力。"

车夫拉着车一路小跑经过警校大门。时兹禾扭头望去，门口已经没有站岗的警察。透过关闭的铁栅栏大门向里看去，院内显得凌乱、萧条和荒芜，没有走动的人影。时兹禾惊叹于事情变化如此之快，转瞬即逝般。

没等时兹禾张口，鲍云彤说："刚来广州时，为了外埠考生住宿事,我来过警校与校务部门的人接洽。那会儿还看到步操的学生,号子喊得山响。和我们湘理护病学校的宁静相比,这里倒有几分热气腾腾的景象,现在人去楼空,一副衰败之相。"

时兹禾说:"他们搬家不是为了另起炉灶吗?"

鲍云彤说:"谁知道搬家之后会怎么样?但愿不会让你失望。"

时兹禾露出复杂的表情,说:"听你的意思,我还有希望在重庆入学?"

鲍云彤若有所思地说:"希望是你心里的标尺,什么时候都会存在。当然,前提是他们不再搬家。"

时兹禾听出弦外之音,笑着说:"云彤,没想到你用这种方式安慰我!"

鲍云彤也笑了,说:"你终于露出笑脸了。"

鲍云彤从随身背的包中取出一个信封递给时兹禾,说:"你向我提的要求,我现在兑现了。"

时兹禾愣了一下,接过信封,打开一看,竟是粤黔旅社经理室墙上挂着的那张照片——黄姓老板父子俩背靠棕榈树的合影。时兹禾紧紧盯着那位在他看来或许就是桂兰心目中恋人的黄一峰,心中瞬间掀起一阵涟漪。他很感慨,不仅因为又在照片上看到那位与自己长得十分相像的人,而且他觉得鲍云彤是个有心之人,他当时仅仅是随口一说,而且还是在想到桂兰的情形下说出的,没想到鲍云彤如此留心。

时兹禾将照片放回信封,思忖少顷,又小心翼翼地将信封放进斜挎在肩的书包夹层中。他侧过脸用感激的神情看了一眼鲍云彤,而鲍云彤正微笑地望着他。两人目光对视的一刹那,鲍云彤露出羞涩神情,脸色变得绯红,赶紧转过脸去。时兹禾发现,鲍云彤的齐肩短发被微风吹起,看上去飘逸而动人。时兹禾心中猛然悸动了一下,一股带着暖意的异样情愫油然而生。他本能地想在黄包车座椅上靠近鲍云彤,刚刚试图挪动身体,这才发觉他和鲍云彤实际上已经紧紧挨在了一起。

　　说话间,黄包车到达大沙头火车站。刚一下车,时兹禾被眼前所见惊得目瞪口呆,售票窗口前人头攒动,拥挤不堪,买票的不少于数百人。时兹禾赶紧掏出怀表一看,发现离开车时间还有一个小时。按动身前预判,时兹禾以为此时买票进站,还有充裕的歇息候车时间,看到眼前景象,便有些惴惴不安。时兹禾小时候常在假期随父亲搭乘票车去浦口玩耍,念初中后进了崇正教会学校,每周回家都经过蚌山火车站。在他印象中,购买火车票,如同去蚌山华昌街三号的维多利亚电影院看电影,进电影院之前随手在窗口买张票,然后再买一包用废旧报纸包裹的瓜子或花生。蚌山火车站售票窗口寻常也就稀稀拉拉三两个人排队。来广州途中他尽管在徐州和武昌两次换车,但每次购票均十分顺利,并无耽搁。时兹禾压根没想到在广州大沙头火车站会遇到这种情况。他多少有些懊丧,早知如此,真不该在粤黔旅社做出一副很有把握的样子,让鲍云彤多留些时间与萧万华话别。

　　时兹禾赶紧将自己的柳条箱搁在鲍云彤身边,说:"你在这里等我,我得想办法挤到前面买票。"

　　鲍云彤见状也讶异地说:"简直就像跑反,怎么会这么多人?"

　　时兹禾凑到跟前方才看清,那个人头攒动的售票窗口上方写着"三等车售票处"的字样。

　　窗口前的人群挤得里三层外三层,而那些裹挟着大小包袱的妇孺老少则站在外围急得顿足捶胸,大呼小叫。一贯斯文儒雅的时兹禾此时心急如焚,就像热锅上的蚂蚁,搓着手,来回踱步,一时不知如何才好。时兹禾觉得,火车不同于长途客车,到点发车,从不等人,若无法购票,今天的行程势必耽搁。

说实话，时兹禾对鲍云彤外公写信托人之事抱有期许，不然不会对尽早赶到黔阳如此急切。照理说时兹禾身大力不亏，在人群中挤起来占有优势，可他自打念书起就属于那种安分守己、循规蹈矩的乖孩子，远不像那些品性上"万恶滔天"、学习上"盲人瞎马"的孩子，做起逾墙越舍之类的事情手拿把掐。想到鲍云彤还在等待，时兹禾顾不了许多，将身后书包挪到胸前，咬了咬牙，深深吸了一口气，侧过身子，企图以肩头之力挤进去，哪承想拥挤的人群好像被焊死了一般，密不透风，根本动弹不得。

　　时兹禾万般无奈之时，一阵滴滴的哨声突然响起，七八个手持警棍的警察不知从哪里冒了出来，不分青红皂白就将拥挤的人群驱散，然后挥舞着警棍，强行将拖拽出来的人一个挨一个地拉成队伍——拥挤的人群瞬间变成一条长蛇。毫无准备的时兹禾稀里糊涂地被警察拖到队伍的最后。时兹禾放眼望去，从他所站的位置到售票窗口，队伍竟然蔓延了数十米之远。

　　时兹禾冲着拽他的警察说："我是打算报考警校的学生，着急赶往重庆，帮帮忙，能不能把我安排到队伍的前头？"时兹禾虽然单纯，但急中生智，竟能在央求中说出套近乎的话，那意思是自己以后没准也做警察。那警察黑瘦矮小，其貌不扬，完全没有"疤叔"赵传勇的英武气派，听了时兹禾的话，一言未发，却恶狠狠地瞪了他一眼，转身离去。

　　时兹禾沮丧到极点，想到如此这般，只能听天由命了。让时兹禾没想到的是，鲍云彤兴高采烈地从一侧款款走来，一把拉住时兹禾的胳膊，说："毛头，走吧，不用排队了。"

　　时兹禾惊愕地看着鲍云彤，疑惑地问："不买票了？"

　　鲍云彤笑着说："买到了，咱们这就进站！"

　　时兹禾吃了一惊，不解地望着鲍云彤。鲍云彤指着相隔不远的另一处售票窗口，笑吟吟地说："瞧，那个窗口不用排队。"

时兹禾定睛一看,在那个人满为患的窗口相邻处,还有一个窗口空无一人。他觉得纳闷,同为售票窗口,怎么会差别这么大?鲍云彤拉着他朝进站口走去的时候,时兹禾突然跑到那个窗口跟前仔细打量,发现窗口上方"二等车售票处"几个字格外显眼。时兹禾这才恍然大悟。

时兹禾这时想到离家之前母亲赵翠娥的专门叮嘱——蚌山到浦口,车多人少且路途不远,搭乘票车的任何席次均可。从浦口过江后,南京至上海乘车旅客众多,三等车的票万一不好买,可直接购买二等车票,无须顾虑。时兹禾早就知道,南京至上海的三等车票价五元钱,二等车则为十元。后者对寻常百姓显然过于昂贵,消受不起,但时家有所不同。老话说"人分三六九等,木分松柏杨柳,肉有五花三层",蚌山那座小城不仅有实权在握的官员和呼风唤雨的商人,还有像时兹禾的父亲时昭明那样身怀一技之长的能人。时昭明擅长烟丝配料,作为天来卷烟厂的技术总监,后来又做了副经理,收入颇丰,在蚌山绝对算有钱之人。时兹禾身为其长子,自小到大,一直备受母亲赵翠娥的偏爱与呵护。赵翠娥管钱当家,这种琐碎之事完全无须与丈夫时昭明商量,便按照蚌山至上海往返二等车的票价为时兹禾准备了充足的盘缠。

身上装着往返上海的盘缠,瞒着母亲去广州,时兹禾做过精心计算,二等车与三等车票价相差一倍,去广州的路程则数倍于去上海。时兹禾琢磨,一旦在广州警校入学,按校方规定,新生报到后即刻需要接受训练,不像其他大学那样可以回家等待开学时日。无须返程自然可以省下一笔费用,何况警校还额外发给新生津贴与生活费。所以,时兹禾从蚌山一路搭乘三等车而来,盘缠竟然略有结余,只是所剩有限。时兹禾担心如此花费难以支撑到最终目的地重庆,但此时情况特殊,能买到车票,已经算是烧了高香,便没再吭声。

所谓"秀才不出门,便知天下事",虽然从未去过黔阳,但时兹禾依照鲍云彤告诉他的来时路线，以相反路径制定了两人的出行计划。从两人在吃夜宵喝米酒时说及此事，加上萧万华催促鲍云彤尽快返乡，时兹禾在旅社没睡多久就匆忙爬起来查看列车时刻表。他发现，经由粤汉铁路与湘桂铁路的时间可以估算，而到达桂省金龙江之后改乘长途客车的时间，只能届时视情而定。

时兹禾第一次见识票车二等车的模样：宽敞整洁，窗明几净，窗子上方悬挂着摇头电扇。车厢两侧都是相向而对的两人软席座椅，中间还有一个硕大的茶桌。车厢通道上铺着暗红色印花地毯。物以类聚，人以群分，这里的乘客轩然霞举，红飞翠舞，男人西装革履，女人长裙束腰，所带行李多为皮箱或者造型考究的木箱。行李架上看不到脏兮兮的印花旧布系扎的包袱或竹编提篮，更没有拥挤在三等车售票窗口的那些布衣褴褛、蓬头垢面的穷困者。

鲍云彤兴致勃勃地将携带的各种吃食摊在小桌上，然后对时兹禾说："我外公常说'穷家富路'，我们此行，路途崎岖，时间漫长，不能亏了肚子。这些吃食是二姨给我们买的——"说着，鲍云彤赶紧捂了一下嘴，笑着说："对啦，是二姨给我买的。"

时兹禾书生意气，但凡事情没有想透，心绪一时半会儿就转不过来。他双目出神，完全没有听到鲍云彤所言，仍然琢磨费用之事。只见时兹禾一边将手伸进书包掏着皮夹子，一边说："我应该把这趟的……"

"打住！"鲍云彤竖起食指挡在嘴前，果决地说，"我知道你想说什么！先不要考虑这些事情，我们眼下最紧迫的，是想办法尽早赶到黔阳。"

时兹禾说："我知道你在为我考虑，可我总不能让你负担两个人的费用。"

鲍云彤笑着说："谁说我一个人负担啦？还有三四天路程，说不好会遇到什么情况。我们俩得休戚与共。"

"休戚与共？"时兹禾惊讶于鲍云彤用词如此文雅，"你怎么会想起这个词？"

鲍云彤大笑起来，说："'有福同享，有难同当'，这个说法可以吧？'休戚与共'是我外公在萧家聚会时常说的一个词。一个萧家四个姓，萧、范、晏、鲍，又三代同堂，休戚与共很重要。我们家人都习以为常。我的耳朵都听出茧子了。哈哈！"

一声炸雷突然响起，没等人们反应过来，笼罩着暮色的天空，瞬间变得透亮——那是一种明显不同于阳光普照时的透亮，惨白且骇人，这使得隐藏在黑暗中的层峦叠嶂如同魅影般彰显出来，并以咄咄逼人的姿态一下子压在人们面前。伴随着一阵强风，瓢泼大雨遽然而至。刚刚下车的鲍云彤被雷声和转瞬即逝的山影吓得浑身一抖，不由自主地紧紧靠在时兹禾的肩头。时兹禾也惊讶地发现，这突兀而起的山峰与车站居然近在咫尺。更让时兹禾感到奇怪的是，原本拥挤得如同沙丁鱼罐头似的票车，在这个终点站竟然没剩下多少人。大多数乘客在前两站——柳城和宜城呼呼啦啦地几近下空。站在出站口伸出的罩楼下，望着突如其来的疾风骤雨，时兹禾内心不免感慨连连，果然是"天高地迥，觉宇宙之无穷；兴尽悲来，识盈虚之有数"。

时兹禾一直坚信，列车时刻表提供的时间完全可以作为出行计划的制定依据，关键是中途换乘的衔接，须臾不可耽搁。时兹禾比任何人都希望早日抵达目的地。与其说他的目的地是黔阳，不如说是重庆。鲍云彤说从广州到黔阳需要五天。时兹禾想，如果计划严谨，安排得当，说不定可以提前。即使他在黔阳因为请托鲍云彤外公写信或者找寻熟人而逗留两天，再花费两天赶到重庆，拢共不到十天即可完成全部旅程。时兹禾对此颇有信心。就像当初鲍朴一校董在大庭广众之下信誓旦旦地说，蚌山到广州怎么着也得耗时三天，可时兹禾也就用了两天多一点的时间。若不是票车在武昌始发之后走走停停，以及在长沙小吴门车站被国民党部队因为特别军务拦停了五个小时，他到达广州的时间还能提早。

时兹禾当然知道，要在民国三十七年这个战乱频繁的年景做到这一切并不容易。人算不如天算，或许果真应了心想事成的老话，汉粤线与湘桂线这两趟票车没有出现任何差池，不仅广州至衡阳那趟快车没有晚点，而且衡阳至桂省金龙江的慢车居然也在晃晃悠悠行驶了近二十个小时后按时抵达。

一路走来，时兹禾唯一没想到的是，这两趟票车竟然有着天壤之别。

广州至衡阳的二等车厢的舒适程度远远超出了时兹禾的想象。摇头电扇一直吹着微风，车厢两头的铁桶里搁置着冰块，而在大站停靠时，月台上的站务员会及时上车更换渐渐融化的冰块，这让乘客们丝毫感受不到八月南粤大地的暑热。令时兹禾惊喜的是，乘务员还在列车驶进南岭隧道时送来晚餐——那是用铝质饭盒盛装的盖浇饭。之前，两人的目光一刻不停地盯着窗外闪过的景致。而在列车即将进入黑暗的隧道之前，车厢亮起柔和的灯光。

"无景可看的时候享用美食，这钱花得一点也不冤枉，可惜无酒。"同样喜形于色的鲍云彤主动说起了俏皮话。

"你说的是石岐米酒吗？"时兹禾也笑着说。

鲍云彤捶了一下时兹禾的肩膀，说："讨厌，你这是哪壶不开提哪壶！"

时兹禾一下攥住鲍云彤的手，说："是你先说的呀！"

鲍云彤连忙抽出手，脸红了。

时兹禾看了她一眼，悄声说："云彤，你真好看。"

鲍云彤的脸更红了，低下头说："不许瞎说。"

也许是反差过大的缘故，时兹禾与鲍云彤刚一登上衡阳驶往桂省金龙江的慢车,就被车厢里的拥挤以及弥漫在车厢里的难闻气味惊得瞠目结舌。这趟逢站必停的超慢列车远不如时兹禾坐过的三等车,三等车至少对号入座。虽然两人手持车票,但上车后发现座位早已坐满,甚至行李架上也横躺着衣衫不整的乘客,一打听方知此趟列车根本不对号入座。

时兹禾好不容易在车厢尽头找到一处可以落脚的地方,赶忙将两个箱子塞进座位底下,然后紧紧揽住鲍云彤的臂膀以免被过道上来回走动的人挤散。时兹禾想起曾在蚌山铁路闸口看到缓缓驶过的运兵闷罐车,大门敞开的闷罐车里横七竖八躺着士兵,而怀抱长枪倚门而坐的几个士兵则面无表情。

时兹禾暗想这车比那闷罐车强不了多少。时兹禾刚想到运兵闷罐车,就见几个士兵模样的人顺着过道朝时兹禾和鲍云彤这边走来,边走边吼着让开让开。时兹禾担心鲍云彤因长相俏丽、衣着整洁而受到滋扰,赶紧将她揽在身后,却见那几个士兵走到时兹禾跟前,突然转过身,硬生生地将相向而坐的几位旅客拽了起来,其中有个士兵骂骂咧咧地说:"老子在前线卖命打仗,脑袋拴在裤腰带上,没有功劳也有苦劳,还不赶快让出座位!"那几位旅客吓得魂不守舍,纷纷站起来躲到一旁。

时兹禾松了一口气,用安慰的口吻悄声地对鲍云彤说:"不知哪来的士兵,这么凶神恶煞,幸好他们没有冲我们而来。"

脸上丝毫没有露出怯意的鲍云彤看到他们帽子上没有青天白日满地红的星徽,左胸与左臂上也没有胸章与臂章,便贴着时兹禾耳朵悄悄地说:"一看就是从湘南退伍的桂军士兵,不是第7军的就是第48军的。我在宜章的708后方医院实习时与他们打过交道,这帮人既蛮横又无赖。"

疲劳、困倦与饥饿让时兹禾与鲍云彤不得不按照站内人员所指,顶着风雨前往一家名为择木的小客栈。尽管鲍云彤拼尽全力为双手提着行李箱的时兹禾撑着雨伞,当他们走进客栈时,两人还是被淋得如同落汤鸡。

"你们赶巧了,正好剩下最后一间客房。"前台掌柜的说。

时兹禾与鲍云彤面面相觑,不知如何是好。

"你们担心条件不好?这可是本店最好的客房,若不是价钱最贵,我们早就挂上客满的牌子了。"掌柜的说。

"我们想要两间客房。"时兹禾说。

"怎么,你们不是两口子呀?"掌柜的问。

没等时兹禾开口,鲍云彤说:"他是我的未婚夫。我们在外地念书,等雨停了赶回黔阳结婚。"

"噢,订婚的男女出门在外就是一家人,这间客房是本店唯一有双人床的。你们是念书人,思想开明,不像那些乡下人规矩多,穷讲究。咱这儿条件有限,比不了黔阳和柳城,有张床可以凑合就不错了。连续下了几天雨,往返于黔省的客车早就停运了,入黔的人一个都走不了。火车倒还正常,不断有入黔的人赶来。不光我们家,小镇上的客栈旅店,差不多已经家家客满。"

鲍云彤的回答让时兹禾瞬间羞红了脸,内心像小兔揣怀似的怦怦直跳。他赶紧转过头,假装擦抹脸上的雨水,免得让掌柜的和鲍云彤看出他神色尴尬。时兹禾当然知道鲍云彤这么说的目的是在雨天尽快找到落脚之地,而掌柜的所说又几近断了他们的念想。且不说掌柜的讲的是实情,即便其他客栈或许还能找到空房,可瓢泼大雨之夜怎么可能再出去寻找?时兹禾最大的顾虑在于进了客房之后他要如何面对男女授受不亲这一难题。虽说一个大男人此刻装聋作哑无异于掩耳盗铃,并不合适,可让他做主将一个姑娘安排与自己同屋且同床而住,无论如何他都很难张这个口。

只听鲍云彤说:"我们就住在这儿。"

掌柜的笑呵呵地说:"念书人果然不同寻常,小两口的事,女人说了算,符合社会潮流。"

鲍云彤并未接话,毫不迟疑地办了手续,拿上钥匙,嘱咐时兹禾将行李箱搬进客房。

金龙江是小镇,夹在老虎山、栖云岭与六甲山之间,因金江与龙江在此处交汇而得名,是桂北通往黔省的唯一通道。虽然通火车,但这里都是些匆匆过往的旅人,没人在意客栈的住宿条件,常常是赶上了发车时间,即刻就走,赶不上的至多在此处凑合一晚。

两人进屋一看,果然与粤黔旅社如同两重天,狭窄简陋的客房里既没有厕所,也没有洗漱台,双人床上铺着印花床单,床头摆放着两套叠好的被子,看上去倒是很干净,只是鲍云彤用手试着按了按,那张床便发出嘎吱嘎吱的响声。

时兹禾尴尬万分地对鲍云彤说:"云彤,这可如何是好?"

鲍云彤看了时兹禾一眼,问:"你是说房间条件太差?"

时兹禾赶紧辩解道:"我这会儿哪有心情关心条件?我是说我们孤男寡女的怎么住呀!"

鲍云彤看着时兹禾,语气略显严厉地责问:"那你说怎么办?要么你出去,要么我出去?"

时兹禾一下子怔住了。

鲍云彤说:"不管怎样,我们先擦洗一下,换上干爽衣服。淋了雨,万一感冒着凉,病在半道可就麻烦了。你去找掌柜的借个水桶和脸盆,端些热水来。"

时兹禾听话照办,很快拎着一桶热水和一只空脸盆进来。他将脸盆放在盆架上,从桶里舀些热水倒进脸盆里,本想叮嘱鲍云彤拿出自己的洗漱用品,却像做过亏心事一般,低垂着眼,不敢言语,只好将自己的毛巾和香胰子搁在一旁。做罢这一切,时兹禾拉开房门,准备出去。

"别出去，我擦洗的时候，你转过身就行。你若出去，掌柜的会怀疑我们的关系，那会引起不必要的麻烦。我在粤黔旅社帮着二姨做了一个多月的业务，知道旅店的规矩。"

时兹禾看了一眼脸盆架，便背对着那个位置转过身体，正好面向房门。他站直身体，挺了挺脖颈，想着无论遇到什么情况都不能侧脸或歪头，以免余光不小心看到什么。

时兹禾身后传来鲍云彤咯咯的笑声，说："不用那么紧张，我又不会吃了你。"

鲍云彤的话果然让时兹禾不再那么神经紧绷，他借势长吁了一口气，故作轻松地笑道："你不担心我会吃了你吗？"

"毛头，你讨厌！不许乱讲的。"鲍云彤说。

时兹禾窃笑，心想：是你先乱讲的，我不过接茬而已。

鲍云彤窸窸窣窣地开始脱衣擦洗，毛巾蘸水拧干时，水滴滴入盆中，不时传来滴滴答答的声音。背过身的时兹禾虽然不像刚才那样羞涩尴尬，但听到这声音难免心慌意乱。他觉得时间漫长且格外难熬，长这么大，他从没与一个姑娘如此这般单独相处在一间带床的屋子里，更是没见过女人裸着身体擦洗的样子。他有些好奇，甚至开始想入非非，鲍云彤看上去丰满坚挺的胸脯会是什么样子。想到这里，时兹禾浑身燥热起来，突然感到口渴难耐。

"好啦！我已经换好了衣服。"正当时兹禾不知所措的时候，鲍云彤说，"还剩下半桶水，你也赶快擦擦身体。"

时兹禾哪里敢猛然转过身来，生怕还有不妥，便小心翼翼扭过半边脸，先用余光查看，然后转过身来，发现脸色红润的鲍云彤已然换上蓝地白花的睡衣睡裤，头发也披散开来，显得既整洁利落，又分外姣美妩媚。他内心不由得咯噔了一下。

鲍云彤笑着说："快点脱衣服，我这会儿可以帮你擦擦后背。"

时兹禾露出为难表情，迟迟不肯脱下衣服。

鲍云彤二话不说，直接上手帮助时兹禾脱去上衣，念叨着："你个大小伙子有什么好怕的。"说着她便拿毛巾蘸水擦拭起时兹禾的后背。

时兹禾顿时愣住了，手足无措地站在那儿，像个木偶似的任由鲍云彤摆弄。鲍云彤动作迅捷麻利，擦拭几下，便将毛巾浸入水中揉搓一番，拧干后再擦。当鲍云彤擦到时兹禾前身的时候，猛然看到一个充满青春气息的高大男人健硕的胸肌，一下子便怔住了。鲍云彤平常只是看到时兹禾身材高大，却从未想到这高大背后有着强壮身躯的支撑，常年的游泳训练使得时兹禾肩膀、肱二头肌与前胸的肌肉线条格外分明，紧实、饱满而有力。时兹禾感觉鲍云彤的手停在他的肩头处不再挪动，正打算趁机摆脱出来，却听鲍云彤轻声说："前身你可以擦到，自己来吧，一会儿再擦擦其他地方。"说着，她猛然扭过身体，做出整理床铺的样子。

时兹禾清楚地看到，鲍云彤的脸变得通红，一直红到了脖子根。

行进了整整两天两夜，人困马乏的保安五团刚刚落脚于普山镇一处刚刚修缮完成的营区中，代理团长晏小楠就来到营区门外的路旁，查看周边的地形。小镇三面环山，天然形成一处凹形地势，营区恰在凹形外侧的一角，紧挨通向山外的一条用碎石渣铺就的并不宽阔的道路。晏小楠由渝入黔不足一月，"代理"二字尚未去掉，刚刚与上级建立了稳定的联系渠道，却突然间转移到了这里。最让晏小楠意外的是，小镇不大，营区面积却不小，保安五团入住后居然还空出一多半兵舍。看来，黔省保安司令部这帮人并非像传言说的那样是一群酒囊饭袋之徒，他们打算长期负隅顽抗，居然将这里原本一个保安大队的营区扩建成这么大的规模，足以容纳两个团的兵力。晏小楠不由想起这两天突如其来的变化——

晏小楠其实早有心理准备，此间上级也数次通过密电提示，但黔省保安司令部在毫无征兆的情形下突然提前布局下一步防御计划，还是让晏小楠感到些许不平常之处。

晏小楠以保安五团代理团长的身份到任黔阳的那几天，正赶上黔省主持军务警备工作的马副司令卸任，而兼任保安司令部司令的羊姓省长也调往重庆，所以晏小楠从未在司令部与黔省"军头"以及各路团长打过照面。晏小楠趁机调兵遣将，在基层安排人手，为下一步策划起义奠定基础。范福增与萧万芳按照晏小楠的要求很快将黔阳特支选调的人员安排进了五团，其中给晏小楠担任副官的正是范青青的未婚夫平飞。黔阳特支认为，配合晏小楠做国民党部队的策反与起义工作，兹事体大，容不得半点马虎，便将最可信赖的人派到他身边。晏小楠嘴上未说，心中明白，平飞分明就是自己未来的表姐夫。不过晏小楠确信，从地下工作单线联系的角度说，平飞大约只知道他是共产党派来的地下工作人员，未见得知道他也是萧家成员之一。

未出大家所料，刚刚接手黔省保安副司令并主持军务警备工作的张文焕中将果然上演了一出新官上任三把火的戏码——召集驻黔各保安团团长赶赴黔阳开会。电文通知明确了三个关键词：紧急、要务、战备。

接到通知后，晏小楠带副官平飞去省府路保安司令部开会。驻黔省各地保安团团长纷纷赶来。这些人都熟悉兼任司令的羊姓省长的开会习惯：既没有长篇大论，又没有正经说辞，只喜欢讲一些不着调的涉及女人的荤话，诸如"美不美一盆水，卸了妆都是鬼"之类的言辞。而此人喜好拈花惹草的特点本身就容易成为包括属下在内的各路人士的私下谈资，因而由他召集的会议具有鲜明特点——台上闲话居多，台下笑声不断。通常的情形是，羊司令讲完话后再由马副司令布置工作，方为正题。

张文焕中将则属于另一类人，不赌、不贪、不好色，加上家中又有京籍老婆主内,作风甚是严谨。张文焕言简意赅地布置了近期工作,接着叮嘱各团立足当地,恪尽职守,然后便匆匆宣布散会,竟然连众人皆知的北方战局吃紧的形势都只字未提。

各保安团团长面面相觑,十分不解。这种无关紧要且稀松平常的会议与通知电文中标注的关键词毫不搭嘎(相关),尤其是众人私下获知的团升旅、保安司令部改为军的消息丝毫没有透露。张文焕一离开会场,众人便议论纷纷。如此会议,完全可以通过电文或电话告知,没必要兴师动众,毕竟外县来一趟黔阳并不容易,且不说保安二团位于遥距三百五十公里之外的盘水镇,没有两天工夫根本到达不了,其他保安团距黔阳也不少于一两百公里。"开一次会,遭一回罪"是众团长常发的牢骚之一。当然,于启佑担任团长的保安一团例外,清平镇距黔阳不过三十公里,在车上打个盹的工夫即可到达。

既来之,则安之,散会后诸位驻防外县的团长便起哄架秧子般拥到晏小楠的保安五团喝酒。这也是惯例。保安司令部是衙门,壁垒森严,谁也不愿意在这里多待,散会后往往像躲避瘟疫似的赶忙溜之大吉,而单驻黔阳的保安五团就成为众人歇脚打尖的地方。毕竟保安五团在司令部眼皮底下,泡妞并不方便,军法科随便找个整肃军纪的理由就可以收拾你,轻则通报,重则关禁闭。虽说羊姓司令泡妞是行家里手,可人家最终都会明媒正娶,娶得多,养得起,后院从不起火,别人无话可说。哪个团长都不会为了一晌贪欢而整出一个小老婆来,破财不说,家里头难免会闹得鸡飞狗跳。但喝酒则天经地义,没人对此说三道四。偏巧这次喝酒又多了个主题,为刚刚从重庆调来的五团代理团长晏小楠中校接风洗尘。

唯有保安一团的于启佑团长笑呵呵地与大家告辞,说有急事要办。有人起哄道:"回就回嘛,阿(那)么近,回去(kěi)找几个抻头(撑抖)女人喝花酒,比一群老爷们瞎闹腾强得多。"

黔省是酒乡,保安军省县两级将领多少年横跨军警两界,个个在酒场练得如同酒仙,十坛陈年老窖居然没让大家尽兴,又加了五坛,生生喝到半夜才作罢。团长加副官,两桌人喝得五迷三道,临别时纷纷伸出大拇指夸赞晏小楠,说他为人仗义,不像重庆那帮假模假式装斯文的官僚。

晏小楠打发走各位团长,抓紧时间休息,可没睡多久,凌晨时分就被副官平飞急促的敲门声唤醒。昨日平飞随同晏小楠参会,结束时晏小楠专门交代,一会儿在保安五团聚餐,他来对付那帮团长,让平飞设法将随行副官们灌醉。晏小楠说,张文焕将各路主官召集于此,又无要事传达,并不正常,务必留心。果然,一大早,天刚蒙蒙亮,平飞就急匆匆地送来保安司令部加急电文——

> 我部驻黔阳保安五团携辎重全员整装即刻移防黔西南普山镇,接电后三小时内收拢部队,上午十时出发,四十八小时抵达目的地,不得有误。黔阳守备任务由驻清平镇保安一团兼顾。五团黔阳营区即刻起由一团接管。

晏小楠大吃一惊,黔阳至普山镇三百多公里,一路岭高壑深,山路蜿蜒,整装部队两天赶到并不容易,而且这种连团级部队主要长官都毫不知情的调防,以往并不常见。虽说保安部队在管制上远不如中央军正规,但在下达军令以及调防之类大事上,差别并不很大。晏小楠判断,老蒋对保安部队整编的步伐已经加快。他当初在重庆公署已获知初步方案:裁撤原属晋绥军序列的第 101 军番号,在黔省重建第 101 军,由张文焕担任军长,谭良本任参谋长,配属 272 师与 271 师,但具体实施计划始终未曾得知。晏小楠判断,未来这两个师中的一个肯定部署在普山镇,保安五团当属打前站部队。

让晏小楠略感踏实的是,黔省保安部队布局的方向并未超出我军的基本判断——这与整个西南地区群山环绕,地势险峻的地形特点密切相关,而黔西南连绵起伏的山岭间,有许多湖盆与坝子,所谓"高山顶上路宽大",这里藏身可进山,行进可上道,易守难攻。晏小楠离开重庆之前,上级专门派人与他面见交代,黔省保安司令部一旦撤离黔阳,黔西南将成为他们排兵布阵、负隅顽抗的重点地区。

晏小楠立即叮嘱平飞道:"看不透张文焕的心思,很多情况他都藏着掖着。保安五团移防之事来得突然,咱们这里无法及时上报。你现在马上面见黔阳特支负责人,请地方组织设法将此情况上报。五团出发之前,你务必赶回来,免得被人看出破绽。"

平飞正要转身离去,晏小楠忽然笑着低声说:"别忘了向我大姨与姨父问好,请他们放心!当然也请范青青同志放心!"考虑到斗争的复杂与情况的险峻,反复斟酌后的晏小楠决定将自己的"家底"告知平飞。

平飞也笑了。

晏小楠一直觉得张文焕非同寻常。此人出身行伍,早年向往革命,北伐战争期间凭城陵矶战役一举成名,作为黔省出身的将领,既不喝酒也不打麻将,这很少见。自打调任黔省,张文焕低调少语,谨言慎行,无论公开还是私下场合,从未有过激烈的反共言论,也很难看出他对时局的态度。策反国民党官兵起义,在晏小楠看来,既有大势驱动因素,也有个人原因,明是非与随大流的人都有,但张文焕深不可测,很难预判。而且张文焕似乎对晏小楠有所提防,或许并非怀疑他的真实身份,多半因为对重庆派来的人不掌握底细,加上他刻意抹去黔阳出身的痕迹,日常与人搭腔都是国语,不像其他同级军官,多为黔省本地人,以方言交流,很容易打得火热。

晏小楠正待出发,没想到保安一团于启佑团长赶到了营区,好像为他送行一般。晏小楠想到昨晚于启佑的行踪,立刻明白,此人早于他得知五团与一团的换防内情。

于启佑拍着晏小楠的肩膀,哈哈笑道:"兄弟,黔阳这点坛坛罐罐算得了什么？别说你这位重庆来的大员瞧不上,我这本地人也瞧不上,我们早晚还会聚到其他地方一起干更大的事情。"

晏小楠回道:"大事情都由着你们本地人干,我这个外来户只不过混口饭吃。不过借你吉言,但愿我们以后能一起做些大事。"

留着络腮胡的于启佑貌似大大咧咧,实则心细如发。晏小楠估计得没错,于启佑不仅早已对黔阳各个守备点位了如指掌,对两个团换防内情知之更多,而且大致掌握保安司令部下一步的安排。这一切皆因于启佑与黔省新任保安军司令张文焕中将早就攀得一层特殊的老乡关系。

这事说起来好笑。平坝人氏于启佑在家门口当兵十几年,从未打过仗。一日,刚从川省綦江军政部第十六补充兵训练处长一职调任黔省军管区参谋长的张文焕,在营区门口碰巧遇到于启佑。于启佑早就获悉张文焕与自己同乡,故意用家乡土话主动问候。

张文焕知道黔阳人生性高傲,骨子里看不起外县人,虽然黔阳话也属方言,却固执地认为黔阳之外的话皆为县份土话。张文焕觉得好奇,便同样以家乡土话回问:"当了好久兵?"答曰:"五年。"张又问:"嘣个都在哪里当兵?"又答:"黔省嚏。"张文焕故意话锋一转,调侃道:"吃了阿(那)么多年军粮,仗都没得打过,算屎啥子兵?"张文焕所言有所指,黔省虽然地处偏远,但自北洋政府初期爆发过川滇黔军阀混战之后,竟成战火未侵之地。黔兵不出黔,自然无仗可打。哪承想于启佑并不示弱,回嘴道:"哪个没打过仗?老子打过日军飞机。"于启佑所言亦有所指,抗日战争爆发以来,日军轰炸西南腹地,炮弹多数落在重庆。

黔阳有两次未能幸免。首次被炸的是玉厂坝机场,那地方以前叫御田坝,离城中心很近。省里高官怕得要命,但黔阳经费吃紧,只好购置两门高射炮,安放于黔阳东山山顶。于启佑恰为其中一门高射炮的炮手。话说民国二十八年(1939年)小年的前一周,家家忙于杀猪宰羊,准备年货。日军突然从南部飞来十八架飞机,对黔阳展开轰炸。一时间黔阳城区中心陷入火海,来不及躲避的市民哀号遍地,血肉横飞。偏巧几位执勤炮手趁长官悄悄回家办理年货之际,躲在防空洞里打麻将。爆炸声响起后,只有于启佑跑出来对着天空放了几炮,眼见得日军轰炸越来越密集,于启佑又赶紧躲进了防空洞。事后验证,炮是放了,却与日军飞机相距甚远。有人调侃于启佑,相当于小年之前放了几个炮仗,个头大些罢了。

张文焕看过日本《读卖新闻》的报道:"对华作战余年以来,空军对华各城市的轰炸,未有如'二·四'轰炸黔阳之成功伟大。"身为军人,张文焕对此愤愤不平且铭记于心。尽管张文焕知道那次防空炮火的效果几近归零,但敢于冒着轰炸危险出来开上几炮,聊胜于无,因而对这个同乡印象深刻,自然日后加官进爵也有关照。

于启佑还想说些什么,只见平飞走到晏小楠跟前,立正敬礼后报告:"团座,一切安排妥当,敬请放心,现在可以出发了。"

晏小楠听懂了平飞话中的含义,转过身对于启佑说:"彼此保重,我们后会有期。"

迷蒙

时兹禾趁鲍云彤背对着他整理床铺之际,匆忙将身子擦洗完毕,以迅雷不及掩耳之势换好睡衣睡裤。做完这套动作,时兹禾不禁哑然失笑。他不由得想起在蚌山崇正教会学校泳池更衣室换穿泳衣时的情形,虽说更衣室男女间分设,但男孩子念书后不知何时起忽然就有了害臊与羞耻之心,不再像小时候那样即使在曹山湖戏水光腚露雀也毫不在意,甚至在仰泳中故意挺起小腹让雀头露出水面以示有趣,念书后无论穿衣还是脱衣,动作都十分快捷,生怕无意中让旁人看到了什么。

时兹禾轻轻走到鲍云彤身后，略略停顿，仿佛生怕惊吓到她，低声细语地唤道："云彤——"

鲍云彤怔了一下，慢慢转过身来，看到焕然一新的时兹禾，只觉得眼前骤然一亮，笑吟吟地说："你动作好快哟，都换好衣服了，真不愧是运动健将！"

时兹禾嗯了一声点点头。

鲍云彤说："不巧赶上了雨天，着急也没用，只能在这里安心等待。不如早点休息，好吗？"

近距离面对面，时兹禾忽然发现身穿睡衣的鲍云彤分外姣美，蓬松的头发刚刚搭及肩头，散发着淡淡的清香，不仅没了刚才因为害羞而满脸通红的样子，面色反而更显红润娇嫩，如同出水芙蓉。宽松的睡衣虽然不像束腰的学生装那样尽显身段，但高耸饱满的胸脯将睡衣上端撑起，使得睡衣下摆更显宽松飘逸，看上去妩媚迷人。眼前这个漂亮姑娘陪他一路走来，出钱搭力，并无怨言，反倒不时地安慰着陷入困窘与沮丧状态的他。难怪父亲时昭明当着他们兄妹三人的面夸赞母亲赵翠娥说："天下莫柔弱于水，而攻坚强者莫之能胜，以其无以易之。"很久以后时兹禾才知道，父亲夸赞母亲之言出自老子的《道德经》，便感慨中国女人果真不简单。

此时屋内寂然无声，时兹禾内心涌起一种难以言表的冲动，此情此景下，这种冲动或许就来自充满活力的身体本身，但激动中的时兹禾深知，这其中何尝不包含着感激与爱怜、兴奋与柔情。

时兹禾含情脉脉地看着鲍云彤，鼓起勇气说："云彤，我可以抱抱你吗？"

鲍云彤上前轻轻揽住时兹禾的腰，将脸靠在他的胸前，娇嗔着说："你又不是没抱过。"

得到首肯的时兹禾仿佛一下子没了顾忌，猛虎下山般轰然发力，张开臂膀紧紧抱住了鲍云彤。也许用力过猛，被时兹禾紧紧箍住的鲍云彤仰头笑着说:"毛头,轻点,我上不来气了。"

时兹禾顾不得许多,根本没有在意鲍云彤的反应,倏地一下将她抱了起来,原地转了两圈,然后又轻轻地将她放下,接着便将他面颊一侧贴住鲍云彤的脸。时兹禾觉得他仿佛在燃烧,体内不断累积与涌动着一股不可遏制的力量,急不可待地用嘴唇在她脸上寻找着什么,终于贴住了她那温润的双唇。他真切地感受到,他的身体紧紧贴在鲍云彤柔软坚实的胸脯上,这让他瞬间产生了更强烈的冲动,情不自禁地伸出手试图抚摸鲍云彤的乳房。鲍云彤浑身一颤,突然从时兹禾的拥抱中挣脱出来。

鲍云彤扶着时兹禾的双肩,默默凝视着他的眼睛,猛然亲吻了一下他的面颊,柔情地说:"毛头,你知道吗?我喜欢你。第一次见面,你就留在了我的脑海中。我们这些天朝夕相处,我甚至都感到已经离不开你了。但我们现在还不能这样,虽然我们孤男寡女独处一室,没人知道我们能做什么、做了什么,甚至假使人们知道我们在这个夜晚住在一起,也没人相信我们没做什么。但我们都是读书人,知道做事的分寸。我们眼前最重要的是尽快赶到黔阳,看看我外公能不能想办法找到能够说上话、帮上忙的人,让你顺利进入警校,实现你的理想。如果我们都觉得去重庆上学远不如两人感情重要,那我们这次去黔阳就有了另一件重要事情。我要带着你和我父母以及外公见面,我要告诉他们,我打算嫁给你。接下来,你给你在蚌山的家人写信或者打电话,要么我们干脆一起去一趟蚌山,当面向你父母陈情。若两边家人同意,我们就成家。你看这样行不行?"

鲍云彤所言让时兹禾马上冷静下来。不像在珠江边那次与鲍云彤拥抱之后立时觉出尴尬,时兹禾这次倒很释然,鲍云彤丝毫没有让他难堪,却让他悟出某些道理。鲍云彤身上带着不同凡响的品质,激情中融着清醒与理智,温柔中又包含着某种坚守。他想,这种品质莫非就是古人所说的"发乎情,止乎礼。情之所至,礼则成焉"?时兹禾发现,鲍云彤望着他时,眼神清澈澄莹。他没有征得鲍云彤同意,再次将她揽在怀中,一只手轻柔地抚摸着她的头发,心中萌生一个想法:这个女人值得敬重,更值得深爱。

从激情澎湃到怡然自若,时兹禾不仅没有失落与寂寥之感,反而因之第一次想到"爱"——这个他以前仅仅在阅读欧美小说时才看到的概念。在身心发育的过程中,时兹禾做过春梦,自然与女人相关,梦醒时也曾有过污秽沾身,尽管他会在刹那间感到龌龊与肮脏,但丝毫不影响他渐渐对有些让他心仪的女人的喜欢。喜欢成为他长大成人之后对异性判断以及接纳程度的极致标准。

而现在,爱的感觉经由鲍云彤化在了他的心头。继而时兹禾想到,鲍云彤以后会成为他的妻子,成为与他共度一生的伴侣,就像父亲时昭明与母亲赵翠娥那样,无论走到哪里,两个人都相伴始终。时兹禾的游泳教练布鲁托身兼崇正天主教堂的神父之职,一次出于好奇,从不去教堂的时兹禾问及布鲁托,神父在婚礼上会对新郎与新娘说些什么。布鲁托的神情顿时肃穆起来,仿佛置身一对新人面前,说:"无论她(他)将来富有还是贫穷,无论她(他)将来健康还是不适,你都愿意永远和她(他)在一起吗?"当时的时兹禾只觉得有趣与好玩,并无其他感觉。而此刻的时兹禾想:我愿意。鲍云彤的喜好、追求以及内心世界的向往都会与他分享,他也会与她分享自己的一切。时兹禾渐渐兴奋起来,不是因为她的身体对他视觉与触觉的触动而产生的兴奋,而是对未来与她共同生活的憧憬带来的兴奋。当然,时兹禾也越来越明确地坚信,鲍云彤那美妙的身体早晚会与他融为一体。

激情之后的时兹禾开始思考今晚如何在这间客房里就寝。一个男人与一个女人在没有婚约或者定亲之前,要在几乎没有任何阻隔的情形下同床共枕,那将是一件多么大的事情! 健硕的男人说不定顷刻间会将女人燃烧,而柔美的女人也说不定会渐渐地将男人融化。就像在鲍云彤眼中时兹禾是健硕强壮的一样,鲍云彤在时兹禾眼中则分外柔美温婉。时兹禾想到了君子之约,两个身为君子的男人为应允之事信守承诺,可是他与鲍云彤的约定算是什么呢?他下意识地看向鲍云彤整理好的床铺,两床被子折成狭窄的被筒铺在两侧,中间间隔分明,间隔的空隙之处纵向摆放着一条印着白色碎花的蓝裙子……

不知过了多久,时兹禾在颠簸与晃悠当中渐渐醒来。他很纳闷,自己好像在什么地方睡了一觉,而且酣睡如泥,睁眼一看,眼前一片漆黑。这里显然不是他与鲍云彤下榻的择木客栈,鲍云彤也不在身边。尽管这几日与鲍云彤同床而眠,时兹禾已经能够克制自己的冲动,但每每看到她入睡后的安静神态,尤其是她闭着眼睛,睫毛翘起的样子,都让他倍感甜蜜,并油然生出对眼前这个女人呵护与怜惜的强烈意识。有一次夜间醒来,他发现自己的胳膊搭在鲍云彤身上,便小心翼翼地收回胳膊,生怕打扰到她的睡眠。他似乎完全能够凭借第六感,觉察到鲍云彤是否在自己身边。此刻的时兹禾怀疑自己的感觉不真实,用力眨眨眼,发现黑暗中隐约透着一点光亮,便想撑起身体,这才发觉浑身不能动弹,继而意识到他的嘴也被毛巾一类的东西塞着,双手也被反绑在身后。时兹禾一下子清醒了,他在金龙江小镇的货栈被人绑架了。他拼命回忆着之前发生的一切——

大雨之后接续的是霏霏细雨,漫天潮气顺着门窗和各种缝隙浸入室内,使得客房里的一切变得湿乎乎的,手指划过竟能留下带着水渍的痕印。客栈老板告诉时兹禾,他们入住之前,这里一直下雨,忽大忽小,到现在约莫十天了。每一个匆匆路过的陌生旅人都在急切与无奈中成为这里的熟客——跑单帮的客商、收山货的老板、辞职回乡的教师,当然,还有一对被认为是小夫妻的年轻男女。

与那些胡子拉碴、猥琐腌臜的住客相比，时兹禾高大俊朗，鲍云彤年轻漂亮，着实引人注目。鲍云彤跟时兹禾说，客栈老板还算仁义，他俩的情况一定是老板在柜台处故意泄露出去的。老板这么说，人们也就没兴趣瞎琢磨了。二层楼的小客栈总共十来间客房，雨天无法外出，客栈的每一处通道与角落都变成住店者打发无聊时闲逛的地方，加上每天用餐时间照面，大家彼此熟悉得似乎都放下了最初的戒备，点头微笑一下或者说声常规问候语"吃了吗"。

老板说："老天爷的事咱管不了，但三天结一次账，这是行规。"时兹禾知道，店家也难，不光每日清理房间，原本只负责客人早点变成三餐都得设法提供，住店者赶路时包裹里带的食品早就消耗殆尽，又无法外出寻找餐馆吃饭。客栈提供的吃食简单到不过就是一碗红油素粉或者一块糯米糕粑，雨天无处采购，也无人送货，能拿出自家的食粮储备，按点做给住店客人吃，已经仁至义尽了。

时兹禾在柜台结罢账，顺带出门张望，惊奇地发现雨停了。天未转晴，乌云变成薄雾，从高空降到半山之处悬浮着，比客栈似乎高不了多少，好像站到屋顶便可触及，但不管怎么说，这场令人心烦意乱的连阴雨真真切切地停了。

住在客栈的这几天，时兹禾的心绪若盘根错节，难以言表，喜悦伴随着焦虑，期待夹杂着失望。

时兹禾能够感受到的最大喜悦当然是鲍云彤与他终日相伴。鲍云彤始终在时兹禾跟前带着笑容，尤其每晚入睡前，她都会轻轻吻一下时兹禾的前额，然后与他躺在床上畅聊着过去与未来。时兹禾觉得自己格外幸福，那种幸福发自内心深处，并由他的骨髓中滋生出一种很难用语言表达清楚的快慰。时兹禾自己都感到奇怪，除了头一天擦澡更衣后有些冲动且跃跃欲试地想做些什么，鲍云彤的那番话居然让他此后一直保持着冷静。鲍云彤从未提及为何在两人被筒中间纵向搁置一条蓝色裙子，但时兹禾领悟到，他们近在咫尺，听着鼻息，闻着体香，却仍有不能逾越的界限，以至于时兹禾睡觉时总是尽量靠近床边，尽量使他们之间的间距拉大，早晨醒来便会看到，那条裙子并未有所挪动。

时兹禾焦虑的不仅是去黔阳的时间无法确定，而且他在柜台处结完三天的账后发现自己的荷包已经分文不剩，莫非自己果真面临"囊空如洗、归途无资"的窘境？眼下，继续滞留客栈需要支付食宿费用，而雨后搭乘客车更需要花钱买票，情急之下，时兹禾想到母亲偷偷塞给他的那枚金戒指。趁鲍云彤没注意，他从自己的柳条箱夹层里将金戒指取出揣进怀中。时兹禾心里合计，一旦抵达黔阳，他要做的第一件事情就是即刻找到一家典当铺，用金戒指兑换出现钞。他不知道眼下金戒指究竟价值如何，但想起母亲嘱咐的"这东西看着不大，关键时候作用不小"，母亲的身影刹那间跳进脑海，时兹禾瞬间泪目。他赶紧背过身擦拭了眼泪，男儿有泪不轻弹，他不想让包括鲍云彤在内的任何人看到。

更让时兹禾担忧的是，这家客栈的住客完全无法与广州的粤黔旅社相比。如果不算时兹禾这拨考生，粤黔旅社住店者多为体面的商人、回国探亲的侨客，或者公干在身的官衙之人，这也是当年南洋黄姓老板投资兴建这家旅社的客源定位。如同两江汇流，三山相对，金龙江小镇布满了云集三教九流、各色人等的低端小客栈，怎一个穷猿奔林、岂暇择木了得？且不说弥漫在客栈过道上浓烈的酒气与呛人的烟味，每回时兹禾与鲍云彤在客栈一楼小餐室吃饭回来，总有男人用色眯眯的眼神盯着鲍云彤。时兹禾有一次打开水从一间半掩着房门的客房前经过，不经意间听到屋里有人说话，淫笑声夹杂其中——

"你说奇怪不？那对小夫妻半夜没甚动静，听了几回，只听得里面说话声，根本没有男人的喘息声与女人的呻吟声，无趣得很。"

"莫不是那男的是银枪蜡头不中用？"

"那女子实在水灵，要能趁机摸上一把，也不枉在这里花费这么多店钱。"

时兹禾惊得头皮发麻，屋里两人议论的分明就是他和鲍云彤，天晓得竟然会有人夜间在他们住的客房门外偷听。时兹禾没敢将所听所闻告诉鲍云彤，担心她受到惊吓，但意识到此处的确不能继续逗留。

雨虽停，但环绕于高山峡谷之间的盘山路蜿蜒曲折，浸水后土质疏松，无法行车，因而通车时间并无准信。坐立不安的时兹禾不时去柜台打探消息，老板见他如此急迫，便说小镇尽头有家货栈，时常有运送货物车辆通行，并不像客车那般对路况要求严格。时兹禾灵机一动，万一有顺路车，搭乘也未尝不可，只是既不好估算费用，又无现钱支付。不过想到抵达黔阳后能用金戒指兑换现钱，若车主答应先搭车，后结账，说不定也是个办法，总不能这样毫无头绪地等待下去，时兹禾便打算去货栈碰碰运气。老板补充道："这里不比黔阳与柳城，两省交界，四面大山，强人时常出没，官府又鞭长莫及，货栈云集着各色人等，搭车务必谨慎小心。"

一路走来，时兹禾对鲍云彤细致入微的心性有所了解，唯恐她对搭乘顺风车这种缺乏准头的事情抱有顾虑，所以打算自己先去探明情况，如果妥当，再说不迟，便以去客运站询问何时通车的理由要外出。鲍云彤说小镇住店者都是过路旅人，各家客栈老板都掌握通车情况，再去打探也属多余。鲍云彤想着时兹禾本是学生，不谙社情，况且这里山高皇帝远，一旦遇到棘手之事难以应对，因而所言只是表面理由，实则考虑的却是安全。时兹禾笑着说："权当出去透透气，只是雨后道路湿滑，我自己去去就来。"鲍云彤理解时兹禾此时心境，这么多天圈闭在客栈，或许出去走走能舒缓心情。

"出门在外，身上莫带贵重物品哟，"鲍云彤笑着说，"这是粤黔旅社对客人外出时的常规提醒。"

时兹禾拿出皮夹子交给鲍云彤,故作轻松地笑着说:"里头空空如也了。"他忽然想到什么,拍了一下脑门,急忙从怀里掏出怀表和一只缎面锦织小方盒,郑重地递到鲍云彤手中,说:"怀表是俺妈给的,值点钱。这个小方盒更值钱,这可是我们接下来的盘缠,请云彤务必收妥。"

鲍云彤好奇地打开一看,竟是一枚金戒指。她小心翼翼地取出来,用拇指、食指和中指轻轻捏住,转圈仔细端详了一番,惊讶地睁大眼睛问:"你一个大小伙子怎么会有这个东西?这么珍贵的饰品带在身上,你这是……"

萧家女人多,金银饰品自然不在少数。鲍云彤见过许多样式的金戒指。她从外公萧士余那里知道,金戒指与金耳环是姑娘出嫁时嫁妆中的重要物品。她原来以为金饰品值钱,作为嫁妆可以彰显娘家身份与财力。外公却正色道:"金戒指和金耳环从来不是为了彰显富贵,戒指是让女婿为妻子'受戒',寓意钟爱一生,耳环则是警醒女婿在家中多听妻子良言,莫受婆家闲言碎语影响。"萧家三个女儿虽然尽数出嫁却未曾出阁,但嫁妆一样不少,只是外公说的"二金"寓意成为家人聚会时的笑谈。

看到鲍云彤疑惑的神情,时兹禾说:"我出门时俺妈给我带足了盘缠,但她生怕现钞行情变动,钱变得不值钱,便让我揣着金戒指以防万一。这枚戒指是外婆给俺妈的陪嫁。我把事情想得简单了,觉得男孩子身上揣着金戒指,不伦不类的,临走前悄悄放到俺妈床前。没想到俺妈发现后并未吭声,趁我不注意又搁进我的行李箱里。我也是在广州粤黔旅社整理物品时才发现的。俺妈出身浦东乡下,年轻时到浦西繁华街区闯荡,见过世面,她比我有远见。现在想想,我和俺妈相比,还有一个更大的差别,我嫌她事多,她却心疼我。我读了那么多年的书,好像懂了不少道理,其实差得很远,直到现在,我才多少明白褚人获讲的那句话的含义。"

鲍云彤问："褚人获是谁？他说了什么话？"

时兹禾说："褚人获是明末清初的一位作家。我看过他写的《隋唐演义》，他在这部小说中讲到'儿行千里母担忧'。"此话一出，时兹禾眼圈红了，说："她现在肯定为我的事操心不已，不晓得我考学情况到底怎样。"

受到感染，鲍云彤也红了眼圈。她赶紧转过身，将时兹禾递给她的怀表和装着金戒指的小方盒收进行李箱，然后从衣兜里取出五元硬币，塞进时兹禾手中，说："万一遇到食品铺子开门，顺便买些你喜欢吃的东西。如果你愿意，咱俩像那天从珠江边回来一样，喝点酒，助助兴。雨停了，用不了多久，我们就可以动身了。"

时兹禾点点头正待出门，鲍云彤一把拉住他，在他额头上轻轻吻了一下，轻声地说："毛头，我等你早些回来。"时兹禾心头一热，心想：无论此次去重庆上学之事能否办成，再次见到父母的时候，要告诉他们的第一件大事就是自己要娶鲍云彤为妻。

时兹禾按客栈老板所指，在金龙江小镇尽头靠近公路的地方找到了那家货栈。货栈无货，不过是卡车、马车送货之后的中转场。空车返回的车主都想找些顺路货品装载运送，实在无货也甘愿冒险载人。院子里互相搭讪的人很多，衣着体面的往往是客商，车主则显得风尘仆仆和灰头土脸。几间屋子里都有人在热络交谈。时兹禾担心人家欺生，又怕暴露自己穷困学生的身份致使车主不愿意搭载，出门时刻意换上离家后一直未穿的夹克衫，装出见过世面的时尚客商样子，一进院子便主动与人搭讪。

或许是因为时兹禾的外地口音，虽然他相貌堂堂，装束洋气，却并无人与他搭话。时兹禾失望之际，看见一位满头白发的长者笑眯眯地冲他招手。

"去（kěi）哪里？"白发长者问。

"想搭车去黔阳。"时兹禾说。

"去(kěi)黔阳搞哪样？"白发长者又问。

"做些小买卖。"时兹禾故意隐瞒了实情。

"啷个像？做小买卖的穿的都是布衫,你是做时髦洋货的吧？"

时兹禾不知说什么才好,只得装出不置可否的样子。

"来,坐下喝口茶,慢慢说嘛,好商量。"白发长者伸手指着对面的小凳子,让时兹禾坐下。

"有没有顺路车？啥时能走？"时兹禾眼见有希望,顿时高兴起来。更让时兹禾感到踏实的是,白发长者慈眉善目,笑容可掬,便放下警惕之心。

"你来得巧,我们正好有空车,没寻下货品,可以搭人。你若是着急,吃罢午饭即可动身。"白发长者语气温和,却很果决。

时兹禾霍地站起身,兴奋地说:"那我现在回客栈收拾东西。"

白发长者挥挥手示意时兹禾坐下,说:"不急嘛,喝口茶再走也不晚。"

白发长者如此客气,且未主动提及费用之事,这让时兹禾觉得机不可失。他连忙坐下,像赶着完成任务似的将面前那杯茶一饮而尽,笑着对白发长者说:"多谢大伯,幸亏遇到了您,不然还不知道要在这个鬼地方逗留多久。"

白发长者只是嘿嘿笑着,再未言语。只见门外匆匆进来两个人,面无表情,其中一人迅速走到时兹禾跟前,将手中折叠起来的麻袋展开,再用双手撑开麻袋口,不由分说便朝时兹禾头上套来。

时兹禾吓了一跳,刚要质问对方要干什么,并本能地抬手阻挡,却突然间感到头晕目眩,眼前一黑,一下子倒在地上昏了过去。

时兹禾在麻袋里扭动身体的时候,听到外面有人说话:"人动了,八成药下得多了,走了快一整天了,才有动静。赶紧解开噻！"

麻袋是从时兹禾头上套上去的,包裹全身,又在脚下扎系了扣。时兹禾露出头时,感觉光亮格外刺眼,赶紧用手遮住双眼,这才意识到自己已经被松绑了,嘴里塞的东西也被取出。他扭头巡睃,发现两侧各坐着一个人,一个是他在货栈见到的那位白发长者,另一个略觉眼熟,仔细一想好像就是他晕厥之前拿着麻袋朝他走来的那个人。让时兹禾感到不可思议的是,他身旁竟然搁置着一摞书籍。

　　"我这是在哪里?"时兹禾感到惊恐,但身体十分疲软,声音微弱。

　　"送你去(kěi)黔阳噻!我们不是谈妥的吗?"白发长者依旧笑眯眯地说。

　　时兹禾挣扎着试图起身,旁边那人面无表情地搭手扶了他一下。时兹禾坐了起来,发现自己原来在一辆马车上,放眼望去,一侧是绵延起伏的山峦,另一侧则是深不可测的沟壑。

　　"黔阳远噻,我们先坐了大半天卡车,又换了马车走了两个时辰。今晚在双鼻山歇息,明天早起再走,两天就能到黔阳哦。"白发长者说。

　　时兹禾翻身就要下车,旁边那人不动声色地将他按住。白发长者笑着问:"你要去(kěi)哪里?"

　　"我要回客栈,有人在……我还有行李在客栈。"时兹禾本想说鲍云彤还在等他,但他意识到眼前这些人并非善茬,欲言又止。

　　"这里荒郊野岭,离金龙江两百多里地,又是曲曲弯弯的山路,你嘟个咋样去(kěi)?"

　　时兹禾渐渐冷静下来,知道此时无论自己做什么都无济于事,便想了解这些人究竟打算做什么。

　　"你们是做什么的?为什么不经我同意,便将我带走?"

　　"你这个年轻人好无理,明明你找我商量去(kěi)黔阳,嘟个成了不经你同意?再说了,我和你一样,都是要赚钱的。你是客商,靠做买卖赚钱。我是山户,靠客商过手赚钱。坐了阿(那)么久的车,你连路费都没得付,这个不好嘛。"

时兹禾猜测白发长者口中的山户就是客栈老板说的强人,与蚌山人说的土匪并无差别。时兹禾后悔不迭,悔自己粗心大意,识人不清,好歹不分,居然把眼前的土匪当成良善之辈,更不该假扮客商,让人家误以为遇到有钱之人。

时兹禾急忙解释道:"大伯,我不是客商,我是个学生,为考学的事情去黔阳。"

白发长者猛然一惊,说:"你说哪样?你不是在乱讲吗?!"

时兹禾说:"我真的就是个身无分文的学生。"

白发长者口气不再和缓,厉声道:"那你啷个说去(kěi)黔阳做小买卖?"

时兹禾几乎带着哭腔说:"你若知道我是个穷学生,还愿意搭载我去黔阳吗?说真的,我还不如说了实话,至少不至于就这样稀里糊涂地被你带走。"

白发长者叹了一口气,不再言语。

马车抵达双鼻山时天色渐暗。下了马车,时兹禾隐约可以看见此地特殊的地势,起伏的山峦之间有一片开阔地带,两座形似人鼻状的山峰突兀而起,一道高三百余米的山梁将两座山峰连在一起,盘桓而上的石阶连通着山梁间一个硕大的山洞。

洞口蹲坐的两个头缠包布的人看到拾级而上的他们,马上站立起来,其中一个冲着白发长者笑着打招呼:"郭伯回来了!有收获嚛?"那人说着转身拿起靠在岩壁上的长枪。时兹禾看到那人拿枪,吓得本能地向后躲了一下。

拿枪人口中的郭伯原来就是白发长者,只见他沉着脸,并未回话,便将时兹禾带进山洞。时兹禾顿时感到一股清凉气息扑面而来,他四下打量,洞内宽阔高大,岩壁上悬挂着许多已经点燃的油灯,虽说没有洞外明亮，但看得清里面有十来个男人来回走动，好像在忙碌着什么。时兹禾突然发现一个穿着浅蓝色花布衣服、留着长辫子的姑娘朝他们走来。略显昏暗的光亮中，时兹禾隐约感觉这个姑娘二十来岁，身材颀长，看上去眉清目秀，干净利落。

那姑娘见到时兹禾，吃了一惊。这人个子怎么会这么高？比洞窟里其他人差不多高出半个头，她便站在那儿好奇地打量了一会儿，然后对白发长者说："阿舅回来了？你们走后就开始下雨，下了这么些天，真担心你们路上遇到麻烦。"

郭伯见到姑娘，脸色立刻转阴为晴，笑着说："好娃儿，赶上天不好只能硬撑着，这么多人要吃饭，辛苦不算什么，关键是收获不大。"

姑娘问："这个人不算吗？"

郭伯看了一眼时兹禾，摇了摇头，对姑娘说："再说吧。"

时兹禾百思不得其解，双鼻山明明就是土匪窝，可这里的人并不都像他想象的那样个个凶神恶煞、杀气腾腾。除了郭伯和那个姑娘，在时兹禾眼中，其他人的衣着和神态与庄稼人无甚区别，有几个人衣衫褴褛，甚至还不如他在蚌山曹山桥见过的农人衣着讲究。

时兹禾小时候听父母讲过蚌山周遭土匪的传说，无非是一些长得青面獠牙的家伙趁夜黑风高之际杀人越货、打家劫舍，风一样来，又风一样走。做父母的吓唬顽皮或者哭闹不休的孩子，讲述传说中的土匪或者猫猴子即将到来是一种行之有效的办法。时兹禾上中学后，倒是从蚌山《淮水商报》的《奇闻旧事》栏目看到过一个真实事例。蚌山近邻闹过匪患，据说是淮河北岸武家庵村一个名叫武乐亭的年轻人，自幼家贫，无力就学，却喜弄棍棒，练拳习武，仰慕梁山好汉。辛丑年春夏之交，大雨四昼夜，秋稼无收；翌年春又淫雨成灾，此人便效仿捻军旧事，率饥民百余人，持刀剑等器械，径直闯进财主家"借粮"，丝毫没有商量的余地。武乐亭自然也被那一带的财主称作土匪。时兹禾对此事印象深刻,主要因为他认为这个武姓青年的"借粮"之举颇有侠义之风,实属赈济饥民之善举,并无甚惊世骇人之处,毕竟是为了百姓能够糊口。

时兹禾猜想这里的土匪头子郭伯也许与武乐亭有相似之处,至少,郭伯看上去不像个杀人越货的家伙,而时兹禾被绑架到了这里,也与那白发长者最初给他留下慈眉善目的印象以至于让他放松警惕有关。至于郭伯是否做过哪些伤天害理的事情,又因何干了这个勾当,时兹禾尚且不得而知。而洞窟中每个人与他见面时也都展露出谦恭和气的神态,尤其送饭的小喽啰,虽然方言口音很重,但语调轻柔,而且说的竟是"先生,请用膳"这种斯文用语。

更让时兹禾感到奇怪的是,他分明是被绑架到这里的,却没人向他索要财物,甚至没人搭理他。送饭者一日两餐按时送达,偶尔进来为油灯添油换捻,依旧客客气气冲着他点头致意。白发苍苍的郭伯和那个照过一次面的姑娘仿佛失去了踪影。时兹禾凭借自己入睡醒来的次数,隐约觉得入洞窟已经两天。

洞中无昼夜,岩壁上的油灯始终亮着。时兹禾出门前将怀表交给鲍云彤保管,无法知道此刻时间。不过他知道,即使怀表在手,在昼夜不分的情形下,十二小时转一圈的表针也会让他发蒙,分不清究竟是正午还是夜半。

进到双鼻山洞窟的头一天,时兹禾被带进一间"洞中之洞",与他在烟墩子家中的房间差不多大小,墙壁与屋顶并不齐整,像是天然形成,看得出经过人工修整,"洞屋"居然装有木条与木板拼凑起来的房门。

时兹禾躺在床上暗自落泪,每每闭上眼睛鲍云彤的身影就浮现在眼前。早前几天的相伴相随已经让他难舍难离,何况后几日与鲍云彤同床而眠?尽管去黔阳和重庆之事让他坐立不安,近在咫尺的鲍云彤却像一股清风时时吹拂着他的心田。时兹禾回想,那日,鲍云彤煞费苦心地在珠江边找到他，哭喊着连续捶打他的胸膛，足以见出她的真实心绪。此时的鲍云彤恐怕就不仅仅为他的突然消失而焦急万分，甚或心神崩溃。时兹禾蓦地想到临别时鲍云彤给了他五元硬币，嘱咐他买些吃食，打算晚上喝酒助兴。时兹禾掏出那枚五元硬币反复端详，贴在鼻下企图闻到鲍云彤留下的余香，他的情绪瞬间失控，尽管尽力克制，还是哭出了声音。

不知又睡了多久，时兹禾起来后试着拉了拉小屋的门，发现并未从外边锁闭。他走了出去，环顾着硕大的洞窟，岩壁一圈鳞次栉比地排列着许多像房间一样的小洞，有的装有木门，有的则敞开着。凡有木门的洞屋，里面都透着昏暗的油灯亮光。放眼看去，这里像个四周住户围合着中庭院落的村寨，中庭静悄悄的，并无人影。时兹禾壮了壮胆，朝洞口走去。

洞口蹲着的两个人看到时兹禾，马上站了起来。时兹禾担心那两人误会自己要逃跑，连忙说道："我不知道现在是什么时辰，想出来看看。"

其中一人喏喏地说："郭伯交代过，先生敬请随意。"

时兹禾暗想：这里都是些什么人呀，讲话这么讲究。

时兹禾站在高悬于山腰的洞口放眼望去，满天星光，皓月当空。月光映照下，山下银灰色的川地因为朦胧模糊而显得很深、很远。时兹禾终于明白，原来深渊骇人并非在深，而在深不可测。如此山势，莫说逃走，就是敞开山门放他出行，若无马车一类交通工具，离开这里简直就是奢望。一阵悲凉瞬间掠过时兹禾心头——俺妈，俺爸，还有云彤，你们知道我在哪里吗？云彤，我还能去重庆上警校吗？

随着吱呀一声，小屋的门被人从外面推开了。躺在床上面壁发呆的时兹禾以为那个小喽啰又进来为灯添油，并未回身。没想到身后静悄悄的，没有丝毫响动，与此同时，时兹禾嗅到一股明显不是小喽啰身上散发的混杂着汗味的酸腐气息，而是一种清新宜人的香气，很像他母亲赵翠娥使用过的一款香皂的气味。时兹禾猛地转过身，发现第一天见到的那个长辫子姑娘站在距离床边不远的地方，双手在身前交握。

时兹禾一惊，赶紧坐起身来。

"我不想惊扰周边其他人，所以没有敲门。对不起，打扰了。"姑娘说话时依旧站在那儿未动。

"这里是你们的地盘，你们想做什么，我又能怎么样？"尽管姑娘说话语气中的客气令时兹禾有些纳闷，但他还是靠坐在床头不冷不热地说。

"你别怕。我叫莫黛，是郭伯的外甥女。"姑娘说。

"我已经告诉郭伯，我不是客商，只是个学生，准备去重庆上大学，身上没钱。"时兹禾说。

那个叫莫黛的姑娘露出笑容，说："先生，你误会我了。"

时兹禾发现，莫黛笑起来露出两颗小虎牙，相映成趣的是，她的脸颊上凑了一对深深的酒窝。时兹禾松了一口气，这姑娘不仅没有匪气，昏暗的油灯下看去，朦胧中反倒显得乖巧天真，蛮好看的。蚌山人通常把这种长相的姑娘称作秀气。但时兹禾想到自己眼下境遇，又摸不清莫黛的底细，也不清楚偌大匪窟中为何单单一个女孩子来见他，丝毫不敢松懈，便冷冷地说："我不知道你们在这里是不是干着谋财害命的勾当，至少我是被你们这里的人用蒙汗药迷昏后绑架来的。"

莫黛似乎并不介意时兹禾所言，依然十分耐心，不紧不慢地说："先生莫急，容我跟你讲讲这里的情况。"

原以为大祸临头的时兹禾不由得一愣，他意识到莫黛或许并非前来索要钱财，也不像有什么恶意，不置可否地点点头。

莫黛的语调更加和缓，笑中竟然带着调侃语气说："先生是读书人,通情达理,难道我们就这样说话吗？你坐着,我站着？"

张口闭口以"先生"相称,虽然流露出些许方言口音,但又尽力用并不标准的国语讲话,莫黛的表达方式着实让时兹禾意外。在这遥远偏僻的深山之中,何来这般女子？送饭者、洞口放哨人,这些与时兹禾接触过的小喽啰完全没有他想象的那样野蛮粗鄙,不仅讲话小心翼翼,而且措辞讲究。在时兹禾看来,要么他们张口之前刻意斟酌过,要么有人对他们有所要求。是谁呢？难道是被他们称作郭伯的那个人吗？那个人看上去像是这里的头领,从金龙江货栈初次见面,直到时兹禾在马车上醒来,郭伯的一举一动、一言一行都明显与他人不一样。

或许因为心情不像之前那样忐忑不安,时兹禾一个鲤鱼打挺,从床上直接蹦到地上站起身来。时兹禾的这个动作让莫黛吃了一惊,她本能地朝后退了一下,心想:这个读书人怎么会有如此敏捷健壮的体魄？

时兹禾环顾一圈,发现小屋里并无座椅,紧挨床边摆放了一张破旧不堪的桌子,小喽啰每次都将托着碗筷食物的餐盘放在上面。时兹禾有些尴尬,搞不清楚他在这里究竟为客还是为主,却不得不做出讲究礼仪的样子,伸手示意莫黛坐在床边,而他则刻意与她保持一段距离,在床沿尽头坐了下来。

第二篇　陵谷沧桑

果决

刘永初中尉其实做好了充分的思想准备。

批准入伍登记表在外人看来不过就是张十六开大小的纸，但在联勤总部军医署预备干部处的备案中，这张纸的严肃性与重要性非同寻常。它是军官任免的原始依据，是入伍服役的最初证明，任何一张登记表都有以字母"H"打头且六位阿拉伯数字紧随其后的编号——H乃英文"人事"（Human Resources）之首个大写字母缩写，阿拉伯数字暗含着这个行当编入的实际人数。加盖印章后的登记表存放于档案室，与各类密级文件的管理具有同样属性。填写完毕的登记表与各个后方医院军官（医官或者护官）档案中相应的入册人事表格形成对照。换句话说，若军医署备案中登记在册，而医院未见其人，且无阵亡、退役、失踪记录，那就意味着征召环节出现了或者杜撰虚构或者移花接木的纰漏，其直接后果是，后方医院可以凭此天经地义地吃空饷。反之，任何一家后方医院的现役医护人员，但凡在军医署没有备案登记，必为假冒。

前些年,战事惨烈,国民党军队医院一度急剧扩编,竟有医院院长假借招收医护人员之名收取钱财,一时间冒出许多肩扛校尉衔牌的李鬼式医官、护官。东窗事发后自然有人被撤职查办,更有甚者因之锒铛入狱。其中最冤枉的当数那些本身拥有正规医学院校文凭的青年,花了钱还没弄到真名头,假模假式地披着白大褂、领口处展露着一杠两星的领章在医院晃了一圈,最终被清理出局,丢人现眼不说,还错过了谋职求业的最佳时机。

那时军医署尚在陪都重庆,刘永初见过不少乘船溯江而来告状的青年男女,每日里哭哭啼啼、寻死觅活的戏码不时上演。署里和处里的长官时常把刘永初他们这些当参谋的推到大门口应对这些乌烟瘴气的事情,因而刘永初对基层医院发生的这种下三烂的勾当深恶痛绝。

刘永初中尉心知肚明,他当着鲍云彤的面将鲍云彤的入伍登记表撕得粉碎,这动作看似潇洒俊逸,颇显阳刚气度,实则埋下了随时爆雷的隐患。但刘永初在那种境况下不得不这么做,一来表现出对来自鲍云彤各种的要求高度重视,几近有求必应,二来凸显出他对鲍云彤求婚的坚定意志。他想到小时候读过的诗句:"妾拟将身嫁与,一生休。纵被无情弃,不能羞。"那是一个女人对心仪男人的坚定表达,无怨无悔,何其豪迈。他一个大老爷们,为了自己中意的女人,撕碎一张登记表算得了什么?刘永初不管不顾,不惜突破以往坚持的原则与做事底线,盖因鲍云彤身上特有的气质与美貌对他的吸引与冲击。

刘永初不是那种见色起意的花花公子,可总有各色美女围绕在身边,这与他令人艳羡的军医署参谋身份以及风流倜傥的帅气外表密不可分。

南京有一帮混场子的公子哥,多为达官贵人、豪门商贾之后,家里有钱,哪里有好吃好玩的地方总少不了他们的身影。唯有位于中山北路的军官俱乐部他们难以踏足。军官俱乐部隶属军方,舞厅宽绰,灯光绚丽,酒水与咖啡的品质绝对上乘。这里只对军官开放,无论公子哥们具备何种背景,没有军装在身,想进去一睹里面的气派基本上是痴心妄想。既然有舞场,就得有舞伴,所以军官俱乐部对非军人身份的年轻姑娘始终敞开大门。这项规则的设定谁都能理解,总不能让男性军官们双双搂着起舞,那成何体统?

起初,军官俱乐部门前布有单兵岗哨。在钢盔、白手套以及M1928A1式汤普森冲锋枪的衬托下,哨兵看上去威风凛凛,英姿勃勃。知情人都知道,与堑壕前睁着警惕眼睛的哨兵截然不同,这种岗哨纯属充门面的活路,带有"扎势"的表演性质,但姑娘们见到这架势难免惶恐,心存顾虑。毕竟乌青的枪口阴森森的,哨兵左手扶着枪管,右手握着扳机,万一走了火,那还了得?军官俱乐部开张的时间正是华灯初上之时,哨兵与枪格外显眼,姑娘们见了都避之不及,以至于俱乐部里经常出现"狼多肉少"的情形,军官为抢舞伴张口开骂甚至大打出手的事情不时出现,许多军官对此意见很大。

京畿卫戍司令张尧名中将以前带兵打仗,刚刚调任现职后就听到这类反映,大为光火,扯着嗓子骂道:"狗日的跳舞喝酒的屎地方派兵把守,真是脑袋被驴踢了,倘若觉得自己手下兵多无事可做,可以派到前线去打仗!"张司令是关中人,语言虽然粗鄙,却一针见血。吓得主管俱乐部的上校赶紧撤了哨兵,专门聘请了一位据说在鼓楼一带做过酒吧主管的大叔负责门禁,情形马上得到改观。大叔是个眼观六路耳听八方的主,能来这地方消遣休闲的军官,哪个是省油的灯?所以定下基本原则,姑娘来的数量是基础,质量是关键。来得少了不行,场子冷清,军官们自然牢骚满腹;可倘若来的个个蜂目豺声、腰圆膀阔,结果必然是军官们逃之夭夭,更不成。

毕竟在灯红酒绿的场子混过,把门的大叔有着一双火眼金睛,即使光线昏暗,他也能辨识出浓妆遮盖下女人的真实样貌。由于把关严格,能进来的个个国色天香,倾国倾城——正面看千娇百媚,仪态万方,背后望去则婀娜翩跹,温婉流转。军官俱乐部一时间名震金陵,除了酒水多为洋货,且"五方"齐备——红方、黑方、绿方、金方、蓝方五种尊尼获加威士忌,居然还有奶白色的百利甜。所用咖啡则是多米尼加圣多明各的上等阿拉比卡豆,据说连上海外滩滇池路上的东海咖啡馆都未必有此种咖啡,最关键的是,这里美女如云。凡事怕对比,洪武北路有一座西式二层小楼,因外墙主体部分涂成黄色而被人称作"黄楼",自民国二十三年(1934年)起就是南京赫赫有名的娱乐场所,据传与南京国民政府有点瓜葛。所谓瓜葛,无非是不时拨点经费予以支持。即便如此,那地方终究无法与军官俱乐部比肩,完全不在同一个档次。

联勤总部有位少校素来爱玩,闲暇时去过黄楼,回来后评价说:"那地方啥都好,唯独姑娘不行。"这直接说到了点子上。

周末很少外出社交的刘永初中尉架不住同僚的怂恿,去了一次军官俱乐部,想着喝杯咖啡或者品品洋酒也算不得离经叛道。结果刘永初中尉在这里遭遇了人生情场上的第一次滑铁卢。那是个周末晚上,军医署干部任免处参谋张立群上尉约刘永初去俱乐部喝酒。张上尉将至而立之年,已婚数年,深谙男女之欢的乐趣,无奈夫人尚在重庆,远水不解近渴,所以逮空喜欢去俱乐部喝酒。喝酒当然是假借的名义,寻欢才是核心。干这种事情约伴,通常都得是关系极好,万一遇有不妥,两人也好照应。张立群知道刘永初对风月之事近乎白丁,与他同去正好充作陪衬,而刘永初听说俱乐部近来人气爆棚,也有了好奇之心。

两人身穿熨烫笔挺的军装,神气十足地迈进军官俱乐部大门。刚刚落座,一杯酒还没下肚,随着一股香风,一个身穿旗袍,足蹬高跟鞋的妖娆女子便来到他们跟前。张立群喜笑颜开,正待起身搭讪,没料想旗袍女子压根没正眼瞧他,径直冲着刘永初说:"我能跟你喝杯酒吗？"

刘永初愣了一下，指了指坐在对面的张立群，爱搭不理地说："想喝酒得自己去买，你没看见我这儿有朋友吗？"

哪承想旗袍女子打了个榧子唤来服务生，点了一整瓶洋酒，并豪气十足地吩咐服务生记到她账上，然后冲着刘永初说："酒买来了，怎么着，喝吧？"

张立群是俱乐部的常客，熟门熟路，一看这架势，知道今晚他的主场已然沦落为客场，心里感慨，酒场与牌场多有相似，只要他娘的运气好，新手竟也能和牌，便很知趣地端着酒杯站起身来，打算去舞池边上的休息区找个落单的姑娘，临别还朝刘永初挤了挤眼，意思是"场子我给你腾开了，有没有戏全凭你自己了"。

刘永初此前没见过一个年轻女子主动找男人喝酒，真是乾坤颠倒，阴阳错位，初来乍到的他颇觉意外，但又不好拒绝，担心遭人耻笑，怎么说他也是堂堂中尉，难不成害怕与女人喝酒？他便稀里糊涂地邀那女子坐在张立群刚刚坐的位置上，说："请问这位小姐如何称呼？你打算怎么喝为好？"

女子乍看上去风姿绰约，身形高低起伏，玲珑有致，细瞧则高大丰满。只见她嫣然一笑，轻声细语地回道："中尉一看就是知礼之人，懂得怜香惜玉。鄙人姓丁，芳名玛丽。"

刘永初暗想：这丁玛丽小姐显然是此处的常客，常与军官打交道。寻常女人大多弄不明白军官衔阶与职级，而她居然知道如何辨识军装上的胸牌证章，且大气十足地要来一整瓶"黑方"，估计酒量不小，但他此时已无退路，只能硬着头皮说："听凭玛丽小姐的吩咐。"

丁玛丽未再言语，顺手将两只酒杯并在一起，将酒瓶贴着酒杯，咕嘟咕嘟各倒了半杯。刘永初心里一惊，虽说他不熟悉这里的喝酒规则，但大致知道通常洋酒倒入酒杯稍稍遮盖杯底即可，没想到这女子如此豪放,给出这般分量。刘永初生怕丢了脸面,端起酒杯,与丁玛丽碰了一下杯,一口喝了下去。丁玛丽也没有含糊,兀自喝下。

一来二去,一瓶"黑方"很快见底。洋酒不比白酒,上头快,后劲大,刘永初就觉得飘飘欲仙,眼饧耳热,眼瞅着对面的丁玛丽两颊绯红、性感妩媚,收腰的旗袍衬托下的双峰微微颤动,心旌荡漾之间就觉得遇到仙女下凡。何时结束喝酒并被丁玛丽挽着臂膀带到一家酒店,晕头转向的刘永初并不清楚。他隐隐记得丁玛丽帮他脱去军装,轻轻放倒在床上,又用热毛巾替他擦拭了面庞与脖子。再之后,刘永初的内衣被解开……在丁玛丽的反复撩拨下,酒精刺激后的刘永初欲火中烧,难以自持,竟在当晚与丁玛丽有了肌肤之亲。

次日醒来,刘永初发现身边睡着一个似曾相识的女人,吓了一跳,他拼命回想昨夜之事,方想起自己与一个名叫丁玛丽的女人一起喝酒,只是这女人睡觉的神态与昨夜见过的那个妖艳女人判若两人,卸了妆的眼角已然有了细纹。许是因为酒劲尚未完全消退,刘永初忽然感到一阵烦恶,懊悔之心油然而生,暗叹人的欲望果真是一扇没有上锁的大门,根本不用费力,轻轻一推就可以打开。但刘永初没有迁怒于丁玛丽,他明白一个道理,甭管女人如何发嗲卖俏,横刀立马的总归是男人,餍后呼呼大睡的还是男人。做了这等荒唐事再找寻个理由埋怨女人勾引自己,无论如何都说不过去。刘永初一声未吭,起床穿衣。

丁玛丽觉察到刘永初的动静,轻声问:"醒了?"

刘永初并未接话,穿罢衣服又去穿鞋。

丁玛丽看懂了刘永初神情包含的意思,呜呜咽咽地哭泣起来,接着解释她并非那种随便的女人,主动邀他喝酒,完全是因为他刚一踏进俱乐部大门,便显得神采奕奕,气度不凡,令她印象深刻,难以忘怀,加之酒后情致难耐,便做了投怀送抱之事。刘永初想:她若是情真意切,自己也就认了。可即便他刘永初在男女之事上是白丁一枚,也能看出她那上下其手的动作弓马娴熟,几成套路。他就是修炼了多年的和尚,也架不住如此撩拨,况且她把他灌得五迷三道,身不由己间曲意逢迎也在所难免。如此自辩,终究难掩懊恼,刘永初始终一言未发。

穿戴完毕,刘永初正待出门,想了想又转过身来,从衣兜里取出一沓钞票,不分青红皂白塞进丁玛丽手中,头也不回地夺门而出。从此,刘永初再未去过军官俱乐部。他暗暗发誓,今后不再随意交往女人,除非择妻,而女人的质朴本分成了他择妻的首要条件。

刘永初第一眼看到鲍云彤便大感惊喜,在708后方医院实习的众多女学生中,鲍云彤不仅单纯质朴,而且漂亮迷人。他原本以为女人的质朴与漂亮不可兼备,质朴者往往土里土气,漂亮者必定心思活泛。在医院考察实习生期间,刘永初故意隐藏自己的真实身份,装作无所事事的样子终日四处闲逛,实际上在悄悄观察每一个女生。与欧阳雯雯、谢小羽等一众实习女生相比,鲍云彤一下子就显露出与众不同之处,文静、低调、为人谦和,一双炯炯有神的大眼睛仿佛会说话,却常常低眉垂目。他想到民间流传的"四大毒"的说法:娘娘葱、独头蒜、仰脸女人、低头汉。鲍云彤这样的女人确为世间罕有,可遇不可求。刘永初毫不犹豫地将鲍云彤列为头名考察合格人选,并在最后的谈话环节郑重地告诉她,自己打算娶她为妻。

刘永初没敢在708后方医院大张旗鼓地向鲍云彤表白,主要是担心那些女孩子当中万一哪个心有不甘,一封告状信寄到军医署,他便会戴上假公济私的帽子,明着考察实习生,实则为自己挑选未来的老婆。

刘永初原本以为此事并不复杂,一旦鲍云彤穿上军装,隔上一年半载,他再择机到708后方医院"补课",说不定连同婚礼都能一并进行。人算不如天算,别人削尖脑袋都想"加入",鲍云彤却在他返回南京前的最后一刻向他明确表示,她不愿意参军入伍。刘永初知道,如果官事官办,鲍云彤对"征召"一事不能持有异议。根据《动员戡乱时期临时条款》的特殊要求,违逆者须接受惩处,若在战时紧急关头,最严厉的处罚手段可遂行枪毙。问题是鲍云彤能入他的法眼又怎么能算得上纯粹出于公心呢?

刘永初手中的公文包中有两份业已填写完毕的批准入伍登记表,严格说来,鲍云彤和谢小羽两人的入伍手续已经齐备。回到军医署之后,刘永初只待将这两份登记表归档保存。刘永初的脑海在飞速旋转,毁掉这份登记表而由自己承担意外丢失的责任,或许是保护鲍云彤的唯一办法。

军医署档案柜里少了一份带有编号的登记表,隔了数月才在例行检查中被军医署监察室的人发现。刘永初没做解释,不管有意还是无意,丢失的最终结果都要接受处罚。刘永初本该晋升上尉的时间被延后了。这还不是最严重的,尽管预备干部处的处长极力挽留,但军医署高层认为刘永初已经不适合在机关继续任职。军医署在业务上管理着包括野战医院、要塞医院、兵站医院以及后方医院等众多医疗机构,哪家医院不是女人扎堆的地方?在这个行当干事,多吃多占、任性霸道、粗心大意,虽然都算毛病,但总可以糊弄过去,唯有这类事情不能姑息,就像凿硝石的不能玩火、卖酱油的不能贩盐一样,否则早晚惹出麻烦。

刘永初已经找好了后路,一旦脱下军装,便去做生意。路径是父亲提供的。刘永初的父亲在抗战期间负责慈善募捐会事务,与南洋雪兰莪州一家织业公司的桂姓老板建立了联系,虽说只是书信及电话往来,但时间久了,两人成了无话不说的朋友。抗战胜利后,桂老板派儿子在香港做转口贸易,需要有个人在内地与他对接。多个朋友多条路的老话得到应验,刘永初成为最合适的人选。按照父亲吩咐,刘永初与桂老板的儿子桂杰华数次通信,只是未曾谋面。

刘永初这会儿特别后悔当初一时意气,将登记表撕得粉碎,甚至没来得及记住带队老师向他提供的鲍云彤的家庭住址。他只是依稀记得黔州或者黔阳好像与她有着某种关联。说实话，刘永初根本没把家庭门牌号码这种细枝末节当回事，总以为自己在军医署任职，下属医院的任何人去了哪里，只要他愿意，随时可以知道，别说是门牌号码，他一个电话打过去，就是祖宗八代也能搞得门清。更何况鲍云彤这个每每提到名字都会让他心潮起伏的特殊之人。事情发展到这一步，当务之急显然是先设法找到鲍云彤，一旦找到，刘永初要立即弥补缺少在正式的公开场合求婚的遗憾，然后带她去广州或者香港。

刘永初旋即接到命令，调往位于黔西南的705后方医院担任医勤室参谋。看到命令的一刹那，刘永初大大地松了一口气。他原来推测自己轻则被勒令退伍，重则被开除军籍。如今这结果哪里算得上处罚，充其量是一次正常调动，只不过之前高高在上，如今却要脚踩大地了。他知道自己一时半会儿还脱不了军装，与桂杰华联手做生意之事只能暂且搁置。但刘永初估计时间不会太久，看国民党军队这日薄西山的势头，即使不处置他，他也不打算再久留了。

得知刘永初即将调往黔西南，与他关系一向要好的张立群担心他感到失落，就悄悄向他透露："告诉你一件事，张三强院长刚刚平职调往705后方医院。我给他办的手续。"

"什么?"刘永初大吃一惊，"他干吗调到那个犄角旮旯的地方?"

张立群拍了拍刘永初肩头，说："这你就不懂了。咱们这些人貌似聪明，看上去位高权重，见多识广，跟着长官下去视察时人五人六的，以为长官有多大，咱就有多大，实际上根本不是那回事。人家在底下混过事的人才真正想得明白。想想看，张三强这些年调的地方还少吗?战场离哪个地方近，他就想方设法离开哪个地方。上党战役爆发前，他从晋绥军19军调到咱们军医署，他凭什么呀?咱这儿哪个人不是正规医学院毕业的? 他一个只会开麻杏石甘汤的江湖游医,居然能混进机关。人家不过是把军医署当成跳板,晃了一圈,又下去到708后方医院当了院长。这家伙的鼻子像狗一样灵敏,大概嗅出了什么,觉得战火快烧到湘省了,又在署里托关系找人,终于调往黔西南的705后方医院,"张立群压低声音,"张三强不愧为算计精准的'老西子'。他怎么不去东北?长春和锦州都急需医疗口的长官,那些地方守不了多久了。战争打成这个熊样子,当官的能不能晋升和发财已经退居其次,保平安才是大事。甭看黔西南偏远,那地方目前可是离战火最远的地方。说句难听话,一旦黔西南失守,估计党国的气数也就到头了。"

看着刘永初听得瞠目结舌的样子,张立群又故作神秘地悄声说:"张三强可不是空手去的。"

刘永初疑惑地问:"708后方医院有什么好东西让他带走?"

张立群嘿嘿笑道:"那个穷地方有什么好带的?咱在708后方医院的内线告知,张三强带走的可不是什么贵重物品,他把你招收的那个女护官谢小羽带走了。这个老色鬼动手可真快,人家还在见习期呢!"

"真的呀?据我所知,张三强可是有老婆的人。"刘永初惊得瞪大双眼,简直不敢相信自己的耳朵。

"张三强的老婆在他晋省老家,远隔千山万水,听说还是个小脚女人。你可别小瞧了张三强,人家为了掩人耳目,刻意选了两个号称708后方医院的业务骨干随他一同前往,一位医官和一位护官,美其名曰是为了加强那边的工作。医官倒是个男的,但傻子都知道,那就是个幌子。谢小羽是刚去的新人,何谈骨干?哈哈。"

张立群所言虽然令刘永初深感意外和震惊,但也瞬间触动了他的记忆。他想起来了,在那群实习的学生中,鲍云彤与谢小羽、欧阳雯雯的关系最为要好。她们之间必然有联系,谢小羽一定知道鲍云彤的下落。想到这里,刘永初暗自惊喜,决定收拾行装即刻出发,前往 705 后方医院报到。

鲍云彤是在被确认失踪半个月之后突然回到黔阳萧宅的。之前,整个萧家都处在焦虑与悲伤之中。

萧万琴获知鲍云彤失踪的消息后大病不起,住进了医院,鲍柏年表面上默不作声,头发却一夜间全然变白,一下子苍老了许多。这两口子不像二姐萧万华夫妇,住在萧家心有不甘,遇到不满之事,常有微词。萧万琴夫妇有时对老爷子的有些做法也持有异议,却从不表露,譬如老爷子全权安排鲍云彤的各项事务,并不与他们商议。鲍柏年觉得,这与老爷子做得对不对、对鲍云彤好不好丝毫无关,而是他们作为孩子的父母被完全忽视了。不表露异议的原因很复杂,都说隔辈亲,亲在心。老爷子对鲍云彤这个家中最小的外孙女,心中能想到的,实际则做得更多更细。关键是他的宠爱并不夹杂宠溺,可谓严与爱并举,这让萧万琴夫妇怎么说? 说什么?

深埋内心的那一点点不满在袢节上就露出头来。不管萧万琴做何感想,至少鲍柏年觉得,假如鲍云彤不那么顺从于老爷子的要求而是留在湘南的那家军医院当个护士,假如老爷子不派鲍云彤去广州接二姐萧万华回黔阳,鲍云彤就不会失踪。鲍柏年在萧宅扮演管家角色,不仅负责持筹握算,家人出行也由他安排。以前鲍云彤去长沙念书,尽管路上耗时较长,但终究搭乘客车一站抵达。每次送行,他眼看着孩子上车,到站后鲍云彤再及时打来电话报个平安,他心里总算踏实。可黔阳往返广州,路途遥远不说,火车与客车交替,还需两次换车,如今时局动荡,湘桂黔交界处的大山深处又有匪患,鲍云彤一个姑娘家只身面对,鲍柏年就隐隐觉得不安。眼前的现实果然验证了他的担忧,但埋怨无济于事,而且对事情的判断又从来无法反推。伤感、焦急的鲍柏年深感无奈。萧家几十年来都生活在老爷子的强势之下,承颜候色或许是唯一能做的事情。

说实话,全家上下病的病,怕的怕,忙的忙,只有老爷子萧士余硬挺着,像打了强心剂似的,终日忙于托各种关系寻找鲍云彤。老爷子知道,萧家第三代唯有鲍云彤眼下还算比较踏实地住在家中。老大家的范青青明确表示在外安家,老二家的晏承德已经十几年没照面了,而一旦老三家的鲍云彤……萧士余不敢往下想。

晚饭时分,保姆给独自在家的萧士余端来饭菜,老爷子挥挥手吩咐撤下去。去医院照看夫人萧万琴的鲍柏年刚刚回到家中,眼见老爷子不吃饭便有些慌神,听说大姐萧万芳夫妇在学校有事尚未回来,他又不知如何劝说,只能听凭萧士余独自坐在客厅。没料想时已定昏,本该洗漱就寝的萧士余突然让保姆将卤猪脚、凉拌折耳根之类的下酒菜端到客厅,蹒跚着脚步从柜中取出一瓶印着洋文的威士忌,竟然自斟自饮起来,口中念念有词:"无善无恶心之体,有善有恶意之动。知善知恶是良知,为善去恶是格物。"

保姆听不懂,以为老爷子失常,又不敢多言,急忙找鲍柏年来劝阻。此时的鲍柏年可谓"内忧外患",孩子失踪,夫人住院,老爷子一反常态地喝起酒来,他趴在客厅门缝看了一会儿,也不知所措,无奈之下,飞快地出门去黔阳中学找大姐夫妇帮忙。

萧士余打年轻时就与别人不同,别人酒后犯困,他酒后则头脑清醒。年轻时在京城代理重大官司,白天黑夜连轴转是常事,别人靠浓茶与咖啡醒脑,萧士余则凭借烈酒提神,一时成为奇谈。年过花甲,萧士余便鲜少沾酒,唯有除夕与家人小酌几杯。萧士余正在梳理思绪,担心困意影响他的分析与判断,此刻喝酒盖因于此。

萧士余掌握的所有情况都是萧万华从广州打来电话告知的。老爷子要求萧万华将鲍云彤在广州出发前一天以来的所有情形如实描述,而萧万华不知复述了多少遍,甚至连那个叫徐晓硕的落选考生离开粤黔旅社之前的表现,以及徐晓硕有去黔阳与鲍云彤见面的可能都述说了多遍。作为二女儿,萧万华深知父亲的禀赋,所以在叙述情况时留了个心眼,没有将鲍云彤与时兹禾喝酒之后略带醉意回到旅社一事告诉父亲。萧万华觉得两个年轻人在特殊情况下误将烈性米酒当成普通米酒喝,算不得什么大事,况且喝酒本身与鲍云彤的行程无关,弄不好容易被老爷子误判为品行问题。萧士余虽然思想开明,甚至时常流露出对现代女权主义某些观点的认同,但他对女孩子的品行要求历来甚严,诸如不矜不伐、彬彬有礼、矩步方行之类。萧家三姐妹有时也搞不清楚其中究竟融合了多少传统守旧成分以及现代开明理念。至于时兹禾与鲍云彤搭车一同前往大沙头火车站,萧万华倒是如实讲述了。萧士余立刻问及时兹禾的情况,萧万华说那个小伙子看上去蛮抻头(撑抖),话不多,不像徐晓硕那样机灵。萧万华又赶忙补充说,时兹禾的目的地是蚌山,搭乘的是去汉口的火车。

萧士余了解三个女儿的特点,在寻找鲍云彤一事上,萧万琴与鲍柏年两口子虽然身为孩子父母,却因性格内向,交往面狭窄,反倒帮不上什么忙。二女儿萧万华远在他乡,已经尽心尽力。只有大女儿萧万芳和大女婿范福增最靠得住。大女儿和大女婿思路清晰、办事扎实,是真正能为他分担忧愁的人。

此时,萧万芳夫妇与女儿范青青随鲍柏年一起回到家中,见老爷子还在客厅喝酒,萧万芳便上来劝阻。萧士余并未理会大女儿端走酒菜的举动,对着范福增说:"已经找寻了几天,依然没得头绪。福增回来得正好,你说说下一步应该再通过哪些渠道去寻找。"

每次特支开会,地点并不确定,范福增都以学校加班为由晚些回家。鲍柏年找到学校时,正好撞见范青青。范福增担心家中有事,每次开会都安排范青青在学校值候,以防敏锐的萧士余觉察到什么。范青青对鲍柏年说:"父母刚刚回家。我这会儿收拾东西正要回去。"也是碰巧,鲍柏年与范青青果然在萧宅附近与范福增夫妇碰了面。

范青青本不打算回萧宅,担心萧士余问及为何近来没见到平飞。全家人都知道老爷子对家中诸事无不操心。想到鲍云彤之事,知道老爷子目前全神贯注于此事,范青青便没了顾虑。

　　范福增说:"眼下局势复杂,各地情形有所不同。幺儿所经之路,目前尚无战事,不会因为受到战火波及而遭遇不测。据我和万芳了解,前一段时间桂北与黔南大雨不断,道路中断,而湘桂铁路却未受影响。我们分析,最容易出现问题的环节在桂北的金龙江。幺儿说不定被困在了那里。不知父亲能否通过您在重庆的熟人,找到桂北警局,按照当地旅社入住登记查询? 桂北那一带或许有我们教过的学生,至少黔南有,那里离桂北很近,我们正在查找那里的校友。两个渠道一起查找,覆盖面更宽。"

　　范青青说:"别忘了黔阳和金龙江两地的货栈,客车不通的时候,运送货物的车辆也可能载人。"

　　萧士余看到范青青,略觉欣慰,便说:"你们年轻人接触面广泛,可以多发动一些人帮忙。对喽,你阿(那)个平飞看上去社会经验蛮多,让他多想想办法。好久没见阿(那)个娃儿来屋头耍了,青青要讲讲他哟!"

　　范青青与父母对视一眼,吐了一下舌头,做了个鬼脸。

　　虽说一个女婿半个儿,但对萧家发生的事情,与女儿相比,女婿的操心程度终究有些区别。萧万芳一开始没敢告诉丈夫范福增,她其实最想让自己的外甥晏承德出手帮助寻找鲍云彤。她不光担心外甥女鲍云彤,还担心小妹两口子,更担心父亲萧士余为此伤心。尽管她与范福增在父亲面前谈了找寻鲍云彤的路径与办法,但她知道,要在桂北与黔南那一带层峦叠嶂、林密沟深的复杂地域中很快查到线索并不容易。

　　自从那次在大东门陈记肠旺面馆接上头,知道那个如今化名晏小楠的人就是她看着长大的外甥晏承德,萧万芳欣喜万分。考虑到晏承德与萧家的特殊关系,范福增担任负责人的黔阳特支对负责接洽与联系的萧万芳有过专门要求,只要晏承德以保安五团晏小楠代理团长的身份出现,她不得在公开场合以任何方式暴露两人之间的亲属关系。

事实上,晏小楠来黔阳与晏承德回故乡并不相同,前者担负着任务与使命,后者从纪律角度说压根就不存在。因为工作需要,萧万芳与晏小楠有过多次联系,并将女儿范青青的未婚夫平飞安排到晏小楠身边做助手。他们分属于不同上级,黔阳特支归属中共上海局领导,而晏小楠则由我军敌工部直接指挥。对晏小楠的工作,特支的主要任务是配合与协助。萧万芳当然知道,只要大西南尚未彻底解放,晏小楠就不可能有机会以晏承德的身份出现,所以他们即使见面,也都将血脉之亲埋在内心,至多两人交换一下彼此心领神会的表情。晏小楠率保安五团离开黔阳移防普山镇那天,萧万芳扮作小摊贩在出城不远处的路边与他见面,两人敲定了今后的联络方式:特支若有紧急情况通报,可用电台播出的广告为遮掩进行呼叫——"十年窖藏,香飘四方。东山酒铺,亮相黔阳",晏小楠则以加密电台回复,告知具体通联手段。

虽说如今晏小楠远在三百公里之外的普山镇,但萧万芳知道,他是我军在延安培训的第一批情报人员,具有常人无法比拟的特殊能力。萧万芳内心十分纠结,她既不能将晏小楠与晏承德混为一谈,又无法将晏承德与鲍云彤这对表兄妹的关系分离开来。照理说,作为表哥,帮助找寻失踪的鲍云彤也是晏承德的责任,问题是普山镇山高路远,依靠书信互通消息显然过于迟缓。萧万芳想,能否试着呼叫一下晏承德,联系上之后再将详细情况告诉他,看看他有没有办法找到鲍云彤。

与萧十余交谈之后,范福增和萧万芳回到自己房间。范福增发现萧万芳神情恍惚,问她是否身体欠安。纠结许久的萧万芳终于吞吞吐吐对范福增说："我很担心幺儿的安全,时间一长,真的可能出现问题。我想告诉承德……"

范福增打断萧万芳的话,说："万芳,我知道你的意思,这件事情不用再想——特支不会同意的。那是专门的联络方式,所涉内容,上级有明确要求,与咱们萧家的事情毫无关系。我是你的丈夫,也是特支负责人。在特支,你是老同志,原则问题我和你都必须坚持。找幺儿的事情,我再想想其他办法。"

这些日子,萧士余正是按照萧万芳夫妇说的路径给各地的故旧熟人打电话,但抱着希望打去的电话,得到的回复都令人失望。

谁也没有料到,正当萧家上下笼罩着一片阴云的时候,鲍云彤突然回到家中。保姆打开萧宅大门,看到鲍云彤站在外面,简直不敢相信自己的眼睛,仔细端详了许久,确认眼前之人正是全家朝思暮想的鲍云彤。年过半百的保姆竟然兴奋得跳了起来,转过身朝院子里大喊:"幺儿回来了——"

听到保姆呼唤,家人们纷纷拥了出来。鲍柏年第一个冲到鲍云彤跟前,上下打量着女儿,然后对保姆说:"快去医院!告诉云彤妈妈,孩子回来了!"

起初,家人们个个喜出望外,但很快发现问题的严重性。鲍云彤低沉着脸色踏入家门,萧士余与鲍云彤照面的时候,正待问她发生了什么,发现她脸色苍白,悲伤憔悴,双眼红肿。她只是看了外公一眼,泪水立刻挂满面庞,然后匆匆进入她的卧房,任人如何呼唤,她既不回应,也不出来。

趁时兹禾外出,鲍云彤独自在屋,她打来热水,痛痛快快地洗了澡,收拾停当后开始化妆。鲍云彤掐着指头一算,她已经一个多星期没有梳妆打扮了。看着在床边一溜铺开的香粉饼、胭脂盒、眉笔、口红和雪花膏,鲍云彤忍不住笑了。女为悦己者容,说的是女人都想在装扮之后将自己最美的形象展示给心爱之人,那意味着女人化妆之前总担心自己尚有不够完美的缺憾。多亏时兹禾外出,否则她一个女孩子怎么好意思在一个大小伙子的注视下认真仔细地涂脂抹粉、淡扫蛾眉呢?鲍云彤拿出随身携带的小镜子看了看,觉得自己的眉毛经过眉笔勾勒之后,更加明晰,婀娜地弯曲着。她用香粉饼在脖子后面轻轻拍了拍,一股宜人的香气从脑后传来。

鲍云彤突发奇想,反正今天雨后道路泥泞不便外出,不如化好妆后再穿上她最中意的裙子,让时兹禾在最后这一段没人能够支配他们两人自由惬意的时光里好好欣赏一下她。离开黔阳之前,鲍云彤听说广州天气炎热,专门带了两条裙子,一条是稍厚的秋裙,另一条则是更适合在酷热时穿的夏裙,可惜每日忙着帮二姨打理旅社事务,没工夫也不便于穿着裙装。

金龙江雨后天气凉爽,鲍云彤从行李箱中取出秋裙穿在身上,低头审视,却总觉得看不出整体效果。客栈前台有一面立镜,她想去那里照一下,但想到住客中有些不三不四的闲杂人等,便打消了这个念头,只好手拿小镜子从头照到脚——这条深色大摆裙,裙摆几近脚面,加上宽肩束腰的姜黄色上衣,显得很飘逸。鲍云彤不由自主地转头看了看铺在床中央的那条当成"分界线"的夏裙,不禁笑了。时兹禾的纯真善良是她最看重的品质,如果不是这样,别说一条折成条状的轻薄裙子,即使搁上木质挡板,同在一间屋里的一张床上,怎么能够阻拦得住一个热血沸腾的青春男儿?鲍云彤十分喜欢床上那条夏裙,那是外公托人按照她的身形从上海买来的。这种点缀以白花的蓝裙子在黔阳难得一见,去年暑假她从长沙回黔阳时穿过一次,引得街上好些姑娘羡慕不已。鲍云彤也说不清楚,为何要将这条折叠成长条状的裙子当成不可逾越的"界河",也许单单是找不到更合适的替代品。倒是有一次入睡前,时兹禾与她聊天时说:"裙子漂亮,是美的化身,我们都不能亵渎它,破坏它。"鲍云彤心想:毛头说得或许在理。

鲍云彤静静地坐在床边,等待时兹禾回来。她忽然有些害羞,感觉此时的心情很像待嫁的新娘,略略心慌却又充满期待。

鲍云彤知道,雨停了,用不了多久他们就要踏上去黔阳的最后一段路途。在黔阳逗留的时日不会很长,她和时兹禾定然不可能像现在这样待在一个狭窄局促却可以紧密相依的空间里。她和时兹禾心里都明白,客栈环境恶劣、房间条件恶劣,可是与他们两人的紧密相依相比,与两个忽然走到一起且互相吸引的青年男女的那种甜蜜感受相比,那都算不了什么。鲍云彤觉得,这种甜蜜感觉是上苍在仓促间临时给予他们的人生礼物,她多么希望自己的一生都像现在这样在甜美中度过。

鲍云彤想象着回到黔阳之后的情形——她在萧宅有自己的闺房,那是连包括父母和外公在内的任何人都不能随意踏入的地方。时兹禾应该住在哪里?萧宅有客房,外公会允许时兹禾住进来吗?她应该如何向家人介绍时兹禾?未婚夫吗?可是一个与她父母和外公都未曾谋面的外地人,没有经过双方家长同意,没有互相交换信物,没有拍照留念,没有在报纸刊登订婚启事,怎么能以未婚夫的身份出现呢?况且,即便在两人举办婚礼的前夜,无论男女都不得住在对方家中,这是黔阳人人知晓且遵从的习俗。正因如此,鲍云彤前一晚就向时兹禾反复交代,任何时候,都不能向任何人透露,他们在金龙江曾经住在一家简陋客栈的同一间客房里。

实在不行,离萧宅不远的大东门十字路口有一家条件不错的旅社。其实,最重要的是,时兹禾或许很快就要赶往重庆,抑或在不能如愿的情况下,他不得不返回蚌山。当然,鲍云彤希望,就像他们刚刚到达这里的第一天晚上她向时兹禾许诺的那样,两人开始为结婚之事忙碌。鲍云彤明显地感到自己的脸发烫了……

如今,鲍云彤躺在闺房的床上,脑海中每每闪现出过去十几天来一幕一幕的情景,眼泪就情不自禁地流淌下来。她无论如何都不明白,时兹禾为什么出去查看客车何时恢复通车,却一去不复返,而且音信全无。鲍云彤异常懊悔,假如她与时兹禾一同前往,不管遇到什么意外,至少她在身边……

异土

凭直觉,时兹禾认为莫黛是个不同寻常的姑娘。

她坐在床边开始讲述,并不与时兹禾交流,旁若无人般,目光略略低垂着看着前方,语速很慢,有时甚至一字一句地说。时兹禾纳闷,若说莫黛不懂得如何与人交流,可刚才进来时的开场白分明透着儒雅斯文,不像个不谙人情世故的女孩。莫非她担心土话难懂,刻意说着国语?果然,每当个别字音露出方言腔调,她就会停顿一下,接着再说。时兹禾好奇,双鼻山如此偏远,又是土匪窝,她在哪里学得了这种本领?蚌山是城市,许多人尚且说不好国语,包括崇正教会学校教国文的王美丽老师,她还去北平进修过师范呢。

起初,时兹禾心神难聚,听得有一搭无一搭。这也难免,心急如焚,嘴角生泡,毕竟他在双鼻山逗留了数日,不仅担心鲍云彤是否因为他的突然消失而感到绝望,更担心时间流逝,让去重庆上学之事化为泡影。他最大的担忧莫过于自身安危。尽管那个显然是此处头领的郭伯再未露面,其他人对他也没有什么过分举动,但一日不离开这里,谁也不知道接下来会发生什么。

环境的特殊让时兹禾变得异常敏感。他来到双鼻山头一天见到莫黛就觉得好生奇怪,土匪窝明明是男人扎堆的地方,即使有女人多半也该是那种勾腰驼背烧火做饭的老婆婆,怎会有这等妙龄女子?听到莫黛唤郭伯为阿舅,而郭伯和她讲话的口吻与别人明显不同,马上意识到她在这群土匪中是个特殊人物。时兹禾一直相信"女儿是水做的骨肉，男人是泥做的骨肉"，总觉得柔弱、柔情与柔和是女孩子的天性。冥冥中他有一种期盼，说不定莫黛可以帮助他逃离这里。

或许因为讲得过于投入，抑或因为光线昏暗使得人对周边情形的感知不那么敏锐，莫黛似乎没有觉察到时兹禾一直在一旁打量她。换言之，那个听者貌似在听，实则在看——莫黛身材颀长，眼睛明亮，一条粗黑的大辫子搭在背后，而那身略显土气的浅蓝色大襟上衣反而使她曼妙的身形格外醒目。这显然与时兹禾见过的当地普遍瘦小的女孩子大不相同，和蚌山那些开朗张扬的女孩子相比，莫黛好像更加矜持和内敛。时兹禾不敢也不愿意将莫黛与桂兰和鲍云彤等量齐观，唯恐亵渎了她们在自己心中的特殊地位。时兹禾想：假如非比不可，莫黛的身材更为修长与高挑——"态浓意远淑且真，肌理细腻骨肉匀"。

莫黛讲述的是她的家史和双鼻山这伙人的来历。莫黛的家乡远在一百多公里外的龙庆镇，那里是四面大山围合的开阔坝子，因南北两头各有一处垭口连接着大山之外而成为那一带的交通要道，人口众多，商贾云集，混居着布依族人与汉族人。

郭家在龙庆镇算殷实人家。鳏居的父亲郭仁轩经营食品店铺，待嫁的女儿郭维娅在店里帮着打下手，而已婚的长子郭维伦在镇子上的小学做教师，里子面子兼有的日子就显得与众不同。但郭家最惹人注目的是女儿漂亮。郭维娅身材高挑，相貌甜美，龙庆镇方圆几十里无人不晓。过往旅人与镇上居民有事没事都喜欢来这里与郭家女儿搭讪，顺便买点盐巴、挂面或者米粉之类的东西。女人漂亮容易招人，也容易为店铺招徕顾客。这两件事情截然不同，前者招事，后者招财。招女婿成为郭家难事，这事首先难住了媒婆，四处择选人家，男方听闻是郭家女儿，个个乐意，巴不得的事情，愿意付出丰厚聘礼，可都人品不行或者长相猥琐，总之与般配相距甚远。郭家自然不愿意委屈女儿，一来二去，郭家女儿的婚事便耽搁下来。

镇上有个叫廖文的泼皮无赖，早年贩卖烟土发了财，后来依凭黑白两道，在当地横行无忌，鱼肉乡里，欺男霸女，尽管家有妻儿，却垂涎郭维娅的美貌，动辄拨雨撩云，动手动脚，极尽调戏之事且不加掩饰。郭仁轩生性怯懦，先是避让，后是把儿子推到前面阻挡。郭维伦乃一介书生，虽然讲话出口成章，一番好言相劝，但在无赖面前并无效果，反而使其更加肆无忌惮。一日，廖文闯入郭家店铺，当着郭父之面提出两项择一的苛刻条件：十块大洋睡一夜，或一百块大洋纳来做妾。郭仁轩气得浑身发抖，廖文却无事般声称自己是讲道理之人，睡非白嫖，纳妾也肯花钱，这个理即使走到黔阳也能说得过去，并无不妥。秀才遇见兵，有理说不清，郭维伦知道廖文难缠，便打算告官，但收集证据时发现并没有合适铁证。乡下集镇这种泼皮无赖很多，即使警察赶到现场，至多也就是训诫一番。郭维伦一时不知如何是好。

正在此时，孤儿出身的苗族小伙子莫依山从百里之外的普山镇来到龙庆镇扛活。郭维伦见其身材健硕，相貌俊伟，便生出念想，与父亲说，不如将莫依山招纳为婿，留在郭家既能帮工，又能保护郭维娅免遭廖文滋扰。郭仁轩想到女儿婚事不能如此久拖，尽管莫依山没有家境背景，又是苗族人，但能上门，总算说得过去，便点头应允。郭维娅总算在未离开娘家的情形下有了安稳归宿，次年便有了莫黛。

没料想时过境迁，廖文依旧贼心不死，年年滋扰不断，有一次趁莫依山外出之际，居然胆大妄为，登门寻衅。也是赶巧，莫依山提前归来，撞见廖文企图不轨，立即将其暴打一顿，轰出门外。廖文恼羞成怒，勾结官府将莫依山关进大牢，又构陷郭家售卖违禁食品，强行将郭家店铺关闭。郭父急火攻心，大病不起，不久命丧黄泉。郭维伦义愤难平，便打算去黔阳告官。

正在慢条斯理讲述的莫黛突然转过脸来,这让遐想中的时兹禾毫无准备,两人的目光刹那间交汇。时兹禾不由得一惊,幸好光线昏暗掩盖了他的尴尬。他发现在油灯的映照下,莫黛的眼睛炯炯发亮,水汪汪的,柔和中透出一种咄咄逼人的犀利,只听她说:"那个蒙面人进屋的时候,正巧我做噩梦惊醒,借着窗子照进来的月光,看到那人疾步走到床边。我吓得浑身发抖,一时分不清这是做梦还是真实发生的事情。没等我反应过来,那人握着刀扑向我的母亲。我的尖叫声惊醒了母亲,她一边反抗,一边大喊:'莫黛快跑!'"

莫黛的这番话和此刻的目光让时兹禾不寒而栗,他本能地站了起来,问:"那个蒙面人是谁?"

莫黛没有理会,接着讲道:"我光着脚跳下床,拼命地冲到屋外,朝临街的学校跑去,阿舅住在那里,身后还能听到阿妈哭喊的声音。等我和阿舅赶回家中,蒙面人早已不见人影。我看到的场面让我终生难忘,阿妈裸着身子,奄奄一息,浑身是血。阿舅马上用手挡住我的眼睛。我听到阿妈拼尽最后力气对阿舅说'是廖文'就再没了声音。那天天没亮,阿舅赶着马车拉着我离开了龙庆镇,阿妈的遗体也在车上。和我们一起离开的还有阿旺和土生……"

时兹禾已经被莫黛的讲述所吸引,急忙插嘴问:"阿旺和土生是谁?"

莫黛停顿了一下,说:"他们是孤儿,是阿舅的学生。舅妈难产早逝,母子都没保住,阿舅没有续娶,收养了他们。他们一直跟着阿舅念书。阿旺就是那个每天给你送饭的人,跟着阿舅去金龙江的那人就是土生,他是哑巴。"

时兹禾露出惊讶的表情。

莫黛继续说:"我也是很久以后才知道,阿舅连夜带着阿旺和土生一把火烧了廖家宅院。阿舅日后在教我念书时告诉我,廖文一家已经灰飞烟灭。我们走了很长时间,阿舅把我母亲埋在了我阿爸的

138

故乡普山,然后我们就来到了这里。"

莫黛说到这里停顿下来,时兹禾觉得屋子里静悄悄的,他甚至能听到莫黛的呼吸声。

"那年你多大?"时兹禾忍不住问道。

"十二年了,洞口的木桩上刻着年轮。那年我八岁。"莫黛说。

"你是说你阿舅一直教你念书?"

莫黛点点头,说:"还有阿旺和土生。阿舅懂得哑语。"

时兹禾鼓起勇气说:"你们都是念书的人,应该过上正常的生活,不该杀人越货。"

莫黛看着时兹禾的眼睛,说:"阿舅从不杀人。"

时兹禾说:"洞口放哨的人都有枪。"

莫黛说:"官府一直在追捕阿舅。"

时兹禾说:"被绑来的人与你们无冤无仇。"

莫黛说:"阿舅说,借来的钱早晚要还。"

时兹禾问:"你们没有正当营生,靠什么来还?绑新人索要钱财来偿还旧人的债吗?"

莫黛说:"这个我不知道,我只知道阿舅有时也会给那些绑过的人运送货物。有些被绑过的人后来成为阿舅的朋友。"

时兹禾问:"那我呢?"

莫黛猛地从床边站起来,略显羞涩地说:"你和别人不一样。"

时兹禾又问:"绑我来这里不也是图财吗?"

莫黛说:"一开始可能是这样。阿舅说,他在路上就发现绑错了对象。尤其是他得知你要去上大学的情况后,十分吃惊,也很懊丧。阿舅是教书先生,历来敬重读书人。"

时兹禾说:"既然如此,那就应该早点放我出去。"

莫黛说:"阿舅常跟我说,我不能一直待在这里。"

时兹禾没听懂这句没头没脑的话——他要出去与她不能一直

待在这里有何关系？

其实，时兹禾早已感到那个叫郭维伦的郭伯对他并非是个有钱的商人而惊诧与意外，或者说，时兹禾本想从莫黛那里打探清楚他们将如何处置他，他看着莫黛，期望她能够说出更多对他离开这里或许有用的内容。

莫黛却突然冲着时兹禾鞠了个躬，说："谢谢先生听我絮叨，多有打扰，告辞了！对啦，这是我用毛线织的睡毯，山洞里潮湿，睡觉时铺在身子下面，护腰，保暖，十分管用。"说完，莫黛将毛线毯一把塞进时兹禾怀里，然后转身走了出去。

时兹禾手足无措。

房门被推开的一刹那，时兹禾以为是阿旺又来送饭，迅速站起身来。一日两餐成了他在双鼻山度日如年的生活中唯一的期盼。他的心绪已经渐渐平复，不再幻想尽快出去寻找鲍云彤，对去重庆上学之事更不抱任何希望。保命是当务之急，而要活下来或者要活着离开这里，时兹禾知道自己早晚要面对那个来到双鼻山后再未谋面的郭伯。自打那天时兹禾在洞口见到悬挂在空中的一轮皎月，以及在月光映照下朦胧模糊的深渊，他的心中不时闪现着过去不甚理解而现今却感受颇深的诗句："吾心自有光明月，千古团圆永无缺。山河大地拥清辉，赏心何必中秋节。"只有出去，生活才能重新开始，父亲时昭明、母亲赵翠娥、心爱之人鲍云彤才能重新回到他的身边。

时兹禾很诧异，阿旺手中空空如也，却诡异地朝他笑笑，然后做出手势，请他外出。

时兹禾想：没准到了双鼻山跟自己算总账的时间，看来窝在房间里白吃白喝的日子要到头了。他本能地紧紧倚在床边，警惕地看着阿旺，怯怯地问："莫黛呢？我要见莫黛。"

阿旺笑着说："先生误会了，这里没人会伤害您。有人要见您，专

140

门让我来请您的。"

山洞里曲径通幽,时兹禾随着阿旺在忽暗忽明的通道走了好一会儿,终于来到一处敞开大门的洞屋跟前。门前站着一个人,屋里明亮的灯光从后面映照着他的头顶和身形,却看不清他的脸。

那人笑呵呵地说:"先生这几天受委屈了。我手下的人怕是慢待客人了吧?"

时兹禾停下脚步,站在那人对面。听声音,时兹禾觉得说话人就是郭伯,但记得在金龙江货栈第一次见面,他满嘴方言,而这会儿他却说着国语,发音方式与莫黛相似,很特别,"客"听起来是"壳"。

时兹禾回话道:"我总算等到您了。"

郭伯说:"你可以不用'您'这样的尊称,我或许早就不配了。"

时兹禾问:"我该像这里的人一样称呼您为郭伯吗?"

郭伯说:"看相貌你跟莫黛年龄差不多,唤我郭伯自然可以。你是读书人,我年轻时在黔阳读过师范,十多年前我一直教书。你若愿意,唤我老师或先生也可以。惭愧的是我这些年被迫落草为寇,很难做到率马以骥,虽然现在我仍在教授学生,只是对象少了许多,不过就是双鼻山这几个人。其他人需要不断外出讨食,并不能坚持,但莫黛是个例外。我这里有个房间专门藏书,每次外出,都会设法采买书籍。双鼻山看书最多的人就是莫黛。只是苦了手下这些人,洞里潮湿,需要定期搬书出去晾晒。"

时兹禾听后心中不免生出一丝怜悯与感动,觉得郭伯虽为匪头,或许本性不坏。生活无常,世事弄人,曾经做教师的斯文之人眼下却干着土匪勾当。时兹禾心想:假如莫黛那天跟自己所言真实无误,说明当初郭伯身上还顶着正义的光环,至少在无力的背景下扮演了一个与兄长和舅父身份相称的角色。

只是时兹禾不知道郭伯的此番所言背后藏有什么意图,于是又说:"回到之前的话题,禀告郭伯,我不是先生。倘若一切顺利,而我又能赶上开学时间,那我还是个学生。"

郭伯笑笑,并未接话,将时兹禾引进屋内。这房间乃是洞中最大的穴窟,油灯与烛台交替悬挂,开阔明亮。刚刚进去,一股浓郁的美味佳肴的香气扑面而来,时兹禾一眼便看见靠墙一侧的八仙桌上摆放着酒菜,十分丰盛,其中一只砂锅还冒着袅袅热气。

"今天回来,我特意让厨房准备了几样山珍野味和黔西南风味的小吃,虽不成敬意,但你在城里可能很少见到,算是我的一点心意,聊表歉意,"郭伯从砂锅里舀了一碗汤递给时兹禾,"先喝一口三合汤,洞里阴凉,去去湿,然后我们再喝酒。"

"歉意"两字从郭伯嘴中说出,让时兹禾颇觉意外。其实自打那天莫黛说过郭伯从不杀人之后,时兹禾心里就踏实了许多。他原本做了最坏打算,就像其他被绑架来的那些人一样,让家人筹钱赎身。郭伯既然表示歉意,那就意味着他承认自己选错了绑架对象,而他摆下丰盛宴席,分明打算以示赔礼。时兹禾暗自喜悦,看来离开双鼻山有了希望。

倏忽间,时兹禾有些恍惚,眼前的郭伯看上去倒有几分像踟蹰在蚌山街巷中的慈祥长者,很难与印象中的土匪联系在一起。他想起在金龙江货栈郭伯请他喝茶的情形,表情与神态与此刻极为相像,尽显温和与敦厚,虽然为掳他进山,茶里下了蒙汗药。

时兹禾接过汤碗,见那汤色白里显红,在漂浮着切碎的芫荽和香葱末下面,浓汤浸泡的糯米、芸豆和剁成小块的猪脚混杂在一起,十分诱人。他贴着碗边轻轻啜了一口,顿觉热辣无比,赶紧倒吸一口凉气再缓缓呼出。

郭伯笑着说:"三合汤先辣后鲜,酸辣交融,暖身养胃,很像这里的女人,表面上泼辣外向,实则温柔贴心,呵呵。"

时兹禾一愣,此时的他极度敏感,生怕郭伯生出新的幺蛾子,不知郭伯以女人打比喻是何用意,便"嗯嗯"着支应一声。

郭伯斟满了酒,端起杯子笑呵呵地说:"今天摆酒不仅仅是向你致歉,也要拜托你一件事情。所谓拜托就是求人,我以长者身份给你敬酒,求你帮我办件大事。来,干杯!"

时兹禾满脑子装的都是如何早日离开双鼻山的事,本以为只要郭伯通情达理,将他这个错绑到双鼻山且毫无价值的学生放掉,他就感到挺庆幸的。时兹禾一直以为自己除了学业优异,并无专长,甚至不如父亲时昭明还学得烟丝配方技术。若在往日,莫说八竿子打不着的生人,即便是七大姑八大姨也很少有人求他办事,没想到郭伯居然有事相求。毕竟身陷囹圄,时兹禾生怕有所怠慢,让郭伯产生误解,赶紧端起酒杯,一仰脖兀自喝了下去,说:"我是一个远离故土的穷学生,不知能帮您做什么事情?"

郭伯说:"千万别这么说,你一个要上大学的人,在我心目中简直就是无出其右的人物。我教了二十多年的书,除了让山里的孩子们识文断字,内心也有个希望,龙庆镇万一有学生能上大学,我的心血也就没有白白付出。双鼻山的情况你大约已然知晓。我们本不是坏人,但现在也很难成为好人了。落草为寇,受官府通缉,在老百姓眼中就是坏人。只有一个人例外,那就是莫黛,她只是在这里长大,在这里念书,她从没做过任何不法之事。"

时兹禾说:"莫黛的身世很不幸。"

郭伯端起酒杯却忘记与时兹禾碰杯,独自一饮而尽,只见他眼中闪着泪花,说:"我这个当阿舅的容易偏心,怎么看都觉得莫黛是个好姑娘。你是读书人,看人看事有准头,你说莫黛漂亮不漂亮?"

时兹禾一下子被郭伯问住了。在时兹禾看来,莫黛不仅身材颀长,体态曼妙,气质不凡,而且谈吐斯文,举止有礼,全然不像个乡野姑娘,假如时装在身,略施粉黛,绝对不输于城里的大家闺秀。但时兹禾不敢直言,担心说漂亮会让郭伯认为他包藏企图,又怕说不漂亮引得郭伯不开心。在如此关键时刻,时兹禾不能有任何闪失。他的脑子在飞速转动，突然想到从鲍云彤那里学到的一句方言，便说："莫黛长得好抻头（撑抖）噻！"

郭伯听后哈哈大笑起来，也用方言说："你个龟娃儿怎么晓得这种说法？"

时兹禾说："考生中有个黔阳人，大家在说笑中学会的。"他刻意没提鲍云彤。

郭伯站起身来，一脸严肃地说："我打算让莫黛与你一道离开双鼻山。"

没等时兹禾反应过来，郭伯接着说："一起走的前提是莫黛嫁给你。你们成为夫妻才能一起走。这是我这个做阿舅的最后一次替这个苦命的娃娃做的决定。离开后，你们去哪里，我不再过问，大路朝天，各走一边。你是读书人，晓得如何做才是真正对莫黛好。"

时兹禾差点惊掉下巴，脑子瞬间嗡嗡作响。时兹禾完全没有料到郭伯口中的帮忙居然是让他娶莫黛为妻，他搞不清楚这究竟算是喜从天降还是大祸临头，一时半会儿回不过神来。他脑海中闪过这些天经历的一切，白吃白喝、行动自由，每个人都对他毕恭毕敬，笑容可掬，仿佛他不是掳来的劫财对象，而是受邀前来双鼻山做客的上宾。时兹禾完全被整蒙了。

就像神兵天降般，正当萧家上下都在为处在伤悲之中始终无法自拔的鲍云彤一筹莫展之时，刘永初中尉的突然出现让僵持的情况骤然发生变化。

那天上午，门房告知，外面有位刘姓先生求见鲍云彤小姐。萧士余大惊失色，鲍云彤自打从护病学校毕业归家，从未见过与社会上的人交往，忽然有人来找，绝非寻常。萧士余即刻与萧万琴鲍柏年夫妇聚到一起商议。萧万琴说，孩子已经许久不出门，有人愿意与鲍云彤相见，不论出于何因，只要能转移她此刻的情绪，都不该阻拦，便吩咐门房赶紧告知鲍云彤面见访客。哪承想鲍云彤隔着窗子干脆利落地回应："不见。"

这段时间，家人们想方设法力图让鲍云彤的生活恢复如初，尽管大家并不知道是什么原因造成她现在这种状况。内心受伤是确切无疑的，家人们猜测最多的是情伤。假如果真如此，谁是罪魁祸首呢？身为父亲的鲍柏年虽然性格内敛，但心思缜密，他按照鲍云彤近一年的生活轨迹：长沙、黔阳、广州，从头至尾梳理了一遍，没有发现任何蛛丝马迹，就是说她的身边似乎从来没有走得相近的小伙子。疗愈这类创伤的有效方法是唤来鲍云彤念书时关系要好的同学或朋友与她聊天，可是每次与她提及，她都坚决表示不见。一贯遇事不慌且胸有成竹的萧士余老爷子也束手无策。

门房转达后正准备关闭大门，那人笑呵呵地说："没空见刘先生？麻烦你再去问问鲍大小姐，看看她是否有空召见一下刘永初先生？"

门房一愣，这有区别吗？想到鲍云彤情况的特殊性，门房并不敢怠慢，匆匆跑去再告萧老爷子。老爷子想都没想地直接吩咐，再去禀告幺儿。

"幺儿小姐，门外刘先生乃是刘永初先生，可否相见？"门房问。

"哪个？"屋里传来鲍云彤吃惊的疑问。

"刘永初先生！"

"啊？刘永初？！赶快请进客厅，好茶相待！"

刘永初登门造访，让鲍云彤大吃一惊。她万万没想到，刘永初这个当初在实习女生中曾经如同明星般耀眼的人怎么会从遥远的南京来到黔阳找她呢？她很纳闷，自己从没私底下将萧家地址告诉过他，而那张填写有家庭门牌号码的登记表他早就当着她的面撕得粉碎。以刘永初的聪明机敏，至多会按照哪条街有鲍宅或者鲍府的思路去查找，自然无从查到。他哪里知道萧宅四大姓氏萧、范、晏、鲍之中,唯有第三代无人姓萧的奇特事实。鲍云彤认为刘永初一定动用了特殊门路。

刘永初的"特殊门路"不是别人,正是鲍云彤的铁三角同窗谢小羽。刘永初中尉赶赴705后方医院报到的头一天就急不可待地与谢小羽见面。他既无兴趣也没工夫打探与了解张三强那个老色鬼是如何将谢小羽勾搭到手的,而是开门见山地询问鲍云彤的家庭地址。谢小羽初见刘永初还略显羞赧,毕竟当初她对刘永初"迷"之甚深,以至于与欧阳雯雯争风吃醋,这才过了多久,她居然委身于张三强。最后,还是谢小羽忍不住,问:"刘参谋你真行,居然也不问问我为什么调到这里来?"

刘永初向谢小羽坦诚地说明了他当初在鲍云彤跟前做出的承诺,这让谢小羽反而感动起来,连连感慨道:"两个都没有结过婚的年轻人,多好的一对!要是搁以前,说不定我也会参与其中竞争一把,现在不行了。不过我祝福你,希望你马到成功!"

鲍云彤印象中的刘永初一直是军装笔挺、仪表整洁的模样,帅气俊朗,朝气勃勃,没想到刘永初担心穿着军装去萧家目标太大,引起左邻右舍的关注,特意把军装搁在提前订好的餐馆而穿着西装打着领带前来。鲍云彤觉得有种九不搭八的拧巴之感,怪怪的,套上西装的刘永初仿佛变成了另外一个人,大檐帽与制服衬托的帅气没有了,倒是有了几分风流倜傥的味道。适应了一下,鲍云彤终于露出久违的笑容,毕竟许久没见。鲍云彤哪里知道,她的笑容被躲在客厅门外的鲍柏年看得一清二楚,他兴奋地跑到萧士余房间禀报。

萧士余毕竟耄耋之年,禁不住这种起伏不定事情的折腾,躺在床上歇息,静等结果,听到鲍柏年如此一说,长舒一口气,说:"事情有解了。"

鲍云彤本想问刘永初中尉如何找到此处,一张嘴却言不由衷地问:"刘参谋此番不远千里来到我家,有何贵干?"

刘永初中尉的做派丝毫没有改变,直截了当地说:"我与你不再相隔千里,两百公里的距离对我来说已经相当于近在咫尺了。我现在是联勤总部705后方医院医勤室中尉参谋。昨日从黔西南赶来。我来兑现我的第二个诺言。"

鲍云彤心里咯噔一下。她并非忘记了刘永初中尉在708后方医院借谈话为名向她求婚的情形。对一个姑娘来说,无论她愿意与否,那种场景很难从心迹上抹去。只是鲍云彤一厢情愿地以为,时过境迁,星移斗转,这件事情会随风而去。莫说刘永初那次只不过借着谈议公事的场合因陋就简地凭空表达了打算娶她为妻的意愿,即便是花前月下的海誓山盟,随着岁月流逝而变成一段过气的说辞也并非鲜见,哪承想刘永初竟然始终不渝。

鲍云彤马上意识到此事并不简单,这不仅关涉到她的意愿,而且父母和外公毫不知情。她与刘永初在客厅交谈,难免会隔墙有耳,甚至外公说不定何时便会介入进来。这倒不是萧家之人喜欢窥探她的隐私,而是他们特别想知道前些日子在她身上究竟发生了什么事情。

鲍云彤说:"萧家人多,不适合在这里说。"

刘永初说:"这个我想到了,我在大十字三山路大三元酒楼订好了包房,我们可以在那里边吃边谈。"

说罢,刘永初起身便走,鲍云彤迟疑了一下,也跟着走了出去。

鲍云彤外出了。这可是萧家近段时间的一件大事。萧万琴鲍柏年夫妇扶着刚刚起身的萧士余一溜烟跟在后面,看着他们坐上黄包车而去。门房告诉萧老爷子,黄包车一直在萧宅门口等候,八成是那刘姓先生提前订好的。萧士余暗自琢磨,这位刘先生是何方神圣,他一来,竟然把闷在家里十多天的鲍云彤带了出去,莫非他就是那个引得鲍云彤伤心欲绝的男人?

郭伯请时兹禾喝酒最终不欢而散。小心谨慎的时兹禾虽然痛快地答应与莫黛一起离去，但对娶莫黛为妻却始终未正面回答。

郭伯说："不结婚，你们怎么一同离去？"

时兹禾说："我可以照顾她。"

郭伯说："孤男寡女，多有不便。"

时兹禾说："我以兄长身份照顾。"

郭伯冷笑道："莫黛长你一岁。"

时兹禾说："姐弟相处，顾虑会少许多。"

郭伯被话赶话逼到急眼，反问："你看不上我家莫黛？"

时兹禾以为郭伯胸有文墨，借着酒劲斗胆说："婚姻大事，非同儿戏，聘则为妻，奔则为妾。郭伯如此看重莫黛，难道不需要我的父母知情吗？"

郭伯沉下脸来，但并没有发作，他将酒杯推到一边，说了一句"给家人写封信也好"，便匆匆结束了此次喝酒。

回到房间的时兹禾很快忐忑不安起来，原本想用婚俗礼法推搪一下，哪想到郭伯较起真来，摆出愿等他家人回信的姿态，事情便僵持了。时兹禾意识到，离开双鼻山变得遥遥无期。更要命的是，他怎么可能给蚌山的父母写信，即使写信，能说什么？难道先从在广州未能获得警校入学资格说起，再说他结识了一位名叫鲍云彤的漂亮姑娘，在赶往黔阳路上，他被土匪掳获，为了尽早离开这里，他答应娶匪首外甥女的条件，以换取人身自由？时兹禾近乎崩溃。他抱着头，趴在床上，近乎绝望……

莫黛进来的时候，不像之前那样悄无声息，而是咣地一下推开房门，直接走到床边，一把将时兹禾拉起来，风风火火地说："走，我们去阳光下聊聊，不要总待在这昏暗的洞屋里。"

时兹禾被莫黛带到山洞外面，他们顺着石阶走下山来，山下是一片开阔的草地。秋末冬初，乍暖还寒。不知是不是在山洞里待的时

148

日过久的缘故,在下午阳光照射下,时兹禾既感觉到了温暖,又觉得眼睛被晃得睁不开。他知道,离开山洞,相当于离开了匪窝,只是山下虽然并非郭伯这伙人的领地,但因为这里远离人烟,如果没有马车之类的交通工具,即便再走几十公里,也依旧没有摆脱双鼻山的控制。

莫黛一屁股坐在草地上,示意时兹禾也坐下。

"你莫怪我阿舅。嫁给你是我自己的想法,阿舅只是同意罢了。我的事我做主。你有什么不满,可以冲我来。"莫黛说。

时兹禾一脸惊愕,说:"你怎么可以这样?我在你阿舅跟前,是处于劣势的弱者。他让我当场表态。我若同意,你相信是真话吗?我若稍有不从,离开双鼻山可能就成了奢望。我以后怎么办?难道就待在这里坐吃等死,甚至干脆也像阿旺和土生他们那样在这里做一辈子土匪吗?"

莫黛说:"你有你的想法,我有我的追求。我也不想待在这里,就像你说过的那样,我想过正常人的生活。别看我的生活局限在双鼻山,但我读过许多小说,从小说里看到外面丰富多彩的世界。我是个姑娘,渴望爱情。我喜欢你这样的读书人。你来到这里,让我燃起了对未来生活的希望。我知道这对你可能不公平。你突然被带到这里,以前的生活中断了,两眼一抹黑,可这世界哪有完全公平?我被生活抛弃到这个山洞里就公平吗?我阿妈那么漂亮,却命运悲惨,公平吗?我阿舅是读书人,为了替我阿妈报仇,一把火烧了仇家,如今沦落到山里当土匪,公平吗?不管你愿意不愿意,我必须抓住这次机会。你知道的,我在双鼻山能有什么机会呢,假如真能嫁给你,是我的幸运。如果不成,我也没有遗憾。说起来好笑,我至今都不知道你的大名。我看中的是你这个人,而不是别的什么。"

时兹禾被莫黛的话震撼了。他无论如何也无法想象,眼前这个貌似没有见过世面的乡野姑娘,内心世界如此丰富。她在双鼻山这个匪窟中能学得这么多人生道理,得付出多大努力?想来郭伯更加不易,尽管做的是土匪勾当,但终究要为一众人的生存煞费苦心,还要为莫黛的学习大费周章。时兹禾发现,莫黛的脸涨得通红,她胸脯剧烈地起伏,完全不像上次讲述身世时那样文静和内敛。

时兹禾叹了一口气,坐在草地上,开始讲起自己的人生过往和这次何以踏上这条崎岖之路……

天赐

刘永初中尉考虑问题向来简单。这并不是说他缺乏城府,军医署长官对他一直有正向认定,年度考评报告中,如下文字数年未变:"简洁干练乃本署提倡之工作作风,中尉刘永初堪为楷模。"刘永初的做派是对军医署那帮官僚喜欢将简单问题复杂化的反悖,诸如每办一件事情都要按照前提预设、可行性的论证以及效能评估的思路进行,文牍与流程的烦琐程度不仅让身在其中的每个人都被捆住手脚,而且军医署长官也成了镜花缘中人,有时眼瞅着着急要办的事情办不成,气得骂娘,但也无可奈何。因而预备干部处的刘永初在军医署算是一股清流,很受署里的长官赏识。假若不是因为登记表缺少之纰漏遭受处罚,他在军医署的发展前景不可估量。

在刘永初看来,看准的事情,即刻着手办理多半不会有问题。譬如,他坚信自己一眼相中的鲍云彤早晚会心甘情愿地成为他的新娘。刘永初的自信与他长期从事的工作或许有些关联,预备干部处面对的工作对象往往是青年学子。他们年轻单纯,涉世未深,对未来充满幻想。刘永初的经验是多看考察对象的眼睛,甚至在看的时候目不转睛,无论对方能否承受。所谓"眼睛是心灵窗户"这一说法绝非来自西洋,而是中国人说了几千年的老话。干这个行当的人首先必须默背孟子的一段箴言:"存乎人者,莫良于眸子。眸子不能掩其恶。胸中正,则眸子瞭焉;胸中不正,则眸子眊焉。听其言也,观其眸子,人焉廋哉。"

在 708 后方医院"考察"期间,刘永初仅仅与少数几个作为预选对象的女生有过对视。刘永初认为,如果不加预选而放开观察,许多女生容易对来自他的对视产生误解,哪个怀春的姑娘对帅气的年轻男人不想入非非呢?让刘永初印象深刻的是,鲍云彤的眼神格外清澈,像是从未经过污染的泓澄清水,能够一望到底。

但刘永初对鲍云彤的认知并不精准。鲍云彤之所以在情绪沉沦之际乐于响应刘永初的邀约,并不是对他喜欢到不行,而是出于感激。鲍云彤事后很久才知道,她的入伍手续得以撤销,在《动员戡乱时期临时条款》颁布后,是一件顶破天的大事。对鲍云彤来说,动动嘴皮子说不打算参军入伍了,好像不算什么了不得的大事,择业嘛,主动权本该掌握在自己手中。可对刘永初中尉来说,稍有不慎便会面临万劫不复的风险。所以无论如何,鲍云彤都得赴约。

大三元酒楼在黔阳以粤菜著称,价位与档次在食界甚高,远非满大街的水城烙锅、酸汤鱼或者辣子鸡之类的黔菜能比。刘永初昨日从黔西南赶到黔阳时天色已黑,平生头一回来到这座陌生的城市,两眼一抹黑,他凭借在南京的生活经验,仅仅对人力车夫说了一句"去最好的酒家",车夫七弯八拐跑了许久才将他带到这里。刘永初仰头看了一眼酒家门头的豪华装饰以及在门口热情洋溢地招呼八方来客的店小二,当即确定将地点选在这里,心里啧啧感慨:这里与南京几无差别,所谓"粤厨粤菜,粤吃粤爱",岂止是味道,服务与环境,别家没得比。

刘永初带着鲍云彤走进酒楼包房, 微笑着对鲍云彤说了一声"稍等",取下提前挂在包间衣帽架上的军用衣服袋便走了出去。只消片刻,一身戎装的刘永初出现在鲍云彤面前。

鲍云彤只觉眼前一亮,说:"哇,刘参谋好帅呀!我又见到了在医院朝夕相处的'那人'啦!"说罢哈哈笑了起来。鲍云彤一下子觉得很畅快,像是胸中一团滞气,随着笑声被挥散出来。鲍云彤意识到,自从时兹禾在金龙江小镇突然失踪,她就再也没有大笑过。

刘永初说:"我早就知道你们同学中流传着'那人'的说法,为了你们开心,我不去揭穿罢了。"

鲍云彤说:"坐在你对面,我又想起那次你找我谈话的情形。"

刘永初说:"谈话早已失效,唯有承诺作数。"

鲍云彤说:"你的承诺是单向的,你从来没问过我的意愿如何。"

刘永初说:"我哪里有这样的机会?我离开医院的前一刻才获知你放弃的消息。假如你不放弃,我还有机会,可惜你放弃了。直到今天,我才抓住机会。不过一开始你的眼神就告诉我,你不会让我失望的。"

鲍云彤说:"不管怎样,我应该向你表示谢意。如果不是你的果决,说不定我这会儿正身穿少尉军服在 708 后方医院给伤病员换药。如果那样,我的家人和我或许将一直处于焦虑不安之中。"

刘永初问:"你和你的家人不喜欢国民党军队?"

鲍云彤说:"这个话题过于敏感,不说也罢。"

刘永初说:"我刘永初现在虽为国民党军队的中尉,却也曾是一名热血青年。当年选择入伍,也是遵父亲所嘱,为抗日出力。不瞒你说,登记表归档缺失之事,怪不得别人,本就是我的责任。我为此做了最坏打算,无非脱下军装。我甚至想过大不了带你去广州做生意。"

带她去广州做生意?这是哪儿跟哪儿的巧合?鲍云彤一下子想到了时兹禾。真是奇怪,她生命中邂逅的这两个男人,一个是她对他情有独钟,偏巧在广州相识,另一个则对她一见钟情,却打算将她带到广州。说起来刘永初也是格外用心,明明在黔阳聚首,却将地点安排在广州人开设的粤菜酒家。尽管每每想到时兹禾,鲍云彤心里还会隐隐作痛,但刘永初一旦将话题涉及情感,她的脑海中仍然会不由自主浮现出时兹禾的身影。她总觉得那个略显单纯稚拙的蚌山小城青年身上彰显着某种别样的品质,不潇洒却通透,不张扬却有魅力,而刘永初的潇洒与张扬虽然粲然可观,吸引眼球,甚至让人过目不忘,但却少了令她难以忘怀的牵挂。

刘永初忽然想到来此意图,虽然吃饭仅为幌子,但不能不借酒表达心愿,便将彼此酒杯斟满酒,欲与鲍云彤碰杯。鲍云彤笑着婉拒道:"我外公对我要求一向严格,女孩子在外不可饮酒。我若喝酒,回去后被外公发现,无法交代。我们可以以水代酒,庆贺我们重逢。"鲍云彤自己也说不清楚,为什么与时兹禾在一起,喝酒与否都顺其自然,虽然也有顾虑,但从不会为此纠结,而在刘永初面前,她本能地拒绝了喝酒。

刘永初说:"不喝酒也好。此次我来黔阳,首要之事是见你,另外还有一事要办。我原来在军医署的同事张立群上尉,与我关系一向要好。他到重庆出差,突然打电话告知,有急事来黔阳见我。我请假得以顺利批准,与军医署来人相关。张三强院长历来看人下菜碟,上峰来人,他从来不敢马虎。"

鲍云彤说:"你既然有公务在身,我们吃饭也不可耽搁过久。"

刘永初笑着说:"张立群上尉此次出差,任务目的地是重庆,临时顺道前来黔阳,与公务无关,仅仅涉及我的私事。我见张立群自然也非公务。我在电话中询问是何私事,张立群闭口不说,只说届时可知。我能有什么私事?眼下我的头号私事就是与你相见。今后我或将常为私事来到黔阳,不就是搭乘一整天长途客车的事情吗?哈哈!"

意外出现在黄昏。当日寒月十五,夕阳尚未从大罗岭西侧完全消失,月亮却已高悬于半空。都说日月同辉是吉兆,殊不知二曜同临或许也面临更为复杂的情形,正所谓"日月居未命中逢,三方无吉福无生。若还吉化方为美,方面威权福禄增"。

萧家门房听到敲门声,以为萧家大姐萧万芳和大姐夫范福增提前下班回家,便赶去开门。没想到敲门声十分急促,仿佛生怕院子里的人听不到似的,一阵紧似一阵。门房断定不是大姐夫妇。范福增两口子每日回家时间并不确定,亥时居多,无论何时回家,敲门声历来轻柔和缓。门房开门一看,只见一名国民党军官站在门外,身旁还有一个怀里抱着孩子的中年妇女。门房发现那名军官面熟,仔细一看,原来正是上午来的刘先生。门房觉得蹊跷,一日登门两次,上午明明西装革履,这会儿却像演戏般换成了军装。

刘永初全然没有上午的那种坦然与自信,神色紧张地对门房说:"麻烦您请鲍云彤小姐出来说话,最好别惊动家人。拜托了!"说着抱拳做致谢状。

中午与刘永初相见后,鲍云彤感到心绪渐渐恢复如初,不再像之前那样伤感苦闷,尤其与刘永初谈话时想到时兹禾,心情并未因此跌落谷底。鲍云彤虽然从未想过嫁给刘永初,但她很欣赏刘永初身上那种蓬勃向上的状态,无论当初还是现在,只要见到他,她都好像受到某种鼓励一般,一下子有了力量。这种感觉很像朋友之间的互勉,可以交融,却无法更亲密。鲍云彤正在遐想之际,门房又像上午那样急急忙忙来到自己房子窗外,刻意压低声音说:"幺儿小姐,刘永初先生又来了,看样子他有急迫的事情。好奇怪,他怎么穿着军装嘛?"

鲍云彤吃了一惊,匆忙来到门口,看到刘永初在门前来回踱步,一副焦虑不安的样子,旁边还站着一位农家装束的中年女人,怀里抱着孩子。鲍云彤愣住了——她记得刘永初告诉她下午去长途车站接重庆来的同事。可眼前没见到同事,却多了一位抱孩子的女人。鲍云彤本想招呼刘永初和女人进院,还没等她开口,刘永初一把将鲍云彤拉到一边,声音略显嘶哑地说:"鲍云彤,我遇到了天大的事,突

154

如其来的,我不知道怎么办才好。你是我在黔阳唯一认识的人,实在无奈,只能向你求助。"

不晓得事情深浅的鲍云彤还用打趣的口吻问:"什么大事能把历来做事爽快、无所不能的刘参谋难住?"

刘永初沮丧地指了指女人怀中的孩子,低声说:"那孩子,是我的……"

"什么?你结婚成家了?"鲍云彤惊得目瞪口呆。

一贯干练利落的刘永初像变了个人似的,神色慌乱,语速很急切地说:"结哪门子婚?成什么家?且容我慢慢道来——"

刘永初在南京军官俱乐部遭遇的人生情场第一次滑铁卢,并没有因为最终付给丁玛丽一笔钱而将一晌贪欢的后续纷杂之事彻底了断。丁玛丽竟然珠胎暗结。刘永初怎么也想不明白,不过就是放纵一回,怎会引来如此麻缠之后果?想来也不公平,有人连续耕耘数月乃至数年也未见结果,硬是将满怀期盼与欢欣鼓舞的两情相悦变成了无聊的肢体运动,而这厢倒好,他与丁玛丽初尝禁果,连快慰都来不及品咂就完成了造人的伟业……

丁玛丽的想法与其他在欢场讨生活的女人多有不同,后者强作欢颜为的是换得一些碎银两补贴家用,而丁玛丽本就指望趁着青春年华绑定一名有前景的尉官或校官,然后在南京过上军官太太锦衣玉食的生活。因而意外怀孕反倒让她暗自窃喜,心想这下由不得对方玩耍时巧舌如簧而事后脱身却如脚底抹油般,一旦孩子落生看老娘如何向他讨要名分。可人有千算万算,不如老天一算,丁玛丽虽然心思缜密,抱着满月不久的孩子找到军医署时,方才获知刘永初已调往千里之外的 705 后方医院。

丁玛丽打探到张立群与刘永初交情甚笃,七弯八拐托人将张立群约到人流密集的鼓楼大街中央商场见面。有女人主动相约,张立群以为交了桃花运,兴冲冲地前往赴约,并未多想。张立群一眼认出眼前的女人正是在军官俱乐部那位倒追着要与刘永初喝酒的女人,只是奇怪她怎么会抱着一个嗷嗷待哺的孩子。丁玛丽很冷静,说这孩子是刘永初的,就是那晚她在军官俱乐部主动找刘永初喝酒的结果。酒精激发了情欲,之后去酒店难免缱绻缠绵与男欢女爱一番。事情到了这一步,也怨不得谁,只能怪她时运不佳,谁能想到当时的两相情愿与后来的各自需求有了差距?

丁玛丽说,她不可能为了这个孩子抛开体面的城市生活而追随刘永初去遥远的黔西南山区。"嫁汉嫁汉,穿衣吃饭,一旦去了穷困不毛之地,即便衣能遮体,饭能糊口,但与南京相比,那样的日子对我这样的女人来说无疑就是一种煎熬。女人择取人生之路的时机往往就在几个关键点,跟谁过,过啥样的生活,犹豫不得,有时放弃就是为了得到,否则,错过了就是一辈子。"她已经答应一个年近半百的丧偶商人的求婚,虽然是做填房,但从没见过丁玛丽这般妖媚性感女人的商人也是续弦心切,不但给了丰厚聘礼,而且许诺安排最有排场的西式婚礼。最重要的是,商人告诉她,用不了多久,他将把自己的生活和生意全部转到台北……丁玛丽横下心来,打算抛下孩子与那商人开始新的生活。只是丁玛丽想:不管怎么说,刘永初也算仗义之人,当初是她勾引的他,事后他却给了她一笔钱。她不是卖身者,他也没有把她当成妓女,但他知道男女有别,女人在男女关系上押赌,冒的风险更大。他塞给她一沓钞票的那一刻,她能感受到他的弥补之意。这孩子终归是刘永初的骨血,不能随意送人了事。丁玛丽说:"我转身嫁给别人已经不仁,不能在孩子问题上再行不义之事。"丁玛丽最后用央求的口吻对张立群说:"你是刘永初的朋友,帮帮忙,想办法将孩子转交给刘永初。"

张立群大惊失色,想了许久才说:"我与刘永初虽为朋友,但这事并非我所为,一码归一码,我没有责任替你转交。不如我将刘永初的地址给你,你选个合适时间亲自将孩子送去。"

丁玛丽也是心狠之人,早有充分准备,知道如此沟通定然没有结果,趁张立群不备,冷不丁将孩子塞到他的手中,没等他反应过来,她转身疾步离去,很快便消失在茫茫人海之中,只剩张立群傻傻地抱着孩子站在那儿发呆。

刘永初搭黄包车去黔阳长途客车站接张立群的时候,还在琢磨要在黔阳哪家有点名气的馆子与老朋友一起喝酒,大三元酒楼显然不再合适,毕竟刚与鲍云彤在此别过,且两人续聊的是男女情感,他要表现的是矜持与机灵。而与张立群相聊的则是友人分别后的思念,放肆与疯狂应为本色,馆子的环境更加随意为好。听车夫说,大十字附近的黔菜馆云荣春不错,里头净是吆喝着拳令的酒客。这边刚刚告别心目中的恋人,那厢又要与友人见面,刘永初心情格外愉悦,哼着欢快的小调迎着刚下长途客车的张立群走去。

张立群面露着急之色,三步并作两步来到刘永初跟前。刘永初喜笑颜开地张开双臂打算与张立群来一个拥抱,没想到张立群一偏身躲闪开来,张嘴便是一通劈头盖脸的抱怨与指责——无非刘永初在南京欠下的孽债,一拍屁股跑到黔西南躲清闲,而他莫名其妙且无缘无故替刘永初偿还了近半个月。

刘永初闻之,顿时傻眼,杵在原地半晌没缓过劲来。

张立群埋怨了,责骂了,忽然想起身旁女人抱着的孩子,语气和缓地说:"这是你刘家的娃儿,尚无名号,我来黔阳亲手交给你,算是移交完毕。今晚省黔保安司令部有车去重庆,讲好了我要搭乘顺风车返回,一刻也不能耽搁。"

发呆的刘永初自然没再提及喝酒之事。张立群却絮叨道,此番再回重庆他才敢面见久别的老婆,为了朋友,他已经尽力,包括在南京托人寻找保姆照看孩子,而这段时间的奶粉钱和保姆费用他已经自掏腰包花费不少,幸好他的老婆至今并不知情,否则跳进黄河也洗不清。张立群拿出一沓钞票交到刘永初手中,说:"这钱是在孩子的襁褓中发现的,没准是丁玛丽过意不去,特意留点钱以为临时贴补。"

刘永初恍然大悟,心中不免感慨,丁玛丽虽然俗不可耐,却做事有度,分明是通过张立群传话——"与你刘永初苟合且怀孕生娃,是我自愿,并非你给钱的缘故。如今孩子给你,钱也还你,咱俩人事两清了。"

见刘永初神情恍惚,张立群拍了拍他的肩膀,感慨地说:"嘖,我算不上玩家,但泡女人的经验总归比你多,高矮胖瘦、黑白香臭、发嗲的、卖萌的、爱哭的、装憨的,多少有些见识。只怪我一时疏忽,光想着带你在河边走走看风景,却忘记提醒你千万别湿了鞋。常言道'酒色财气四道墙,人人都在里面藏',把握得当,尽可风流欢畅,万一阴沟翻船,切莫抱薪救火,种瓜得瓜的责任你得担起来,前面得多少快活,后面付多少辛劳,人生从来如此,没有例外。男人嘛,应该拿得起,放得下。至于你是找个女人结婚给孩子一个像样的家,还是把孩子寄养在何处,一切由你选择,好坏全凭你的造化。"

鲍云彤听后深感震惊,她实在无法理解自己心目中那个帅气阳刚的青年军官怎么会欠下这样一笔糊涂账?鲍云彤此时不知应该安慰他还是责备他才好。做了这等事体本不该同情,倘若要指责刘永初未能洁身自好,这话似乎也不该由她说。鲍云彤从未觉得她与刘永初在个人情感方面有何关联,至多她欠他一个感谢。鲍云彤无法回应的另一个重要原因是,她并无照看孩子的经验,况且她并不知道家人能否同意她将一个外人的私生子放在家中照料。但鲍云彤看到刘永初无助的神情,尤其注意到旁边中年女人怀中的孩子——襁褓中的孩子露着脸,并未哭闹,睁着一双大眼睛,忽闪忽闪地看着她,她的心仿佛受到了强烈的冲击。

158

鲍云彤毕竟在驻湘南宜章的 708 后方医院实习过，大致知道军方医院的规定。刘永初无论如何都不可能带着孩子回到 705 后方医院，那里不仅是一家医院，更是军方机构。历来的情形是，成家的军人必须将家中的一切"甩"给配偶。"妇人在军中，兵气恐不扬"说的并非占比很大的女护官，而是指军人的配偶与子女。未婚生子对女人来说是一场磨难，割舍与否都会引起心灵上的痛楚，但发生在男人身上，或许也是磨难，也会痛楚，但在国民党军队中，这就是笑话。莫说此事传到南京的军医署会让他曾经的同事们笑掉大牙，成为那些人饭后茶余的谈资，即便按照规定，医院也不会允许他带着孩子上班。

"给我一点时间，我会尽快在当地寻到合适人家，将孩子寄养在那里，"刘永初用几近央求的口吻对鲍云彤说，"那边一旦准备妥当，我立刻赶来黔阳接孩子，只是这段时间拜托你帮着照看一下。"

刘永初眼巴巴地看着鲍云彤，生怕她拒绝。只见鲍云彤小心翼翼地从保姆手中接过孩子，左手将孩子托在怀中，右手轻轻地拍了拍，然后深深地叹了口气，说："可怜的孩子！"

刘永初的眼圈红了。

莫黛紧紧盯着时兹禾的眼睛，生怕再也没有机会可以这样肆无忌惮地感受一个让她心仪的男人从目光中传递过来的温情。她在自己一向狭窄的世界里第一次见到这样的男人，高大、温和、文质彬彬，有点像阴雨绵绵的时节在山洞逗留了许久而猛然在洞外见到灿烂的阳光那样，和煦的温暖伴随着透彻的光亮，令她的心情豁然开朗。莫黛读过却而司·迭更司①的《冰雪因缘》、小仲马的《巴黎茶花女

---

① Charles Dickens（1812—1870），英国作家，现通译为查尔斯·狄更斯。
——编者注

遗事》①以及托尔斯泰的《恨缕情丝》，其中的故事她不甚了了，却着迷于其中女主人公的情感经历。与感知小说中的人物相比，莫黛发现自己原来竟然也有切身的感受，那是时兹禾来到双鼻山后她才产生的一种源自心头的感觉，很甜蜜，且牵挂不舍。

习惯于独处的莫黛猜测，时兹禾眼神中传递出来的温情不见得与她内心的喜欢相匹配，但她确信那份温情带着真诚，因为时兹禾刚才讲述他的过往——如何从蚌山来到广州，又因何打算从广州经由黔阳前往重庆，他讲得很慢，娓娓道来，有点像她那天讲述自家事时的节奏。她讲得慢是担心方言脱口而出令他无法听懂，而时兹禾如此讲述则分明带有对她的关照。莫黛的人生视野有限且逼仄，从小在龙庆镇长大，八岁来到双鼻山，外面广袤的大地与她几乎隔绝。尽管阿舅郭维伦尽其所能地按照课本内容教授莫黛，让她透过书本了解人情世故与社会环境，但时兹禾还是担心她无法理解或者不能听懂他所描述的一切，所以他一边讲，一边看着她的眼睛。

莫黛无法想象，一个人怎么能像时兹禾那样读过那么多书，懂得那么多事理？她在双鼻山的生活单调枯燥，读书或者听阿舅讲课几乎就是一切。但与时兹禾相比，莫黛觉得自己所学所知如同阿舅讲解苏轼《前赤壁赋》中的一个词"沧海一粟"——"寄蜉蝣于天地，渺沧海之一粟。哀吾生之须臾，羡长江之无穷。挟飞仙以遨游，抱明月而长终。知不可乎骤得，托遗响于悲风"。

莫黛相信时兹禾说的每一句话，包括他想做一名警察的理想以及为了这个理想而甘愿放弃去上海报考圣约翰大学的机会。时兹禾说他是半个上海人，这让莫黛羡慕不已。阿舅曾经告诉她，上海很大，远非黔阳和柳城能比，可阿舅从未去过上海，而她则连黔阳也没去过。她觉得"半个"的说法很有趣，笑着插话说自己是半个汉族人。

---

① 现通译为《茶花女》。——编者注

时兹禾愣了一下,然后他俩都笑了。他们不约而同地意识到,他们口中所谓"半个"的坐标是母亲。时兹禾连忙补充道:"对对,我其实算是苏北人,而你则是真正的苗家姑娘。"莫黛还想继续上海的话题,赶紧又说她好几年前就看过专门描绘上海的画报,那是阿舅从柳城的书摊上给她买来的,其中既有黄浦江畔十六铺码头高楼林立的风光,也有光彩照人的电影明星。莫黛觉得上海与她的家乡龙庆镇和双鼻山截然不同。她长这么大,一直生活在崇山峻岭和沟壑纵横的环境中,而遥远的上海仿佛是只有存于传说中的美好之地。

时兹禾说到鲍云彤的时候,莫黛的心头不由得颤抖了一下。她猜想那个叫鲍云彤的姑娘一定美若天仙,否则她凭什么进入时兹禾的视野?莫黛的心怦怦跳动,一阵紧似一阵。她虽然还在听时兹禾讲述,但脑海已然支出分叉——她暗想假如去年之前的某个时候,她在黔西南的某个旷野之中因为偶然结识了时兹禾,譬如两人在一处狭窄的小道上迎面相遇,或者她在春暖花开时节在山下丛林中采摘杜鹃花时恰好遇到时兹禾来此踏青,那么在时兹禾现在的讲述中,或许就没有鲍云彤的存在。莫黛觉得生活是由各种偶然的事件临时拼凑成的,就像她本应出生在普山镇而偏偏因为父亲莫依山来到龙庆镇扛活而使得母亲郭维娅在娘家生了她。她想埋怨时兹禾为何现在才出现在自己面前,也想责怪自己为什么总是待在双鼻山而没有去蚌山或者广州,既然存在各种偶然,说不定她也会在偶然中提前就能结识时兹禾。但她知道,这种埋怨和责怪毫无道理。

莫黛说:"我们答应阿舅的要求吧,要不你怎么离开这里呢?"

时兹禾说:"你阿舅的想法是为了你好,你还是个姑娘,外面的美好生活在等着你。只是我不能欺骗你,我若娶你为妻,就辜负了云彤,对你和云彤都不公平。况且,若我不再读书,未来能做什么,何以养家?"

莫黛说:"我懂你的意思。我是说,我们先答应阿舅的要求。我知道阿舅的想法，你若答应和我结婚，他就会带我们离开双鼻山去普山镇祭拜我的母亲，还要拜见阿爸家族的头人。阿舅告诉我，我阿爸已经出狱回到了普山镇老家。不过阿舅因为受官府通缉不能公开露面，我们只能悄悄出行。我们只有做完这一切，才能拜堂成亲。只有依照阿舅的意思，你才能真正离开这里。"

时兹禾吃惊地望着莫黛，问："你是说我们要假借成亲名义，离开这里？"

莫黛点点头，生硬地笑了一下，然后假装不经意地侧过脸。敏感的时兹禾发现，莫黛笑的时候眼里嚼着泪花。

"每年阿妈忌日，阿舅都会悄悄带我去普山镇祭扫，天一黑我们就坐马车出发，出了双鼻山，路旁就是深不见底的沟壑，黑夜里行走十分危险，有时可以借着月光，乌云遮天的时候只能凭着马灯。太阳初升的时候，我们在普山镇给阿妈烧纸，然后我们就得一刻不停地往回赶路，丝毫不敢耽误。有一次我跟阿舅说，我想去看望我的阿剖和阿酿。阿舅说，等我出嫁的时候，他一定会带我去拜望，但现在不行。阿剖和阿酿的家门口，隔三岔五都会张贴通缉郭维伦的告示，这么多年没有改变。"

时兹禾问："阿剖和阿酿是谁？"

莫黛说："就是我的爷爷和奶奶。我出生后只见过他们一次。我三岁时阿爸阿妈带我去过普山镇，可惜我连他们长的什么模样都记不住。但我小时候时常听阿爸阿妈说，阿剖和阿酿特别疼爱我，把我抱在怀里不肯撒手，把我唤作'可爱的小阿勒'。"

时兹禾又问："既然这么危险，为什么每年都要去祭扫？我们在蚌山每年给老家故去的亲人祭扫，不见得都要去老家，常常会在本地某个路口旁的空地上画出一个半圆，缺口对着老家的方向，然后在半圆里烧纸。"

莫黛说："阿妈是汉族人，阿舅担心她一个人在那里孤单。阿舅说我也算是汉族人的后代,要牢记慎终追远、怀念先辈的习俗。只是我们每年祭扫,阿舅都小心翼翼,贴上假胡须,装扮成老人的模样。幸好我们从来没有被官府发现。我们也不敢让阿剖和阿酿知道我们在阿妈忌日去祭扫,他们若知道,一定会赶来见我,那就会引起别人的注意。"

时兹禾问:"苗族人不为故去的亲人祭扫吗?"

莫黛说:"当然祭扫,但习俗完全不同。他们十三年祭扫一次,叫作'鼓藏节',每次要连续举办四年的仪式活动。第一年七月寅日举办醒鼓仪式,第二年十月卯日举办迎鼓仪式,第三年四月吉日举办审牛仪式,第四年十月丑日举办杀猪祭鼓仪式。"

时兹禾惊叹道:"你知道的真多呀。"

莫黛笑道:"我也是苗族人的后代呀。其实我从来没有参加过苗族人的祭扫,都是阿舅告诉我的,他也让我记住这些。"

时兹禾不解地问:"我们到了普山镇后要做些什么?先给你阿妈祭扫,再去拜见头人,然后拜天地成亲?"时兹禾以为,这些婚俗过程一旦完成,他与莫黛就成了合法夫妻。至于此地是否像蚌山那样还需要去社会局领取结婚证以及在报上刊登结婚声明,他并不知道。但他隐约记得,那次郭伯请他喝酒,用蔑视的口吻说过:"我们郭家办婚事只管按照自家规则,哪里用得着他县衙的龙凤帖?"这是时兹禾顾虑重重的关键所在。

莫黛说:"普山镇路口有一个军营,那里驻有黔省的保安部队。军营大门正对着大路,每年阿舅带着我给母亲祭扫,都会从军营门前路过。那是你从阿舅眼皮底下逃脱的唯一机会。以往我们去普山镇都是两辆马车同行,阿舅和我坐一辆,另一辆车装着路上所需的食品和用品,阿旺和土生也在那辆车上。你和我去普山镇办婚事,阿舅肯定会为我们扎一辆彩绸带篷花车,阿舅他们坐另一辆车。路过军营大门时,你不要声张,趁阿舅他们不注意跳下车,然后朝军营跑。阿舅他们对军营和官衙这类地方向来避之不及。"

莫黛如此一说,时兹禾在惊愕之余有些激动,他压根没有想到莫黛为了救他脱离匪窟竟然愿意搭上她的名声。他虽然不甚清楚黔西南这一带的婚俗有什么特殊规制,但他知道,一旦一个待嫁姑娘与一个未婚小伙子同坐一辆婚车,那就相当于木已成舟,剩下的拜堂与合房不过就是按部就班的过程。按照莫黛的说法,假如他这么做了,就属于半途逃婚。对莫黛来说,相当于她订婚后被新郎抛弃,如此身份甚至不如退婚或者悔婚的姑娘,以后再次订婚,这段经历多半会遭受男方嫌弃。男人远走高飞并无什么不妥,而女人则不得不从此背负起特殊而沉重的包袱。时兹禾尽管一时不知如何回答才好,但心中刹那间涌起一股难以遏制的感激之情,他的面色变得潮红,嘴唇在颤抖,天晓得他怎么会遇到这样一个甘愿为他付出的善良姑娘。他双手抱头,尽力克制着自己的情绪,生怕他对莫黛做出什么出格的事情。

莫黛从草地上倏地站起身来, 伸出手猛地将时兹禾拉了起来,没等他反应过来,紧紧抱住时兹禾,并将头侧靠在他的怀中。

时兹禾紧张得浑身发抖,他抬头向远处半山腰洞口两个放哨人的方向望去,夕阳西下,山腰上尚有些微光亮,而他和莫黛周边的草地已经笼罩在暮色之中。时兹禾用颤抖的声音说:"莫黛——这样好吗?"

莫黛轻声说:"嗯,我愿意——"

时兹禾依然紧张:"莫黛,我担心万一被他们看到,对你不好。"

莫黛仰起头看着时兹禾,说:"嗯,我知道,一切都是我愿意的。我不在乎他们怎么看,我喜欢你,我希望你可以按照自己的意愿做事。能为你做些事情,我很高兴。我知道我们不会有结果,但这不是你的过错。"

时兹禾小心翼翼地将手放在莫黛肩头,说:"莫黛,你也许能感觉到,我其实并不是不喜欢……"

莫黛伸手挡在时兹禾嘴前,说:"你不用多说,不必为难,我都知道。"说罢,莫黛松开时兹禾,稍稍后退一步说道:"我了解阿舅的性格。他以前为人和善,与世无争,安心教书,可是这种性格没能保护住我的母亲与外公,反而处处受人欺压。他现在所做的一切,都是为了我。他本可以去官府自首,他为民除害,替妹妹报仇,罪不至死。可我那时还小,他若自首,我的生活就没了着落。他在坚持,或许他在等我出嫁。为了我的事,他可以不管不顾。我猜想,他什么都可以答应你,唯有这件事情例外。"

时兹禾听后一愣,陷入沉思,貌似文质彬彬的郭维伦在儒雅、斯文与和蔼的笑脸背后隐藏着他坚持的人生哲学,莫非就像崇正教会学校高中部教国文的何老先生解读孔圣人所言——"信,故而宽容,绝,故而慎节。信以察言,绝以守望;信以约心,绝以经规;信以安性,绝以定义。"说的是互信才有通达的沟通,才会彼此包容,反之就会互相提防,小心行事。时兹禾惊出了一身冷汗。怪不得那次郭伯请他喝酒,他以搪塞的口吻说到婚姻大事要告知父母,郭伯立时拉下脸来。时兹禾渐渐明白,这件事情的症结是,郭伯之信在于将莫黛嫁予他且还他自由,而他时兹禾呢?欲自由但决不以婚姻为交换。那么时兹禾打算以什么为交换条件呢?之前被掳来的人肯定以钱物为代价,偏偏于他,郭伯不要钱物。时兹禾意识到,这是个死结,或许此路不通。

时兹禾还发现了一个奇怪的现象,从第一次与莫黛相见到现在,她从不称呼他的名字。时兹禾清楚地记得,桂兰第一次见他,就直截了当地问道:"你是时兹禾吧?"而鲍云彤则嬉笑着说他的名字念起来拗口,宁可以乳名"毛头"相称。可是无论莫黛用窃窃私语般的口吻述说她的身世,还是像眼前这样敞开胸襟交谈内心深处的感受,"时兹禾"这三个字不曾在她口中出现。之前她并不询问,可自从时兹禾相告之后,莫黛也从未张嘴唤过。莫黛对他最为正式的称呼是"先生",他无法辨识这样的称呼是亲近还是疏离,这个每每愿意主动与他相聊的姑娘,为什么不肯呼唤他的名字呢?莫非他叫什么并不重要?或者她想把时兹禾这个称呼永远留在自己心中?时兹禾百思不得其解。

时兹禾的内心开始翻江倒海,他开始纠结和犹豫——对郭伯的要求,难道他非得固执己见,完全不可妥协吗?他的眼前闪现出桂兰和鲍云彤的身影,那个从南洋归来的曹山桥的桂兰让他知道了充满活力的青春女子应该是何种状态,而陪伴他从广州一路走来的鲍云彤让他感知到来自女人的温馨与默契。那莫黛呢?这个在偏远山区长大的姑娘,貌似未曾见过世面,身上却蕴含着一种强烈的执念,她会带给自己什么呢?

机缘

马蹄声的回响在夜晚静谧的山路上显得格外清晰,不时有栖在树梢顶端休眠的雀儿被这由远渐近的回响声惊扰,呼扇着翅膀在林中乱窜,惹得长耳鸮不满地嗷嗷长叫几声,使得本已沉寂的山林在短时间又热闹起来。

果然如莫黛所说,月悬半空的亥时,两辆马车从双鼻山结伴出发,郭伯、土生与一个赶车人在前引路,莫黛与时兹禾的马车跟在后面,赶车人另一侧的车辕上还坐着阿旺。寒月山区夜晚,凉意渐渐明显。

时兹禾觉得浑身都不自在,他在完全不能自我主宰的情形下假装心甘情愿地换上了新郎服装——套着黑色马甲的红色夹袄和一条不能遮住脚面的红色绸缎灯笼裤。他打小在蚌山街头巷尾见过许多新郎娶亲的场面,不像女孩子那样总是盯着新娘子,叽叽喳喳地以艳羡的口吻评述着粉多绿少的凤冠霞帔以及腮红眉黑的面部妆容,男孩子们聚在一起看的就是新娘究竟漂不漂亮、脸蛋白不白、腰身细不细,偶尔也会以谐谑口吻嘲弄新郎的服装看上去侉不拉叽。

时兹禾那时就很纳闷,西装革履早成风尚,偏偏住在街巷里的贫寒人家结婚非得穿着街面上早已绝迹的长袍马褂。而那些在东亚饭店或者崇正教堂举办婚礼的富家子弟,新郎几乎都是洋装在身,与身穿婚纱的新娘构成了时尚风景。时兹禾万万想不到自己在远离家乡的黔西南山区的土匪窝中穿上了这样的服装,既非马褂,又非洋装。他在自己栖身的洞屋中换完衣服后就暗下决心,这不过是权宜之计,不得已而已,等到未来真正做新郎那天,无论如何都要以扎领结、穿西装且在上方口袋里半露着白色手帕的装束示人。遐想中的时兹禾猛然想到,身穿婚纱的新娘会是谁呢……

幸好时兹禾走出洞口时一阵新鲜空气迎面扑来,深深吸了一口气,神清气爽后才意识到今晚的行程对他非同寻常。时兹禾回头一看,莫黛穿着长及脚面的红色褶裙以及带有银饰的刺绣红色上衣也走出洞口,他赶忙迎上去伸手搀住莫黛的胳膊,小心翼翼地扶着她慢慢地踏上石阶,准备下山。

洞口放哨的两人冲着莫黛鞠躬致意,一人说:“郎才女貌配姻缘。”另一人及时接话道:“花好月圆并蒂莲。”然后两人同时说:“祝福咧!”像是排练过一般,齐整有序。时兹禾惶惶不安,借着月光悄悄看了莫黛一眼,她微微露着笑容,但眼中闪着晶莹的泪光。

新装是郭伯能想到且按照两人身形定做的行头,要得急,来不及去黔阳隆昌源或者永丰泰这些能够定制传统与时尚新婚服装的百货店。而距离双鼻山最近的几处裁缝铺都散落在七八十里开外半山处的小村落,小的几十户人家,略大些的也只有一条小街,一律混住着布依族人、侗族人、苗族人和汉族人,结婚服饰各不相同。裁缝都认得郭伯是双鼻山的头人,吓得要死,又不敢怠慢,只能郭伯说哪

167

样就是哪样。裁缝做出来的与郭伯想的总有差距，新衣做出后就看不出究竟是哪族的特色。其实，郭伯心里明白，短短数天，手工缝制并非易事，他的底线是，新人服装的款式无论做成什么样都不打紧，色彩上必须沾红。

在双鼻山历来说一不二的郭伯，实际上此时心中存有茫然。他当然知道绝对不能将这对年轻人的新家安在双鼻山，新生活的落脚点可以简陋若蓬屋，也可以奢华若豪宅，但不管怎样，既然莫黛出嫁，就要永远告别临时栖居的匪窝。至于能否在她阿剖和阿酿那儿借住一些时日，他并不清楚。他甚至无法提前告知两位老者莫黛在祭扫之后要去祖家拜堂。那也是个穷困潦倒之家，当初若非如此，莫黛的阿爸莫依山怎会背井离乡跑到百里之外的龙庆镇扛活？他隐约听说莫依山已经出狱，只是不知道人在何处。

郭伯在普山镇不能久留，一旦走漏风声，缉捕他的人很快就会赶来。他的设想是，给莫黛母亲祭扫后，便去莫黛的阿剖和阿酿家，先拜老人，再让一对新人互拜，之后他得迅即离开。

郭伯本想在动身之前把话向时兹禾挑明，从在阿剖和阿酿祖屋中新人互拜那一刻起，他不再过问时兹禾与莫黛的事情。至于他们住在哪里，阿剖和阿酿家中是否能够暂且栖身，他并不清楚。他甚至不知道他们以后在哪里安身立命。郭伯是咬着牙做出这个决定的。但曾经的教书人郭维伦从骨子里信任读书人时兹禾。把莫黛交给时兹禾，郭伯一百个放心。郭伯从来不认可"十人九人堪白眼，百无一用是书生"的说法，学天文地理必然知晓日月星辰，学物理化学肯定懂得暑热寒冷，学之乎者也势必能够应对人间百态，时兹禾总会有办法在某个地方给莫黛安个家。郭伯想，将时兹禾错绑到双鼻山也算是上苍的眷顾，为莫黛与他提供了难得的机缘，莫黛喜欢，他也满意。他只能将这对新人送到普山镇，机不可失，万一时兹禾改变主意，真有可能时不再来。郭维伦早有准备，打算在妹妹郭维娅坟前说,作为大哥,他已经尽了最大的努力。

阿舅为莫黛做的最后一件体面之事,是将篷车布置得极为讲究,碗口粗的竹竿支起框架,红幔遮罩,彩绸悬挂,貌似花轿,又若绣房,精巧的是两侧还留着透气小窗口,垂下的一块红方巾正好将窗口遮住。车厢里铺着厚实的褥子,篷顶上方的四角和中心各悬挂着一个刺绣的布艺方盒。郭伯心细,知道篷车可以遮挡阵阵吹来的山风,但新衣终究不比其他人裹着的兽皮大衣,依然感到寒冷,专门在山下做衣时加做两床缎面新被子,车行夜路,盖上棉被,总能御寒。

时兹禾踏上篷车的一刹那有些恍惚,好像他果真就要娶亲一般,新衣、新被与新车,还有扮作新娘的莫黛。时兹禾悄悄瞄了一眼涂抹了腮红的莫黛,发现她与城里漂亮姑娘并无二致,虽然少了些时髦色彩,却多了妩媚气韵。他记得之前莫黛穿的都是那种宽大松垮的土布衣服,至少并不贴身,后来他委婉地问莫黛为何不让郭伯为她做些与姑娘身份相称的略显艳丽的衣服,莫黛告诉他这是郭伯特意要求的。看出时兹禾露出不解的神情,莫黛说,这里除了她都是些血气方刚的青壮汉子,郭伯担心这些长期不接触女人的汉子想入非非。

时兹禾发现,换穿上新娘服饰的莫黛不但显出了身材的颀长苗条,而且胸脯饱满坚挺,这让他很意外,甚至不好意思将目光略略停留在那儿。他知道郭伯无法像普通人家那样寻来专事喜事的"十全人"为莫黛描眉画鬓、盘发穿衣,而洞窟中的那些喽啰们又不被允许挨近莫黛,莫黛只能自己梳妆穿戴,但山野水土养育了她那淡褐色的天然容颜,新装与妆容的苟简依旧不掩其美艳。她坐在车上微微低着头,双手抱在胸前,一副温柔贤淑的样子。

时兹禾看得发愣,有些忘乎所以,身材高大的他上车时没留神车厢低矮,头不小心触碰到悬吊着的刺绣布艺方盒。方盒在晃动中掉落下几颗东西,车里虽有马灯照明,却看不清何物,他赶忙捡起来放在手心中一看,发现是竟是花生与红枣。莫黛看到后笑着说:"不知阿舅为何执意要在车上如此这般地悬吊五个布艺方盒,又在其中置放花生红枣?假如为了路上充饥,何以不搁在一个竹篮中取食更加方便呢?"

时兹禾猛然想起小时候随母亲赵翠娥去邻家吃喜酒,看到新房床上零零落落撒着花生、桂圆与红枣,以为是可以随意吃的零食,便捡起一粒花生拨开外壳准备放进嘴里。母亲笑着拍了一下他的手,说那不是给客人提供的磨牙吃食,是主家长辈对新郎新娘的期盼——希望他们像枣、花生和桂圆喻示的那样早生贵子。时兹禾瞬间满脸通红,多亏马灯映照,暗红色的光亮与脸红并无分别。时兹禾不免纳闷,这里与蚌山相隔千山万水,习俗怎会如此相近?他想到莫黛在双鼻山长大,洞中单调日子不比人间百态,虽然念书,却并不了解风物习俗。

其实,真正让时兹禾怦然心动的是那天在草地上莫黛带着真诚口吻的劝说。明明钟情于他,本不该轻易撒手,却因为他的境况而甘愿替他着想,莫黛的温柔与善解人意令他不再背负压力。只是时兹禾无法在莫黛跟前坦然且兴奋地张口说出"我终于有机会逃离这里"这样的话,那相当于在她心上狠狠地扎了一刀。他知道,默认也算一种同意,而且是最恰当的同意。

谁的一生不是百年,他的难道就比莫黛的珍贵吗?

想归想,时兹禾终归讪讪地默不作声。

"儿子随娘,金砖砌墙;女儿像爹,吃穿不缺。"民间将这话演绎成儿子不光长相,性情上也大多随娘,女儿则与当爹的更为相像。时兹禾起初听到这话权当长辈们见面时以孩子为说辞的客套用语,差不多就是蚌山人口中的"造(cào)话",无论当爹的做妈的,谁听到这话都会油然生出满足感和成就感,后来听多了,也就信以为真。时兹禾长大后才意识到全然不是那么回事。母亲赵翠娥办事向来干脆利落,从不拖泥带水,时兹禾自己常常在关键时刻不能决断,或者即使决断,也在左顾右盼当中泄露出某些犹豫的心境,这分明是父亲时昭明的性格特点。口口相传的民间说法并不靠谱。其实,有啥样的爹,就有啥样的儿,随根是本质。时兹禾念高中时学过达尔文的进化论,隔着几代,有些东西都可以朝前追溯到依据。

偏偏莫黛说:"你的意思我懂了。我就这样跟阿舅说,你同意娶我为妻了。"

天晓得莫黛如何知道时兹禾这份德行,她觉得时兹禾的沉默不语是希望她能在他身后再狠推一把,将他置于别无选择的境地。

郭伯大喜,以为万事大吉,出行前的当午,笑眯眯地将时兹禾唤到跟前,亲切地拍拍他的肩头,以示对他答应与莫黛成亲的满意。郭伯从一旁的木箱里取出一个红布包裹的厚实方正的物件,双手托着递给时兹禾。时兹禾不知是何物,犹豫着是不是该接过来。郭伯一把将物件塞到时兹禾手中,说:"又不是烫手山芋,你怕哪样?打开看看嚛!"

时兹禾双手接过,觉得分量不轻,便轻轻搁到一旁桌上,按郭伯所嘱将红布打开,里头又包裹着油纸,再逐层打开,足有几块青砖码在一起那么厚的一摞钞票展现在眼前。时兹禾惊愕不已,长这么大他从来没见过如此多的钞票。

郭伯说:"莫黛是女娃,本该为娘的操持婚事。可惜娘死爹坐牢,娃儿又是由我养大。这是我做主给的嫁妆,出嫁时陪嫁钱数不得少。况且你愿意娶我家娃儿,我得感谢你!老实讲,我一直在为莫黛寻找读过书的女婿,两三年喽,并不容易。"

时兹禾听出来,郭伯不再咬文嚼字地说国语,顺嘴蹦出方言聊表心情。时兹禾一下子想起当初在金龙江货栈与郭伯初次见面他讲话的口音——"去(kěi)哪里?""去(kěi)黔阳搞哪样?""唧个像?做小买卖的穿的都是布衫,你是做时髦洋货的吧?"

时兹禾暗想千万不敢按照自己本性说出，嫁妆应与聘礼相当，他这里空空如也，哪里配收下这么多的嫁妆？他正犹豫着如何回应，郭伯又说："这些钱足够你们过日子。在黔西南，在黔阳，在你想去的任何地方，置地盖楼也许不够，但买个小房子、做个小生意绰绰有余。我这个阿舅也只能做到这样，剩下的只能靠你喽！"

时兹禾知道这件事已然不受他和莫黛的掌控，完全没了退路，只能硬着头皮走下去。郭伯最初为钱财将他掳来，不仅分文未得，最终还搭上貌美如花的外甥女及一大笔钱。时兹禾在惊讶与不解之中又夹杂着一丝感动。他越发相信，人生很多时候常常要面对"回头下望人寰处，不见长安见尘雾"的情形。有些事的是非曲直很难一下捋清，而怀揣心思的时兹禾仿佛做了亏心事般，不敢抬头与郭伯对视，又不知说些什么，便一边低头将这摞钞票重新包好，一边琢磨下一步如何了断这些头绪纷杂相互缠绕在一起的诸多事情。时兹禾忽然想到，如若最终按照莫黛所说，他在普山镇军营大门前跳车，也是只身脱逃，带不走任何钱物，就连郭伯最期盼与他同时离开的莫黛终将留在车上。他被孤身绑来，也将独自逃走。

如此一想，时兹禾负疚心理有所减轻，终于抬起头说："郭伯，你本是好人，也是各种无奈让你走到今天，这一切可能怨不得你，命运使然罢了。不管怎么说，你培养和教育的莫黛是个善良单纯的好姑娘，我只怕辜负了你的托付。"时兹禾说罢最后一句话，有种如释重负的感觉。他觉得此话毫无纰漏，不会惹恼郭伯，且一语双关，郭伯事后想来，也能明白他的意思。

没想到时兹禾的话无意间触碰到郭伯的痛处，刚才还喜笑颜开的郭伯，眼中突然涌出泪水。他默默看着时兹禾，半晌没有吭气，直到泪水流到脸颊上，才伸手抹了一把，说："我这情况，见不得光，十多年喽，心里好苦！莫黛是个好娃儿，可惜与我有这层关系……难为你了！"

时兹禾心里一热，原本他以为打骨子里就凶神恶煞的郭伯其实是个蛮可怜的人。

普山镇偏远，黔阳的报纸总是晚两三天才能送达，消息一向闭塞。之前保安三团一个大队在此驻防，大队长高启英中校正巧与黔省保安司令部政工处第一科科长董尚文中校为黔北绥阳同乡且关系熟稔，便相约隔天打电话问询时政大事小情，免得因孤陋寡闻而成井底之蛙。董尚文觉得此乃顺水人情就随口答应。两人顶着官帽，杂事缠身，不可能亲力亲为，都将此事交由手下办理。高启英派了个男兵，而政工处那边则安排了一个女士官。男兵每次打电话都不肯挂断，记录资讯之余，不时借机出言撩拨，弄得女士官不胜其烦。幸好女士官休假，换成男兵应对普山镇来电。两个男人通话，都觉得无趣，自然没有闲话。渐渐打电话成为例行公事，常常电话一响，政工处一科的人拿起话筒问道："哪里？"那边回答："普山。"一科接电话者说"无事"或者"无要闻"，旋即挂断电话。

那时还是羊姓省长兼任保安司令。一次司令部召开例会，政工处处长何良卞上校提及此事，羊姓省长说："此事办得甚好，可以推广。让部队及时掌握消息很重要，免得人家总说我们夜郎自大。"遂问时任马副司令应该如何加强这项工作。马说："眼下正面临编制调整，可增加政工处人手。"羊姓省长手一挥："办，财政给钱！"最终司令部政工处居然与负责战训的第一处同样编制十九人，成为人数最多的处室之一，其中四人专门负责电话资讯互传。

晏小楠后来发现，不像在黔阳那样处处受到黔省保安司令部的约束，他在这里贵为最高军事长官，身边副官警卫皆为心腹，反而比在黔阳更易获取信息，渠道主要来自深夜收听新华广播电台的广播和上级通过秘密电台的指示。这段时间，淮海战役胜利以及北平和平解放的好消息接二连三地传来，让晏小楠兴奋不已。他判断我军

173

渡过长江以及解放大西南的时刻很快就要到来。

晏小楠从内心深处羡慕那些在前线作战的战友。十多年前与他同在延安七里铺小沟接受训练的人,除了大部分像他这样在国民党军中担负潜伏之类特殊任务的,也有少数战友在我军作战部队做敌工工作。

晏小楠入黔之前,有一次上级派人在重庆向他布置任务,一见面发现来人竟然是当年在七里铺受训的同窗葛开荣。久别重逢,两人自然聊到后来分散到各地的同学。葛开荣告诉晏小楠,周浩在华野敌工部工作,干得十分出色,打过仗,也深入到国民党部队做过策反工作。晏小楠知道作战部队的敌工工作与长期潜伏不同,他们有机会直接参战,即使有时深入敌军做瓦解工作,也与部队的作战任务密切相关。晏小楠在延安受训时还是青涩少年,曾经幻想未来有机会在前线冲锋陷阵和建功立业。一转眼晏小楠已经成了这个特殊领域的老同志,却仍然没有机会奔赴前线。但晏小楠懂得,他所从事的特殊工作非常重要,若有国民党军队整建制起义,不仅可以减少我军在作战时的损失,还可以不断扩大我军的有生力量。

晏小楠之所以想到这些,与上级近期要求他继续做好潜伏工作相关。组织上最初考虑,晏小楠入黔的首要任务是利用掩护身份为策反国民党军队起义做好基础工作。但鉴于目前情势,上级决定,不到最后时刻晏小楠不得暴露身份。这意味着即使国民党军队宣布起义,直到我军派员接手起义部队并开始整编为止,晏小楠的身份依旧不能公开。如此考量就是为了以防万一。上级预计,随着国民党军队在全国主要战场的迅速溃败,西南地区的国民党军队在与我军正面遭遇之前,或许会出现大范围成建制起义的情况。形势大好的同时也意味着情况可能更加复杂,起义部队中的某些中高层军官未见得真心归顺,随大流和见风使舵的情形不会是个例。这不仅会使后来我军对起义部队的整编工作任务更加繁重,而且稍有不慎也会存

174

在隐患。日常策划与鼓动国民党军队起义的任务更多地交给平飞以及后来陆续渗入到保安部队的其他同志负责。

保安五团移防普山镇以来，晏小楠不像在黔阳那样整日为应对保安司令部的各项杂务而忙碌，反而有时间对这支杂牌部队深入了解。他发现，与国民党正规部队相比，黔省保安部队人员构成十分复杂。很长时间以来，为了弥补兵员之不足，在保安司令部的默许下，各团甚至不惜将社会上某些泼皮无赖甚或曾经当过土匪的人招进来。

让晏小楠感到突然的是，保安五团刚刚接到命令，黔省保安司令部所属建制团级部队即刻由团升格为旅，而一直担任代理团长的晏小楠还没来得及转为团长，却一下子被任命为上校副旅长，并负责主持全旅军务。蹊跷的是如此重大调整，黔省保安司令部居然没有将各团主要长官召唤到黔阳，由张文焕司令亲自出面讲述一番部队建制升格的原因与意义并对原地升官的各位表示祝贺，而是打电话匆匆宣布了事。这种情形莫说在国民党中央军和地方军极为罕见，即便在不那么正规的保安部队也很少见到。晏小楠记得他刚刚入黔时，张文焕走马上任保安司令没有几天，还煞有介事地将各团长官召唤到黔阳开会。各团驻地距黔阳远近不同，几位驻防偏远之地的团长日夜兼程赶到黔阳，以为有重大事项宣布，没想到张文焕仅仅布置了近期工作，三言两语就结束了会议，弄得大家面面相觑，不知所措。

装扮成商人的范福增昨夜突然到来，让晏小楠又惊又喜。寻常黔阳特支有事通告，均通过电台广告呼唤晏小楠，后者再寻找合适方式与特支电话联系，并不耽搁。此番黔阳特支负责人亲自跑这么远的路与他相见，肯定有紧迫之事相告。晏小楠赶紧让平飞以吃消夜待客之名嘱咐团部伙房安排酒菜，装作私下悄悄谈生意，在他的住处喝起酒来。三人见面十分激动，毕竟范福增是晏小楠的大姨父，而平飞又是范福增未来的女婿，亲人久别重逢，又在远离黔阳的山区小镇，所以几乎没怎么吃菜，三杯酒已经下肚。不时端菜上桌的炊事兵丝毫看不出其中奥秘，以为自家长官偷着做生意发了财，他们的豪放与开心似乎都是因为生意上合作顺利。

范福增说："据我们掌握的情况，黔省保安司令张文焕已经在寻找后路。此人在香港购置了房产，同时将值钱财产转了过去，有人看见他的几个子女已经在那里落脚，看样子张文焕打算以后在那里长期定居。也许担心打草惊蛇，目前张文焕的夫人还留在他的身边。张文焕这个人很特别，既不想继续为老蒋卖命，又不想今后与共产党打交道。"

晏小楠说："对张文焕的想法，上级基本掌握。此人以往在骨子里不算十分反动，早年追随革命，积极参加北伐，手上没有更多血债。但他有一点在国民党高层军官中很有代表性——不肯轻易改变信仰。"

范福增说："这是我来找你的重要原因。我们不能确定张文焕在下一步部队布防上有什么样的考虑，是得过且过，还是刻意与我们为敌？"

晏小楠说："我前几天深夜在新华广播电台中听到广播，广播中说：'人民解放军的宽大政策你们是知道的，无论是不是蒋介石的嫡系，只要放下武器，就给以宽大待遇，不论官兵，一律不杀不辱。你们的王耀武、范汉杰、郑国洞及其他一切被俘将领，都在我们这里住得好好的。其中许多人已被放回去了。还有许多人我们准备放他们回家。放下武器的都有生路，一个不杀。愿留的当解放军，不愿留的回家去。不但对士兵、对下级官、对中级官是这样，对高级将领也是这样，对黄维也是这样。'"

范福增说："瞧瞧我们家的承德，哦，不对，晏小楠同志不愧受过专门训练，能这么细致地记下来。为了配合我军解放大西南，特支也

176

接到上级指示,专门提到这段广播。上级告知,这是我们配合解放军做好策反国民党部队起义应该遵循的基本要义。"

晏小楠点点头,说:"我们应该按照上级的要求对待张文焕这类国民党高官的一切变化,既要引导他们看清形势、顺应潮流,又不必对他们有所姑息。只是目前西南地区的情况更为复杂,蒋军还在重庆、成都、西昌一带盘踞,集结了大量部队。胡宗南的三个兵团、宋希濂的两个兵团、孙震的两个军,加上川滇黔的地方武装,总兵力号称九十万人,试图做最后的顽抗。黔省的保安部队也在观望,所以张文焕可能还没有下定决心。"

范福增说:"我这次来普山,还有个重要情况需要向你通报。老蒋明着已经下野,但实际上仍然掌控着军队,他已经下决心将黔省保安部队彻底收走,与你刚到黔阳时提到的组建第 101 军的情况完全吻合。黔省政府正在向成都来的军方人员移交保安部队的装备和人员。军方那帮人的口气大得不得了,直接打着老蒋的旗号,根本没提什么代总统的事。我们被黔省政府中的内线告知,一旦移交完成,黔省保安司令部将改编成第 101 军军部,并由黔阳移防至黔西南一带。据可靠消息,保安一团将移防至普山营区。黔阳将成为无兵之城,而黔西南将成为国民党军队在黔省负隅顽抗的最后堡垒。"

晏小楠说:"这个情况很重要,我之前只是听到点风声,怪不得团升格为旅这么大的变动不在黔阳开会。这里的营房一多半一直空着,不让我们使用,看来就是为他们准备的。普山很快就要热闹起来。我军一旦展开进军大西南的行动,黔西南这边无论作战,还是策动国民党军队起义,任务都会十分艰巨。"

三人说至夜半,范福增在营区没有休息多久,天刚麻麻亮便起身准备返回黔阳。晏小楠嘱平飞安排军用吉普车送范福增,并陪同前往。范福增问:"这样会不会目标太大?"

晏小楠笑着说:"平飞陪同恰恰可以遮人眼目,不会引起别人怀疑。平飞去黔阳还有重要任务,他要打探那边的保安部队何时开始移防。"

迎着刚刚从东侧山峰上露头的曙光,晏小楠为两人送行。吉普车停在军营门口,晏小楠边走边对范福增说:"我一直觉得保安一团团长于启佑不是个简单人物。不知道特支对这个人是否了解?"

范福增停下脚步,对晏小楠说:"你提到于启佑,我想起来了。他好像是保安司令张文焕的红人,凡有好事总想着他。说起来这个人在黔阳也是神通广大,军地通吃,前几年还曾经短暂离开保安部队,做了一年多的黔阳建设局局长。"

晏小楠吃惊地说:"此人果然不同寻常。"

正当平飞拉开车门准备让范福增上车的时候,一阵马蹄落地发出的清脆响声由远及近传来,三人不约而同抬头看去,两辆马车正朝这个方向驶来。他们一下子被后边那辆马车的样子吸引住,红色的车篷,扎花系绸,煞是醒目。

平飞笑着说:"头一回见到这样的婚俗,天还没怎么亮,接亲的婚车就出门了!"

范福增说:"山区路不好走,村与村相距太远,若不赶早,正午之前怕是接不回新娘子喽!"

晏小楠哈哈笑了起来:"大姨父话中有话呀!不过从地方党组织领导同志和家中长辈两个方面说,您都得支持我的工作哟!再怎么着急也要等到这边的事情有了眉目,才好让平飞同志得空迎娶我的表姐。你们瞧,这会儿曙光已经出现,天色大亮的时间应该不会太久了。"

范福增也笑了:"这话你得对你大姨说,让她沉住气,不要三天两头总在我耳边唠叨。"

晏小楠问平飞:"你有什么想法?"

平飞嘿嘿笑了,道:"结婚这件大事,我既要听家长的,更要听组织的。"

寒暄中,范福增上了车,平飞正待上车,突然看见离他们越来越近的那辆扎着红色篷顶的马车上滚下一个人来。那人在地上翻滚了一下,很快站了起来,飞快地朝他们跑来。

平飞惊讶地睁大双眼,脱口喊出:"什么情况?"

为绑人索要钱财而走夜路赶往金龙江或者黔阳一带,对郭伯而言是家常便饭,十多年来风雨无阻,不论寒暑,他早已习惯这种昼伏夜出的生活。郭伯以为,白面书生时兹禾与自家外甥女莫黛一样,在常人常态的习惯中长大,熬不得夜,加之路途颠簸又容易使人犯困,行车途中必定睡觉休息,专门叮嘱与他们同车的阿旺,不要打扰篷车里的一对新人。对郭伯历来言听计从的阿旺终究是三十啷当岁的单身壮年汉子,误以为郭伯担心他偷听身后那个私密空间中两个年轻男女做些亲密举动发出的声响,刻意将隆冬时节走夜路预防冻耳朵的棉耳套戴上。

车行伊始,时兹禾就感到心脏怦怦乱跳,仿佛要从嘴里蹦出似的,这不仅因为终于有机会脱逃让他激动不已,还因为车厢狭窄逼仄,他不得不与莫黛紧紧挨在一起。时兹禾本想与莫黛分两头歇息,以免尴尬,可彼此头脚相近,他倒无所谓,对莫黛这样的女孩子显然并不妥当。先上车的莫黛已经坐下,身子靠在前车帮上。她看出时兹禾的犹豫不定,便配合着眼神朝他努了努嘴,示意他挨着自己坐下。说是坐着,双腿却只能伸直,时兹禾觉得这很像在蚌山烟墩子家中入睡前靠在床头看书的姿势。而他与莫黛两人并坐在一起的样子,让他想起小时候进到父母卧房看到他们盖着被子靠在床头说话的情形。

自打来到双鼻山,时兹禾与莫黛交往一向自然融洽,多半因为这女子说话干脆,办事果决,毫不矫揉造作,接触起来并没有异样感

179

觉。他觉得奇怪的是,怎么两人一旦挤在一起,身体紧紧相贴,甚至隔着衣服与被子都能明显感到莫黛身体那种柔软紧致的弹性,他反倒局促不安起来。

时兹禾不想这么窘着,主动问道:"莫黛,我来双鼻山多久了?"

莫黛曾经告诉他,她在双鼻山洞口的木桩上有刻记年轮的习惯,时兹禾猜想她也会有记录日期的方式。只是他问话时不敢转头面向莫黛,他担心扭过脸就会贴上她的面庞。

莫黛竖起右手的食指挡在嘴前,另一只手指了指身后。坐在车辕处的阿旺实际上与他们只隔着一层遮罩车篷的帐幔,莫黛不想让他听到两人说到的秘密,她当然知道阿舅让他坐在后车不仅仅是为了保护他们的安全。莫黛的余光看到正襟危坐的时兹禾目视前方,或许根本没有发现她做的手势,便侧过身,贴着他的耳朵小声说:"我们小声说话,千万别让阿旺哥听到。"

时兹禾点点头。莫黛贴着他的耳边,令他尴尬,但车厢空间局促又挪动不得,只好依旧看着前方。

莫黛说:"算上今天,你来双鼻山差一天就满两个月了。这里的人从来不记日子,生活就是春夏秋冬,白天接着黑夜。我跟他们不一样,我每年都让阿舅给我买来日历,每天都用铅笔在日历上画钩。我在双鼻山虽然与世隔绝,但我想记住每一天。"

时兹禾大吃一惊。洞中油灯长明不熄使得双鼻山的日子不分白昼与黑夜,他偶尔去洞口张望,或是阳光高照,或是皎月悬空,今朝与明日日趋模糊。在难熬的时光中,时兹禾凭感觉推测,至少消逝了一二十天,没想到过去了这么长时间。他的第一反应是,完了,去重庆上警校的事情彻底无望了。莫说鲍云彤与他断了联系,请她外公托人找关系成为泡影,即便鲍云彤此刻带着她外公的介绍信从天而降,那又如何?按照这个时间推断,包括警校在内的所有大学均已开学,天王老子也不可能再给他提供补录的机会了。

本来尚且把早日离开这里当成最大期盼,眼看就要摆脱郭伯掌控,时兹禾这才意识到离开双鼻山之后居然没有可去之处。回家?他已经身无分文,且不说没钱买票,吃饭都成了问题。即便他可以坦然面对现实且放下身段央求父母将盘缠汇给他,可他连个收款的固定地址都没有。

之前他最难以面对的是回到家中如何向父母交代,现在想想这不过是自尊心作祟,而如今,连他自己都觉得即使浑身长嘴,也无法让父母相信他这段曲折与奇特的经历。去黔阳?当初说好了万一求学不成,就与鲍云彤谈婚论嫁,可是她现在人在哪里?鲍云彤只说过她住黔阳,一大家子人与外公一起生活,可偌大省城,在哪里才能找到她?他总不能重返广州的粤黔旅社,让在那里做老板的鲍云彤的二姨告诉他,他们在黔阳的家在哪条街道、门牌号码是多少。时兹禾迄今还在忧心忡忡,挂念着鲍云彤是否一切安好、是否已经平安回到黔阳。思忖之间,一股悲凉之情蓦然而生,时兹禾情不自禁地落下泪来。

时兹禾觉察到一只手从旁边伸过来为他拭去眼泪,然后轻轻地拍了拍他的脸。一旁的莫黛一直侧着身默默地注视着他,并未吱声,也没有问他为何落泪。时兹禾心里一热,也转身面对莫黛。时兹禾握住莫黛的手,轻声说道:"莫黛,你是个好姑娘,单纯、善良、可爱,能在双鼻山这种地方遇见你,也是我不幸中的万幸,只是……"

莫黛用手捂住时兹禾的嘴,说:"你知道吗?你在双鼻山的这段时间是我这么多年来最快乐的日子。我没见过世面,没上过学堂,没与其他男孩子交往过,但我看过书,我知道这种感觉就叫幸福。"

时兹禾心潮起伏,说:"莫黛,你该唤我的名字。"

莫黛笑着说:"哪能呢?你在我心中可不是一般的男人。你知道那么多事情,又那么高大英俊。你是要去大学念书的人,你在我面前永远是先生。我配不上你的。你的世界应该在上海,在广州,在重庆,在黔阳,在所有没有被大山挡住双眼的地方。我的世界就在我生活的大山里,在普山,在龙庆,在双鼻山。我们不是一个世界的人。虽然我们不会继续下去,但今晚与你一起离开双鼻山,我感到很幸运。你知道我为什么幸运吗?"

时兹禾茫然地看着莫黛,摇了摇头。

莫黛红着脸说:"我们正在去成亲的路上呀。你给我带来了离开双鼻山的机会。我不会再回到那个山洞去了。阿舅很早就跟我说过,我出嫁的那天就是离开双鼻山的日子。我早就厌烦了那里的生活,但阿舅怎么敢让我一个人出来呢?他说他一生最大的遗憾就是没能照顾好我的阿妈。我就等呀等呀,等着娶我的人早日到来。两年前,我十八岁生日那天,阿舅让厨子做了丰盛的饭菜,吃饭时他说了许多宽慰我的话。我那时就预感到自己可能永远等不来那个日子了。这里的姑娘都是十六岁出嫁的。阿舅知道我的想法,常常给我讲外面的故事和见闻,他说黔阳很繁华,人很多,很热闹。阿舅哪里知道,他越这么说,我越渴望早日离开。谁能想到你就像天神下凡一样突然来到双鼻山,给我带来了希望。"

时兹禾说:"我可以带你去黔阳的,其实郭伯希望我带着你离开这里。"

莫黛说:"阿舅疼我,宁肯舍命都要让我过上安稳幸福的生活。但他不知道,我会拖累你的。我从小失去了阿妈,没人告诉我怎么样才能做一个真正的女人。我不会烧饭,不会缝衣,不会和别人打交道。不瞒你说,在双鼻山,我第一次来小日子,都不知道该怎么解决。阿舅宠我,别人怕我,我习惯按照自己的心意做事。你读过书,要走南闯北,要顶天立地。跟你在一起,除了为你生儿育女,别的我恐怕什么都做不了。小时候阿妈照顾我,后来有阿舅,我不能以后让你照顾我,你需要一个能够真正帮助你的女人。"

莫黛讲话时,时兹禾静静地看着她的眼睛。四目相对,近在咫尺,她的声音很小,若小溪潺潺流淌般动听,她的眼睛透亮,清澈得如一汪清水。时兹禾突发奇想,既然郭伯花费这么大心力撮合莫黛与自己成亲,不如借此机会带她出去,哪怕仅有夫妻之名,至于别的什么,以后再说。他们可以先去黔阳,然后……然后去哪儿?或许只能去蚌山了。

"莫黛,我会带你出去的,我不能只为自己着想。"时兹禾说这话时,将莫黛的手握得更紧。

莫黛轻轻抚摸了一下时兹禾的脸,说:"我还没说完呢。其实,我最幸运的是,差一点就成为你的新娘。"

时兹禾愣神一下,旋即听懂话中含义,越发觉得莫黛是个非同寻常的女人。他打算瞒着莫黛,抵达普山镇后一切按照郭伯的计划行事。他不会在军营门口跳车,他要随她去莫黛母亲坟前祭扫。

原本靠在车帮上的莫黛直起身来,将自己身上的被子拉出一侧搭在时兹禾盖的被子上面,然后侧过身贴着时兹禾耳边说:"天亮前山里很冷,多盖一些会暖和些。你先安心地睡一会儿,到了地方我会叫你的。"

或许是掀起被子的缘故,莫黛讲话时,她的身上传来一阵阵馨香。时兹禾可以确定,这种馨香不是搽脸霜的气味,以前他常在母亲那里闻到"百雀羚"与"双妹"雪花膏的香味,后来也在鲍云彤身上嗅到类似茉莉花的香气。他觉得莫黛的香气是她身上天生自带的。

时兹禾有些难以自持,他一把将莫黛拉到自己身边,让她的头靠在自己肩膀上,略显冲动地说:"莫黛,你身上有一种特别好闻的气味,跟我说话时总是飘进我的鼻子,闻起来好香,让我沉醉。我好想在你的脸上贴一下。"

莫黛笑着说:"女孩子的身体在结婚前是不能让别的男人碰的。这是阿妈在我很小的时候告诉我的。不过双鼻山的人都晓得我们明天结婚,所以你不算别的男人。只要你愿意,当然可以贴一下我的脸。只有我们两个知道，你……也只能这样了，好吗？"

时兹禾点点头，轻轻地将自己的面颊贴了上去。莫黛闭上眼睛，笑容依旧挂在脸上，泪珠顺着眼角流淌下来。

维此

萧士余不像鲍柏年和萧万琴夫妇那样对自家女儿鲍云彤临时照看朋友的孩子龃龉不断——这种龃龉当然与恶言相加迥然不同，谁家做爹妈的不心疼女儿？平时酱油瓶倒了都无须扶的千金小姐，明明待字闺中，连个男朋友都没有交过，却忽然间整日里开始照顾别人家的孩子，要么更换尿布，要么加热牛奶，要么抱着孩子轻轻晃动哄着入眠，忙得不亦乐乎，那副上心的神态简直无法理喻。按说孩子有保姆，家里的用人随时可以帮忙，根本用不着她做这些琐事。父母看不惯，难免当面或背地里发些牢骚、说些怪话。关键时刻萧士余站了出来，历来向着幺儿的老爷子不但斥责他俩不该埋怨鲍云彤对朋友托付之事说三道四，还专门给孩子和保姆腾出的房间，并时常去看望孩子。

"幺儿，"午休之后就赶过来的萧士余问，"啷个奶品辅食的东西都有没得？"

这间屋子没有闲人坐着说话的地方，老爷子只得颤巍巍地勾着腰站着，偏偏习惯了外公宠溺的鲍云彤很受用，笑着对萧士余说："牛奶没得，买娃娃用品的钱没得，哪样都缺哈。外公都晓得啷个还要那样问？况且您老问的幺儿是我还是阿（那）个娃娃？"

除了撒娇，鲍云彤这么回答是企图用玩笑的方式岔开外公的思路。在这个大家庭中，鲍云彤与外公一向腹心相照，常常能够揣度出彼此的心思，以至于萧士余总是笑着跟家人们说，幺儿简直就是他肚子里的蛔虫。萧万琴顺嘴说起清平民谣："缺牙巴，薅渣渣，薅到外公外婆家。她打小外公宠着,不做蛔虫做哪样咧?"祖籍清平的萧士余笑着默认,并以此为傲。鲍云彤当然知晓外公想问什么,而萧士余想直接发问又不便直接张口。

刘永初将孩子送到萧宅的当晚,萧士余就觉出此事非同寻常。门房传话给鲍云彤后,转身便将情况禀告了萧士余,并专门强调说:"此人今日来了两次,晌午独自而来,穿着西装,像个风度翩翩的儒雅绅士,晚上却成了神情颓丧的国民党军官,好像打了败仗归来,身旁还站着抱孩子的中年妇女。"萧士余听后斥责道:"说事归说事,莫做比喻和联想。"

一个青年军官在未提前打招呼的情形下冷不丁将他满月不久的亲生儿子送到一个未婚姑娘家中请求帮忙临时照看,在个中原委实难推断的情况下,谁家胆敢应承如此托付?萧士余倒是相信自家外孙女的品行,幺儿打小是他看着长大的,品貌兼修,外出求学上的也是女校,从长沙护病学校毕业返回黔阳后没什么时间与外界接触,即使中途去过广州,也不过一两个月光景,怎么说褓褓中的娃儿也不会与她有什么瓜葛。鲍云彤顾不得外公在胡思乱想什么,她知道此刻还在大门外等待答复的刘永初心急如焚,便直截了当地把前因后果一股脑告诉了外公,言语的主旨就是她欠这个青年军官的人情,眼下他遇到难处,她便不能袖手旁观。萧士余一听,原来其中还有自己的原因。换句话说,如果不是萧士余以不容商量的语气要求鲍云彤坚辞国民党军方的征召,那位名叫刘永初的国民党中尉自然不会替幺儿担起违规的责任。萧士余虽然同意将青年军官的孩子暂且放在家中照看,但困惑与不解依旧像一块大石头重重压在心头。律师出身的萧士余脑子里不仅记着烦琐细致的律规条文,世俗社会复杂的人际关系更是让他牵念与分神,尤其此事涉及他宠爱的幺儿。这人情分量是否重到要让一个姑娘不顾自己身份且不怕旁人说三道四而帮助人家照看孩子?

虽说顾虑还在脑海中萦绕，但几天下来，萧士余不知不觉地喜欢上了这个每次与他对视都会露出笑脸的小家伙。都说人老了念旧，那只是表象，"幼吾幼以及人之幼"才是老人抹不掉的本色，毕竟其中包含着对生命活力的眷恋与向往。且不说整日里待在家中的萧万琴与鲍柏年夫妇看到老爷子一反常态地不在客厅品茶而去孩子的那间房子一待就是半天，就连早出晚归的萧万芳与范福增夫妇也觉察出老爷子的变化，有时天色已晚也会跑到孩子跟前嘘寒问暖，因而没有更多时间动辄把他们唤到客厅询问各种情况。

大姐萧万芳对小妹萧万琴说："老爷子念着下一代了，这是变相让我们催促孩子们结婚。"

萧万琴说："你们家青青在萧家第三代中是老大，与平飞订婚多年，这个岁数可以考虑结婚了。我们家幺儿不到二十岁，尚无合适的对象。"

"这个岁数的女孩子哪个不怀春？该叮嘱的一点不能少。"萧万芳赶紧回避了平飞的话题，生怕稍有不慎露出破绽。萧万芳明白，若不是家中这段时间事情接连不断，老爷子一旦得空，必定会询问近来为什么不见平飞来家里看望他。

萧万琴忽然问："大姐，你说为什么我们到了这个年龄，不像父亲当年那样为儿女的事情百般操心呢？"

萧万芳愣了一下，一语双关地说："也许时代不同了吧？我们与他老人家做的事情也不尽相同。"

女人们说的话题在男人口中分明不同。

范福增对鲍柏年说："老爷子关心那个孩子并不简单，我揣测他想借此机会弄清前段时间幺儿究竟遇到了什么事情。"

鲍柏年点点头，附和道："大姐夫说得有道理，云彤是个活泼开朗的丫头，心里从来存不住事。可是我和她妈怎么问，她都不肯说，最后干脆不搭理我们。以往她和老爷子无话不说，可这次却闭口不谈。弄得她外公这会儿也不得不动点心思。照理说云彤一直是那种事不关己高高挂起的人,这次却这么爽快地答应人家,我觉得有些蹊跷。"

女儿与女婿们议论的角度有所不同,但都是基于对这位老者的了解。萧士余每日雷打不动地去逗弄孩子,起初是想搞清楚孩子的父亲究竟与鲍云彤是何种关系。疑虑打消后,萧士余看到一向被家人唤作幺儿的外孙女鲍云彤忙前忙后地照顾孩子的场面,便有些感慨:是他老了,还是幺儿长大了?鲍云彤的一举一动虽显少许生拙,但在襁褓中孩子的衬托下,忙前忙后的她果真有些做母亲的样子。萧士余便琢磨为她寻找夫婿的事情应该堂而皇之地摆到桌面上了。"男大当婚,女大当嫁,不婚不嫁,惹出笑话",尽管惹出笑话指的是邻里取笑,但万一不慎因此弄些荒唐事出来,一生背负污名,那可真就沦为街头巷尾人们饭后茶余的笑谈。老话貌似说的是生活常态,仔细想来也包含着人生哲理。

萧士余一直隐隐觉得鲍云彤前段时间回家时痛苦万分的样子,一定与她的情感经历有关。是她相中某个男人而不得,还是哪个心怀叵测的男人欺负了她?萧士余担心是前者。眼看鲍云彤已经从痛苦中走了出来,萧士余就想找机会与她沟通一番。

萧士余想起当初为三个女儿择婿,如若昨日,怎么日子如此禁不住过,转眼间又一代人到了谈婚论嫁的年龄。萧士余对范青青的婚事并不担心,老大家的人无论老少都有正事,看上去每个人都风风火火,讲话做事颇有章法,况且平飞作为未婚夫早已定下,只等办事。老二家的晏承德多年未归,老爷子猜想娃儿在外面做着不便明说的事情,或者有意义,或者有分量,他确信萧家第三代人中这个唯一的男丁不会让他失望,但总是人不在身边,婚姻之事再大,也爱莫能助,不过男娃耽搁几年也没啥,唯有鲍云彤让他放心不下。老三家两口子老实巴交,偏偏幺儿聪明漂亮,心气甚高,这种事多半指望不上她父母。

看着鲍云彤忙碌，萧士余一时不知何时插话为好，就在一旁笑眯眯地看着，有时还伸手轻轻抚摸孩子的脸蛋，以示关爱。

萧士余忽然问鲍云彤："这个娃儿叫个哪样名字？每次只能与你们一样，没头没脑地唤着小宝贝或者小乖乖。"

鲍云彤正在热牛奶，忙着把装满牛奶的奶瓶放进一只大号搪瓷缸里，然后浇上开水，听到外公问话，头也没抬地顺口说道："小名叫球球，大名不晓得，他父亲走得急，没来得及问。"

那保姆本是与浦口隔河相望的皖省全椒乌衣镇乡下人，讲话口音与南京差别不大。起初张立群上尉告诉她要带着孩子千里迢迢去黔省，她担心离家太远且生活习俗不同，并不愿意，最终应允是因为张立群开出了高价，毕竟抛家舍业都是为了赚钱养家，没想到初来黔阳的最大难题并非生活上不适应，而是听不懂当地方言。说来奇怪，鲍云彤随口说了一句球球，保姆却听得明明白白，当时就惊喜地抬头望了一眼鲍云彤。

保姆自己养过一儿一女，在南京做这行又有些年头，育儿颇有心得，知道平素带娃儿的人不比那些偶尔来串门的亲戚，叫声乖乖或者宝贝让主家欣慰就算完事，毕竟与娃儿朝夕相处，没个乳名唤着缺了牵头，乡下人养只土狗也有个名头用来呼唤，更不用说孩子。所以头一次见到张立群上尉，保姆就问起孩子的乳名。张立群上尉瞪了她一眼，说："又不是我的娃儿，我怎么知道？等见到孩子父亲，叫个啥由他做主。"保姆后来知晓孩子没娘，便心生怜悯，很是感慨。没承想从南京到重庆，再到黔阳，一路折腾，好不容易见到娃儿的父亲刘永初，拢共没说上几句话，保姆连同孩子就被送到了萧宅。

老话说"三翻六坐原地起，七滚八爬九扶立"，说的是孩子周岁之前的成长变化。保姆着急的是，眼看孩子就要满三个月学着翻身，却一直没人提及孩子乳名之事。虽然她知道孩子放在萧家只是临时栖居,早晚要去刘永初那里安顿,可起名之事总这么拖着,并不利于孩子的发育。那保姆也是灵性之人,听到鲍云彤如此回答萧士余,便顺手从鲍云彤手中接过温热的奶瓶,冲着怀中的孩子拖着长音吆喝道:"来喽,嬢嬢给球球喂奶喽——"

看到鲍云彤如此上心且情绪平和,萧士余觉得或许与她有了深聊的可能,接着又问:"过去给小娃儿起乳名,多用猪狗马驴之类的糙词。说是阎王爷通过勾画生死簿上的姓名判人的生死,起个贱名免于阎王爷的监管,好养活,等到娃儿长大再起个正规名,叫球球是哪样意思?"

鲍云彤本来就是顺嘴应付一下,并未认真考虑,没想到保姆跟着就这么喊了,更没料想老爷子居然认真起来。更让鲍云彤感到意外的是,寻常老爷子与她和范青青这些孙辈说话从来都字正腔圆地说国语。记得小时候,范青青、晏承德和她在外面热火朝天地玩耍回来,偶尔冒出一两句乡音土语,老爷子还会立即订正,假装严肃地说:"小孩子家的,干吗说方言?中国人嘛,念国文,讲国语,正音正字,天经地义。如同学英文,谁不想讲一口流利的伦敦音?"

而此刻萧士余却不知何故刻意用黔阳方言向她问话,鲍云彤猜想或许老爷子这么说是为了体现乳名叫起来的随意且透着亲密的家庭味道,与方言的语气更加相称,只好顺着老人的口音说道:"阿(那)么小的娃儿,胖胖夫夫(乎乎)的,像个小肉球一般,看着让人心疼,不叫个球球叫哪样?猪狗马驴是老旧叫法,好难听,怕是乡下人也不愿意这么叫噻。"

萧士余附和着说:"球球叫起蛮好,一听就是个乖巧的娃儿。不像我当年唤你幺儿,没想好多,家里最小的娃儿,就这么叫起。"

鲍云彤本想说幸亏父亲鲍柏年和母亲萧万琴没给她添个弟弟或妹妹,莫不成万一有了再叫小幺儿?但她知道父亲鲍柏年对唤她幺儿颇有意见,在此说出有节外生枝的可能,便装作嗔怪的样子说:

"叫幺儿就不乖巧吗？外公还是喝过洋墨水的人，怎么用词这么不讲究哦？"

萧士余说："中国人叫个小名，与喝洋墨水有哪样关系？球球叫起好听，哪个说幺儿就不好听嚷？"

鲍云彤咯咯地笑出声来，感觉外公像个任性的大男孩。

其实鲍云彤叫罢球球自己也觉得突兀与纳闷，应对外公的前一刻她何曾想过给孩子起个乳名的事，看来世上万般事物起起伏伏，连绵不断，貌似因果相连，其实未见得都有缘由，很多都是突然有了诱因，就像她假如不去宜章 708 后方医院实习，怎么会结识刘永初？就像假如她不在那个晚上去广州大沙头路上的邮电局给外公打长途电话，又怎么会邂逅时兹禾？

只是鲍云彤担心过些日子刘永初来接孩子，听到这家人根本没有征得他的许可而这么呼唤孩子，会觉得意外甚或不满。不过鲍云彤转念一想，万一那当爹的果真如外公讲的那样，执意按照他们家乡的习俗给球球起个诸如"臭蛋""狗娃"之类的乳名，岂不更糟？刘永初是个豪气率真、敢作敢为的男子汉，但愿他不会为这些琐事操心。他若知晓球球这个乳名是她起的，没准不仅不会介意，还会对她表示谢意呢。鲍云彤暗自想。

对话往来之间，鲍云彤突然觉得眼前的情景十分有趣——耄耋之年的外公看着业已长大成人的外孙女照看一个嗷嗷待哺的婴儿，便笑着问萧士余："外公，球球该怎么称呼您呢？"

萧士余笑道："幺儿，你和青青还有承德是我们萧家的第三代。日子好快哟，我从京城回来那会儿，你妈妈她们姊妹三个还都是小姑娘。现在你们都长大成人喽。讲实话，别人做了外公，高兴得闭不上嘴，当年我却吃了一惊。那一年承德出生，你二姨从医院回家抱着娃儿让我看，嘴上说着'叫外公'，我好久没得转过神来，一个曾经留英的翩翩少年怎么转眼变成了老辈子？后来你大姨他们带着青青从泸县回到黔阳,我才知道青青比承德还大一岁,也就渐渐习惯了。时光不饶人呀,不管我愿意不愿意,你们兄妹三人成家后有了娃儿,按照黔阳习俗,应该唤我老祖祖嘞!"

鲍云彤笑道:"外公也会感慨呀!"

萧士余说:"外公本事再大,也是凡人,从小到大,从生到死,概莫能外。我在英伦留学,知道洋人信奉的天条:一代人来,一代人走,大地永存,太阳照样升起……我们国人当然晓得生老病死是自然规律,更晓得'慎终追远,民德归厚'的道理,否则何来'父祖曾高天烈太远鼻,儿孙曾玄来晜仍云耳'十八辈祖宗的详细说头?哪像洋人,向上向下追索加 grand,继续追索则再加 great,祖父就是 grandpa,曾祖父即为 great-grandpa,孙子是 grandson,曾孙则为 great-grandson,隔几代加几个,隔得多了,得掰着指头数。"

鲍云彤听得捂嘴笑了起来,她着实想不到自己随便一问能引发老爷子如此丰富的联想。

"可惜球球不是我们家的娃儿,不过他叫我老祖祖也是可以的。当然,我倒是希望我们家幺儿早些有自己的娃儿,起码我这个做老祖祖的在腿脚能动的时候,还能帮忙做些什么。"老爷子说罢这话并没给鲍云彤留下回话的机会,话锋一转,语气也变得严肃起来,接着又用国语问道:"幺儿,给外公交个底,你心中有没有中意的男孩子?"

鲍云彤意识到,憋了许久的老爷子终于"点题"了。

好在鲍云彤的心态随着刘永初的突然现身以及随后球球的到来平缓了许多,她很清楚,继续任性下去而不与家人尤其是外公沟通不是长久之计。她开始思考与正视自己面临的问题。说来也巧,昨晚鲍云彤翻箱倒柜地忙活了许久,天气变凉后,她想找几件合适的时令衣物给保姆穿。毕竟来时匆匆,张立群上尉虽然仗义,甘愿憋着怨气替朋友承担起一件算得上狗屁倒灶的窝心之事,但一个老婆不在身边的男人,怎会想到让保姆多带些衣物之类的琐事?刘永初中尉八成也不例外,别看他平素军装烫得笔挺,皮鞋擦得锃亮,可终究是个连老婆影子都未曾见过的单身汉。即使保姆与球球过些日子到了705后方医院所在的黔西南,指望一个长期以来一人吃饱全家不饿的男人想着给保姆增添衣物,无异于太阳从西边出来。这事也怪不着保姆,她原以为在南京做事,离家不算很远,季节转换时回家更换衣物也来得及,所以匆忙间跟随张立群上尉来到黔阳时还穿着秋天的夹衣。

说来也巧,鲍云彤翻找衣物的时候,发现一件原本折叠整齐的衣服鼓鼓囊囊的,打开一看,两件物品映入她的眼帘,原来是在金龙江滞留时时兹禾存放在她这里的金戒指和汉密尔顿怀表。鲍云彤不由得浑身一颤,连忙拿在手上仔细端详,心中顿时泛起涟漪。尽管鲍云彤努力不让自己的思绪留在那段难忘的时光,不再回想那些历历在目的往事,可她依然清晰地记得,金戒指是时兹禾拿出来作为他们两人最后可以使用的盘缠,那块怀表则是鲍云彤担心外面不甚安全,劝阻他切莫将贵重物品带在身上而留下来的。鲍云彤虽然不知道时兹禾因何失踪,可是每每想到既然能让时兹禾将怀表留下,为什么她未能坚持让他待在旅馆不外出呢?她为此懊丧了许久,难道时兹禾不比怀表更珍贵吗?倘若前些日子看到这两件物品,鲍云彤定然会号啕大哭。这会儿,她用双手将怀表和金戒指捧起,低下头轻轻吻了一下,双目湿润,时兹禾的一言一行蓦地浮现在她的眼前。

鲍云彤沉默少顷,果断地对萧士余说:"有的,外公,我早该告诉您的。他是一个外地青年,我们在广州相识,为他去重庆上学之事,说好了我们一起来黔阳找您。我很喜欢他,不,我很爱他。他对我也很好。我们心心相印。"

萧士余惊讶得瞪大眼睛,急忙问:"他现在人在哪里?"

鲍云彤说:"外公,我只有一个要求,希望这段时间不要跟我提这件事情。等球球的爸爸将孩子接走,我再给您讲述我和他之间发生了什么。球球还在我们萧家期间,我会尽心尽力照顾孩子,不想被别的事情打扰。"

约莫夜行了两个时辰,两驾马车终于走下山路蜿蜒的盘山道,停在山脚下一处避风的空地。趁赶车人给马添喂草料,郭伯比画着手势指着莫黛与时兹禾搭乘的篷车,向阿旺询问车里两人情形。阿旺点点头,伸出大拇指,表示一切皆好,并无意外出现。教书人出身加上多年土匪生涯,郭伯养成了精明且理智的习惯,做事从不莽撞。此行目的对他来说极为明确,就是按时按点按计划将莫黛与时兹禾的事情办完。一旦两个年轻人依照在郭维伦看来仍具传统元素的礼数结为夫妻,他便可告慰妹妹郭维娅,而他照顾莫黛的使命即告结束。想想不易,整整十二年了,曾经的教书先生郭维伦不打算在那个偏远闭塞的半山洞穴中继续过劫道为生的山大王日子,可究竟是投案自首还是化装易容再度潜入社会,他尚未想好。身为小商铺老板的父亲郭仁轩虽然未给他和妹妹郭维娅提供大富大贵的生活,但也竭尽全力供他念书,最终他取得了中师文凭。因而郭伯内心总有未尽的情怀隐隐作祟——他的人生目标早在龙庆镇就已设定:人家不必论贫富,唯有读书声最佳。不管怎么说,莫黛的顺利出嫁是他下一步改辙易弦的前提,所以他不想出现任何节外生枝的事情。

年年如此夜行前往普山祭扫,莫黛知道中途歇息饮马喂草是惯例,她摆摆手,悄悄叮嘱时兹禾默不作声,更不必下车与郭伯寒暄,免得话多失言露出破绽。郭伯以为两人已经入睡,便不再与他们搭腔。莫黛一言未发,却将一切交代如数说明。时兹禾觉得莫黛的聪明之中包含着顽皮,甚是可爱,情不自禁地伸手轻轻掐了一下莫黛的脸蛋。莫黛扭过脸,露出愠怒的神情,时兹禾吐舌做了鬼脸,为自己行为欠妥表示歉意。莫黛示意时兹禾睡觉,他只好顺从地闭上双眼。

马车再度上路,时兹禾不敢睁眼,担心莫黛仍旧为他刚才的举动生气,继续装作睡觉的样子。时兹禾忽然感到莫黛带着节奏轻轻拍着他的身体,顿时有些感动,进而放松下来。他知道莫黛并未真正恼怒,于是更加踏实。时兹禾不知自己什么时候睡着了。马车的颠簸、旅途的劳顿、莫黛的轻拍,像催眠曲似的将他渐渐带入梦境——

梦中的时兹禾躺在蚌山烟墩子自家的床上,透过窗子看到一轮明月挂在夜空。月光洒在他的脸上,他在惬意畅快的同时总感觉有一种似曾相识的熟悉。时兹禾百思不得其解,许久以来自己一直马不停蹄地忙碌,怎么会一下子变得如此悠闲?他拼命想着原因,终于想到,原来他刚刚参加了一所大学的入学考试。他隐隐约约记得那所大学在非常遥远的地方,他费尽千辛万苦才抵达那里,发现学校竟然围合在烟波浩渺的水面之中,周边弥漫着只有澡堂才有的那种氤氲雾气。奇怪的是,与他一起参加考试的还有许多人,那些人面前既没有试卷,也没有钢笔,却都十分友善地看着他独自答题,好像他们来到这里不是为了考试,而是为与他相伴。他有些不好意思,但也顾不了许多,赶紧埋头做题。他头一回见到试卷如此之多,竟装订成厚厚一册,便担心无法做完。困惑之际,一个老师模样的人来到他跟前,笑眯眯地说:"你已被录取,试题无须再做。"时兹禾抬起头正要对那位老师道谢,却发现眼前空空荡荡,根本没有老师的身影,而那些陪他一起考试的人也不知去向。他惊诧地大喊一声:"人呢?怎么就我自己在这里?"

"谁说的?还有我呢!"时兹禾猛然看到母亲赵翠娥来到他的身边,这让他大吃一惊。母亲伸出手轻轻抚摸着他的头,说:"毛头,你何必这么辛苦呢?别人都走了,你也走吧!干脆去你爸的烟厂做事!"

时兹禾突然惊醒,懵懵懂懂地还以为母亲真的来到身边。"你醒了?"恍惚中的时兹禾听到莫黛的声音,这才发现莫黛在一旁摸着他的头,贴着他的耳畔轻声说道:"快到普山镇了,不能再睡了。"

时兹禾很惊讶,记得刚才他装睡的时候一直侧身靠着车帮,这会儿却平躺在马车上,身上则盖着两床被子——莫黛将她的被子搭在他盖的被子上面,怪不得他能在寒气阵阵的夜晚睡得如此安逸踏实,原来是匡床箦席,温暖和煦。时兹禾略带愧疚,说:"真抱歉,我怎么睡着了?"

莫黛又用食指挡在嘴前,说:"小声点,天快亮了,一会儿到了军营门前的马路上,你就跳车,直接往军营里跑,千万别回头。阿舅在前边的车上,来不及反应。只要你跑得快,坐在车辕旁的阿旺也追不上的。"

时兹禾猛地坐了起来,转过身拉住莫黛的双手,将脸凑到她耳边,说:"莫黛,我想好了,我哪儿也不去。我要跟你一起祭扫你的母亲,再去见你的阿剖和阿酿。然后我带你去黔阳,去任何你想去的地方。"

没料想莫黛并未接时兹禾的话,而是轻轻掐了掐时兹禾的脸颊,说:"你睡觉前掐了我的脸,我得以牙还牙,这下我们扯平了。我真心感谢你,双鼻山终日不见阳光,你来之后,我不仅看到了太阳,心里也觉得亮堂堂的。你真好。"

时兹禾很想对莫黛说,以后一切都会好起来的。但他觉得此时任何语言都是苍白无力的空话,对莫黛,他或许做不到倾尽所有,但无论如何要做到尽他所能。他紧紧握住莫黛冰凉而柔软的双手,默默地看着她。他的余光分明感到,朝霞已经透过马车篷布后帘的缝隙照了进来,莫黛的面容渐渐明亮起来。

莫黛说:"先生,第一次和你见面我就这样称呼你,现在还想叫你一声先生,好吗?这是我内心的真实想法。"

时兹禾点点头,默不作声地看着莫黛。

莫黛抬手掀起篷车一侧的红方巾,透过小窗口朝外看了看,说:"我在这辆车的褥子下面藏了一件宝贝,是我想送给你的礼物,就在我们脚头那个位置。我想请你帮我取来。"

时兹禾很好奇地问："什么宝贝？"

莫黛莞尔一笑，说："你拿到后不就知道了吗？"

时兹禾松开莫黛的手，慢慢掀起被子，轻轻地在狭窄的车厢转过身体，然后挪到马车后部，伸手在褥子下面摸索。

莫黛直起身体，也朝马车后部挪了过来，身体几乎与时兹禾挨到一起。时兹禾以为莫黛担心他找不到她说的那件宝贝，也过来一起翻找，笑着看了她一眼，轻声说："急什么，我不是正在找吗？"

莫黛听到马蹄踏踩青石板路面发出的嗒嗒声越来越清脆，明显有别于之前行走在土路上的噗噗声。每年来普山镇给母亲上坟，差不多都是黎明时分进入镇子，这样的声音让她十分兴奋，她知道，一晚上行车的沉闷就要结束了。年复一年，莫黛有了经验。她似乎意识到该做些什么了，轻声对时兹禾说："先生，你看车后面的路上，好像有人跟着我们。"

时兹禾愣了一下，转过身，用手撩开马车后方的篷帘朝外看去：两侧的大山渐渐远去，朝霞映照的道路露出了真容，青石板路面除了湿漉漉的印记，时兹禾什么也没看到。说时迟，那时快，趁时兹禾不备，莫黛朝他身体用力一推，同时轻柔地喊了一声："先生，千万当心——"

时兹禾被莫黛推下马车的时候有些发蒙，他不知道在那一霎间发生了什么，以为莫黛在马车的行进与晃动中没能稳住身体，意外撞到他，他甚至埋怨自己没有用脚用力顶在侧面的车帮。时兹禾在地上翻滚了一圈，曾是游泳健将的坚实体魄与矫健灵活的身姿让他一个鲤鱼打挺迅速站了起来。恍惚中的时兹禾看着马车不但没有停下来的意思，反而加快速度继续行进，便想朝马车追赶而去。只见莫黛撩起车后的篷帘，冲着他拼命摆手。时兹禾意识到，刚才他被用力推是莫黛刻意所为，她在最后一刻依然希望他按照自己的意愿奔向自由。显然他之前的想法已经无法实现，只能按照起初与莫黛商量好的方法去做。他看到有哨兵站岗的军营大门，门口停着一辆吉普车，车旁站着三个人。时兹禾担心同车的阿旺追来，飞也似的朝军营奔去。莫黛事先与他商量好，跳车后冲着哨兵大声呼喊"有土匪绑架我，快来救我"，话到嘴边时，他变卦了，担心那样呼叫说不定会连累莫黛，于是他大喊一声"长官，我想当兵——"

　　看到有人朝他们飞奔而来，晏小楠先是吃了一惊，然后很快定下神来，对平飞说："新郎官想逃婚，快去把这个小伙子接进去问问情况。"

起色

　　鲍云彤压根没有想到，刘永初自打那天晚上将保姆与他的儿子球球留在萧宅后返回705后方医院，竟然如同泥牛入海，再无消息。眼瞅着由秋入冬，再由凛冽的寒风时节转为和煦的春光天色，球球已经可以坐在床上用嘎嘎的笑声与萧家的每个人交流嬉戏。可刘永初不但没有如约来黔阳接走球球，甚至连书信与电话也从未有过。鲍云彤有时自我安慰，人家刘永初又没说不来接孩子，只是暂时没来罢了。但日子累加着逝去得很快，她不由得想到"惊鸿去后，轻抛素袜，杳无音信"这样的词句原来并非仅仅为古人的感慨。

　　说实话，球球给鲍云彤带来了快乐——不是那种偶尔将一个稚嫩的孩子逗弄得发出笑声而感到有趣的高兴，而是在养育过程中付出了情感且看到这个幼小生命渐渐成长而产生的发自内心的喜悦，正因为有了情感的付出，还是姑娘家的鲍云彤提早感受到了为人母才会有的快乐。偏偏这种特别的快乐无法排遣萦绕在她心头的焦虑与不安，日子越久，焦虑与不安越甚。天底下哪有把自己的亲生儿子搁在别人家临时栖居而再也不闻不问的父亲？被生母抛弃的球球本就命苦,再遇到这么一个粗心大意的父亲,这孩子的童年何其孤寂与不幸?

鲍云彤难免陷入遐想,刘永初那么聪慧,想必无论在联勤总部还是在705后方医院都是干事的一把好手,可是今非昔比,单身与拖家带口终归不同。鲍云彤顶讨厌那种为了自己所谓宏伟的人生追求而对家事家人漠不关心的男人,至于那些大事做不来、家事不愿做的甩手掌柜,她更是打心眼里瞧不起。

外公萧士余是鲍云彤心目中男人的优秀楷模,无论当年留英学习还是在京城做事,业绩非凡的同时从来没有忽略对家人的照料。且不说早年他为三个女儿择婿一时传为黔阳城的佳话,即使对范青青、晏承德和她这几个第三代的培养也倾注了许多精力与心血,以至于萧家人至今都将萧士余老爷子视为不可或缺的向心之轴。

莫非刘永初中尉有特殊军务缠身?莫非他又结交了新欢而抽不出分毫时间?莫非联勤总部觉察到以往对他的处罚过轻而将其军法处置?

疑惑重重,想入非非,但鲍云彤决不相信刘永初会不信守承诺——当初,为表达诚心,他宁肯背负遭受处分的风险也在所不惜。让鲍云彤印象深刻的是,刘永初得意时不忘形,失意时仍守信,为的就是一诺千金。

鲍云彤记得很清楚,刘永初一直没能进入萧家大院,离去时,门前巷子的街灯照出了一条明亮的小路。人情世故拿捏熟稔的保姆将怀里的孩子轻轻抱起,朝着刘永初的背影,小心翼翼地从褓褓中拉出孩子一只小手,轻轻挥动着,念念有词地说:"乖宝宝,快跟爸爸说声再见。跟爸爸说,早点来接我们哟——"

走了几十米远的刘永初听到后立时停下脚步,踟蹰少顷,转过身来,略显羞涩地点点头,说:"我很快就会回来接你们。"

也许距离稍远而刘永初回答的声音偏小,也许那保姆颇有育儿经验并知晓在孩子与父母之间如何应对,也许她的确没听清他说了什么而并不踏实,她将孩子抱得更高了一些,对着刘永初吆喝道:"乖宝宝说,他没有听清爸爸刚才说什么——"

刘永初不得不双手拢在嘴前,大声说道:"放心吧,我去去就回,用不了几天的。"

鲍云彤作为旁观者静静地看着这一切,心里像打翻了五味瓶一样不是滋味。眼前的刘永初还是当初那个气宇轩昂的青年军官吗?曾经的他简直就像小说里描写的那样"生得风姿潇洒,飘飘有出尘之表"。她虽然未曾爱上他,可不得不承认,他的形象的确光彩照人,令人悦目神怡、怦然心动。他的一举一动曾经吸引了多少女生的目光!鲍云彤至今还能想起,若不是708后方医院管理严格,当时诸如欧阳雯雯、谢小羽等几个大胆泼辣的女生恨不得主动扑到刘永初的怀中。谁能想到一次偶然放纵,竟然铸就了他人生的突然转变。鲍云彤的心绪格外复杂,他之前的那种潇洒与爽快怎么会在极短时间内变成了沉重与迟缓?

鲍云彤在感慨中也举起手挥动着向刘永初告别。

尽管来去匆匆,刘永初也并未讲明"很快"究竟是多长时间,但在鲍云彤看来,在705后方医院周边寻找一套合适的住房、添置照料孩子所需要的生活用品,并向医院长官说明一下他遇到的特殊情况,以刘永初的能力,一个星期或者至多十天半月足矣。

鲍云彤倒不是嫌弃球球的到来给萧家的生活增添了许多麻烦,恰恰相反,以老爷子萧士余为生活轴心的这个大家庭,没人不喜欢这个孩子,就连一开始极力反对鲍云彤做这种容易招来闲言碎语"好事"的鲍柏年与萧万琴也不例外,有事没事就凑到球球的房间,寻求那种只有隔代人才能体会的快乐。

刚刚半岁的球球,个头与体重竟然与周岁的孩子相当,家人无论谁来到跟前,球球都会伸手求抱,端的是一副人见人爱的样子。萧士余的挚友张祥鹏夫妇造访,都惊叹于没有母乳的孩子怎会喂养得如此之好,莫非得到了什么育儿秘籍?保姆自然暗自得意,鲍云彤也毫不怀疑自己用心尽力的成果。没人在此时想起"爹矬矬一个,娘矮矮一窝"的遗传道理,刘永初身材高大自不必说,关键是球球的生母丁玛丽也身材高挑,她给孩子打下的良好基础与她狠心抛弃孩子的行径完全没有关系,况且萧家老少谁也不知道还有这样一个女人的存在。

最有趣的是,黔阳人有随孩子身份称呼他人的习惯,由于萧士余曾经说过球球可以唤他"老祖祖",结果原本鲍云彤每日称呼的"外公"居然一夜间在她口中转变为"老祖祖"——鲍云彤冲着萧士余说:"请老祖祖帮忙拿一下奶瓶。"这让一贯谨小慎微的鲍柏年在球球面前不小心说了一句"让我这个做外公的抱一下嘛",弄得鲍云彤嗔怪道:"乱讲哪样嘛?"

刘永初临走时留给鲍云彤的一沓钞票早就花光用尽。萧家人从没向鲍云彤询问刘永初是否留下了费用,争着抢着为球球购买吃的、穿的和玩的各种用品。老爷子萧士余最后一锤定音,孩子与保姆的所有花销一律由他负担。萧家人多年未曾见过的景致是,萧士余拖着年迈身躯亲自上街,在一家专门销售婴儿用品的商铺给球球买了一辆竹质童车。风和日丽之际,鲍云彤与保姆让球球坐在童车里,推着去水草街西侧的梦草公园晒太阳,萧士余无论如何都要迈着蹒跚的步履同去,理由竟然是"稚子牵衣问,归来何太迟。共谁争岁月,赢得鬓边丝",搞得鲍云彤无奈中又忍不住哈哈大笑,说:"一老一小带上,走起!"

鲍云彤甚至想到,一旦球球被刘永初接走,老爷子以及其他家人定然不习惯,而她自己在情感上也已然十分不舍。

鲍云彤心事重重。她向萧士余表示,打算抽空去一趟黔西南的705 后方医院,看看刘永初究竟被什么事情绊住了脚,这么久也没个消息。鲍柏年在一旁说:"去黔西南的长途客车隔天才有一班,票很抢手。"鲍柏年这个来自北方的女婿在说"去"的时候,吐字格外清晰,刻意让人听到他说的不是黔阳方言特有的"kěi"。

萧士余睨了鲍柏年一眼,转脸对鲍云彤郑重其事地说:"解放军渡江战役势如破竹。南京国民政府仓皇之间南迁广州,显然已成为强弩之末。西南这边虽然尚无交火迹象,暂且貌似平静,但老蒋政权怕是撑不了许久。705后方医院归属国民党军方,我猜想,那个刘永初中尉要么去了前线,要么随医院转移,眼下情况并不清楚,不妨等等再说。说实话,万一这会儿球球被他父亲接走,兵荒马乱的,我反而不太放心。一个不满周岁的小娃怎么能跟随在军中谋事的父亲四处颠沛流离?除非刘永初有幸解甲归田。"

鲍云彤没想到耄耋之年的外公萧士余头脑如此清晰,对时局判断条分缕析,怪不得父辈中最有能力与水准的大姨萧万琴与范福增两口子都格外敬佩老爷子,尤其外公说到刘永初可能的现状,使得她焦急的心情略有缓解。

时兹禾成为晏小楠的传令兵是顺其自然的事情。

平飞遵嘱将一身新郎装束的时兹禾拉至岗哨室,询问他究竟为何从接亲的婚车上跳下并朝军营跑来。时兹禾一口咬定就想当兵,并无其他原因。

平飞知道这不符合常理,为了当兵而在娶亲路上跳车,而且同车的家人不仅不下车阻拦,反而加快速度扬长而去。再说黔省保安部队一向口碑不好,吃拿卡要、与民争利在各地屡见不鲜,征募新兵历来麻缠,常常为完成名额强行绑人,弄得鸡飞狗跳。眼下居然有人主动送上门来,事出反常必有妖。于是平飞继续询问,没想到时兹禾自此一言不发,只是眼圈发红,呆呆地仰望雾霭重重的天空。时兹禾的脑子一下子没转过弯来,想着莫黛怎么可以就这样绝尘而去,没给他留下任何余地。他一直以为只要自己提出既考虑到莫黛的前景，又有利于自己摆脱郭伯掌控的方案，莫黛定会同意。单纯的姑娘往往执拗，她想不到更多，对人对己几乎没有转圜余地，就像一张洁净的白纸，哪能容得下一滴墨汁的沾染？

平飞这厢急于陪同他未来的岳丈也是黔阳特支负责人范福增去往黔阳，不便久拖，就向在军营门口等待他的晏小楠说明了情况。晏小楠挥挥手，吩咐平飞赶紧与范福增上车出发，自己则带着时兹禾进了军营并走进新近更换了标牌的旅座办公室。

从时兹禾嘴里套出真话，对长期从事特殊工作的晏小楠来说并非难事。果然没费吹灰之力，时兹禾便将自己离开蚌山后所经历的一切像竹筒倒豆子般讲了一遍。但时兹禾不是书呆子，自从他在桂兰和布鲁托那里懂得隐私之于个人的重要，便知道当说与不当说之间有条分明的界限——他与鲍云彤、莫黛的关系不能轻易示人。虽说他们之间没有什么逾矩越格之事，但时兹禾承认，这两个姑娘都曾令他心猿意马，而且毕竟他与鲍云彤在金龙江择木客栈客房中有过几日同床共枕的时光，与莫黛则在逼仄的马拉婚车中几近同衾而眠。更重要的是，在这些表象的背后，他还与鲍云彤、莫黛有着一言难尽的牵扯。时兹禾心里明镜似的，这些说不清道不明的事最好永远烂在自己肚子里。

走投无路的时兹禾此刻迫切想得到晏小楠的帮助，尤其他看出眼前这位上校军官与他在蚌山见过的国民党军官大不相同。面相和善的晏小楠说话时始终带着微笑，语气中透着嘘寒问暖的味道。于是，时兹禾在讲述真情实景的同时，语气中便染上些许"肆无忌惮"的色彩。他说，他之所以不辞辛苦地从广州赶往黔阳，是他的父亲时昭明在黔阳认识一位据说商政两道皆熟的烟草商，那人或许能为他去重庆上学提供帮助。他还删繁就简地说，双鼻山的土匪头子郭维伦试图让他与自己的女儿成婚——他担心莫黛作为郭维伦外甥女的身份可能牵扯到她的母亲郭维娅，继而又扯出龙庆镇的泼皮廖文，这些复杂的前因说不定会影响他企图得到晏小楠帮助的表述。

说罢这些，时兹禾的心头不免发虚，就像他明明要去广州考学而偏偏瞒着父母说要去上海报考圣约翰大学的那种感觉，有一种强烈的负罪感。刚刚涉世的时兹禾开始悟到，保护隐私需要付出的代价就是某些时候不得不说一些无伤大雅的假话。

晏小楠听后，觉得眼前这位年轻人的经历简直就像报纸上连载的小说般奇特曲折，而他求学的执着劲头与言谈中透出的学养素质又让晏小楠感到不同寻常。晏小楠想，也许时兹禾在山里封闭时间久了，并不清楚外界发生了什么变化。旧政权即将土崩瓦解，全国解放指日可待，新中国的建立正在酝酿之中。警校作为给老蒋政权培养维系治安的专门学校，显然不同于其他大学，否则怎么会随着该政权的逐步溃垮从南京迁到广州，又从广州迁到重庆。

晏小楠知道，时兹禾此时再去黔阳与重庆已经毫无意义，倒是未来新中国的建设十分需要时兹禾这种文化水平较高的人才。眼下东北、华北，包括时兹禾家乡蚌山在内的华东更多地方已经成为解放区。时兹禾这样的人不应该在尚未解放且远离家乡的地方漫无目的地漂泊。晏小楠想劝时兹禾尽快返回家乡，时间久了，不仅家人挂牵，而且不甚安全。

"回蚌山吧！"晏小楠刚想说那里前不久获得了解放，但担心时兹禾不能理解他这种身份的人怎么会如此说话，便委婉地说："淮海战役，哦，徐蚌会战之后，蚌山的情况比之前好了许多，人们开始安居乐业。我可以派车送你原路返回金龙江，你再设法搭火车到衡阳，一旦北上抵达郑州，那就一切平安了。路费我帮你想办法。"

时兹禾内心一阵激动，终于遇到了肯帮助他的好人。想来也是，为考学离家如此之久，阴错阳差地又从广州辗转到黔西南，如今千回百转重新归零，却因为身无分文，回家竟成了难题。时兹禾此趟远行两度看到高悬于夜空中的明月，一次在波涛暗涌的珠江堤岸，一次在坐落于山腰间的双鼻山洞口，那是他人生的困惑与绝望时刻，思乡与想念父母令他难以释怀。"父兮生我，母兮鞠我。抚我畜我，长我育我。顾我复我，出我腹我。欲报之德，昊天罔极。"当年在蚌山崇正教会学校念初中时默诵熟稔的诗篇蓦地跳入脑海，时兹禾顿觉惭愧。他总是在身处困境时想家想父母，却从没想过父母状况如何，他们是不是正为他的杳无音信而牵肠挂肚、心急如焚？

时兹禾马上就要答应晏小楠的提议，脑海中却不由自主地闪出鲍云彤的身影。他清楚地记得鲍云彤在那家让他终生难忘的客栈房间中最后说的话："毛头，我等你早些回来。"更让时兹禾难以忘怀的是，鲍云彤此前一边帮他收拾起身上的贵重物品，一边笑吟吟地说路上如果遇到开张卖货的小铺子，顺带一些吃食回来，晚上一起喝点小酒，为马上可以离开让他们糟心不已的金龙江小客栈庆贺一下。每每想到这些，时兹禾的内心就难以平静。

时兹禾知道，一旦踏上返乡之路，他与鲍云彤就真成了天各一方。按说他与鲍云彤尚未正式订婚，双方父母也未曾见面。这样的关系不知能不能禁得住距离遥远的考验，更重要的是两人从未讨论过未来结婚成家究竟安顿在蚌山还是黔阳。时兹禾心有不甘，虽说两人现在失去联系，但他推测鲍云彤多半回到了黔阳。他若能留在此处，毕竟同在黔省，总有机会去查寻她的下落。

时兹禾吞吞吐吐地说："我暂时不想回家。如果长官不嫌弃我，能不能让我先在这里干一段时间？"

晏小楠觉得蹊跷，一个响当当的高中毕业生，求学路上因为经验不足被绑到土匪窝，好不容易逃了出来，不想着赶紧回家，却愿意留在这地处偏远的军营之中，难道他有不便明说的原因？晏小楠转念一想，这样的人才留下也好，保安部队虽说已被中央军收编，但底子是地方武装，官兵多为黔省本地人，素质普遍偏低。部队起义后，整编与教育需要花费很大气力。单靠平飞这些由黔阳特支安排过来的地下党骨干还远远不够，若能再有一些像时兹禾这种文化素质较高的人，引导得好，没准以后能发挥更大作用。

晏小楠说："只要你不觉得屈才，我怎么会嫌弃你这样的大秀才？我倒是担心你下到连队吃不得这里的苦。"

时兹禾央求着说："我在学校念书时是游泳健将，平常训练是苦差事，我能吃苦，身体也好。"

晏小楠笑道："这里的官兵大都是黔省本地人，一张嘴就说'你搞哪样'或者'累尿得打闪闪'这样的方言。你若去连以下的单位，恐怕与他们交流都不顺畅，说不定还会挨欺负。不如你留在我身边，名义上担当传令兵，实际上干司书的差事。等以后情况发生大的变化，我再给你寻个合适的位置。"晏小楠不便明说其后部队起义之事，只得话里有话地暗示。

时兹禾只想留下即可，没料想晏小楠打算将他留在身边，大喜过望。

门房每日定时去萧宅门前的信箱收取报刊及信件。多年以前，来信或来函的接收人大都是萧士余，内容多数与案件或官司相关。从京城回来后，萧士余坚决不做执业律师，只间或帮人咨询法律问题，或偶尔接手一些无须出庭的小案件。他需要应对回乡后避免不了的人情世故，所有这类案件皆为熟人找上门来或者友人力荐，后者往往附带着一句仰慕的赞叹："那可是名震京城的大律师呀！"十多年前，萧士余彻底退出"江湖"，无论案件大小、收益多少，他都一概谢绝。萧士余在家人齐聚时刻意说了一句"律师生涯从此金盆洗手"。鲍柏年急忙插话道："父亲此言差矣，您这是完美收官！"萧士余白了鲍柏年一眼，用方言说："你哪里晓得哟！"

萧家一大家子住在一起，没有寻常人家那种七姑八姨、九叔十舅那类两地交往的平安家书。鲍云彤去长沙念书那几年倒是隔三岔五给家里写信。晏承德前些年偶尔寄来并未标明寄信地址的信件，老爷子心细，有时拿来放大镜查看邮戳，试图探求晏承德所在地的蛛丝马迹。范福增说，承德不想告诉他在哪里自有其道理，邮戳说明不了什么，寄信可以在异地发出。萧士余想到写信来说明人且安好，也就不再介意。问题是最近一年，晏承德再无信来，萧士余敏感，全家吃饭时突然问及晏承德情况。大姐萧万芳一惊，心想：坏了，这小子以为离家近了反而有所疏忽，急忙打圆场道："肯定多有不便，您老还不了解他，但凡有空，哪能不抽空给您写信请安？"身在广州的晏传安与萧万华夫妇从不写信，有事没事打个电话问候一下，虽说长途电话费用不菲，但做生意的不差钱。因而萧宅的信箱成了报刊专用箱，门房每日取来的只有萧士余订阅的《黔阳晨报》。

刘永初从黔阳返回黔西南后，鲍云彤每天都会询问门房有没有来信，后来索性每日亲自到信箱查看。门房不便明说嫌烦，却专门给她配制了一把钥匙。那天，鲍云彤照例打开信箱，依旧是一份《黔阳晨报》摆放在里面，只不过报纸四周露着空隙，似乎有什么东西垫在下面。鲍云彤赶紧取出报纸，赫然发现一封厚实的信件，赶紧拿起来细瞅，寄信地址分明写着"黔西南705后方医院"。鲍云彤顿时欣喜若狂。

鲍云彤着急忙慌地回到自己房间拆开信封一看，原来是谢小羽的来信。这让鲍云彤既失望又惊喜，失望的是她的期盼又一次落空，惊喜的是曾经关系最为要好的护病学校同学再度联系了她。

那封信絮絮叨叨写了十来张信纸，封装在普通信封里居然鼓胀得差点塞不下，连封口都要外抻一点才勉强封上。思念牵挂之类的话语占了满满一页纸，无非就是毕业分手后再难相聚，而社会的动荡不安又让各位同学为生计四处奔忙，无暇回首曾经快乐且充实的校园生活。

鲍云彤没想到谢小羽话锋一转,开始咒骂张三强欺骗了她的情感,毁了她的青春时光。鲍云彤吃惊的同时如坠云雾,她只知道张三强是他们在湘南实习的708后方医院的院长,谢小羽实习后即在那所医院入伍并担任见习护官,却怎么也想不明白这两人怎么会搞到一起并一同到了黔西南的705后方医院。谢小羽在字里行间发泄着幽怨与愤怒,鲍云彤大致明白了前因后果——

谢小羽说,张三强明明讲好了离婚后与她结婚,却不知通过什么特殊关系,神不知鬼不觉地办了退役手续,然后带上他在老家的老婆去了台湾。谢小羽说她到现在也没搞懂,自己哪一点不比那个干瘪的乡下老太太强,他居然舍得撒手?最让谢小羽气愤的是,张三强在告诉她这一切之前,还心安理得且花样翻新地最后睡了她一次,次日便动身去了广州与他老婆会合,而她还傻乎乎地蒙在鼓里。谢小羽说,眼下她很沮丧,曾经想给联勤总部写信告状,却因为张三强这会儿已经不算军方的人而不知如何是好。更要命的是,她问了周围同事,没人知道自打联勤总部从南京迁出后究竟落在了哪里。她一个卑微的小护官,身在远离家乡的黔西南大山深处,真有一种叫天天不应,叫地地不灵的孤寂与无奈之感。

看到这里,鲍云彤阵阵作呕,仿佛生理上突然不适,恶心得差点吐了出来。谢小羽身材高挑,肤色白皙,张三强则矮矬粗壮,老气横秋,鲍云彤实在无法想象这两人搁在一起会是怎样一幅图景,而她记忆中的东北姑娘谢小羽开朗大方、笑声爽朗,与信中自我描述的那个怏然不乐、自哀自怨的谢小羽好像完全不是一个人。

而谢小羽在信的最后一页写的内容则让鲍云彤惊诧不已:"云彤,顺便告诉你一件事。刘永初中尉出事了!不是现在,是四个月之前出的事。我被张三强的事情搞得烦心不已,一直没静下心来写信告诉你。我们几个同学都知道刘永初中尉当初看上了你,我和欧阳雯雯还为此吃过醋呢。也不知道什么原因,四个月之前刘永初中尉被联勤总部贬到我们705后方医院医勤室当参谋。他刚来没几天便去黔阳办事，还管我要了你家的地址，我当时还祝福他心想事成呢！不知道他有没有见到你？真是不幸，刘永初中尉返回医院的途中，在盘山道上翻车坠落山谷，当场摔死了。听说他是租车从黔阳连夜返回的，途经那段崎岖蜿蜒的盘山路时正是黎明前的黑暗时刻。据勘查现场的警察说，那条盘山路白天行车都十分危险，也不知道他干吗要夜间行车？幸亏你没答应他的求婚，否则现在还不是你独自承受痛苦？老话说得没错，天有不测风云，人有旦夕祸福，想想刘永初中尉，我们真应该各自多多保重。"

鲍云彤看完信后半晌没有说话，坐在那儿默默发呆。她突然想起保姆扶着球球的小手挥动朝刘永初告别的场景，瞬间悲从中来，然后呜呜地哭出声来。鲍云彤也说不清楚究竟是为刘永初遭遇不幸而伤心，还是为球球这个孩子事实上成为孤儿而难过。鲍云彤开始后悔当初没有劝说刘永初不要连夜返回。黔省多山，从黔阳到黔西南，山高谷深，道路险峻。她以为刘永初身为军人，又那么精明干练，应该有所准备，除非孩子的突然出现让他乱了方寸。假如他在黔阳小憩两天，不但可以陪陪刚刚谋面的孩子，更可以避免那一夜的无妄之灾。想到球球，鲍云彤猛地站了起来，用手臂抹去眼泪，疾步来到球球的房间，从竹质童车里一把抱起正在独自玩耍的球球，紧紧搂在怀中，口中念念有词地说："球球别怕，有我呢！我一直在，妈妈一直在你身边！"

保姆惊愕地看着鲍云彤，问："云彤小姐，出什么事了？"

萧家人都被这个突如其来的消息所震惊，大家都不知道当务之急是应该先安慰一下不知所措的鲍云彤，还是坐在一起认真商议一下球球今后的归属。萧万琴鲍柏年夫妇完全没了主意，这件事不但涉及球球——他们已经感到与孩子须臾不可分离，更重要的是涉及尚未出阁的鲍云彤,此刻他们好像必须在球球与鲍云彤之间做出二选一的抉择,某种程度上意味着要么将孩子送人,让鲍云彤在未来择婿时不背负任何包袱,要么继续抚养球球,将来向鲍云彤的夫家详尽解释孩子的来龙去脉。夫妇俩在球球房间门外来回踱步,束手无策。

萧万琴埋怨道:"你倒是想个办法呀! 不能遇到事情就这么拖着,最后让父亲出面解决。"

这句话直戳鲍柏年的心窝,在萧家生活二十余年,他感觉只有自己最憋屈,女儿鲍云彤的大事几乎都由岳丈萧士余包揽决定。鲍伯年知道这种状况怪不得别人,谁让他总是遇事前瞻后顾,举棋不定。萧家三个女婿当初哪个不是黔阳城里出类拔萃的小伙子,否则怎么会入了老爷子的法眼? 人家二姐夫晏传安就敢想敢干,抛下财政局那份让人羡慕的公差,跑到广州经营旅社,硬是拓展了一片新的天地。大姐夫范福增心有定力,做事稳健,老爷子都十分敬佩,而他鲍伯年却守在家中不敢越雷池半步,越活越窝囊。听到妻子所言,鲍柏年头也不抬地嘀咕道:"我这不在等着大姐和大姐夫回来后与他们商量吗?"

萧士余闻讯后愣了一下,并未着急忙慌地去球球的房间打探情况,反而在客厅坐了下来,独自饮茶,沉思不语。出于人之常情,萧士余的所思所想与萧万琴夫妇十分相近,但有一点与他们的想法完全不同。萧士余知道,若要以他的方案实行,必须首先说服鲍云彤。

其实,保姆的心绪更为复杂。她现在越发后悔当初不该在仓促之中接下这份活。日军投降那年,她刚刚生完第二个孩子,因为家中困窘而将在哺乳期的孩子交给婆婆以米粥喂养,她则到了南京做奶妈。也不知道是不是环境乍变的缘故,本来奶水充盈,说话就回奶了。清水煮猪蹄没少吃,奶抽子也没少用,硬是挤不出一滴,孩子急得哇哇哭叫。幸好主家觉得她带孩子有经验,便改用牛奶让她继续喂养,奶妈改做保姆,一晃就是三年。她觉得在外做这份活比在家操持家务更有价值,为家里省了口粮不说,还能赚钱补贴家用,公婆与丈夫都高看她一眼。

南京城里的有钱人家喜欢使唤用人,以管家为主,张罗一切本该主人干却因为趁钱而不愿亲力亲为的诸项杂事,且一干多年,有的十几年,几乎类似一份稳定职业。保姆与用人不同,孩子到了两三岁可去幼稚园受教,主家便不舍得继续花钱留用保姆,于是只得更换人家。上一家人也住南京,孩子刚满一岁,保姆做好了干两年的准备,哪承想没多久,身为小科员的男主人奉命为行政院南迁打前站,带着自家女人与孩子去了广州。保姆再次换主家时遇到张立群上尉,情况发生戏剧性变化,从南京到重庆,又辗转至黔阳,可谓跨越千山万水。至于招呼她的雇主,从张立群上尉到刘永初中尉,再到鲍云彤小姐,频繁换手,更令她不甚踏实的是,最终还不知晓应该安顿在哪里。忽闻球球父亲过世的消息,保姆在感慨球球命苦的同时,预感自己还要"迁移"。

保姆动了辞工回家的念头。换过主家的保姆都有体会,孩子带得久,难免滋生感情,有时深厚得与亲娘舐犊之情无甚区别,猛然割舍会有撕心裂肺之感,并不容易,但保姆终究不是亲人,早晚都得离开。让她难以开口的原因只有一个,萧家人对她甚好,她头一回见到在这个大家庭当中包括她在内的用人与主家融洽无间的情形,而鲍云彤对待球球的态度,更让保姆在困惑不解中有所感动,明明与球球非亲非故,却将他视若己出。

萧士余遣用人将保姆唤至客厅,开门见山地说:"一切不做改变,请你继续留在萧家照看球球。"

保姆吃惊地问:"那球球如何唤您?"保姆是灵醒人,问话委婉,尤其她听到鲍云彤在孩子面前自称妈妈,总觉得其中有难解之困。她担心的不是隔辈的老者鲍柏年和萧万琴,更不是隔两辈的老爷子萧士余,无论球球过继或抱养在萧家,按照习俗,首先要认爹妈。

萧士余说:"唤我老祖祖自然不变,其他我自有考虑。球球大名暂且不定,从今日起,娃儿姓萧,算我萧家第四代传人。"

"外公,我不同意!"鲍云彤急匆匆闯进客厅,大声说道。

鲍云彤看到用人唤走保姆,立即知晓外公正在盘算此事,并想出了应对方案。她熟悉外公一向替家人着想的习惯,凡事宁愿包揽在身而不让晚辈作难,急忙让正在门外徘徊的父母进来照看球球,赶过来面见外公。经历过与时兹禾"走失"之事在情感与心理上带来的磨难,鲍云彤变得更加冷静,意识到此事在萧家非同小可。

"从小到大,我最听您老人家的话。"鲍云彤不像刚才读罢谢小羽的来信后那么冲动,她径直走到萧士余跟前,蹲了下来,握着他的双手,慢慢说道:"您莫生气,这件事情我恐怕要违背您的意愿。替刘永初中尉临时照看球球是我的决定,我很感谢外公和家人对我的支持和理解。现在刘永初中尉出了意外,球球成了孤儿,我不能就这么撒手不管。您为了让我们晚辈做有为之才,一直教导我们大行不顾细谨,大礼不辞小让。可是您为我们做事,从来都是大事小情通通考虑得无微不至。我知道您的心思,萧家两代人都在您的关切下生活至今,球球从今天起算我们家第四代人,不能再让您操心。这个孩子的一切由我负责,球球不能姓萧,别人会觉得奇怪,普天之下,儿子或随父姓,或随母姓,我的儿子没了父亲,便随我这个母亲姓鲍,天经地义。"

萧士余瞪大了双眼,说:"幺儿,你是个没出嫁的姑娘,你发疯了吗?"

借势

晏小楠郑重其事地告知时兹禾,晚上要与他正式谈话,在这之前给他放假一天,可以去普山镇街上转转,买些个人生活用品。说着晏小楠从衣兜里掏出些许钞票递到时兹禾手中。时兹禾慌乱地连忙推辞,表示此时漂泊之身得长官容留,已经感激不尽,不可得寸进尺。

晏小楠笑道:"读书人咬文嚼字,面子作祟罢了。钞票算我借你,下月发饷还了就是,总不能空手上街。"晏小楠沉思一下,忽然问道:"你说的那郭维伦在这镇子上有什么认识的人吗?"

时兹禾一惊,晏小楠的问话提醒了他。郭维伦跟时兹禾详细说过到了普山镇后他和莫黛需要做的事情,除了在莫黛母亲坟前祭扫,还要去拜见莫黛的阿剖与阿酿,并在他们的祖屋互拜成婚。照理说,外甥女莫黛生父莫依山的祖家与郭伯并无血缘关系,妹妹的婆家,姻亲而已。在汉族人眼中,这种关系可近可远,交往热络则感情甚笃,若平素来往不多则至多算个名分上的亲戚。时兹禾并不知晓郭伯是否与他们有所联系,尤其他在多年身负命案的情形下敢不敢堂而皇之地与他们照面。但莫黛说过,每年来此,郭伯甚为谨慎,任何风吹草动都会让他如若惊弓之鸟。

时兹禾推测,自己跳车跑进军营之后,大惊失色的郭伯定然会带着莫黛、阿旺一行人马不停蹄地离开普山镇,一刻也不会耽搁。莫黛此次恐怕没有机会与她的阿剖与阿酿相见了。无论郭伯是否会将他视作背信弃义的家伙,时兹禾内心已经滋生出一种不可名状的愧疚之感。尽管作为被绑架者,时兹禾一门心思出逃并不算做错了什么,但不管怎么说,他最终还是利用了郭伯促成他与莫黛成婚的迫切愿望,当然,还有莫黛的善意与纯真。时兹禾喟叹,这其中包含了多少阴错阳差呀,郭伯、莫黛与他各怀心思,简直一言难尽。别人此时想到的或许是"相见时难别亦难,东风无力百花残",而时兹禾脑海中闪现的却是"蓬山此去无多路,青鸟殷勤为探看"——莫黛的阿剖与阿酿,那对苗族老人日子恓惶,人生悲怆,儿子身陷囹圄、孙女不能膝下承欢。自己哪怕装作路人的样子顺便问候几句也好，虽然弥补不了什么，但多少总能了却一下带着一丝歉意的心愿。

不想则罢，念想一经萌生，时兹禾越发觉得应该去莫黛的祖父与祖母家一探究竟。他生怕失言，担心让晏小楠得知详情后引出额外事端。于是，时兹禾摇摇头，并未言语，以为这样可以让自己的回答变得模棱两可，既表明并不知情，也暗含郭维伦在普山镇没有什么认识人的意思。

晏小楠的警卫与知情士兵羡慕不已，他们从黔阳移防至此，从未得到逛街的机会。移防前士兵们休息日在黔阳城上街，无非两件事情，喝酒与找女人。阳火旺盛的岁数，憋久了，莫说梦中撑梁搭棚，想入非非，即便光天化日之下在中山西路的小上海歌厅或者巴黎饭店这些妓女云集的场所弄出为争抢女人而大打出手的事端也时常出现，以至于对这类风流韵事从来不闻不问的羊姓司令冲着保安五团前任团长大发雷霆："你个龟儿子晓不晓得？带队伍要管好两杆枪，钢枪和肉枪，哪个都走不得火！"挨了骂的前任团长又去责怪下属管教不严，哪承想警务科几个老油条参谋居然辩解道："团座大可不必较真，泻火之后的兵好带，能省却许多麻烦。"

移防普山镇后，晏小楠索性下令休息日官兵不得上街，管束严格的表面理由是本地为苗族聚集区，民风彪悍，喝酒滋生出口角纠纷倒也罢了，在这左邻右舍相距不远、人们抬头不见低头见的小镇子整些乱七八糟的事情，说不定会引发难以控制的事端。晏小楠的真实考量是为部队起义铺垫民意基础。

时兹禾作为新兵获准上街不仅免去一天操练与执勤的辛苦，最难能可贵的是这项特别关照并非来自警务科，而是由保安旅最高长官——主持军务的副旅长晏小楠上校亲自批准，这得是当兵之前烧了多少炷香才会有的待遇？士兵们都知道，在黔省保安部队，上下级之间，训斥与服从是常态，所谓"连长皮带头，人人见了愁，若想不挨抽,哈腰勤点头",小小连长尚且如此,更别说旅座这等寻常难得一见的大官。

晏小楠的到来使得这支保安部队很多情形渐渐发生了变化,至少士兵们偶尔与他碰面,不必紧张地东躲西藏或者哆哆嗦嗦地站立得笔直,因为晏小楠会拍拍士兵的肩头,笑呵呵地用黔阳方言询问是哪个地方的兵,屋里头几口人之类的话,搞得士兵们甚是奇怪——这位重庆调来的北方籍长官何以能讲一口正宗的省城腔调且毫无别扭之感。新兵时兹禾没有比较,无法体会其中的玄机,他只是略觉蹊跷,身为长官,晏小楠为什么将"训话"说成"谈话"?后者明明是书面用语,他怎么会用在这里?

说不好是新鲜还是兴奋,摆脱了双鼻山束缚的时兹禾顿时有了一种解放之感。他出门之前在营区的操场上肆意地奔跑与蹦跳,像在蚌山崇正教会学校开始游泳训练之前那样做着各种身体舒展运动,引得过往的士兵都好奇地打量着这个不知从哪里冒出来的身穿便衣的大个子青年。

时兹禾毕竟是穿着四不像的新郎服装跑到军营的,他之前的衣物留在了那辆马拉婚车上。此时时兹禾窝心且伤心,之前他还有一套更加考究的衣服落在了金龙江择木客栈的行李箱中。被郭伯绑架后,时兹禾一度想过鲍云彤会替他保管。母亲赵翠娥虽不是大家闺秀出身,但闯荡过上海灯红酒绿的大场面,见多识广,讲究排面,儿子既然去上海报考圣约翰大学,就不能像在蚌山那样一年四季学生服裹身,总得有一身像模像样的行头。赵翠娥专门在蚌山二马路的鼎昌绸缎局给时兹禾定做了一套灯芯绒面料的外衣,翻领敞口,腰封暗藏,介于夹克与外套之间的样式,格外打眼。赵翠娥叮嘱时兹禾考试那天务必穿上,不仅风光体面,说不定还能带来好运。时兹禾至今想起来都觉得甚为遗憾,那天从客栈出门因为担心下雨而没有换穿那套新衣。

虽说时兹禾之前穿的不如母亲为他定做的那套考究，却也合身得体，只是在双鼻山逗留时间不短，每每换洗衣服都让他尴尬不已，不得不钻进被窝里等待阿旺在火盆处帮他烤干。

传令兵是长官身边之人，警务参谋知道拿捏轻重，按晏小楠副旅长所嘱很快给时兹禾登记造册，并自做主张地从军需库房中拿来一整套保安军标配的被装用品。时兹禾望着摆在床上的一摞物品，一时不知该做些什么。站在一旁的晏小楠从中抽出冬夏两季黑色制服，顺手扔到一旁的地上，出人意料地说："被褥可以使用，'黑皮'就别穿了，反正很快就要换装。"

晏小楠话里有话，黔省保安部队已经划归中央军，黑色制服很快将被灰色军装所替换，其实这话更深的潜台词是，用不了半年这支部队在起义之后将加入我军的行列，届时，晏小楠和时兹禾都会正式换穿人民解放军的服装。晏小楠得到确切消息，去年年底，我军发布了首个"统一全军军帽式样"的命令，棉平布圆形短帽檐，帽上佩戴金属质"八一"红五星帽徽。每每想到这些，晏小楠内心都激动不已。

时兹禾自然听不出晏小楠话中的含义，难为情地说，若不是当时非得抓住千载难逢的脱逃时机，以他读书人对颜面的看重，说什么也不会穿着这身新郎服装示人。

晏小楠暗想：时兹禾的说法没错，"人靠衣服马靠鞍"，只不过需要区分场合。自己身份特殊，多少年来并不能按照内心意愿穿衣戴帽。自从打进敌军内部以来，从八路军到解放军的数次军装更换，晏小楠都没能亲身体验，反倒是国民党部队的制服在他身上数次更换。最好笑的是，他从重庆公署调到黔省保安部队，依旧穿着国民党部队的制服，每逢保安司令部开会，在四周一水的黑色土布衬托下，晏小楠的卡其色哔叽面料的制服就分外扎眼，这让张文焕很是不满。若不是副官告知此乃上峰对晏小楠的特别要求，张文焕几乎要当场发作。

晏小楠笑了，变戏法般递给时兹禾一套簇新的便装。这套介于中山装与学生服之间的衣服是晏小楠在重庆专门给自己置办的，立领上衣，左上方口袋没有袋盖，方便插入钢笔。晏小楠在保定上学时就很喜欢这种款式的衣服，当时许多学生都身穿与之相似的服装上街参加抗日救国的游行。外公萧士余是他去保定上学的力荐人与家里唯一的支持者。晏小楠本想有机会回家时穿上，让外公看看他当年的样子，但他回到黔省后发现并没有穿它的机会。衣服穿在时兹禾身上倒还合适，只是裤子短了一截，幸好新换的高帮胶鞋遮住了露出的脚踝。

时兹禾沿着他头一天未能继续前行的道路向普山镇街区走去，想象着莫黛从眼前这条路驶向前方，最终驶向哪里不得而知。他甚至想到，即使郭伯他们匆忙返回双鼻山，肯定也不会原路掉头。郭伯一定会担心那个他们曾经路过的军营门口不仅很可能站着对遭到绑架耿耿于怀的时兹禾，说不定还埋藏着许多等待抓捕他的军警。

镇子街道狭窄且弯曲，两侧的吊脚楼一个挨一个拥挤地排列在一起，楼上敞开的窗子上挂满晾晒的衣物，楼下门前摊位上摆着蓝靛泥、服装、腌肉以及手环之类的苗族手工艺品。

时兹禾头一回见到一只大碗里装着黏稠成糊状的蓝靛泥，不知为何物，用手指蘸了一点抹在自己手背上。头上裹着苗帕的女摊主满脸皱褶，矮小黑瘦，冲着时兹禾呜里哇啦说了一通，见他毫无反应，又指指自己衣服某一块色布。时兹禾恍然大悟，原来这是漂染织布的颜料。他又拿起金属圆环询问，女人笑笑，指着自己脖子上戴的饰品。时兹禾觉得与摊主可以交流，趁势蹲了下来，问道："请问这里有姓莫的人家吗？"

瘦小女人愣了一下神，摇摇头表示听不懂，回头唤出一个男人。

男人听后露出讶异与不解的神态,用黔省方言说:"街(gāi)上莫姓人家好多,您问哪一个?"

时兹禾寻思,如果莫姓在普山镇是大姓,他又说不出莫黛阿剖的名字,如此打探很难找到。他忽然想起莫黛讲过她父亲莫依山的身世,便说:"听说那家人的儿子后来去了龙庆镇,并在那里成了家,再没有回来。"

男人瞪大眼睛看着时兹禾,警惕地问:"你是哪个?我不晓得你说的是哪一家。"说罢男人拽了拽瘦小女人的衣角,两人立时转身回到屋中,不再搭理时兹禾。

时兹禾暗想自己问话中是否有什么不妥,不然这对男女何以这般?他正打算问隔壁摊位一位抽着水烟的老者,尚未开口,那人先是摆摆手,然后挥挥手,意思分明是不知道或听不懂,让他赶紧离开。时兹禾感到些许不适,陌生的镇子上,冷漠的摊主,语言又不通,只好悻悻离去。他漫无目的地在街上转悠,忽然看到一家大门紧闭且破败不堪的吊脚楼,与左邻右舍楼上开窗、楼下敞门的情形大不相同。最醒目的是,那家门上贴着悬赏布告,时兹禾好奇地凑过去端详,发现布告上竟然印有郭伯的照片,内容写道:

> 本县府衙民国二十五年冬月十一日布告:兹有纵火杀人者郭犯维伦,男性,汉民,光绪二十三年出生,黔省龙庆镇人氏,身高五尺一寸七,本地口音,会说国语。无论兵民,须一律协缉。拿获者赏金叁仟元,打死者赏金贰仟元,报信者赏金壹仟元。

时兹禾大惊失色,旋即意识到此处定为莫黛阿剖与阿酿的家。怪不得周遭摊主对他所问避之不及,原来是唯恐惹祸上身。时兹禾见那布告字迹清晰,纸张虽显斑驳,但并未残破,想必这时间久远的悬赏布告每年定期更换。时兹禾顿时放弃了敲门进屋看望那对老人的想法,打算返回军营。他刚一转身,发现自己对面站着一个用围巾蒙着口鼻的人,目光冷峻犀利,直勾勾地看着他。时兹禾定睛一看,顿时惊出一身冷汗——

那人正是郭维伦。

想想都觉得后怕,时兹禾当时脖颈直冒冷气,眼睛血红的郭伯嗓音沙哑地告诉他,莫黛失踪了。郭伯说,在得知他跳车跑进军营的时候,他们就急速驶离了普山镇,一口气奔跑了十几里后才停下车来。他到后车想向莫黛问询情况,才发现车内空无一人,而阿旺却毫不知情。

听到莫黛失踪,时兹禾霎时间脑袋发蒙,呆呆地立在原地不知所措。他记得莫黛反复说过,她不想在与世隔绝的双鼻山继续生活,但万万没有想到两人刚刚分手,她就毅然决然地选择了自己外出闯荡——她可是一个未曾见过世面的单纯姑娘呀。站在一旁的阿旺露出凶狠目光,猛地将手插进怀中——从双鼻山出来的时候,时兹禾看到阿旺将盒子炮揣到怀里。郭伯拦住阿旺,对时兹禾轻声说:"这件事不完全怪你。我说的是你的逃走和莫黛的失踪。人各有志,不能勉强。我唯一对不起的是莫黛的母亲,不仅没能为莫黛办成婚姻大事,还将她弄丢了。"

时兹禾嗫嗫嚅嚅地说:"郭伯,我让你失望了。"

郭伯说:"我知道莫黛的想法,她想离开双鼻山,又不想违背你的意愿。看到你平安无事,她也就踏实了。你是个好小伙子,她是个好姑娘,可惜你俩无缘。"

时兹禾朝郭维伦深深鞠了一躬。

郭伯说:"再次向你表示歉意,将你绑到双鼻山而耽搁了你的人生大事,又无以补偿。请你务必转告那位军官,他跟了我许久,感谢他不抓之恩。你多多保重,告辞了!"郭伯拱手作揖后迅即转身匆匆离去。

时兹禾如今是丈二和尚摸不着头脑，四下张望，才看到远处的街角站立着晏小楠和他的警卫。时兹禾离开军营后，晏小楠一直跟在他的身后，悄悄观察他的一举一动。晏小楠喜欢时兹禾的聪明才智，看好他今后在自己身边所能发挥的作用。他想更多地了解这位突然来到这里的年轻人，不仅是担心他的安全，而且想看看他这个差一点成为新郎的人究竟与普山镇有什么样的关联。

时兹禾坐下后才发现，晏小楠口中的"谈话"果然不同于"训话"，两人像是聊天，你一言我一语。一开始时兹禾有些手足无措，双手无处安放。晏小楠递给他一只搪瓷缸，里面倒满了刚刚泡好的茶水，时兹禾用双手捧住，感觉踏实了许多。

晏小楠问："想家吗？"

时兹禾点点头。

晏小楠问："家里几口人？"

时兹禾心存疑惑，迟疑一下，说："五口人，俺爸和俺妈、妹妹和弟弟。"

晏小楠说："想必家里日子过得还不错，不然你怎么能上高中？"

时兹禾点点头，说："俺爸有一技之长，在烟厂管业务。"

晏小楠说："我家生活条件也好，外公早年在京城做过大律师，所以我上过师范。只是我家人口众多，是个大家族，几代人加起来十多个，即使如此，我家的日子过得比许多人家要好些。"

时兹禾越发糊涂，不知道晏小楠想说什么，瞪大眼睛看着他。

晏小楠说："全中国四万万余人，无论城里的，还是乡下的，大多人生活困苦，不如我们两家生活得好。你说的莫黛，看看她的祖家，生活得更加穷困潦倒。大多数人贫穷，你们读书人常用一个词语来形容这种状况。"

时兹禾说:"这个我晓得,'民不聊生'。俺老家蚌山的穷人很多,铁路两侧的窝棚里住满了穷人,日子过得十分恓惶。"

晏小楠表情变得严肃起来,小声说:"我们要建立一个新中国,让大多数穷苦人过上好日子。"

时兹禾惊讶地张大嘴巴,不敢相信自己的耳朵,迟疑片刻后问:"你说的是保安团,还有你吗?"

晏小楠哈哈大笑起来,说:"当然不是保安团,他们是反动势力的一部分。我们现在正努力做工作,希望他们能够转换身份,掉转枪口。如果这个目标能达成,说不定他们也可以。"

时兹禾更加困惑,问:"你是这里的长官,难道你和他们不一样?"

晏小楠语气坚定地说:"我现在只能告诉你,我愿意为建立新中国出一份力,甚至赴汤蹈火,肝脑涂地。你呢,你愿意吗?"

时兹禾忽然想起了桂兰,他觉得晏小楠所言与桂兰曾经跟他表露的某些想法十分相似。桂兰是追寻她心目中的偶像从南洋回到她的祖籍地蚌山的,那人名叫黄一峰,在皖南事变中牺牲了。桂兰说,黄一峰长得与他十分相像。时兹禾起初并不相信,以为她或许情随事迁,因情生幻,但他在广州粤黔旅社经理室看到的墙上挂着的照片让他改变了想法。鲍云彤告诉他,照片上的人姓黄。时兹禾猜测,照片上的年轻人八成就是桂兰口中的黄一峰。时兹禾有三条坚实的依据:南洋、姓黄、与自己长相格外相像。

时兹禾不由心中一热,点点头,说:"长官,我愿意和你一样。"

晏小楠大笑起来,他拍拍时兹禾的肩膀,说:"长官可不是我们这些人应该叫的。以后你可以叫我同志,只是现在还不行。没人的时候你可以叫我大哥,当众需要掩饰一下,唤我旅座吧。哈哈,这个时间不会很长。"

晏小楠的这番话让时兹禾觉得一下子与他拉近了距离,便放松了心情。时兹禾向晏小楠表达了一个迫切的愿望，离家这么久，一直没敢给父母写信，担心自己编造的谎言露馅。他原本打算考上警校再告诉父母自己并未去上海，如今警校之梦彻底破灭。时间过去这么久，担心父母以为他在外面遭遇了不测。时兹禾看到营区里士兵的装束与曹山湖警所的赵传勇以及广州警校的那些警官与学生的服装有相似之处，希望晏小楠能为他拍一张身穿保安军制服的照片。他想寄回家让父母看看，让他们姑且以为他上了警校，暂且遮掩一段时间，以后找个合适时机再做解释。

晏小楠想了想，神情严肃地说："那身'黑皮'就不用穿了。你如果想向父母隐瞒一段时间，不妨在操场上穿着制式衬衣照一张相，即使内行人也很难分辨警察与保安军的区别。不管怎么说，过些日子，你和我以后都得找个时机好好向家人解释一番！"

乱世之际人心惶惶，这话用来描述黔省保安部队现状简直形象生动。归属中央军后，许多中下级军官寻找各种理由企图脱下"灰皮"拍屁股走人。过去身穿"黑皮"虽然名声不好，也不如正规军那样神气十足，颐指气使，但毕竟保安部队作战职能并不明确，在黔省本地负责治安兼顾警备，即使偶尔动枪动炮，面对的多为小股土匪，说白了，吃着军粮却不背负打仗的风险，明面收益与私下好处相加，这份差事与其他行当相比不算很差。自从脱下被人们戏称为"黑狗子皮"的黑色制服而换成灰色军装，军官们发现，今后在家门口晃荡的可能性越来越小。既然是正规军，打仗而且离开黔省打仗变成天经地义的事情，关键是收编过来的部队又不是谁的嫡系，遇到难啃的骨头把他们推到前面充当炮灰在所难免。

多年未曾打仗甚或干脆就没打过仗的有些人便开始胆怯。这些人既非将官，也非尉官，而是蜷居在黔省保安司令部以及各地保安团的一群校官，上不着天下不接地却又斤斤计较的他们十分明白，面对解放军摧枯拉朽的攻势，莫说保安军这样的杂牌货，就是老蒋那些美械装备的精锐部队也溃不成军。从东北到华北，从华中到江南，非但没有卷起千重浪的雄姿，反倒是颓势尽显，昔日不可一世的各路枭雄终被时浪涤荡殆尽。

枪声决不像爆竹那样听起来嘎嘣清脆，后者在响声中送走的是年兽，而前者不长眼睛，弄不好会让人丢了性命。

转隶中央军没有多久，司令部防空科副科长欧阳慕中校带头申请退役，三团副团长许鑫中校与二团副团长蔡祥国中校很快跟进，一时间校官们人心惶惶，议论纷纷。但欧阳慕副科长实操后发现要达到目标并不容易，尽管在保安部队的服役时间可以连续计算军龄，但想拿到足额退役金却不行。换言之，不在中央军干足年头，之前在保安军的履历概不作数。上头给的答复似乎也很在理，保安部队拿的是省里的钱，若觉得吃亏，找黔省去要补差。更让申请退役者头疼的是，干满年头且符合退役条件的军官又必须得到上司的批准，批准的前提是根据任务的需要，眼下形势不允许退役就得不到批准。众人看得越来越清，想一走了之纯粹是怪圈遮盖下的空想，于是有一搭无一搭地混日子竟成为风气。

只有原保安一团上校团长于启佑是个例外。从清水镇来到黔阳接防调往普山镇的保安五团后，于启佑发现时局混乱与动荡给他带来了快速升迁的机会，于是像打了鸡血似的在上司面前表现自己。

保安一团是驻防黔阳的唯一部队，于启佑上校三天两头请示保安司令张文焕中将，主动请领各类急难险重的要务。黔省保安司令部参谋处和警保处那几个分管业务的中校和少校不得不急赤白脸地向于启佑解释："于团座，咱这里又不像风声鹤唳的重庆和成都，哪有什么要务？"

碍于情面，司令部管事的参谋们还是给于启佑上校提供了一些机会，无非迎来送往中有时需要有排场，团级部队干这种事情，无论规模还是架势肯定比司令部直属警卫营气派许多。

果然,有一次张文焕中将从重庆开会回来,轿车刚刚驶入黔阳城贯通南北的笔直大道中华路,就见马路两侧整齐地排列着身穿黑色服装的官兵,钢盔在头,钢枪在手,黑压压地延展数里路之远。站在碉楼顶上远远看去,这场面就像麻将牌的黑色"八饼"被放大和加长了,煞是扎眼与威风。

这阵势搞得张文焕中将有些不适应,下车后看到笔直地站在司令部大门处恭候他的于启佑上校,张文焕假装十分意外,然后皱了皱眉头,嘴上说了一句"这是搞哪样嘛",但他心里不得不承认,褒威盛容的场面令他很是受用。

果然,于启佑上校就地晋升为旅长没多久,赶上黔省保安部队整编为绥靖第101军的时机。由保安司令转任军长的张文焕中将当即任命于启佑为刚刚组建的272师副师长。尝到甜头的于启佑自此更是唯张文焕马首是瞻。

绥靖第101军改编完成后,原保安一团配属军部同时移防黔西南,留在黔阳稀稀拉拉的兵力就成了摆设。依照部署,第101军军部与272师虽同在黔西南,却相距百十里地,前者驻督查区,后者驻普山镇。新组建的272师下辖两个旅,实际则为原保安五团与保安一团。这与晏小楠早先的预判完全吻合,营区空置的一半营房即为原保安一团所准备。

移防部队抵达督查区后,张文焕中将并未停下脚步,突然提出要去滇省考察。一众随扈颇觉意外——依照惯例,司令部安营扎寨之前,军长不得擅离岗位。可是官大一级压死人,张文焕中将提出这个想法后竟然无人表示异议或者谏言是否应该报告。这些经办具体事务的处长和参谋们心里明镜似的,成都方面的上司根本无暇顾及这边的事务。倒是张文焕装模作样地说,他去滇省考察期间,各项军务暂由军参谋长谭良本少将负责。

众人默不作声,就当此事已然敲定。

照理,此时原保安一团应继续向东行进。于启佑却表示愿意抽调一个营的兵力,自己亲自护送张文焕。军部那些参谋们颇觉惊讶,军长如此这般不管不顾本就违反规定,又来个师长不计后果——不考虑自己所带部队能否按时抵达普山镇,而擅自决定护送军长,也是闻所未闻。

一向循规蹈矩头脑清晰的张文焕早已盘算清楚,黔西南到滇省这段路途山高林密,匪患严重,无兵护送并不安全,又知道自己私自出行考察已属违规,再率数百人部队一同前往,几近"犯上作乱",便故意含混其词地说:"不叫护送吧,跟一段路程也好,至昆明为止。我已与滇省绥靖公署讲好,剩余路程由他们警卫。届时于师长即刻返回普山镇履职。"

没等谭良本参谋长表态,张文焕中将又说:"眼下正是用人之际,272师本由于启佑副师长主持军务,不如取消'主持'两字,直接任命为师长。先这么干着,委任状和少将军衔命令事后报备。"

早已决心加入共产党阵营的谭良本少将对张文焕中将的企图心知肚明,看到这两人的表现,暗自想:国民党军队不败,天理难容。离开省城之前,谭良本即从黔阳特支范福增和萧万芳那里获知消息,张文焕打算到昆明后借道缅甸前往香港,所谓考察不过是遮人眼目的幌子。在国家与民族命运面临重大转折之刻,每个人的想法与选择竟然差别如此之大,谭良本实在无法将眼前准备溜之大吉的张文焕与当年在城陵矶战役中一往无前的北伐名将相提并论。一个既不想得罪老东家,又不想与共产党为敌的人,未来还会有踏实的人生吗?

至于于启佑还想借机攫取好处,谭良本并未放在心上,解放军二野部队派来的联络员已与他秘密接头,交代给他的第一项任务就是在黔西南国民党部队的和平起义中扮演重要角色。届时，无论于启佑担任什么职务，都必须在他的安排下统一行动。而张文焕离开得越早，越有利于下一步起义工作的开展。

谭良本少将哪里知道，二野联络员与他秘密接头，正是晏小楠协调的结果。

第三篇　图源远流

博弈

　　于启佑将张文焕送到昆明后,本该立即折返,但如今心里惴惴不安。于启佑担心张文焕离开黔西南之前对谭良本参谋长所交代之事,凭借的只是一时意气,大话而已。这也难怪,这件事情看上去太不真实,哪有刚刚任命为主持军务的副师长,一天还没有干过,继而直接坐到师长位置上的道理? 就是娃儿们耍起两军对弈的把戏,也不可能如此布局。

　　于启佑很清楚自己的所作所为带有赌博的性质,在当时部队尚未驻扎到位的情况下,他作为主责长官,冒着失职的风险,挺身而出,表示愿意一路护送张文焕,搁谁都会受到感动。张文焕也是肉体凡胎,就像打麻将几圈下来始终不和牌,忽然有人为他点炮,心里不为之一动才是怪事。只是时局不比往昔,司令部从黔阳撤到黔西南,说是战略转移,分明就是逃跑。对张文焕来说,以往颐指气使、说一不二的环境与条件不再,在特殊境况下说些类似于酒后张口即来的大话在所难免。

于启佑不傻,反复揣摩一番,在折返之前故意对张文焕说:"卑职遵嘱只能送军座至此。在下不能辜负军座栽培,马上就得返回普山镇主持 272 师军务,毕竟军不可一日无帅。"

于启佑故意说得模棱两可,态度又极为虔诚与真挚,企望以这种微笑着将对方一军的方式,让张文焕不得不做回复。

张文焕听出于启佑的弦外之音,睨了他一眼,假装用不屑的口吻说:"还主持个锤子? 你晓不晓得,你现在不再是主持军务的副师长,马上就是师长,名正言顺的师长。你回去(kěi)之前,委任状肯定已经下达。莫不成你以为我这个军长说话不作数? "

历来喜欢以儒雅形象示人的张文焕此时爆出粗口,显然因为于启佑的疑惑而感到愤怒。愤怒归愤怒,其实莫说于启佑,张文焕心里也暗暗发虚,以往并非没有做过封官许愿的事情,但这种承诺假若不凿实了哪敢随意说出? 毕竟不是排长连长之类的萝卜头小官,将一个刚刚提升为副师长的人再擢拔一级,即便老蒋亲自所为恐怕也得掂量再三。规矩与章法的沦落是国民党部队在战场上溃败的伴生物,张文焕很清楚,从过去的绳趋尺步到如今的恣意妄为,自己肯定不是头一个。样子和架势还在,魂魄早已失却,这必然导致没人管和管不了情形的出现。更要命的是众人的心思都已经不在这里,他自己悄无声息地溜号不是更说明问题所在吗?

张文焕过去展示的斯文不仅仅因为读书甚多以及老婆出身于京城书香门第之家,而是他曾经对自己的军旅征程充满信心。自信就像喜获丰收的农人,看着颗粒满仓,心里踏实。与之相反,莽汉与饥饿者一样,急躁中带着不安。大势已去,信心垮塌,虽说已经瞒天过海地踏上拍屁股走人之路,但依旧顶着军长头衔的张文焕还想将以往的威势支撑到出境——他打算通过缅甸转道香港。与黔阳相比,这里距边境不算很远了,与其说这样做可以将权力尽享到最后一刻,不如说如此这般可以保证一路平安。

一个是明话暗说，另一个则是直接作答，两人的对话像是戏台上小生与黑头的表演，只不过扮演者原本的角色弄反了——无论如何儒雅一生的张文焕不该吼着粗嗓门唱出黑头的腔调。于启佑想要的就是这种结果，他抑制不住内心的喜悦，恨不得给自己插上雨燕的翅膀，以最快的速度飞到黔西南。

表面上看，于启佑此时似是想尽早坐上师长宝座，但实际上担心节外生枝才是他急着赶回去的重要原因。在黔省保安部队厮混了将近二十年，这类事情临时生变的他见过不少。有的委任状明明已经下达，却因为各种原因未能及时宣布，偏偏又赶上上司有新的考量或者干脆就是变卦了而将委任状废止。这种结果对上司而言相当于将拱卒改成跳马，棋子虽然在棋盘上落了一下，手也刚刚离开，但瞬间又拿起棋子挪回原处，悔了一步棋而已，算不得什么，可对在焦急与期盼中空欢喜一场的当事人来说，如同煮熟的鸭子飞了，看上去似乎要不了命却生生夺去了半个魂魄。

于启佑比谁都清楚，他当师长这件事，晋升与任命流程并不完善。张文焕作为长官提名固然至关重要，但考察、研究、上报、备案都是必不可少的环节，对他而言，那才是白屎壳郎子——缺物，军里那帮办事的参谋们历来吹毛求疵，每每强调走流程的各项规定，不把他们打点好，拖上个十天半月都很正常。说白了，只要他没最终坐到这把椅子上，这件事就不算真正告一段落。

乌蒙山脉山地顶部虽然起伏和缓，但毕竟要途经深切谷底与溶蚀洼地，难走得很。运茶的马帮在这条路上走上三五天实属正常，美式吉普车加上给养卡车编成的车队至少也得奔波两天，加油、歇息、吃喝拉撒这些环节都必不可少，可是于启佑一行人硬是只用了一天多一点的时间就走完了这段路程。副官及随从个个在山路的盘旋与坑洼路面的颠簸中累得筋疲力尽，唯有于启佑始终打了鸡血似的精力十足，吃饭喝水也不下令停车休息。副官生怕驾驶威利斯小吉普车的司机疲劳驾驶出现意外，又不敢建议于启佑下车活动一下筋骨，只好找人替换着驾驶。

中午刚刚抵达普山镇军营，于启佑就风风火火地要求全师营以上军官集合，等候军部送委任状的参谋抵达后即刻宣布自己担任师长的命令。当一众校尉军官在执勤军务参谋口令下整齐地坐好，副官匆匆来到于启佑身边，在他耳旁悄悄告知，军里的送件参谋路上遇到一点意外，距普山镇几十里开外一处山体忽然落石塌方，挡住了来路，估摸一时半会儿无法赶到。焦急万分的于启佑心想：真是屋漏偏逢连阴雨！他骂骂咧咧地说："管尿他，反正委任状已经下达，老子不等了，自己提前宣布。"

于是在军务参谋喊了一声"全体起立"之后，于启佑扯着嗓子大声说："鄙人即日起正式就任绥靖第 101 军 272 师师长！"

副官及警卫原本以为会议结束之后可以好好补上一觉，哪承想于启佑随即要求副官到镇上找一家餐馆，晚上他要请客。副官平时酒瘾极大，每逢酒局就喜笑颜开，此刻却怎么也高兴不起来，毕竟才风尘仆仆走了几百公里山路，双腿软得难以站立，哪有精力陪同自家长官赴宴？

于启佑看出苗头，笑着说："让你们去（kěi）酒馆岂止是喝酒，还不得找几个押头（撑抖）女人放松一下？"

听说有女人相伴，副官顿时来了劲头，急忙连连回复道："要得，要得！"

于启佑眼珠子一瞪，"你们跟着去（kěi），只是顺便要一下，关键是要安排好客人。"

副官好奇地问道："这个旮旮角角的地方，客人是哪个？"

于启佑说："晏小楠副旅长噻！"

平坝乡下出身的于启佑，爹妈两家往上几代人都是农夫，没钱没势没背景,对他这个从军者而言还有一个更加致命的缺陷——没上过军校,且莫说大名鼎鼎的陆军讲武堂,即便籍籍无名的黔省讲武学校的大门他也没进过。一个没文凭、没打过仗、没有中央军任职经历,甚至没出过黔省的"四没""土鳖",能一路混到师长职位,凭哪样?还不是凭着能说会道、察言观色、见风使舵、装憨卖傻。于启佑心想:但凡有点本钱,哪个龟儿子愿意做这些下三烂的事情?不管怎么说,当上了,就算老于家坟头冒了青烟。

俗话说,新官上任三把火,于启佑知道自己根本没有"烧火"的资本。也是赶上周边同僚对升官已然没有多大兴趣的当口,而他又钻空子般识时务地拍了张文焕中将的马屁,这才让他得了师长头衔。按照以往常规操作,下达师长任职命令的同时,肩牌应该由三颗铝星换成一颗金星,正儿八经迈进将军行列,可于启佑仍旧佩戴上校军衔。师长委任状口头说说也就罢了,肩牌上的星星宛若秃顶上的虱子——明摆着,哄不得人,会场上的那些军官们看得明明白白,总觉得其中短斤少两。除了272师,绥靖第101军还下辖263师和271师,人家那两个师长都扛着金星。于启佑嘴上不说,心里明白,哪天军长训话,三个师长并列站在一起,他定然矮人家半头。

所以,军官会议开得短促且匆忙。于启佑哼哼哈哈地讲了几句精诚合作、坚守防卫之类的套话,没等众人回过神来,会议便匆匆结束,大有虚晃一枪的味道。于启佑自我安慰,肩牌不就是让人家看的幌子嘛,没什么大不了的,挂羊头也好,挂猪尾也罢,商铺本钱的多寡才是要务所在。倘若当了师长而没有实际指挥权,那才如同刚刚放过炮的卵子——不仅成了样子货,最要命的是变得没劲了。

一向抠门的于启佑专门拿出几坛子不知从哪儿弄来的窖藏老酒,摆出一副舍得一身剐的架势,准备与晏小楠大喝一场。于启佑心思缜密,晏小楠目前的职位仍然为副旅长,并没有因为新师组建而得到职务提升,但组成272师的两个旅不过就是以前的保安五团和保安一团。晏小楠是原五团的实际当家人,而于启佑不过就是在原一团团长位置上没挪窝连跳三级——旅长、副师长和师长,看似升了官,原来管辖的部队却未得到扩充。若不将晏小楠牢牢抓在手中,对于272师至少一半部队能否听从自己指挥,于启佑心中并无把握,弄得不好果真就像老兵油子总结的"连长连长,半个皇上"那样,他这个所谓师长,在普山镇军营中,最多也就算是半个皇上。尽管老兵油子话语核心在后半句的"大炮一响,黄金万两",说的是官小实惠多,但于启佑既然一门心思琢磨加官进爵之事,自然不甘心把自己定位于攫取碎银两的小格局上。

于启佑最初对晏小楠多有防备之心,认为晏小楠是重庆派来的人,职位与自己相差不大,早晚都会压自己一头。没想到转隶中央军的过程中,不仅上面没人替晏小楠说话,张文焕司令也没有对晏小楠高看一眼。出乎于启佑意料的是,晏小楠并未流露出任何不满,也没表现出要与他一争高下的意思。所以于启佑觉得,拿下并掌控晏小楠并非难事,只是笼络这一环节必不可少。

晏小楠初次与于启佑打交道,就觉得此人绝非等闲之辈。张文焕上任伊始在黔阳召开各团团长会议,结束后众人纷纷跑到晏小楠所在的五团喝酒,唯有于启佑郑重其事地表示自己身负要务,不能随众团长一同去喝酒,就连晏小楠都不知道所率的五团即将移防普山镇,而于启佑已率一团迅速接手黔阳营区。于启佑口风极严,别人丝毫都未察觉。

前不久晏小楠与二野派来的联络员秘密会面,专门讨论起义时需要注意的问题。晏小楠逐一介绍了原保安部队各位团长的基本情况,特别提到于启佑最让人难以捉摸。其他人在此情形下都在考虑如何明哲保身,唯有于启佑一心谋划如何升官。晏小楠并不担心于启佑野心勃勃,唯一顾虑的就是这人说不定会在关键时刻整出什么难以预料的幺蛾子。

军官会议上于启佑的表现让晏小楠更加确定自己的判断——太强的投机心理影响了于启佑对形势的基本认识。让晏小楠没想到的是，他前脚刚刚从会场回到房间，于启佑后脚就打来电话，说无论如何今晚都要光临专门为他而在镇子上摆设的宴会。晏小楠觉得蹊跷，按黔省保安军的惯例，祝贺某人高升的宴会通常都由关系密切的同僚或下属举办，前者带有恭喜成分，后者包含希望今后多给予关照的巴结因素。反其道而行之的情形并不多见，尤其是专为某人设宴。

晏小楠稍加思索，叮嘱平飞尽快整理一份有关于启佑近期情况的分析报告，设法送到二野联络员手中。起义在即，国民党部队中任何一个中高层军官的反常表现都需要高度重视。

随后晏小楠将时兹禾唤到自己房间面授机宜。

晏小楠对时兹禾说："小时，你知道今天是什么日子吗？"

时兹禾愣了一下，他第一次听人家叫自己"小时"，既觉得陌生，又感到亲切。他记得蚌山天来卷烟厂老板肖财旺管自己父亲时昭明叫"老时"，两两比较，老少分明，蛮有意思。

时兹禾想了想，说："一个礼拜之前是秋分，这个我记得。我们蚌山人在这天要吃蟹的，曹山湖的螃蟹膏满肉厚，味道鲜美。若按日期，今天是九月三十日。"

晏小楠笑着说："没错，若按照公历计法，今天是一九四九年九月三十日。我告诉你一个好消息，明天将有一件载入历史的大事发生。"

时兹禾露出惊讶的神情。

晏小楠兴奋地说："明天，新中国将在我们的首都北京正式宣告成立，它的名号是中华人民共和国。前天我收听到广播，北平已经改名为北京了。尽管包括我们这里在内，全国还有一些地方尚未解放，但时间不会太久了。"

看到晏小楠这副神情，时兹禾想到月初晏小楠递给他一份《解放日报》。报头的日期是一九四九年五月三十一日，时兹禾面露不解。晏小楠指着报纸头条文章的题目"新华社社论《祝上海解放》"，说这是三个月前的报纸，现在能看到也实属不易。当时晏小楠的表情与现在一样，兴奋不已。

时兹禾也跟着高兴起来。时兹禾有件事情本想几天前告诉晏小楠，但唯恐给自己或给晏小楠惹出麻烦，一直未敢张嘴。此刻他悄声对晏小楠说，家里在收到他寄去的照片和信后，给他回信了。时兹禾一算日子，通信往返竟然花费了整整半年时间。信中所说都是半年前的情况。父亲在手书的信中说，看到他寄来的照片，得知他平安，母亲便不再因挂念而每日哭泣，家人悬起将近一年之久的心总算放了下来。还说蚌山年初就发生了沧海桑田的变化。父亲担心时兹禾这边的情况可能与蚌山不同，很多事情在信中不便明说，让他用心体会。

最让时兹禾高兴的是，父亲告诉他，大年初一过大年那天，家里来了一位年轻的女兵打听他的情况。女兵的帽子后面露出两条小辫，显得很漂亮，自我介绍说她家是曹山桥的，却讲的一口国语，一点没有蚌山人的口音。母亲头一回见到女兵，高兴得光顾着问这问那，居然忘记问人家叫什么名字。

晏小楠很感兴趣地问："你在蚌山有女朋友吗？"

时兹禾羞赧得脸红起来，嗫嚅着说："我那时是个学生，怎么会有女朋友？我猜想她应该就是我们学校图书馆的那位老师，从南洋回来不久。我后来认识的人当中，只有她家是曹山桥的。会考之前她还鼓励我考出好成绩，会考后不知什么原因，她突然消失了。我去曹山桥找她，险遭不测，最终也没能见面。她对我一直很好。我不知道她怎么会成为军人。"

晏小楠接着说："小时，我们的战斗还没有结束。今晚你随我参加一个宴会,272 师新任师长于启佑请客。这不是一次普通的宴会,他或许想笼络我,我也想借机观察他。"

时兹禾问:"这个于师长是什么样的人?他为什么要笼络你?难道他不想为新中国的建立贡献自己的力量吗?"

晏小楠说:"我希望他能为此出力,但现在无法判断。所以,你与我一起去,既是看戏,也是演戏。我们要看看他想干什么,又不能让他看出我们对他有所提防。"

时兹禾若有所思地点点头。自从来到普山镇军营,他觉得晏小楠做的事情很复杂,也很神秘,一时半会儿难以弄懂,但有一点他很确信,晏小楠是个正直的好人,多少有点像他在蚌山结识的老警察赵传勇,在这个自己完全陌生的地方,跟着他干、听他的话,是不会有错的。

晏小楠说:"今晚你的任务只有一项,我会择机让你在宴会上念几首关于春天即将到来的诗,表面上当成喝酒时的助兴方式。"

时兹禾一下子来了兴趣,问:"诗词曲赋都可以吗?王安石的《泊船瓜洲》就很好,'京口瓜洲一水间,钟山只隔数重山。春风又绿江南岸,明月何时照我还'。"

晏小楠笑出了声,拍着时兹禾的肩头说:"当然可以,你是堂堂高中生,真正的大才子,内容由你确定,除了念诗,其他一切事情看我眼色行事。你的身份是我的副官兼司书。"

时兹禾诧异地问:"我不是传令兵吗?"

晏小楠说:"现在看来你已经没时间再当传令兵了。"

时兹禾问:"我就穿这身便衣去吗?"

晏小楠说:"你还年轻,未来大有可为。我本不打算让你穿中央军军服的,想让你等到那一天到来时直接穿上我们自己的军装。但于启佑来了,为了不引起他的怀疑,今晚你暂且穿上中央军的军服,佩戴中尉军衔。"

普山镇靠近大山的一侧有一家名叫苗香苑的客栈。客栈高墙围合，铜门铁锁，大门两侧卧着一对石狮，左侧雄狮两爪之间抚弄着绣球，右侧雌狮双爪之间则卧一幼狮。院中建筑讲究，既有白墙青瓦马头墙的徽派特色，局部又呈现出下部架空的苗族干栏式建筑。

苗香苑住宿价位甚高，远非当地人能够接受的，寻常人并不知晓其中情形，只有少数人知道客栈中附设的食肆更受周边有钱人的青睐。不像黔阳那些名气很大的餐馆，门头很高，招牌硕大，夜晚灯光辉映，呈现出一种诱人的氛围，看得路人即便不饿也想进去瞧瞧，苗香苑的食肆则完全蜷缩在围墙当中，压根没有门脸，果真彰显着好酒不怕巷子深的气度。与苗香苑的名头相吻合，食肆专事苗族特色菜肴，尤以酸汤鱼和酸辣椒炒牛皮最受欢迎，而这里的龟凤汤、油炸粑粑、万花茶之类的小吃与汤更是声名显赫却难仿做，即便黔省各地特色吃食荟萃的黔阳也很难觅到这类菜的踪影。

苗香苑的姚老板乃黔阳东山人，原来做山野土货生意，常年游走于黔省各地，对"侗黎布依瑶，独龙仡佬苗"的各种珍馐美馔如数家珍。也是因了生意上的旁门左道而显出与众不同，他的山货奇货可居，常有南京、广州的商家来黔阳高价收购，经年积累，居然有了一定身家。姚老板知道普山一带穷困潦倒，所谓"吃饭汤粉路边摊，住店客栈硬床板"，讲究的人每每见之唯恐避之不及，偏偏有些外省初来黔州的达官显贵喜欢探求新鲜，尤其对少数民族聚集区格外垂青，加上黔阳一些有钱人夏日愿来此避暑且体验苗家风情，吃饭与住宿就成了商机。姚老板一咬牙一跺脚，几年前下血本在这里买地建了院落，盖了房子，就有了苗香苑这家食宿一体的客栈。

于启佑宣布自己担任师长的会议散会那会儿正是下午未时，跟着就提出晚上请客。搁平时副官早就急眼了，哪有这么安排的？这里又不像在黔阳，场子多，余地大，即使遇到急茬，揣上钞票与盒子炮，临时闯进早已预订满的馆子，也能搞定。普山镇虽说早有保安部队驻守，可于启佑和副官都是初来乍到，莫说不晓得啥子地方可以吃喝玩乐，就连东南西北一时半会儿都分不清楚。

也就是长官主动允诺可以找女人，这才让久旱的副官兴奋不已，脑子胡思乱想的同时身子也开始跃跃欲试，淫心辄起伴着灵光乍现，他猛然想到有条线索可以用之——272 师师部警卫营是在原保安一团警卫连基础上组建的，那时于启佑团长出行，警卫连常派兵跟随，鞍前马后的副官对这些人十分熟络，知道其中有个莫姓苗族军士家在普山。

副官马上找来莫姓军士，军士又找来当地熟人，三人立即驱车前往查看，七弯八拐就找到了苗香苑。果然非同一般，客栈的食肆中摆放着油漆锃亮的八仙桌和太师椅，木质格栅上布设着各式各样的坛装老酒与觥爵器皿，如此条件在普山镇可谓独此一家。

副官嘴上对姚老板说的是喝酒的环境最重要，心里却想着酒后的苟且之事，匆匆看罢食肆便去探看客房。副官没想到客房摆放的是棚顶架子床，除却上床处敞开，其余上下四周围合着，又不严实，皆为镂雕、透雕与浮雕，真正彰显出"光厅暗房"的中式讲究。不看则罢，副官一看竟然心旌荡漾起来，仿佛看到有个女人坐在床边含笑朝他招手，缕缕光影中玲珑剔透的冰肌玉骨煞是迷人。

副官吞咽了一下口水，猛地一拍大腿，冲着姚老板大声说："老子就替师座做主喽，今晚就在这里耍起！预订四间客房嚓！"

随后副官看了一眼手表，距黄昏时分居然还有四个小时，便将于启佑搁在车里的几坛老酒交给姚老板，板起脸说："晓得你这里有好酒，但我们家长官自备了上好的陈酿，赤水河阿（那）边的老酒坊专程运来的。好酒要配好菜，当然，最重要的还得有抻头（撑抖）女人相伴。后两样交给你办，哪一样配不上，小心老子收拾你！"

果真是车到山前必有路。入秋后，省城黔阳来苗香苑纳凉避暑的人渐少,生意显然不及暑天那几个月,姚老板开始闹心,正琢磨如何拓展客源,忽闻一众军官要来此用餐,且净点山珍补品,标准甚高,顿时喜出望外,但又听说要寻些放得开的女人陪酒,而且是那种陪完酒还要陪着上床的女人,就有些犯愁。苗香苑客栈常有客人来此寻欢作乐,见多识广的姚老板自然知道那些相伴而来的女人并非都是客人家的女眷,可在这樵苏不爨的不毛之地,他上哪里去找这号女人?

天无绝人之路,幸好有个家在县里的五金商人来此住店,前台掌柜的数年之前在县城谋事时便知道此人底细——改做正规营生之前当过几年皮条客,结识不少明妓暗娼。姚老板知道军爷得罪不起,寻常鸡毛蒜皮的业务都交由掌柜的处理,这次只好觍着脸面亲自登门求助。那人一听,爽快地说:"住店费用免了,再给些好处,这桩事情包在我身上。"

果然,酒局开始之前,竟然有一辆小客车从几十里开外的县城拉来了数名做皮肉生意的年轻女人。

食肆位于苗香苑客栈的一层,晏小楠和时兹禾刚进入厅堂,就闻到里面飘出来浓郁的酒香,其间还有夹杂着一股刺鼻的胭脂味,紧接着又听到女人放肆的笑声。晏小楠眉头一皱,更加确认于启佑并非善茬,知道今晚有好戏上演。

见晏小楠走进食肆,提前到来且已坐在八仙桌前的于启佑连忙起身,双手抱拳,带着浓重的口音对晏小楠说:"好嘛好嘛,感谢晏旅座赏光!黔阳换防之后,这可是我们初次见面,有日子喽。没想到分手的时候我们都还是保安军,现在摇身一变,都成了中央军。当然,那个时候我们都是团座。"于启佑话中有话,暗示今非昔比,两人之间的官衔有了明显差距。

晏小楠故意用谦卑的口吻说道:"师座此言差矣。即便是当时,您也是保安一团正儿八经的团座，而我不过是保安五团主持军务的副团长，有差距的。如今，您是272师堂堂的师长，我不过是您手下的副旅长。"

于启佑一愣，见晏小楠不但没有接茬，而且就坡下驴地将话挑明，顿觉无趣，便摆了摆手，说："不说这个也罢。刚才开会，众人皆在，我于某人不便当面向你发出邀请，没想到会后鄙人一个电话告知，晏旅座即刻大驾光临，很给面子哟！你率领五团移防普山镇的时候，记得我说过，我们早晚还会聚到其他地方一起干更大的事情。这话今天应验了。"

晏小楠一语双关地说："师座好记性。我当时就说，但愿我们以后能一起做些大事。现在看，能不能干成大事还取决于我们的默契程度。"

于启佑怔了一下，不知晏小楠话中的含义，便含糊其词地说："请你喝酒不就是为找寻我们之间啥子地方有默契的可能嘛！"

晏小楠笑道："师座荣升，本该由我等设宴祝贺，如此反着来，搞得我甚为不安，关键是为什么单请我一个，还弄来这么几个陌生女人作陪？"

于启佑哈哈大笑道："千万别误会，272师哪个比得了晏旅座重要？你老人家兵强马壮，其他人都是麻将牌里的混儿，哈（傻）咧！再说，这里不比黔阳，老婆不在身边，又远离家乡，整天舞刀弄枪的人，火力十足，阳气旺盛，没个女人调剂一下，莫说挨枪子被打死，自己都会被自家的暗火活活烧死。"

晏小楠说："师座倒是潇洒，只是如今不比往日半军半警、半兵半民的日子，毕竟归了正规军，要求有所不同，您不担心上头查下来吃不了兜着走？"

于启佑毫无顾忌之意，抬手搂住身旁一个女人的脖子，笑着说："管尿他保安军还是正规军，这么偏远的地方，你不说，我不说，鬼才晓得！"

晏小楠说："师座正当官运亨通之际，还是爱惜自身羽毛才好。"

正当晏小楠与于启佑暗斗嘴风之际，一个裹着旗袍胸脯高耸的女人冲着时兹禾惊呼道："哎哟，这个是晏旅座的副官吗？阿（那）么俊朗帅气的军官，从来没得见过哟！"说着便步履款款摇曳地朝时兹禾走去，迈腿的当口，旗袍衩口处登时展露出一片雪白。

时兹禾哪见过这种情形，惊得连连摆手。只见晏小楠伸手拦住女人的去路，转脸对于启佑说："师座有所不知，我这位副官有点背景，刚刚到位，来自北平的大户人家，见过的女人个个国色天香。这些女人的做派会吓到他的。"

于启佑本想说当兵的出生入死，怎么会被女人吓着，但听说时兹禾有点背景，顿时来了兴趣，随即便打探有何背景。晏小楠故作神秘地表示不便明说。于启佑越发好奇，挥挥手让副官将那些女人带了出去，急切地问："晏旅座可否透露一点？"

晏小楠贴着于启佑耳畔悄声说："张文焕军长离开黔阳之前专门派人护送而来，说是夫人北平娘家的亲戚，好像在那边犯了点什么事，过来避避风头。"

于启佑吃惊地说："怪不得讲一口北方话，可我护送军座去昆明，一路上也没听他说过呀。"

晏小楠说："我此前也从没听说。人送到我这里，陪同来的人才含含糊糊地说了这么一嘴。上司的私事，我也不便细问。"晏小楠知道，张文焕此去不会再返回，这件事情反正是死无对证。况且起义在即，眼前临时应对一下于启佑，晏小楠判断不会有什么问题。

于启佑一直以为自打张文焕认了他这个同乡，对他一向甚好，提携与关照自不必说，平素也没少让他办些军务之外的私事，两人私交非比寻常。没想到夫人娘家如此私密之事却交到晏小楠手上，于启佑便觉有些意外。

于启佑脑子飞速转动，琢磨着此事是否与晏小楠来自重庆的身份相关。想来也是，重庆毕竟做过多年陪都，繁华富庶，高官云集，在那里谋事，职位不见得低，薪金不见得少，晏小楠肯跑到黔省这种旮旮旯旯的小地方，干着这份既不能光宗耀祖又不能闷声发财的差事，必有特殊原因。再说，晏小楠的这位副官假若果真来自张文焕夫人娘家，让他在这穷乡僻壤弄些男男女女的苟且之事确实并不妥当，万一哪个没见过世面的娘们在缱绻缠绵之际说些不着调的土话、做些不上道的动作，让他倒了胃口，坏了心情，他转头将这些狗屁倒灶的事情传到张文焕耳中，引得军座两口子不满，那才得不偿失。谨慎捕得千秋蝉，小心驶得万年船。他于启佑不过就是个农人后代，德能何在？不就是以见机行事、谨小慎微之优长求得生存的空间吗？

想到这里，于启佑冲着副官说："让店家上菜吧，我们四个喝酒。几个娘们另吃，其他事情酒足饭饱之后再说。"

副官引着几个女人到了另一个包间，临走时顺手在一个女人脸蛋上摸了一把，淫笑着说："我们在阿（那）边喝好了，再回来找你们耍嘞！"

副官刚刚返回落座，四个身穿苗族服饰的年轻女子端着热气腾腾的菜盘鱼贯而入，分别来到于启佑、晏小楠、时兹禾和于启佑的副官左侧，按照统一的动作将菜盘放在桌上。客栈姚老板也是了得之人，晓得来此用膳的人非富即贵，硬是将黔阳高档馆子的做派搬了过来，不但要求上菜者动作整齐划一，且穿着搭配的样式与色彩完全相同，头上包着层层折叠整齐的黑色头帕，穿着红蓝相间的圆领右衽上衣和黛青色百褶裤，尽显苗族特点。

那些浑身散发着刺鼻香味的女人出去后，时兹禾长吁了一口气，起初略显紧张的心情渐渐松弛下来。四人在八仙桌前相对而坐，于启佑与副官主副为陪，晏小楠与时兹禾左右为客。于启佑解开领口,而副官则撸起袖子。头一回应对如此场合,坐在晏小楠对面的时兹禾一切都学着晏小楠,将大盖帽递给站在一旁的伙计,然后摆出正襟危坐的样子。心中有事的时兹禾并不踏实,估摸酒过三巡之后会轮到他念诗,人虽端坐,头却低了下来,眯起双眼,心里开始默念着提前选好的诗篇,并想象着一旦晏小楠发号施令,他应该以何种腔调且辅之以何种手势诵读描写春天的古诗,就像他曾经在蚌山崇正教会学校念书时做过的那样。

　　站在于启佑左侧上菜的女子正要将菜盘摆放到餐桌上,没想到于启佑的目光瞬间被牢牢吸引,侧脸紧紧盯着这个身材颀长面容姣好的女子,笑嘻嘻地说:"天,这个妹儿好抻头(撑抖)嘞!比前面阿(那)几个花枝招展的妖婆娘强了许多!"

　　那女子原本低垂着头,听到于启佑这般一说,显得有些紧张,慌乱中双手抖了一下,菜盘里的汤水漾着洒落在桌面。她匆匆放下菜盘扭身就要退下,于启佑却一把拉住她的手,色眯眯地说:"慌哪样?让老子看一眼也不会吃了你。噢哟,这小手好娇嫩嘞!"

　　女子想挣脱于启佑的手,不料被抓得更紧,怎么也脱不开身,于是冷不丁大喊一声:"放开我!"

　　这声音听上去十分耳熟,而且女子就在时兹禾的右侧,时兹禾抬头看去,大吃一惊,全身立刻紧绷起来,脑袋瞬间嗡的一声,仿佛全身的血液都涌到了头上。那女子不是别人,正是在军营门口将他从婚车上推下来的莫黛。

　　时兹禾霍地一下站了起来……

举事

　　清晨的阳光刚刚从普山镇东侧的山顶露头,赶早的苗家人惊奇地发现,军营大门岗亭里的哨兵一夜之间变成了解放军战士。最明显的标志就是门楼上以往飘扬的青天白日满地红的旗帜被五星红旗取代,之前的哨兵头戴钢盔,而现在的则戴着土黄色护耳棉帽,帽上缀有红色五星。

人们窃窃私语,昨夜一如既往地鸦默雀静,怎么一点枪炮声也没有听到就改天换地了?

晏小楠办公室的摆设尚未来得及变动,只有门楣上带有青天白日标识的副旅长门牌刚刚被摘下。晏小楠前几天还在想,等一切转换交接工作全部完成,应该花费一两天时间将营区各种布设——旗帜、标语以及平房侧面墙壁上的宣传画等彻底做一番改动。夜半时分,晏小楠刚刚将哨兵换装后上岗的事情布置完毕,突然接到上级电话,通知他阳历新年之前到黔阳军管会报到。

多年来晏小楠早就习惯服从组织安排调遣,常常上午接到调令,下午背起背包就出发,但这次还是觉得有些突兀。按照上级对起义部队采取的"集中整理、认真改造、逐步处理"的三项方针政策,晏小楠有许多事情急需向二野派来的整训工作组交代,譬如哪些基层连队思想转化得比较快、军官中谁是可以作为骨干利用的对象、顽固分子主要分布在哪几个营,不一而足。晏小楠终是忍不住,问:"为什么这么紧迫?"军管会负责人说:"黔阳作为省城是当前的工作重点,市民开始恢复正常生活,但有许多亟待解决的问题,国民党撤退后,留下不少特务隐藏在各行各业,时常搞些破坏活动。搜捕敌特以及维护社会治安迫在眉睫,组织上认为你受过专门训练,到军管会负责这项工作十分合适。过几天就是新中国成立后的第一个元旦,黔阳要搞庆祝活动,要做到万无一失。"

晏小楠看了一眼桌上的台历——那是屋里近日唯一添置的新物品,上面清晰地标明:公元一九四九年十二月二十五日。他不禁感慨,没剩几天了!

台历是前几天参加起义部队整训工作的同志捎来的。整训工作组负责人是晏小楠在延安一起受训的老同学葛开荣,年初刚刚调到二野敌工部任职。葛开荣从黔阳出发之前匆匆给晏小楠打了个电话,问需要从萧宅捎什么东西,并说组织上已同意公开他的身份。这意味着可以告诉萧士余老人,他的外孙子晏小楠如今就在普山镇担任起义部队272师的临时负责人。晏小楠笑着说:"老爷子哪里认识什么晏小楠,他只知道外孙子晏承德去保定上学后再未归来。全家人只有我大姨萧万芳和大姨父范福增知道我的真实情况。我已经告诉大姨两口子,谜底等我回家后再揭开吧。"不过晏小楠还是直截了当索要了一件特殊物品——老解放区印行的当年台历。

葛开荣抵达普山镇的第一时间就把台历送给晏小楠,笑着说:"实在没想明白,你干吗要一个当年的台历?这个台历虽说没开封,完全是新的,可是用不了几天就是一九五〇年了,再新的台历马上也要过期了。"

晏小楠说:"一九五〇年的新台历很快就会印行,哪里都能买到,只是一九四九年的台历对我而言十分珍贵。黔西南能看到的当年台历都还印着'民国三十八年'的字样,只有老解放区带过来的标明了公历纪元。这一年最后十天是新旧交替的日子,我都要记在上面。"

起义之后部队急需更换服装,由于换装人数较多,从黔阳运送来的被装无法一下子满足需求,解放军的新冬装只能分批发放。第一批更换服装的主要是站岗放哨的警卫连,他们是部队的"门脸",还有参加整训的连队和经过甄别未发现问题的军官,其余人员则继续穿着原国民党部队的服装,只是摘下了领花与帽徽。刚刚担任文化干事的时兹禾原本不在第一拨换装人员当中,但晏小楠特批他参加首批换装,原因有二:

其一,时兹禾自打进入普山镇军营,从未正式穿过军装。严格来说,时兹禾有三次可以正式穿着军装的机会。第一次是他刚刚跑进营区那天,遵嘱为他办理入伍手续的警务参谋曾经给他拿来一整套保安军的被装,可除了床上铺盖用的被褥,其他物品晏小楠根本没让他触碰。第二次是两个月之前陪同晏小楠参加于启佑的宴请,时兹禾临时穿着国民党部队的中尉军服去,事后被晏小楠要求立即脱去。第三次则是十天之前,作为副官兼司书的时兹禾跟随晏小楠,陪同身为272师师长的于启佑去黔西南行政督察区参加起义签字会议,时兹禾穿的依旧是那套中尉军服。平暴战斗结束返回普山军营后,晏小楠笑着对时兹禾说:"从今天起,你和这套借用了两次的服装彻底告别了。"

说来蛮有趣,起初时兹禾的身份还是晏小楠的传令兵,去饭堂吃饭要与旅部勤杂人员排队前往。连队的士兵们看到旅部队伍中排在最后一名的高个子身穿既像中山装又似学生服的便服,就觉得奇怪,怎么还有一个老百姓混在其中?众人纷纷投来好奇的目光。总被人盯着,时兹禾也觉得自己在营区仿佛是个异类。士兵们不解,难免议论纷纷:当兵的穿衣吃粮,天经地义,自古而然。时兹禾这般,兵不兵,民不民,成何体统?

时兹禾谨遵晏小楠的吩咐,听到议论不吭气不辩驳,而晏小楠在有些场合会替他解释,北方人身材高大,军装型号偏小,穿着并不得体,有碍军容。这个解释用在保安军时期尚且说得过去,那时服装样式虽有规定,但各省分别制作的服装总有区别,或者颜色,或者领口大小,或者袖口及裤子侧缝的装饰线。通常军需库房里存放的大号服装数量有限,而省与省之间又无法调配。转隶中央军后,这个问题已不存在,况且那套中尉军服穿在时兹禾身上十分合适,但晏小楠坚持不让他穿。晏小楠心里盘算,离起义也就是一两个月了,干吗多此一举让时兹禾整出曾经有过这身行头的历史?因为潜伏于敌营十几年,晏小楠对"行头"始终存有芥蒂,那是一种无法言传的感受,痛楚中包含着忍耐,期盼中夹杂着焦急。晏小楠看好时兹禾的前程,不想让他数年之后回首往事留有心结。

其二，当然是时兹禾的迫切要求。

穿上簇新的冬装，时兹禾兴冲冲地来到晏小楠办公室，他迫切地想告诉晏小楠此刻自己的心情。没人比时兹禾更渴望尽快穿上解放军的军装，他想再次拍照后寄给家人。一年多来时兹禾从没像现在这样心情舒缓，无所顾忌，此时此刻无须再对父母瞒天过海——他从没去重庆上过警校，上次寄给家里的照片有伪造成分，人是真的，服装是假的。他想让父母知道，他与那位来家找寻他的女军人，也就是他猜想的桂兰，穿的军装完全相同，他们都是堂堂正正的人民解放军战士。时兹禾甚至想象桂兰再次来家打探他的情况，母亲赵翠娥会很自豪地把他的照片拿给桂兰看。

其实，时兹禾心中始终隐藏着一个秘密。自从蚌山曹山湖警所的老警察赵传勇将他这个即将溺水的游泳健将从湖中救起之后，他便滋生出一种奇特感觉，他觉得赵传勇的正直、担当与其职业关联密切，而赵传勇身上那身制服就是这种正直与担当的标志。从此，时兹禾对制服情有独钟，这也是他没有听从母亲劝说，放弃了去上海考学的机会，千里迢迢跑到广州投考警校的重要原因。

念书人谁不知道，上海圣约翰大学声名显赫，一九〇五年正式升格为大学后便开始全英文授课，而广州的那所警校从南京仓促迁去，根本无法与前者相提并论。为了逃离双鼻山，在莫黛的劝说与帮助下，时兹禾误打误撞地跑进军营。偏巧军人与警察一样，制服在身，帽缀星徽，领别花杠。只是在遇到晏小楠之前，时兹禾从没想过每一种制服代表着什么，背后又包含了哪些意义。不仅如此，单就情怀而言，时兹禾也很难说清道明，对别人无法言说，有时扪心自问，也感到莫衷一是。但他现在渐渐意识到，新的时代已经到来，解放军的服装作为一种标志，或许更加鲜明，标志着一群人为了这个新时代的到来所担负的责任。

走进晏小楠办公室之前，时兹禾在走廊尽头的穿衣镜前转着身子反复照看。新军装左胸前那块印有"中国人民解放军"字样的胸标分外醒目，白地黑字，白地洁净，黑字鲜明。他郑重地用双手将领口两侧的风纪扣解开，再重新系上，捯了捯衣服下摆，冲着镜面露出笑脸，然后他来到晏小楠办公室门口，大喊："报告！"

在听到屋里传来"进来"的回应后，时兹禾推开门，径直走到办公桌前，朝坐在椅子上的晏小楠敬了一个军礼。

晏小楠不禁笑出声来，站起来还礼后说："果然是我想象的样子！你若参加两个多月前在北京举行的开国大典阅兵，一定神采奕奕。小时，你很幸运，虽然你在旧军队干了半年多时间，但真正属于你的第一套军装却是我军的。你现在已经成为一名真正的革命军人。和你一样，我这个参加革命十几年的老战士也是第一次穿上这身军装。我盼望了多少年哟！"

时兹禾带着些许害羞的神色说："首长，跟着你这段日子，我懂了许多道理，也学到了很多学校没教过的东西，有些事情惊心动魄，让我终生难忘。"

时兹禾的这番话并非一般的谦虚与客套，他亲眼见识了晏小楠每每在关键时刻的冷静、果决与坚毅……

苗香苑客栈食肆的空气仿佛凝固了，原本酒香袅袅飘到鼻子里的醉人气息瞬间被目力所见的震撼场景替代——时兹禾的爆发惊呆了所有人，他猛地从椅子上站了起来，双腿腘窝朝后一耸，椅子吱的一声尖叫顺着地面挪到后边，只见他双拳紧握，怒目圆睁，大声吼道："搞哪样？"

事后很久，晏小楠仍然不解地问时兹禾："你在那个场合怎么会说出这句地域色彩极浓的方言？"时兹禾自己也十分恍惚，他本该说"干什么"，天晓得鬼使神差说成那样！

于启佑一下子松开了莫黛的手，他不知道为何时兹禾反应如此强烈，更不知道接下来时兹禾要干什么。于启佑的副官压根没反应过来，傻呆呆地坐在那儿看着眼前的一切。晏小楠虽觉意外，但他反应迅疾，绕过八仙桌，一个箭步冲了过去，一把拽住时兹禾的手，面向于启佑说："真不愧是军座夫人家里的亲戚，大地方来的人，规矩多，眼睛里容不得沙子！菜汤洒到师座面前，人家并没有说什么，旁观的时副官却看不过去了。"

没等于启佑吭气，晏小楠向时兹禾递了一个眼色，紧接着说："时副官，把这个姑娘带下去，好好说道说道，做人做事切莫手忙脚乱。顺便跟老板讲一下，我们喝酒的时候，就让一个女娃慢慢上菜，不要搞这么大阵仗，影响师座向我交代正事。"

粗疏纰漏，不可胜举，时兹禾猛然意识到自己刚才的莽撞，脸颊瞬间涨得通红。他赶紧抬起左手捋了一下头发，以掩饰尴尬，右手则拦在莫黛身后，迅速将她带了出去。

于启佑尬笑着对晏小楠说："没的关系，小事情嘞！最多有点扫兴。不过，你还莫说，这个女娃娃干活毛手毛脚，但看着抻头（撑抖），身条又好，舍不得责怪。实不相瞒，老子也是正常的男人，憋尿了好久，总想着找个满意的女人开开荤哈！"

晏小楠说："师座找我喝酒，恐怕不是为了在这穷乡僻壤找女人玩玩花活吧？即便我有这份兴致，师座也不会有这种心情。既然来了，我倒是愿意洗耳恭听，在目前形势下，师座有什么打算？272师何去何从？"

于启佑一愣，讪讪地说："那是，那是，找你来喝酒只是个由头，要说的就是这个事情。"

从以为自己上菜失手惹出麻烦到忽然有人当场解围，惶恐之后的最大惊喜是时兹禾如同天降祥瑞般绚丽光亮地出现在面前，莫黛简直无法相信自己的眼睛。莫黛一直以为,时兹禾跑进军营的一刹那,两人就此无缘再见。离开双鼻山的时兹禾肯定回到了自己的世界,或许在蚌山成家立业,或许去重庆重温大学之梦,与她不仅距离遥远,更是相隔两重天。莫黛压根想不到他竟然留在了军营,而且出现在她面前。

莫黛在双鼻山早已适应了孤独。女孩子天性文静,初时念书觉得有趣而充实,豆蔻之年后便开始在幻想中编织未来。阿舅擅长讲授国文,每次掠财归来,给她捎买的书刊以小说为主。莫黛时常在阅读后想象自己是张恨水笔下《啼笑因缘》中三个女主人公的化身,像沈凤喜那样才艺出众而又不像她那样下场悲催,若何丽娜那般光彩时尚却不如她那样甘于沉沦,似关秀姑那样侠义豪爽却又不似她那样缺少柔情。每每想到这里,莫黛脸上便露出笑容,自满且怡然。编织久了,幻想的内容就有了来龙去脉的情节:她在繁华街巷中穿行,在亭台楼阁间漫步,有时偶尔会遇到男孩子,因为看不清面容如何而不得不笑着转身跑走……她更希望这种美好真切地留在脑海之中,便反复幻想,莫黛的心思也渐渐变得细致缜密。

那天,莫黛把时兹禾推下车的一刹那,车身微微摇晃了一下,阿旺虽然坐在车辕处,但敏感的他立即觉察出异常,回头一看,发现了正在地上翻滚的时兹禾。他并不知道是莫黛将时兹禾推下车的,以为时兹禾自己跳车逃跑,立即吹口哨告知前车的郭伯。郭伯知道事情有变,当机立断改变计划,立即吩咐赶车人扬鞭策马,加快速度向山里疾驰而去。莫黛对此早有预料,离开双鼻山之前就已经盘算好,一旦时兹禾逃脱成功,她也要离开阿舅。

莫黛对世事难料从未有过深切感受,但失去母亲那种痛彻心扉之感她自小就有体会。对时兹禾放手与失去母亲不同,心痛也有,更多的是不舍。与母亲的骨肉之情相比,与时兹禾的脉脉含情相比,莫黛与阿舅的感情甚笃,这份感情出自阿舅十几年的抚养与教诲和无微不至的关爱。所以，是否离开阿舅让莫黛纠结了许久。

莫黛了解阿舅谨小慎微的性格，一旦她的婚事落空，阿舅就会认为她的人生仍然没有归属，必然会将她带回双鼻山。莫黛在书中看到的太多，"夜市千灯照碧云，高楼红袖客纷纷""车辙马蹄疏市井，花灯竹影照门墙"……尤其一篇小说的描写令她记忆深刻——"清晨，河堤连续停着湖船，熙熙攘攘，等着游人上船。船上观湖，又自有不同，身在其中，更知西湖之妙。如轻纱拂面的美人，向你徐徐道来……里面三两桌客人各自闲聊，忽地一眼看到一黑衣女子，眼睛极大，脸长瘦，鼻子整洁。上面的头发、中间的瞳神和着下面的旗袍，映衬得格外深刻。就只一个字'美'。"莫黛霎时间觉得自己不该与这个世界隔绝，因为她强烈地感到，那个黑衣女子难道不应该就是她自己吗？

外面的世界吸引着莫黛，无论如何她都不想再回山洞里生活。

趁两驾马车穿过普山镇人流密集的街道速度放缓，莫黛果断地跳下了马车，脱掉新娘外套，一把甩到地上，迅速融入人群……

时兹禾将莫黛带到客栈外面的院坝里，急切地问："你都看到了，我马上要回到酒桌，不能在此久留。我就想知道，你怎么会在这里？"

莫黛望着时兹禾，眼里充盈着泪水。她想扑进时兹禾的怀抱，又担心难舍之情再度萌发而影响她早已下定去黔阳的决心，只是双手扶住他的双臂，轻轻摩挲了一下，旋即放下手来，然后述说起跳车后恰遇苗香苑客栈姚老板的经过。

莫黛曾经听说父亲莫依山出狱后似是去了黔阳，便告诉姚老板自己想去省城寻找亲人。那姚老板在黔阳有个与莫黛年岁相仿的女儿，爱屋及乌，怜惜之心油然而生，遂萌生出帮她的意愿，便说秋末冬初客栈生意进入淡季，不得不临时歇业一季，他将像往年一样返回黔阳看望女儿，届时莫黛可随他一同前往。当时莫黛身无分文，想到还有些时日，便不知如何才好。其实，阿舅临行前给时兹禾的那一大笔钱仍在婚车上，莫黛跳车前本想从中抽取一些钞票，但想到阿舅的营生，钱财并非来自正道，最终放弃了这个打算。看到莫黛犹豫，姚老板说："你若相信我，可在客栈临时做工，既能吃住，又有薄薪收益。"于是，莫黛跟着姚老板来到苗香苑客栈。

"万幸遇到了好心人。"时兹禾貌似对莫黛所言，分明是在沉思中自言自语。

时兹禾说罢正打算叮嘱莫黛遇事小心，余光却瞥到客栈大门处有人影闪过，迅疾转身一看，见姚老板正心神不安地朝他们观望，立即口风一变，向他拱手抱拳致意："这女子孤身在外，多有不便。姚老板能好心收留，善举可嘉，本副官表示钦佩。她去黔阳之事，还望姚老板多多关照。我的长官刚刚吩咐，今晚酒宴，请别再让这位姑娘上菜了。如若今晚主宾追问，就回答因过错将其辞退，家人已将她接走了。"

时兹禾说出这番话后自己都觉得意外，怎么居然一点也没有南宋镇江进士王去非所说的"书生未有丝毫力，定忆前回去长官"之色彩？刚才若不是晏小楠及时出手化解，于启佑对莫黛的非礼之举，多半会引起怒火中烧的时兹禾挥拳出击——那一刻，多日不见却突然现身的莫黛惊恐不安的神态，以及于启佑淫笑着抓住莫黛手的样子，已经让时兹禾血脉偾张几近失去理智。而此刻，时兹禾又担心于启佑酒足饭饱之后再打莫黛的主意，也不知道哪来的勇气，竟然擅自做主，假借晏小楠的名义向姚老板提出了要求。

姚老板原本担心这位军官奉命出来处罚莫黛，骇然之际赶过来查看情况，没想到听到的却是这番谦恭客气之言，颇觉受宠若惊，便鞠躬致意，连连拱手抱拳说道："哪里，哪里，岂敢！岂敢！长官吩咐之事，鄙人定然做好。我每年在这里经营大半年，今后还望长官多多关照！"

　　本打算以酒色并举的手段拿下晏小楠，没想到精心谋划的这盘棋反遭人家将了一军，于启佑颇觉尴尬。花钱召唤来陪酒的女人硬生生被晏小楠打发出去，于启佑用劝说口吻辩解道："当年羊司令喝酒时也没少玩花活，找来的女人先陪酒，再陪睡，哪样事情都没得耽误。"晏小楠一句话就让于启佑无言以对："羊司令最终肯出重金纳小，家里从不起风波，况且没听说过其中有风尘女子。"最沮丧的当数于启佑的副官，铆足了劲准备一晌贪欢，结果竹篮打水一场空，回来路上多有抱怨："没睡成倒也罢了，除了旗袍岔开时晃了一眼白腿，奶子大小都不晓得，白白忙活半天。"

　　于启佑虽然不像副官那样色火攻心，但那位上菜的苗家女子面容清秀，身材颀长，着实让他感到遍体酥麻，可是及至最后他也没搞清楚究竟是什么原因将这个眼看就要到嘴的美味弄丢了，晏小楠的副官怒吼着拍案而起貌似并无恶意，结果却让他哑巴吃黄连，有苦说不出。

　　于启佑寻思，也是怪了，在黔省四处驻防，见过各地的女人不少，怎么会觉得刚才那个上菜的女子格外抻头（撑抖）呢？莫非因为她个高腿长，吸引眼球？羊司令经常在严肃会议上插科打诨地说些荤话，有句话于启佑记忆犹新："抻头女人未得亲，其中必定有原因。"于启佑猛然想到平坝老家评议女人的俗语"腿长脚瘦，家财必漏"，心中不由一惊，怪不得那女子上菜时洒汤漏水，原来早有暗示。于启佑自己是五短身材，万一染指腿长女子，不正应了这句老话吗？天！多亏晏小楠的副官将那女子弄了出去。

　　胡思乱想中，于启佑渐渐释然。好在晏小楠说到全师上下务必精诚团结，虽不晓得意在何处，但两个旅齐心协力归在他一人麾下，正合他的心意。酒虽然喝得不够畅快，但于启佑没有看出晏小楠与他有分庭抗礼之意，觉得目的也算达成。

晏小楠没得二心，意味着272师的两个旅尽在于启佑掌控之中，于启佑不免扬扬自得，尤其想到过些日子以师长头衔回到平坝乡下老家，拜谒族内长者，再沿田埂步行一圈，每逢耕田乡亲，顺手散些香烟，定然煞是风光，感觉越发欣欣然。

有道是"人间得意妄自喜，一哄怜汝真醯鸡"，醯鸡者，瓮中之蠛蠓，这类小虫自然见识浅显。也是该着，于启佑的屁股还没有把师长椅子焐热，几天之后突然接到军部电话，要求263师、272师及271师各部队旅以上主责军官火速前往黔西南行政督察区开会。

272师下辖两个旅，1旅实为原保安一团，是于启佑的老底子，改编后并未安排新的旅长。2旅则是在原保安五团基础上扩编，当家人是晏小楠。所以普山镇军营去军部开会之人仅为于启佑与晏小楠，加上两人各自带的副官，四人分乘两辆吉普车前往。

晏小楠自然知晓此次会议内情，之前刚刚得到命令，将身份隐藏至二野整训工作组到位，其间所有工作仍然秘密进行。晏小楠临行前叮嘱平飞在营区做好警备，以防万一。上车后，晏小楠微笑着告诉身为副官的时兹禾，会议结束后，他们的身份就会改变。时兹禾睁大双眼，惊讶地看着晏小楠，仿佛用眼神在问："那一天就要到来？"晏小楠点点头默认，但并未言语。

果然，主持军务的绥靖第101军参谋长谭良本少将立于军部作战室围成方形的会议桌正前方，表情严肃，声音洪亮地宣布，即日起第101军全员起义，脱离国民党部队，加入人民解放军行列，并接受二野部队的整训与改编。

于启佑脑袋一蒙，大惊失色，好像五雷轰顶。他环顾左右，发现263师和271师两位师长及其各旅旅长表情坦然，并无异常。于启佑颇觉诧异，莫非这些人早已获知要起义的消息？更让于启佑讶异的是，谭良本身后两侧立着两排士兵，一排头戴钢盔，分明是军部警卫营的士兵,另一排则是荷枪实弹的解放军士兵。于启佑心里已然慌乱不堪,努力装出镇定的样子。

于启佑没有猜错,像晏小楠一样,在黔省保安部队转隶国民党部队之前,解放军人员已经陆续渗入其他部队之中,策反工作早已顺利开展。

谭良本参谋长心中有数,若易帜起义,三个师当中,263 师与271 师条件最为成熟,两个师长是自己的多年部属,私下表示坚决服从大局。唯有 272 师情况特殊,张文焕军长出走之前,于启佑仅为副师长主持军务,仓促间获任师长一职令他野心膨胀,丝毫不顾当前大势。谭良本了解于启佑的德行,在保安部队时期就官迷心窍,走火入魔,想法历来与众人格格不入。幸好早期入驻普山镇军营的272 师 2 旅即原保安五团具备条件。谭良本下定决心,若于启佑在军部召开的会议上表达异议,即刻对其采取拘捕措施。

谭良本说:"请三位师长上来,代表各师在起义文告上签字。"

于启佑看着那两个师的师长签罢字,发现自己已经处在众目睽睽之下,便不情愿地走了上来,拿起笔踟蹰了许久,又抬头看着谭良本参谋长,说:"参座,属下冒昧询问一下,此事无须向张文焕军座报告吧?"

谭良本冷笑了一声:"起义乃第 101 军顺应时代大势之举,与张文焕无关。恐怕你有所不知,张文焕已经背离了时代,独自出走了。"

于启佑大吃一惊,浑身哆嗦了一下,在文告上胡乱划拉了一笔。

263 师师长看到于启佑签的字,笑着问:"老于,你签的名是中文还是洋文,鬼画符般,哪个能看得清楚?"

271 师师长插话说:"鬼画符也好,正楷字也罢,碍不着起义的正常推进。"

谭良本说:"各位师长和旅长,今日我们在此共襄盛举,历史将会记住这一刻,还望大家继续努力,为下一步整训与改编做好准备。请各位即刻返回各自部队,保持稳定态势。从现在起,没有二野司令部命令,一兵一卒不得擅离营区。另外,二野运送的换装物资以及军粮已经发出,很快到达各师驻地,计划已经发到各位手中,请做好接收准备。"

晏小楠没想到上车之前被于启佑叫住,嘱其与他同车,并吩咐副官坐到晏小楠的车上。晏小楠给时兹禾使了一个眼色,话中带话地说:"时副官,现在我们都是解放军,一切行动都要遵守纪律,遇事可随时停车汇报。"

时兹禾点点头,便与于启佑的副官登上第一辆车,先行而去。

怀揣心思的于启佑与晏小楠并排坐在后座,装出一副无所谓的样子说:"晏旅座,你这位副官果然来路不寻常,连个'是'都不会说,没得敬礼就自顾自地上车了。"

于启佑在会场上的表现尽数收在晏小楠眼中,他知道启佑骨子里未能接受起义的事实,此时所言不过是没话找话,也就故意说道:"于师长不会刚刚得知张文焕出走的消息,态度就急转直下了吧?时副官毕竟是张文焕夫人的亲戚,临时塞到我这里,不懂军队规矩也很正常。就是换人也得回去再说,况且整训工作组到来之前,也不便有大的动作。"

于启佑愣了一下,急忙说:"如此看来,晏旅座也是一个有情有义之人,不像谭良本和那两个师长过河拆桥。张文焕军座离开不过短短数天,马上翻脸不认人。我于某人对你表示敬佩!我正想对你说,一会儿到达普山,我准备干件大事,届时还望晏旅座默契配合。事成之后,你我定然不会受到亏待!"

晏小楠一惊,忙问:"什么大事,师座还弄得这么神秘?"

印记

从文化干事改任文化教员，从普山镇调到黔阳，时兹禾的生活发生了巨大变化，这个变化与他在部队整编起始的设想相去甚远。

时兹禾在普山军营整整待了三年。与许多老兵相比，他的军旅生涯不算很长，细说起来过程却并不简单。他在旧军队虽然只有一年，却横跨两个时期，黔省保安部队和国民党中央军。晏小楠戏称时兹禾的这段时光是"有军籍而无军装"。时兹禾自认为英文水准很高，立刻给自己想到一个能够标明身份的英文短语：a soldier without military uniform。

成为解放军已经两年有余，前期部队刚刚起义，官兵换穿了解放军服装，但因为处在整训与改编当中，暂无战斗任务。后期整编完成，原272师起义部队除退役复员人员，大部分官兵并入其他部队，或千里迢迢奔赴抗美援朝前线，或跋山涉水赶赴西藏，或在西南地区执行剿匪任务。普山军营仅留一个团担负守备任务，隶属新组建的黔省军区。既是偶然也是必然，在人员分流的最后一刻，时兹禾的名单被划归到守备团，职务仍然是政治机关的文化干事。

日子是年复一年累进的，时兹禾在对此地风土人情与生活习性渐渐熟稔的同时，也越来越明显地意识到，在谈及家乡时，自己与战友的感受有很大不同。

原272师起义部队以及现在守备团的绝大多数官兵，家乡就在黔省本地。其中当然有历史延续的缘故，不像野战部队走到哪里根据需要就在哪里补充兵员，原黔省保安部队就是地方武装，征集兵员事项只能就地完成，后来历经转隶与起义，兵员基本构成并未有过较大变动。

事实上，普山营区中充满"为哪样咧""逗起闹""鬼火戳"之类的黔省方言，大家貌似来自各地，但一张嘴说话，发现多是老乡。虽然口音上有黔北、黔东与黔南的些微差异,但时兹禾作为外省人几乎无法辨识。这些人在故土当兵,总觉得家乡离得不远,加上驻防地点时有变化,距离上的远与近并不固定。有的甚至近在咫尺,譬如警卫连的莫班长,他的父母与媳妇都住在普山镇,抬脚就到的距离。其余所谓路途稍远的,不过就是坐上一宿客车。若是内地平原省份,这个距离通常半天或大半天即可到达。他们也会想家,但没有那么强烈。万一家中遇有急事或大事,临时请假回家处理一下,一个来回用不了几天。

因为近,家里有新媳妇思夫心切的,在公婆的撺掇下,偶尔也会算着日子不打招呼地来到普山军营。部队训练打仗,任务特殊,寻常得不到回家机会,家属自然也不能住在军营当拖油瓶,但偶尔来队,通情达理的连队干部在请示了营团首长后,也会腾出房间让临时来队家属休息,最重要也是最让旁人羡慕的是,通常都特批做丈夫的晚上与媳妇做伴。

小两口久别重逢,早早关灯就寝,如饥似渴地亲昵一番之后,再耳鬓厮磨地拥在一起聊聊家里的近况,聊的无外乎就是如今家里分了几亩地、养了几只鸡之类的话题。次日清晨,睡眼惺忪的丈夫将恋恋不舍的新媳妇送到营区大门,挥手告别,返回训练场时还甜蜜地回想着昨夜的软玉温香。走神的那一刻,旁边的战友即时调侃道:"累了,就请假歇上半天。"

这种情形虽不频繁,但隔三岔五总有出现。每当一个挽着包袱的小媳妇面带害羞的神色走进营区的时候,列队走过的士兵们看到,就会羡慕不已地议论,啧啧,谁又要摊上好事了。

许是天意,好几个士兵的媳妇都在来普山军营后怀上身孕。至少有两个媳妇给丈夫写信,希望给儿子起名,巧合的是,两位丈夫在回信中都说:"新社会了,不必再遵循先人留下的辈分字谱来起名,既然是在军营里怀的娃,不如就叫军生吧。"宣传干事闻讯还专门写了报道《数名战士家中喜添新丁，两位军生迎接新社会新生活》发表在二野的《人民战士》报上，一时间引起不小反响。

军营里小伙子扎堆，火力旺、劲头足，身旁又没有女眷，有人就喜欢以此话题逗笑排遣："给你婚假一个月，在家里怀不上，怎么媳妇来军营阿（那）么短工夫就铸就人事了呢？"弄得当事人满脸通红，只好尴尬地嘿嘿傻笑。有生活经验的老兵特别乐意给这群懵懵懂懂却充满好奇心的生瓜蛋子解释其中原因："你们这帮哈儿哪里晓得，回家办婚事，白天饮酒待客，吆五喝六，烂醉如泥，夜里不管不顾，高歌猛进，再接再厉，偏偏初识人道，不知歇息，到头来哪个不累得跟三孙子似的，播了废种顶哪样用？"

但对时兹禾而言，情况则大不相同。他的家乡皖省蚌山俨然是一个遥远的存在。从地图上看，中间隔着湘、鄂、豫数省——那是汽车卷起的飞扬尘土与火车发出的咣当响声相加的合数再乘以时间的距离，怎一个"远"字可以言之？写封信差不多得半个月家人才能收到，若盼着看到回信，首尾一算正好一个月。

再说，乡音烘托下的氛围就像一道屏障，生生将时兹禾隔在一种众人共有的特定感觉之外，而那种感觉偏偏如若水土与空气，滋养着与他不尽相同的一方人，却让他感到格格不入，就像他始终无法习惯那道本地知名的菜肴——凉拌折耳根的独特味道，他人垂涎三尺的美味在他口中却难以下咽的吃食。

其实，某些常用口语，譬如将"干什么"说成"搞哪样"，把"一丁点"说成"滴滴个"之类，时兹禾也可以有模有样地脱口而出，但他自己都会觉得别扭与生硬。这种感觉尤其像他小时候听母亲赵翠娥讲上海话"侬小句头帮吾好叫多四晓得哦"，即使最终能够听懂母亲说的是"你小样给我好好读书知道哇"，也会以为其中充满滑稽与好玩的成分，他和妹妹弟弟常常因此而放声大笑，以至于母亲居然渐渐以蚌山土语代替了她说了二十几年的上海话。

从这一点上说,时兹禾有时会觉得双鼻山的郭伯是个非同寻常的人,明明干着打家劫舍的营生,却无论绑票劫道、与官家周旋占用了多少时间,一旦有空,始终不忘在山洞里教外甥女莫黛讲曾经叫作"国语"的普通话,经年累月,简直就像滴水穿石。这使得出生在龙庆镇那么一个旮旮角角小地方的女孩子可以与他这个来自北方的书生毫无障碍地沟通。还有鲍云彤,那个突然出现又蓦地消失的漂亮姑娘,居然可以在方言与普通话之间随意切换,他们连续几个晚上在金龙江客栈的床榻上窃窃私语的时候,时兹禾丝毫未感受到隔膜。

时过境迁,时兹禾不愿想甚至不敢想这两个女孩子,每每想起就会心潮起伏。一个娇小玲珑,一个娉婷袅娜,竟都有着超凡脱俗的气质。她们给他的不仅有异性的温馨与甜蜜,还有因为言语交流的融洽所带来的精神感受上的默契。时兹禾想起念高中时布鲁托神父给他推荐的诗人安妮·布莱德斯特里特①的诗《灵与肉》中的一段——

Dost dream of things beyond the Moon

And dost thou hope to dwell there soon?

Hast treasures there laid up in store

That all in th'world thou count'st but poor?

这段佶屈聱牙的英文诗歌在布鲁托的协助下,时兹禾总算大致弄懂了其中的含义——你是否梦想着月亮之外的事物? 你希望不久就能住在那里吗? 在那里有财宝贮藏。在这个世界上你却视己为贫瘠的土壤?

---

① 安妮·布莱德斯特里特(Anne Bradstreet,1612—1672),美国诗人。

时兹禾悟到,那个月亮之外的财宝贮藏之地,实际上就是人的精神世界。布鲁托想告诉时兹禾,人与人如果无法深入沟通,彼此间的灵魂就不能共鸣,而一个孤寂的灵魂便如被忽视的沃土,难以绽放其真正的价值。

时兹禾的思乡之情与日俱增,有一次竟在睡梦中见到父母以及妹妹时兹婕与弟弟时兹苗,醒来后一时半会儿分辨不出究竟是做梦还是现实。加上母亲赵翠娥在信中提到父亲时昭明已经双鬓渐白,她额头上也添了不少皱纹,时兹禾不免感慨万分。

部队整编必然涉及官兵去留的选择,时兹禾动了借机退伍回乡的念头。时兹禾想起当初跑进普山军营时晏小楠曾经提出帮助他返乡的建议,他当时如若同意,这会儿早就住在位于蚌山烟墩子街区的家中开始了新的生活,也许在铁路上谋个职差,也许顺着父亲心愿去天来卷烟厂做事。

彼时非此时,时兹禾那时抱有幻想,觉得留在黔西南的普山镇,与很可能人在黔阳的鲍云彤相距不算太远,说不定有偶然相见的机会。可是三年来鲍云彤音信全无,是生是死,是嫁人了还是像他一样也在四处找寻着那个她口中的毛头,时兹禾一无所知。偌大黔省,茫茫人海,何以找寻?他当然知道,这怪不得鲍云彤,她怎么会知道那个叫时兹禾的人就在黔省的普山镇?此乃时也,运也,命也。时兹禾为这事懊丧了许久,明明知道择木客栈的老板在获知客车恢复通行的第一时间会张贴告示告知耽搁在店中旅人,他干吗非得在雨后执意外出打探消息?

时兹禾数次想询问晏小楠有没有什么途径可以帮忙寻觅那个让他魂牵梦萦的姑娘。时兹禾隐约记得,鲍云彤的外公姓萧,是个大户人家的长者。鲍云彤说她外公曾在京城谋事,结交甚广,时兹禾也正是因此抱着一线希望跟随鲍云彤从广州奔往黔阳的。遗憾的是时兹禾至今未曾到过黔阳,阴错阳差地在普山镇待了这么久。可这话时兹禾终究没能说出口，人家晏小楠来自重庆，在黔省无亲无故，况且他在黔阳做保安五团代理团长拢共没多久就来到普山镇。实际上，时兹禾最担心的是，自己本为读书之人，大学没考成，还在广州搭上一个家在黔阳的女孩子，晏小楠帮不上忙也就罢了，再误以为他性情轻浮，那就得不偿失了。

曾经担任起义部队整训工作组组长的葛开荣留在了普山军营，他现在拥有双重身份——善后办负责人和守备团政委。人员分流以整建制连队为单位，平飞所在的 2 旅 1 营被划转到剿匪部队，而师旅团各级机关人员则统一调配。

葛开荣在花名册上看到时兹禾的名字，眼前一亮，毫不犹豫地在上画了一个圈，然后顺着那个圈的封口处甩出一条长长的打了两个卷的尾巴——这意味着时兹禾在分流名单中被删除，再次留在了普山军营。

葛开荣与时兹禾原本并不熟识。但原 272 师在起义之后发生了一件惊心动魄的事情，整训工作组成员与二野支援部队一起参加了战斗。事后，晏小楠在书面报告中专门提到一个叫时兹禾的人，报告中说此人没有参战，却为这场战斗的胜利发挥了重要作用，这给葛开荣留下了深刻印象。

从军部签罢起义文告返回普山军营的那天，晏小楠遇到了突发情况。于启佑召唤晏小楠与他同车返回，本令晏小楠满腹狐疑，几十公里的路程，有什么事情不可以回到普山军营再说？两个高阶军官同乘一辆车，两个副官却搭乘另一辆车，连第 101 军门口的哨兵看了都觉得奇怪。蹊跷的是，于启佑在车上既没有谈及对起义之事的震惊与意外，也未说下一步打算，只是东拉西扯地说些闲话。晏小楠不知于启佑葫芦里卖的什么药，便谨遵上级要求，工作组抵达普山军营前始终不暴露真实身份，便装作无所谓的样子随意应对着。于启佑的真实目的是想判断晏小楠对起义之事的态度,见晏小楠如此表现,便决心按照计划孤注一掷。

吉普车快到普山军营的时候,于启佑突然对晏小楠说:"晏旅座,我观察你许久,看你是条汉子,做事仗义。实不相瞒,老子今天要干一件大事。"

晏小楠不觉一惊,说:"你说什么?"

车到普山军营门口,于启佑并未下车,而是唤来副官说道:"传我的命令,1旅所属部队紧急集合,二十分钟后出发,前往草场坡垭口设伏!师部通讯营即刻掐断与军部电话联系,电台关闭!"

听到于启佑的安排,晏小楠反倒沉静下来,立刻思索应对策略。按照刚才谭良本传达二野司令部的指示,起义部队在整训与改编之前,不得擅动一兵一卒,而于启佑居然调动整旅部队,公然违抗命令。于启佑将部队调往草场坡垭口,显然打算伏击数小时之后将路过草场坡垭口的二野运送物资与粮食的车队。那里两侧为丘陵高地,中间一条狭窄小道,车队若在那里遇袭,将毫无招架之力。

于启佑所说的干件大事就是准备抢夺物资,发动武装叛乱。晏小楠猛然意识到自己低估了于启佑,一直以为此人思想狭隘,在时代大势与个人利益选择上过于看重后者。现在看来,于启佑根本就打算负隅顽抗到底,逆历史潮流,与人民为敌。晏小楠完全没想到这个极端功利者最后还想着豪赌一把。

晏小楠知道自己不可能再有单独行动的机会,只能将计就计,伺机而动。如果此时撕破脸面,以2旅部队对抗反叛的1旅部队,双方都会损兵折将,就272师乃至于整个第101军的起义大事而言,这并非完满的结局。晏小楠暗想:只有将2旅部队渗入其中,与二野运输车队以及赶来的增援部队形成里应外合之势,围歼叛军首领及其核心成员,才是最佳选择。

晏小楠深感上级决策之英明,自己的真实身份始终没有暴露,急中生智,说:"师座,此事非同小可,不成功便成仁。这是272师共同的大事,倘若1旅全员出动,2旅却不派一兵一卒,容易引起误解。属下建议,1旅留下一个连在营区守备,2旅则派一个营参加此次行动,其余部队留守营区。如此安排,部队官兵会以为临时接受紧急任务,不会生疑。事成之后,参加行动的部队立刻向滇省方向转移。留守营区部队若能及时追赶行动部队,则万事大吉,272师得以整建制保留,若万一无法追赶,索性放弃这部分人马,也并不影响师座计划的实施。"

于启佑的眼珠子滴溜溜打转,琢磨着晏小楠话中的道理——1旅乃他的嫡系,2旅则为晏小楠属下。前者留小带大,后者留大带小,既不影响他在行动中占据优势与主动,又不会让外人觉察出异常。于启佑发现,晏小楠的安排周全严密,无可指摘。于启佑进一步确定,此人对他并无威胁。说不定晏小楠作为重庆公署曾经的参谋会成为他此番冒险行动的一把保险锁,晏小楠来黔省任职没准就是国民党的某个高官或重要部门将他埋在黔省部队的一颗钉子,让晏小楠在关键时刻发挥作用。

于启佑想到这里,心中更加踏实,于是大喝一声"好",旋即拍了拍晏小楠肩膀,竖起大拇指说:"晏旅座言之有理,一切按你说的办!"

晏小楠看到时兹禾站在车外等候吩咐,立刻召唤:"时副官,传令2旅1营平飞营长,即刻率全营集合,随同1旅前往草场坡垭口。顺带告诉平营长,此次行动非同寻常,丝毫不得怠慢,任何人若有抗命,军法从事!"

平飞从时兹禾转述的话中听出了晏小楠的意思,立刻意识到事态严重。他知道今日第101军易帜起义,原本约好待晏小楠返回后商议下一步工作。透过窗户,平飞看到1旅部队已经全副武装列队集合,立刻拿起电话,却发现话筒没有任何声响,便急忙拿起笔在一张信笺上匆匆写下一行数字,交给时兹禾,说:"事不宜迟,你赶紧换上便衣去镇子上的邮电所按照这个号码打电话,就说这边的人临时决定搬家,人手不够,尽快多派些身强力壮的人携带工具到上次塌方处帮忙。"

时兹禾面带不解。平飞说:"来不及与你细说了。塌方处说的就是草场坡垭口,上次送达于启佑任职命令的参谋是我们的人,故意在那里设的局。对你来说,目前最大的困难是你无法从大门外出,营区围墙很高,你得设法翻墙出去且不被人发现。"

从平飞的语气与眼神中,时兹禾虽然隐约觉出事情非同一般,却未能体会事态的严重性。为了让平飞相信自己能够完成任务,时兹禾原地蹦跳了几下,以示身手矫健,说:"平营长有所不知,我在学校时是运动健将,弹跳力与体能均属一流。"时兹禾的话音未落,却见平飞已转身匆匆离去。

击毙于启佑是第 101 军起义后唯一一次作战行动,也是黔省解放过程中为数不多的特殊战斗之一。说这场战斗特殊,是因为过程独特且充满奇趣色彩——没有枪声大作、杀声四起的响动以及尘土飞扬、硝烟弥漫的场面,埋伏在垭口两侧山坡上的士兵们根本搞不清楚要伏击的车队究竟归属于谁,而情况的特殊性还在于,他们甚至不知道自己所在的 272 师已于今日上午宣布起义。他们在前往伏击点的路上接到指示,一旦听到"开火"的命令,朝着车队射击即可。眼见车队渐渐步入视野,士兵们没有听到任何命令,却猛然间听到身边不远处传来"啪啪"两声枪响,就像年节末尾燃放爆竹的高潮已经过去,淘气的男孩子捡起掉落在地上的零星哑炮重新点燃一样,在山谷间显得格外清脆。

那两声枪响是平飞击毙于启佑时发出的。一门心思企望通过钻营在军中谋个大官的于启佑至死也没有搞明白,他身边的警卫连何时被平飞的手下所取代。于启佑在前一刻还举起望远镜查看二野的运输车队是否进入垭口，口中念念有词："看老子如何搞一单大票，让你狗日的谭良本有好戏瞧——"

于启佑一直为他的决断沾沾自喜，甚至已经开始想象大功告成之后他在转移至滇南的云南公署邀功请赏的场景。他做好了充分的思想准备，假如云南公署的高官问他有什么想法与建议，他会毫不犹豫地说："愿为重建第 101 军而肝脑涂地！"此刻的于启佑就像喝多了酒之后思绪格外活跃且兴奋无比一样，想着这个建议一定会得到上司甚至老蒋的认可，而他作为原第 101 军唯一一个拉着队伍从起义部队"反正"出来的师长，当上军长是天经地义的事情。只是于启佑万万没有想到，待他再度抬头一看，却发现身旁站立着平飞等一众持枪官兵，个个左臂上戴着红箍。他的警卫人员及副官早已不见踪影。

于启佑惊骇无比，急忙问离他不远的晏小楠："晏旅座，你的手下要搞哪样？我的警卫在哪里？"

晏小楠冷笑道："原本光明的坦途已在眼前，是你自己放弃了机会。"

于启佑眨了眨眼，疑惑地问："你究竟是什么人？"

晏小楠说："我是共产党员，是人民解放军战士。"

于启佑恼羞成怒，欲从腰间拔出手枪，平飞眼疾手快，扣动扳机连开两枪结果了于启佑的性命。

事发突然，设伏的 1 旅官兵完全来不及反应发生了什么，正处在不知所措的当口，只听到晏小楠大声喊道："272 师 1 旅的官兵们切莫慌张！我是 2 旅代理旅长晏小楠。诸位有所不知，第 101 军已于今日上午正式宣布起义，归属人民解放军行列。可是于启佑突然背信弃义，上午刚刚代表 272 师在起义文告上签字同意，下午悍然发动叛乱，准备在此伏击解放军给我们运送物资的车队。他的行为不仅是与人民为敌的表现,而且破坏了272师的起义进程,给全师官兵脸上抹了黑。我们代表起义部队全体官兵已经就地击毙了叛徒于启佑。现在,大家重新归队,等待解放军工作组的整训与改编。"

1旅的士兵们此时发现,原本一直向垭口方向行进的解放军运输车队不知何时在垭口不远之处停了下来。车上飘扬着红旗,每辆车的车头处站立着握机枪的战士,他们肃穆以待。而让1旅设伏官兵吃惊的是,他们身后忽然拥上来大批解放军官兵。1旅官兵见之,面面相觑,少顷,纷纷放下武器站了起来,并挥手向解放军战士致意。

草场坡垭口战斗结束了。

于启佑的叛乱是第101军起义过程中的一个意外插曲,这使得随即赶来的整训工作组不得不先对这场战斗进行评估。首先,晏小楠的处置方式受到高度评价,避免了272师下辖两个旅的直接对峙所可能造成的巨大损失。其次,平飞的指挥才能得到了上级认可。

葛开荣说,平飞是地方干部出身,居然懂得擒贼先擒王的道理,以一个营的兵力有效地控制了于启佑的警卫连,直接掐断了于启佑的指挥神经。2旅1营赶到草场坡垭口指挥阵地的时候,于启佑的警卫连以为是师里派兵加强他们的防护力量,不但没有阻拦,甚至没有向于启佑报告,而此刻的于启佑还在做着黄粱美梦,拿着望远镜查看车队是否进入了伏击圈,准备速战速决而后迅速向滇省方向转移。平飞采用的战术是以三对一,以迅雷不及掩耳之势拿下于启佑的警卫连。

要将平飞调往剿匪部队前,葛开荣征求平飞的意见,笑着说:"原黔阳特支的同志专门提到,当时为配合晏小楠同志的工作,特支从地下党成员中选调了平飞。虽说军地隶属于两家上级,但解放大西南的目标是一致的。地方同志毫无保留地把最优秀的人员支援给了部队，现在 272 师的起义工作已经完成，询问可否将平飞'归还'。"葛开荣起初并不知道平飞与原黔阳特支负责人范福增夫妇还有另一层特殊关系，倒是平飞一点也不遮掩，开门见山地说："范福增夫妇不仅曾经是我的领导，而且他们的女儿范青青是我的未婚妻。与其说他们希望我回到地方工作，还不如说是盼着我与范青青同志早日成婚。"

葛开荣恍然大悟，说："革命的最终目标就是让人们过上幸福与和平的生活。无论你回地方，还是留在部队，结婚作为人生大事切莫耽误。当然，在去与留问题上，组织也会听取你的意见。"

平飞表态服从组织安排，但他说："黔阳特支的历史使命已经结束，即使我回去，也需重新分配工作。虽说现在解放了，但我在黔阳做过地下党工作，熟悉社情民意，多少也了解黔省土匪的分布情况，所以我还想打完剩下的这场特殊战斗。"

葛开荣笑着说听懂了平飞话中的含义——更愿意留在部队工作。不过，葛开荣建议平飞可以遵从未来岳父岳母的想法，先回黔阳把婚事办了，然后再去参加剿匪战斗。

整训工作组组织参战各方进行总结的时候，所有人的目光都聚焦于这场战斗本身，譬如晏小楠的决断、平飞的战术以及于启佑叛乱消息的即时报告。没人注意到时兹禾是如何将消息传递出去的。很多人以为打电话报信算不得什么难事，甚至有人觉得时兹禾不能算作参战人员，因为他自始至终都没有去过草场坡垭口。晏小楠则坚持认为应该给时兹禾记功，没有消息的及时传递以及增援部队的到来，很难保证这场战斗能以零伤亡的代价取得胜利，可这与评功的前提——必须参战相违背。

话说回来，要避开他人眼目翻越普山营区高高的围墙，对时兹禾来说的确不是难事。他可是蚌山崇正教会学校格雷克校监亲自颁发过证书的运动健将，那时他的游泳教练布鲁托神父上台讲述了时

266

兹禾从一个对游泳一窍不通的旱鸭子变成游泳高手的过程,讲到激动时还说时兹禾不做专业运动员实属可惜。换句话说,运动健将并非浪得虚名,时兹禾的身体协调能力以及反应速度当属出类拔萃之辈,寻常人很难企及。按说时兹禾个子高大,又穿着便衣,在营区中穿行容易引起注意。可他脑瓜灵光,借着1旅官兵仓促间集合时忙乱的空当,时而躲到树后,时而藏到房角,一刻也没有耽误地及时越过高墙,朝镇子的邮电所飞奔而去。

问题出现在邮电所本身,前一个顾客通话时还很正常,轮到时兹禾拿起话筒,里面静悄悄的,一点蜂鸣音也没有,连续按压几次按键依然如故。业务员接过话筒试了几下,耸耸肩说,交换机出故障了,要么等着修好,要么明日再来。

时兹禾想:莫非撞见鬼了,怎么每每自己打电话,总会遇到这种倒霉之事?那次在广州邮电局也是这般,若不是遇到好心的鲍云彤,给家里报平安的计划也得落空。这次不比上次,从平飞的语气中,时兹禾意识到此事非同小可,须臾不可耽搁,便焦急万分地对业务员说自己是普山军营的,有紧急公务需要告知对方,能否帮忙解决一下。

不说则罢,如此一说,业务员顿时皱起眉头,狠狠瞪了时兹禾一眼。他前几天刚刚看过报纸,记忆犹新——"我军发动强大攻势,黔阳市前日解放,川东、黔东、黔中连拔二十八城……黔阳解放后,市区治安情形良好,电灯、电话、电报、自来水、广播电台、报馆等,因解放军进军迅速,匪军均未及破坏,现市内秩序已迅速恢复"。业务员推测,普山营区的蒋军就是秋后的蚂蚱,没几天蹦头了。可眼前之人明明穿着便衣,却声称来自普山军营,不论其真假,在这个时候还敢堂而皇之地打着国民党部队的旗号出来蒙事,简直是不识时务、不知好歹。那人竟扭过头不再搭理时兹禾。

时兹禾感到莫名其妙,却也知道再与业务员纠缠下去,恐误了大事。他猛然想起数月之前于启佑在普山镇山坳里的苗香苑客栈宴请晏小楠的情形,记得于启佑的副官得意扬扬地说,那几个风尘女子就是一个住客在苗香苑客栈打电话从县城召唤来的。时兹禾断定苗香苑客栈有电话。他立即转身离开邮电所,朝苗香苑客栈飞奔而去。

苗香苑客栈姚老板刚刚打开院子大门,见到一个满头大汗的高大男人一副心急火燎的样子,吓了一跳。见来人面熟,姚老板仔细打量一番,露出惊讶神色,颤颤巍巍地说:"啊,原来是时副官,您怎么没有戎装在身?差点没认出来。一直忘记向您禀告,那个叫莫黛的女孩子跟随我去了黔阳。我本打算让她在我的店铺帮着做事,可她不肯,执意要找她的父亲。我也不好强留……"

时兹禾径直闯了进去,边走边四下打量,并摆了摆手,说:"回头再找你询问莫黛的情况,现在我马上要使用这里的电话,一刻也不得耽搁!"

久违

葛开荣政委认真仔细地把附在交流方案后面的干部花名册看完,正准备签署"同意"字样,末尾处时兹禾的名字却让他的目光驻留下来——他大为震惊的是,时兹禾登记的学历竟然为高中毕业。葛开荣又迅速地将名单从头浏览一遍,进一步确信原272师所有符合条件继续留在部队工作的干部以及战士骨干的学历登记,除了已调往黔阳军管会的晏小楠是中师学历——这被认为与高中学历相当,时兹禾是唯一一名正儿八经的高中毕业生。

没人比葛开荣对学历一事更为敏感。

在人们文化程度普遍较低,且喜欢以耿直、仗义的大老粗自居甚至为荣的氛围中,好学且看重文凭的葛开荣政委是个另类。当年在延安受训结束时填写干部履历表,在学历一栏中,别人动辄填的都是大学或者高中,令他羡慕不已。说来也是,那个培训班的入选条件十分严苛,除了政治信念坚定,头脑灵活与反应敏捷也是必不可少的前提条件,所以学员大多来自抗日军政大学、陕北公学以及安吴青训班,而之前他们当中许多人是从上海、西安等地跑到延安参加革命的知识青年,连比葛开荣小好几岁的晏小楠居然也是中师学历。众人中唯有葛开荣是作为优秀者单独从作战部队推荐来的,既无早年正规学校读书的记录,也没有在延安接受新型大学训练的经历。

多年来,葛开荣一直感慨,他入伍前读过私塾,是那种很少挨先生打手板的优秀塾徒,虽不能博古通今却也识文断字,做不到笔走龙蛇但可以书写自如,不谙四书五经之微言大义,仍能熟诵千字文及弟子规之篇章段落,但最终这些被算作高小学历。以严格标准衡量,"算作"本身就是一个似是而非的概念,可如此也是葛开荣强烈要求的结果。他被提拔为干部第一次填写学历时就对"私塾"这一说法十分排斥,总觉得缺少正规色彩。好在基层部队管这些事儿的干事并不较真,三年私塾能给他换算成六年高小学历也算是网开一面了。

可葛开荣委实不愿意在那一栏中写下"高小"两字,不仅面子上挂不住,而且觉得与他的学识并不相符,便去问领导,像他这样在七里铺小沟受了专门训练的人应该如何填写学历。领导笑答:"你在培训班的学员中是特例,我们为此专门做了研究,可以认定为初中。"虽然学历看似跃升了一大步,葛开荣还是为此委屈了很久——他本来以为从此能够名正言顺地填写高中之类的学历,哪怕在高中之后的括弧中加上肄业也行。

在延安的受训经历让葛开荣开阔了视野,见识了不少大学生和高中生,后来他一度从大机关敌工部门调到作战部队,发现身边读过书的人却十分稀少，即使偶尔遇到几个，也与他当初情况类似，念过私塾而已。他记得参加淮海战役那会儿，有个刚刚参军的鲁南籍小伙子，因为能把全连干部战士的姓名写下来，不到两个月就被任命为副指导员，便想象着那些知识分子如果来到基层没准会改变许多风貌。

葛开荣之前对时兹禾有印象，还只是因为晏小楠为其评功授奖据理力争。就是否严格遵循直接参战是评功先决条件这一规定，葛开荣与晏小楠产生了分歧，争得脸红脖子粗。葛开荣笑着责怪晏小楠存在情感倾向，认为这个人是自己接收的并且跟在身边工作多年，就应该予以照顾。没想到晏小楠毫不客气地回答道，给时兹禾记功完全出于对这场战斗特殊性的认识：事件突发、时间紧迫、没有更多思考的余地，时兹禾在这种条件下充分发挥了主观能动性，圆满顺利地完成了任务。

晏小楠在会议做出决定之前说："我们要实事求是地看待问题，不要被僵化的条条框框所限定。这丝毫无关个人情感。"

葛开荣与晏小楠毕竟是在延安城南七里铺小沟受训的老同学，彼此互相了解。与平飞营长一起参加平叛战斗的原2旅1营的许多人一样，时兹禾最终获得了口头表扬。这实际上是一种妥协的结果。葛开荣坚持了评功授奖的原则，而晏小楠尽了最大努力。在口头表扬、登报表彰并通令、记功、物质奖励、赠予模范称号并摄影、奖状和颁发人民英雄奖章等表彰层级中，这是一项基础性奖励。

时兹禾完全不了解每项奖励之间的微妙差异。况且他原本也认为自己不过就是跑出去打电话递了个口信而已，如果邮电所的电话没有出现故障而使他灵机一动转而奔向苗香苑客栈，他甚至觉得自己连跑腿的力气都没花费多少。所以当时兹禾受到表扬时，简直欣喜若狂，当晚给家人写信报喜时竟然用了整整两页信纸，其中写道："我现在果真是一名光荣的解放军战士，这份光荣不仅源自胸前鲜明的中国人民解放军的胸标和军帽上的八一军徽,而是因为我在这支军队中发挥了一些作用,在一次战斗中受到了口头表扬。"

时兹禾在写到"一次战斗"几个字的时候犹豫了一下,但最终还是按照部队通报的说法告诉了家人。

时兹禾有所不知,将近四十年之后,晏小楠在给组织部门撰写时兹禾符合离休条件的证明材料时还提到,没能在当时为时兹禾争取到记功的奖励,是他一生最大的遗憾。

事实上,无论是战争年代还是新中国成立后,葛开荣政委都算得上百事通,很少有人像他那样酷爱读书与学习,语文算数、天文地理、国际时事,无一不在他的涉猎范围之中。为了记住生僻字,他还总结出很多口诀,诸如"爨(cuàn)是灶,爩(yù)烟冒,鱐(shù)是黑虎山里叫",不一而足。守备团机关的人都知道他们的葛政委为了记住基本数学公式,硬是把$(a+b)^2=a^2+2ab+b^2$套进歌曲《我是一个兵》的曲调之中,有空就哼唱,只不过人家唱的是"我是一个兵,来自老百姓,打倒了日本侵略者,消灭蒋匪军",可他唱的却是"a加b平方,等于a平方,加上二倍ab,再加b平方"。

说不清其中有没有补偿心理,反正葛开荣政委下决心把时兹禾留在身边,并特意把政治处文化股的办公室安排在他办公室对面,有事没事总能随时与时兹禾照面。团里有个干事侧面提醒过葛开荣,说时兹禾虽然是高中毕业生,却毕业于教会学校,那可是洋鬼子办的学校。葛开荣一反常态地瞪起眼睛,大声呵斥道:"你懂什么?"搞得那位干事尴尬万分,不知自己说错了什么。

虽说眼下不再像战争时期那样提拔干部不拘一格,但葛开荣盘算得很清楚,他计划按照文化干事、文化股长、营教导员及至团政治处主任的步骤,用三到五年时间将时兹禾培养成文化素质较高的干部。葛开荣知道,现在资历完善、经验丰富的干部苗子很多,唯独缺乏既有水平又有文化的人才。他看过西南军区转发的一篇全军调研报告，说当前部队战士中，文化程度为初小以下的，占比高达80%，而干部群体中，文化程度为高小以下的，占68%，其中文盲或半文盲竟占30%。葛开荣政委在感慨之时专门在那几个数字上用红笔画了圈，并在下面重重地加了两道杠。

葛开荣政委哪曾料到，上级的想法竟与他不谋而合。没过多久，遵照全军部署，黔省军区成立文化速成学校，采取轮训或抽训的方式解决部队战士文化水平偏低的问题。一开始军区设想将教员的选拔标准定在大学学历，后来发现这样的人极少，早先散落在基层单位，可如今不是被大机关调走，就是被刚刚组建的各类军事院校作为专门人才挖走。像时兹禾这样的高中毕业生已是凤毛麟角，因而黔省军区二话没说，在根本没与葛开荣这种惜才如命的政委商量的情况下，直接将时兹禾调往黔阳。

一纸调令彻底打乱了葛开荣培养时兹禾的计划，也让时兹禾退伍返乡的念头搁置下来。临别时，葛开荣以政委身份专门与时兹禾谈话，自然少不了讲一番诸如努力工作，争当优秀教员之类的话，最后却意味深长地说了句："留在我们守备团这种基层部队固然辛苦，但以你的条件，没准会有很大发展空间。到了文化学校，工作相对稳定，又在大城市生活，安逸了许多，只是很难说日后会有什么更大发展。呵呵，当然，我们对发展要有不同理解。总之，不论如何，读书人是不能懈怠的。"

时兹禾并不理解葛开荣政委话中的含义，特别是对"很大发展空间"这种云遮雾罩的笼统说法不甚明白。多年后，他带着些许遗憾的口吻跟家人说起这段往事，表示他也是很久以后才逐渐意识到，所谓发展空间实际上就是职级提升的代名词。换言之，他如若继续留在普山，没准在一九五五年全军首次授衔时会扛上上尉甚或大尉肩牌，但当时他对调往黔阳满心欢喜且充满了向往。这倒不是因为他嫌弃守备团地处偏远或者艰苦而不愿意继续逗留,怎么说普山军营都是他命运的转折之地,按照时下流行的说法,那里也是他参加革命的地方。

时兹禾渴望去黔阳,是他接到调令的一刹那心中猛然升腾出一种强烈的念头——黔阳是鲍云彤的家乡,无论能不能找到那个让他始终无法忘怀的姑娘,他觉得,只要自己到了那里,客观上就离她越来越近了。他迄今难以忘怀的是离开金龙江择木客栈的时候,他对鲍云彤说自己到长途客车站查看一下何时恢复通车,去去就来,正要转身离去,突然发现,鲍云彤穿着一袭蓝色长裙,微笑着目送他,格外漂亮与动人。他想象着万一在黔阳碰巧遇到鲍云彤,她依旧长裙在身,那将是一件多么美好的事情呀!

所以,当时兹禾第一次踏上黔阳的地界,正赶上连续多日阴雨绵绵。他抬头仰望乌云笼罩的天空,面庞立时被雨水打湿。可是他一点也没有因为天气的阴郁而觉得不适,反倒感到心中透亮爽朗,好像仲春时节沐浴着阳光般,温暖而满怀希冀。

起初,时兹禾的生活忙碌而有节奏,白天讲课,晚上辅导。时兹禾是全能型授课者,由于不是党员,他无法承担按规定应由党员担任的时事政治课教学,他身兼数理化、语文、英语等多门课的教学,任劳任怨,不辞辛苦,每天授课时长达八九个小时,常常下课后口干舌燥、嗓音嘶哑。初级班的浅显课程从"日月水火,山石田土"讲起,提高班的内容则涉及物理中的欧姆定律 $I=V/R$,以及化学中三氧化二铝的化学式为 Al_2O_3,当然也少不了英文的二十六个字母以及古典诗词"离离原上草,一岁一枯荣"或者"谁知盘中餐,粒粒皆辛苦"之类。

凡事也非一帆风顺,开学典礼之后时兹禾曾与学校训练科发生过一次冲突,起因是分管教学的刘姓参谋执意让时兹禾讲授俄语课,时兹禾愣了一下,说只能讲授英文而讲不了俄语。

祖籍陕省关中的刘参谋性情执拗,扯着嗓子问:"咋不能? 克服一下困难不成? "

时兹禾明确回答:"不能。"

刘参谋又问:"你知道中苏友好不?教俄语是革命形势的需要。"

时兹禾说:"友好与需要我都知道,但我不懂俄文,教不了,"并反问,"你也知道中苏友好和形势需要,你能教吗?"

刘参谋火冒三丈地说:"我是高小生,你是高中生,能一样吗? "

这件事情终归引起训练科的重视,为此专门做了研究,得出的结论是,教学的目的是提高官兵的文化素质,并非培养专门人才,实在不行,俄文课改成英文课也行。

每逢周末,如果学校没有特殊安排,时兹禾都会请假上街。只是出门之前,他往往会趁同宿舍的同事不注意,将头发梳成二八分,悄悄从衣柜中取出雪花膏,淡淡地涂抹一点,然后再当着同事的面换穿上熨烫笔挺的军装,对着镜子端正地戴上大檐帽。同事笑着说,戴解放帽多轻便,走路上街更方便些。时兹禾笑笑未作解答,心想:大檐帽终究显得威风凛凛。

时兹禾通常穿行在黔阳大十字繁华的街区, 间或也走进商店。但他从不左顾右盼, 对商店橱窗或柜台上展示的物品视而不见,只管昂首挺胸地行走,姿态与平素队列训练相比,手臂摆动的幅度没那么大,更显随意轻松。身材高大配上整洁帅气的军装,时兹禾引起不少逛街市民的侧目, 其中很多年轻姑娘都被他所吸引——天,怎么会有如此俊朗的兵哥哥? 只有时兹禾知道,他在做着大海捞针般的努力与尝试。他期望在拥挤的人群中邂逅、巧遇鲍云彤。

工作越具体,事情就越显得琐碎,时光伴随着任务的逐一完成倏忽间就逝去了。又是一个周末,时兹禾看了一眼日历,发现自己到黔阳已经一年多了。不像刚来那会儿,他上街的次数越来越少,因为他渐渐明白,在偌大的黔阳城,企望碰到鲍云彤就如同成语中的刻舟求剑或者胶柱鼓瑟,可能性几乎为零。

时兹禾掐指一算,他与鲍云彤失去联系已整整四年了。他隐约记得,鲍云彤与他同岁,只是出生月份稍晚,按照蚌山习俗,她早就过了可以嫁人的岁数。即使以一九五〇年颁布的新《婚姻法》为参照,男女结婚的法定年龄分别是男二十岁,女十八岁,已经二十三岁的鲍云彤也超出了这一标准,说不定人家现在已经为人妻为人母了,假如偶然遇到,他又能说些什么,难道要与鲍云彤一起感慨岁月弄人吗?时兹禾长长地叹息了一声,心中默念起李白的《秋风词》:"长相思兮长相忆,短相思兮无穷极。早知如此绊人心,何如当初莫相识。"

其实,最让时兹禾烦恼与忧虑的还不仅如此,他前不久偶然听说黔省军区文化速成学校扫盲与提高的教学任务要告一段落,下一步要由"以文化教育为主"转入"以军事训练为主",而学校干部科的副科长在与他闲聊时暗示,他们这批教员的进退去留要统一研究,一部分去军事院校继续担任教员,一部分回到老部队,一部分要重新分配,还有少数人则根据组织安排与个人意愿转业或复员。

时兹禾一时半会儿拿不定主意。他想起守备团葛开荣政委对他留在普山的期盼,又想到来黔阳这么久没有鲍云彤的消息始终心有不甘,但有一点很明确,他发现自己越来越喜欢这身军装,不打算退伍回到老家蚌山。万一组织上选调他去军事院校任教而让他继续留队,他觉得这是个不错的选择,只是不知道他可能去的军事院校究竟在哪座城市?南京、重庆还是西安?无论如何,时兹禾都想在这件事情敲定之后,利用还有三个月就要到来的国庆节假期,去蚌山探亲,看望父母与弟弟妹妹。

正在时兹禾为是否上街纠结之际,屋外传来敲门声。他开门一看,简直不敢相信自己的眼睛,竟是晏小楠笑着走了进来。

"没想到我来找你吧？"晏小楠一把握住时兹禾的手，兴奋地说，"我几个月前就知道你调到黔阳来了，只是工作太忙抽不出时间过来。"

时兹禾发现晏小楠虽然身穿制服，但与自己的有所不同，胸标标识着中国人民警察，五星帽徽中镶嵌并非"八一"而是"公安"字样，疑惑地问："你这是？"

晏小楠笑道："我那年来黔阳没多长时间，军管会的使命就完成了，我的工作职责转到了公安局，于是我就顺其自然地担任了公安局副局长。现在我与你不同了，我可是地方干部哟，哈哈！"

时兹禾赶紧拿出部队配发的茶缸倒满开水递给晏小楠。同宿舍的同事见有人来找时兹禾，便客气地点点头，准备出去。晏小楠拦住那位同事，说："好不容易赶上星期天，怎么好打扰部队的同志休息。时兹禾是我当年的战友，今天我专门来请时兹禾同志外出坐坐。"

时兹禾赶忙对同事解释说："哎呀呀，这可羞煞我了。刘教员，你可不知道，这可是我参加革命的引路人，我的老首长晏小楠同志！他称我为战友是高抬我啦！"

时兹禾的这番话并无纰漏，实际上却深有寓意。这种寓意包含着自豪、骄傲、光荣以及说不清道不明的纠结。

首先，时兹禾知道晏小楠称他为战友没有说错。从"解放军"的角度说，时兹禾陪伴晏小楠见证了原272师随同原第101军宣布起义的最初时刻，从那一刻起，时兹禾的身份发生了根本变化——他成了人民解放军战士，尽管晏小楠不久之后便调往黔阳军管会，但不论怎样，他与晏小楠一起换穿的解放军军装。

其次，时兹禾对自己的"起义"身份十分敏感，主要是担心他人不明白他之前何以加入那样一支军队而他又不知道该如何解释。文化速成学校有位教员与时兹禾的情况类似，也在国民党部队当过兵，但有一点不大相同，那人是在战场上被俘后加入了我军的，人们通常称其为"解放"战士。从道理上说,起义后转为革命军人比被俘后加入我军,更显荣光,至少前者并未在战场上与我军发生过对抗。只是许久以来,时兹禾一直留心像他这样起义后成为解放军的人如何被人称呼,譬如是不是应该被叫作"起义"战士,他不得而知。

再次,在时兹禾的心目中,晏小楠始终是他走向新生的引领者。在他走投无路的时候,晏小楠收留了他,让他有了栖身之地,并且在其后的岁月中关照他、爱护他,并一点一滴地向他传递正向的人生道理——现在回首看来,晏小楠的谆谆教诲都是让他受益匪浅的革命道理,譬如新中国、人民大众以及民族利益之类的概念。可在起义之前,晏小楠的身份是我军的潜伏者,是"假的"国民党军官和"真的"革命军人,而时兹禾则原黔省保安军,后随部队整编纳入国民党军队作战序列,显然与晏小楠有所区别。

但时兹禾宁愿将他在普山军营的两个阶段混为一体来看待晏小楠——晏小楠帮他领取保安军被装却将服装不屑地丢在地上而仅仅留下被褥,带他去苗香苑赴宴与于启佑暗地里较劲,向他交代给平飞传递信息,这些行为在无形与有形中影响与感染着他,让他懂得是非曲直与善恶选择。不管怎么说,晏小楠之前是他的老长官,后来则成为他的老首长,这绝对没有丝毫问题。

时兹禾以为久别重逢的晏小楠要寻找一处安静的地方与他叙旧,便兴高采烈地随他外出。他能看出晏小楠的目光里充满一种期待与兴奋的神情,似乎有许多话急于向他表述,或许因为还没有到达他预订的场所而有所保留,只是说些一般问候的话语。

不一会儿两人来到了黔阳最繁华的大十字街区。时兹禾觉得奇怪,怎么晏小楠也像他一样选择了这个地方,而当他们走进大三元酒楼的时候,时兹禾猛然想起以往在这一带漫无目的地行走时,见到过这家门楼牌匾金碧辉煌的餐馆,心里曾经暗想:这里会不会就像蚌山的东亚饭店那样,是那种酒香四溢、菜肴鲜美、价格昂贵的场所？

两人在酒楼包间里刚刚坐下，还没等服务员倒茶，时兹禾便急切地问晏小楠：“老首长，你要请我在这里吃饭？”

晏小楠笑着说：“是呀，有什么问题吗？”

时兹禾说：“这里看上去是高档餐馆，在这里吃饭会让你破费的！”

晏小楠大笑起来：“小时同志，今天莫说破费，就是破财甚至破产，我都心甘情愿。我们将近三年没有见面，今日重逢，我身为黔阳人，本就应该尽一下地主之谊，况且……”

时兹禾急忙打断晏小楠的话，说：“你在这里工作就算黔阳人吗？照你这么说，我也是黔阳人。你这个理由不充分。我们完全可以在路边小店吃点水城烙锅之类的小吃，不必这么奢侈。”

时兹禾虽然富家出身，自小在家不缺吃喝，但离开蚌山后的五年间一日三餐显然不比家中，更无在馆子打牙祭的机会。记忆中只有两次在餐馆吃饭让他觉得非同一般，一次与鲍云彤在广州的石岐酒家，另一次则随同晏小楠参加于启佑在普山镇苗香苑客栈摆设的鸿门宴，可惜前一次错把石岐米酒当成醪糟，喝得酩酊大醉，早就记不得那餐夜宵的美妙，而后一次的吃饭过程惊心动魄，根本无暇体味菜肴的鲜美。来到黔阳后，时兹禾仅仅在街上吃过一次羊肉粉，已然觉得味美绝伦。但多年节俭变成习惯，他真心不希望晏小楠为此浪费钱财。

晏小楠说：“我和你不同，你是蚌山人，我可是地道的黔阳人，虽然我的祖籍在湘西新晃，但我出生在这里，在外公家长大。过去，为了潜伏需要，这是个秘密，现在可以公开了。另外，今天我还肩负两项重要任务呢。一个任务来自我本身工作的需要，还有个任务是一位白发苍苍的老者向我布置的。”

时兹禾听得有些糊涂，晏小楠的工作与他何干？晏小楠口中的

278

老者是谁,难道是晏小楠的上级?

晏小楠说:"先说第一个任务吧。我打算选调你到黔阳公安局工作。我已经得到确切消息,黔省军区文化速成学校的任务结束了。现在机会来了,你可以做出选择。我知道,你之所以离开老家蚌山,在半个中国兜兜转转绕了一圈,最终阴差阳错地来到黔阳,与你最初的理想密不可分。你不是一直想报考警校当个公正的警察吗?小时,现在是新社会,与当初你报考警校的时候比有了翻天覆地的变化。新中国的公安战线特别需要你这种有理想、有情怀且在人民军队锻炼过的人。"

时兹禾一下子愣住了。晏小楠果真是个有心之人,时兹禾记得当初解释他何以从双鼻山逃出来的时候,断断续续讲到漫长旅途中遇到的种种事情,除了担心晏小楠对他有所误解而没有透露他与鲍云彤的关系,连双鼻山"匪首"郭维伦打算将他的"女儿"莫黛嫁给他,以及莫黛对他的真实情感都一股脑地讲了。没想到这么多年过去,晏小楠居然还记得这些。时兹禾不免感慨,心中涌起一阵热流。晏小楠的话让他的脑海中蓦然浮现蚌山曹山湖警所那位在狂风暴雨之夜将他从湖中救起的老警察——"疤叔"赵传勇的身影。

时兹禾正想询问晏小楠提到的长者是何许人士,又给他布置了什么任务,却听到包间外传来一个女子清亮的声音:"承德哥,你在哪个包间?"

如此熟悉的声音让时兹禾登时怔住,尽管外面的女子说的是方言,而且所唤之人与他和晏小楠无关,但他觉得那声音十分特别,仿佛曾经是他生活中格外熟稔的一部分——他不敢细想,又不甘心,便霍地一下站起身来,直接向门口冲去,打算一探究竟,完全不顾晏小楠在身后不解地呼唤:"哎——小时,你这是干吗?"

说时迟那时快,房门突然被人从外面推开,只见一个身穿长裙的漂亮姑娘匆匆走了进来,与时兹禾撞了个满怀。时兹禾定睛一看,大吃一惊,无论如何他都不敢相信自己的眼睛,来人竟是他几年来朝思暮想的心上人鲍云彤……

话说晏小楠在黔阳军管会报到完毕的当天,就在大姨萧万芳和大姨父范福增的陪同下回到萧宅看望外公萧士余和其他家人。萧宅自然是一副其乐融融的场景,感慨万分的萧老爷子眼里充盈着泪水,一反常态地不再像平素那样板着面孔,而是紧紧拉住晏小楠的手,久久望着眼前这位几乎让他认不出来的外孙,口中不停地念叨着:"承德回来了,承德回来了。我一直同家人说,这个娃儿早晚要回来的!"

萧万芳在一旁解释说:"为了潜伏工作的需要,承德这么多年来一直化名叫晏小楠。我们都觉得这名字挺好,主张他继续这么叫,毕竟他是顶着这个名号迎来了胜利。"

萧士余说:"名字是代号,真名也好,化名也罢,叫哪样都是我的外孙!"

众人皆笑。

萧家多年的习惯,凡事让老爷子占先,好事如此,遇到难事或棘手之事,依然是萧士余挺在前面。萧万芳私底下曾流露过一丝担忧,只要父亲健在,家里不管遇到什么事,总是井然有序,只怕老爷子百年之后,这种情形很难继续维系。果然,外公与外孙相见且亲热一番之后,才轮到晏小楠的父母晏传安和萧万华与儿子拥在一起。广州粤黔旅社的股权转让之后,萧万华夫妇按照萧士余所嘱返回了黔阳。在南国经历了一番人生折腾,晏传安总算安下心来,不再想入非非。

萧士余插话告诉晏小楠,赶上黔阳解放,市政府各口缺少懂业务的人,驻财政局军代表听说晏传安曾是该局骨干,便亲自登门劝说其再度回归,晏传安因此又干起老本行。

晏小楠笑着说："那个军代表是个女同志,我们打过交道。当时二野给起义的 272 师运送粮食与物资,她负责押车带队,遭反叛的于启佑伏击。我们与增援部队以及运输队一起配合,里应外合击毙了于启佑,在草场坡垭口胜利会师。"

萧士余说："那个女军代表长得好抻头(撑抖),名字也与花卉类似,好像叫桂花。"

晏小楠捂嘴笑道："外公记错了,叫桂兰。"

谁也没有想到,没等做父母的与儿子叙述别离十多年的思念之苦,萧士余急匆匆吩咐鲍云彤抱着球球来到晏小楠跟前,老人逗弄着球球唤晏小楠舅舅。乖巧的孩子奶声奶气地喊道："舅舅好!"

晏小楠又惊又喜,冲着鲍云彤问道："幺儿表妹何时结的婚,孩子都这么大了?妹夫呢?他在哪里做事?"

萧士余截住话题,赶紧说："球球慢慢长大了,我们先不在孩子跟前说这个话题。承德是当舅舅的,先认下外甥再说!"

鲍云彤站在一旁没吭声,其他家人见状纷纷离开。萧士余嘱保姆抱走球球,客厅只留下晏小楠和鲍云彤在他跟前。

还没等萧士余向晏小楠说什么,鲍云彤主动开口说："表哥,外公要跟你说我的婚事。家里人都知道我的想法,球球上中学之前,我不想提这件事情。孩子是我的一个熟人托付的,那熟人连朋友都算不得。他原本托付我临时照看,没承想他意外去世了。我既然答应了他,就要信守承诺。我若结婚成家,这孩子等于就没了我这个妈,实际上就成了孤儿。"

萧士余皱着眉对晏小楠说："幺儿执拗,她父母劝不了,连我这个做外公的说话也不好使。我一直说把娃娃留在我身边,不影响她结婚成家,可是说哪样她都不肯。承德既然回来了,务必要促成幺儿的婚事。黔阳城许多老者都晓得,你妈妈她们姐妹三人的婚事,哪个我都没少费心。报馆为此写过文章,说我操办不包办,符合时代潮流。现在我老了，心有余而力不足。你想想，莫说球球上中学是好久后的事情，即便现在，幺儿的岁数已经不小了。女娃娃嫁人的最好时光就那么几年，错过了就是一辈子。人家青青与平飞马上举行婚礼，可是幺儿这边连个对象也没得，这可如何是好？"

晏小楠对外公的吩咐丝毫不敢怠慢，从军管会到公安局，除了忙于工作，在所剩无几的空闲时间中，晏小楠都将鲍云彤的事情当作头等大事忙碌，无外乎反复劝说，并不断向她介绍合适的人家。

鲍云彤笑着对晏小楠说："表哥真的无须盲目遵循外公的旨意为我的事情忙碌。我终究读过书，知晓人生道理。现在一大家子人生活在一起，抚养孩子我还可以借助家人之力。即便以后萧家分家，我也有能力将球球养育成人。我如今在省医院做护士，工作与收入稳定，经济上没问题。那个皖省的保姆跟了这么久，对孩子很上心，也有了感情。我看，倒是你这个快三十岁的单身汉该好好考虑一下自己的事情喽。"

时光荏苒，三年转眼即逝。谁也没想到身体一向康健的萧士余一下子就进入弥留之际。那天，掌管家事的鲍柏年估摸着老爷子午休该起床了，便去请安，突然发现萧士余喘气急促，声音微弱地嘀咕什么。鲍柏年顿时慌了手脚，急忙打电话将家人召唤回来。晏小楠是最后一个赶到的，他进屋的时候，萧士余已经咽气。全家陷入悲痛之中。

晏小楠问三姨父鲍柏年，老爷子临别有什么遗言交代。鲍柏年流着泪说："就说了四个字，声音很小很小——幺儿，球球。"

办完萧士余的丧事，晏小楠压力陡增。他知道，外公唯一放心不下的就是鲍云彤的婚事。其实，这么多年来，由于工作的特殊性，晏小楠的婚事迄今也没有着落，说起来他比表妹鲍云彤还要年长好几岁。在晏传安和萧万华夫妇看来，老爷子分明偏心，都是萧家第三代，外公却从不为晏小楠的任何事情操心。晏小楠十四岁便年少离家,一别十几年,母亲萧万华为此几乎哭干了眼泪,时常怨老爷子把从未出过门的孩子安排到上千公里之外的保定读书,以至于孩子虽有音信却无法谋面。老爷子至少表面上始终泰然处之,不露声色。按说男丁的婚事对于家族来说算得上头等大事,但老爷子完全不像对待范青青和鲍云彤的婚事那样挂在嘴上,时常念叨。

但晏小楠懂得外公的心思。去保定之前,外公冲着他念念有词地说:"男子亲迎,男先于女,刚柔之义也。……男女有别,然后父子亲,父子亲然后义生,义生然后礼作,礼作然后万物安。……无别无义,禽兽之道也。"

与家人一样,晏小楠当时哪里晓得外公说的什么。他当时还想:读过洋书的外公,在我念师范之前为何要送我这套老古董?晏小楠后来逐渐理解,在外公的认知里,男女平等与男女有别并不矛盾,男孩子要长成参天大树,必须经历风雨,而女孩子则是花朵,呵护与培育须臾不得放松。外公三年前就把鲍云彤表妹的事情托付给他,而他却并无作为,晏小楠在惭愧中感到悲伤。

晏小楠发现,鲍云彤虽然是家中哭得最伤心的人——或许她意识到自己最对不起外公的事情就是没能遵照外公的意愿把自己嫁出去,但她依旧坚持己见,因为晏小楠看到她给外公写的挽联,是借用老人曾经说过的一段话——"一代人来,一代人走,大地永存,太阳照样升起"。她分明更加看重承续大地与太阳的下一代人,年轻一代要在尽量不受到影响和伤害的环境下好好生活。

晏小楠知道,无论如何不能再以介绍男朋友的方式让鲍云彤出来约会了。

也是巧合,前几日晏小楠接到普山守备团政委葛开荣的电话,说黔省军区文化速成学校即将完成历史使命,请求他出面做一下时兹禾的工作,让他返回守备团任职。葛开荣说,他非常喜欢这个小伙子,学识渊博、为人单纯正直,打算好好培养这个年轻人。

葛开荣的话提醒了晏小楠。晏小楠其实早就听说时兹禾在黔阳担任教员，只是忙得不可开交，未能抽空去看望。他忽然觉得时兹禾与鲍云彤表妹年岁相仿，似乎爱好与趣味也接近，不如把时兹禾作为朋友引荐给鲍云彤，让她结识一些文化水平较高的朋友，这样至少可以让表妹的业余生活丰富一些。兼而得之的是，晏小楠也可以借机征求时兹禾的意见，看他是否愿意转业到公安局工作。

问题是鲍云彤对外出与人相见十分敏感，她清楚在这种场合中，往往会有一名陌生男子带着兴奋与好奇的神情仔细打量她。起初，碍于表哥晏小楠的面子，鲍云彤也会支应一番，但通常讲不了几句话她就会借故离开。后来，鲍云彤对晏小楠这类邀约干脆直接拒绝，还笑着与晏小楠打趣："省省吧，表哥！倒是你对我未来的表嫂有什么考虑，需要我这个表妹给你把把关，我乐意效劳！"

晏小楠灵机一动，笑着对鲍云彤说："真让你说着了，之前有个相识，好几年没有见面，我打算把重逢的机会安排在这个周末，地点就在大十字附近的大三元酒楼。我对这次再聚首充满期待，想请表妹亲自出马，为我出谋划策，把关掌舵。"晏小楠对一语双关的这番说辞做了精心准备，但愿不会露出破绽。

什么，又是大三元酒楼？鲍云彤怔住了，脑海中立即闪现出刘永初的身影和眼看着一天天长大的球球……

遂愿

鲍云彤头一眼看到身穿军装的时兹禾，并未一下子认出。压在时兹禾眉毛上方大盖帽的帽檐和风纪扣紧扣的军装或许影响了鲍云彤的辨识，或者说遮掩了时兹禾在她心目中本来的形象。

鲍云彤小时候随外公在大东门陈记肠旺面馆吃面，见过捧着一大碗肠旺面狼吞虎咽的当红京剧小生罗俊英。外公拍拍她的肩悄悄说:"幺儿快瞧,那人就是在《荆钗记》里扮演穷家书生王十朋的名角。"外公在京城做事时渐渐喜爱上京剧,带她与表姐范青青在黔阳大戏院看过那出戏。戏中的王十朋有情有义,十分招人喜欢。但鲍云彤觉得吃面的那个男人与王十朋判若两人,除了戏中王十朋斯文有加而此时的罗俊英看上去与俗人几无差别,她以为扮相和戏装肯定也是重要原因。

这也难怪,时兹禾最后留给鲍云彤的印象着实深刻,仿佛镌刻在脑海之中。且不说他离开金龙江客栈房间时回头一笑并冲她摆了摆手的样子,时常像放电影般浮现在眼前,单就时兹禾一开始对鲍云彤内心深处的触动而言,就与别人大不相同——那个始终穿着学生装的单纯小伙子,总是害羞中带着机敏,热情中又显得拘谨。

鲍云彤只是觉得眼前之人有些眼熟,好像在哪儿见过。由于两人猝然相撞,鲍云彤还本能地后退了一步,并微笑着点点头以表歉意。但当鲍云彤的余光觉察到这位近在咫尺且军容整洁的军人正目不转睛地看着自己时,觉得有些蹊跷。三年多前解放军部队进城时,鲍云彤参加了夹道欢迎活动,后来在街上也偶尔遇到零星外出的战士,印象中他们有些腼腆,很少敢于直视女人。怎么这个军人不比寻常?

鲍云彤索性也抬头端详起对方。当两人的目光对视的一刹那,鲍云彤惊呆了——那高大的身躯、醒目的眉眼、挺直的鼻梁,尤其是迎面扑来的混杂着淡淡汗味的男人气息是那么熟悉,令她沉寂多年的记忆一下子被激活,那是她在金龙江择木客栈与时兹禾同住一室时留下的最为隐秘的记忆。她好几次想问时兹禾,为什么他身上的那种气息令她迷醉,仿佛闻到后就会产生一种伴着踏实、安逸之感的兴奋?这话终究因为害羞而未能开口,毕竟有些隐私至死都不能与人言说。

此刻,鲍云彤斩钉截铁地确定,眼前这个军人就是时兹禾!

站在原地未动的鲍云彤嘴唇开始颤抖，随即身体也颤抖起来。忽然，鲍云彤侧过脸，像个委屈至极的小孩，双手猛地捂住脸，号啕大哭。呜呜的哭声立即在包房里回荡，好像某个受到压抑的灵魂在得到释放后在四面墙上拼命撞击，找补着曾经拥有却被丢弃的一切和失去的平衡。

鲍云彤一边哭一边大声说道："毛头，你这个坏小子！你跑到哪里去了？！你答应我去去就来，可这一去就是多年，天底下有你这样说话不作数的男人吗？！"

站在对面的时兹禾顿时泪如泉涌，他用力咬住下嘴唇，一言未发，任由泪水肆意流淌。片刻后，他突然发疯似的迅疾冲了过去，一把紧紧抱住鲍云彤。他的下巴紧贴在鲍云彤的肩头，轻轻念叨着："幺儿，我的幺儿，我找你找得好苦！不怪你，怪我！怪我不该一意孤行，非得去查看恢复通车的时间！我现在才知道，和考学相比，和赶时间相比，什么都没有你重要！"时兹禾的泪水很快浸湿了鲍云彤裙子的小肩与后领圈。

晏小楠被眼前的一切弄得瞠目结舌。他原本正在考虑如何留住表妹，别让她看到包房里还有一个陌生男人，误以为他又在设法给她介绍男友，免得她在完全不给他留面子的情况下转身就走。哪承想事态骤然变化，就像盛夏时节明明艳阳高照却突然间暴雨袭来令人猝不及防。

晏小楠不知发生了什么，只能坐在那里一动不动，呆呆地看着两人相拥而泣。少顷，晏小楠似乎悟出了什么，时兹禾与表妹鲍云彤之间一定发生过一段婉转曲折的故事，只是萧家无人知晓这个故事的来龙去脉，包括鲍云彤的父母——小姨萧万琴和小姨父鲍柏年，还有至死都未能明了在鲍云彤身上究竟发生了什么的外公萧士余，更不用说他这个很晚才回到萧宅的表哥。

晏小楠的思绪瞬间开始飞速转动——他想起时兹禾跑进普山

军营时那副慌张不安的神色;想起时兹禾向他讲述为报考警校瞒着父母千里迢迢奔赴广州,又因未能录取而试图去黔阳寻找他父亲的朋友帮忙,却在金龙江遭遇土匪绑架;想起时兹禾坦诚地说到双鼻山的土匪头子郭维伦企图将"女儿"莫黛嫁给他,而那个叫莫黛的姑娘偏偏格外喜欢他。

晏小楠猛然意识到,时兹禾隐藏了其中最重要的一段。晏小楠推断,时兹禾从广州赶赴黔阳的过程中,表妹鲍云彤一定相伴始终。事实上,那段时间她恰好在广州帮助表哥晏小楠的父母打理粤黔旅社。而那个身在黔阳可能会给时兹禾帮忙的人,并非他父亲的友人,而是在时兹禾绝望时鲍云彤想到的一向热心助人的外公。结合时兹禾刚到普山军营时的讲述,晏小楠判定,表妹鲍云彤与时兹禾是在这段时间相爱的,而郭维伦在金龙江绑架了时兹禾,使这对恋人从此失去了联系。

一切都水落石出。

晏小楠终于领悟为什么当初劝说时兹禾返回蚌山,他却执意留了下来。时兹禾心中潜藏着期盼,并未打算回到故乡而远走高飞,宁可选择在偏远的普山镇当了保安军。这个小伙子并不简单,他对留下来继续找寻鲍云彤的目的守口如瓶,他将心头那份珍贵的爱与他所爱的姑娘,深深地埋在了心中。

鲍云彤又何尝不是如此?她对家人始终闭口不说与时兹禾的刻意隐瞒简直如出一辙。哪里是什么"东飞伯劳西飞燕"?分明就是"十年生死两茫茫,不思量,自难忘"。从事了多年情报与潜伏工作,见过无数次生离死别,晏小楠这个硬汉子此时心头一热,眼里竟然开始发潮。他没有为了掩饰而用手擦拭,暗想:为时兹禾,为表妹鲍云彤,也为自己为何没能遇到这种真挚的情感而至今孑然一身,流一次泪又有何妨?晏小楠站起身,长吁了一口气,外公的夙愿得偿,老人家在天之灵可以告慰了。

鲍云彤与时兹禾的婚期确定在这一年的国庆节。

从六月两人重逢的那天算起至国庆节假期，拢共才三个月时间，这个进度超出了萧家人的预想。虽说萧家男女老少都急切地希望鲍云彤尽快成家，但真正涉及出嫁这等人生大事，所有人都觉得仓促行事似乎多有不妥。

没了萧士余老爷子做主，萧家人对这件事七嘴八舌，众说纷纭，意见始终没能统一。

以往对老爷子一向言听计从的鲍柏年开始有了自己的主张。鲍伯年认为，他作为鲍云彤的父亲，应该拿主意，他明确提出婚事在遵从黔阳部分习俗的前提下，必须按照老家冀省衡水的六个步骤进行：下聘、安床、上头、出门、迎亲和婚礼。鲍柏年有些激动，说他就这么一个女儿，家人都随着外公唤她幺儿，而他心目中的鲍云彤就是长女和独女。从根子上说，鲍云彤属于冀中后代，虽然远离故土，但不能忘本。老家的婚事议程多少年来都必须正午之前完成，而黔阳人的习俗则偏偏安排在黄昏之前。鲍柏年说他为此已做了很大妥协，因为在北方老家，黄昏之前办婚礼通常意味着男女当中有人系再婚。但不管怎么说，鲍柏年强调，准备的时间必须充分。

萧家大姐萧万芳当即予以否定。她言辞凿凿地说，新社会的婚事必须新办，繁缛礼节通通舍去，买些糖果、瓜子和花生，亲朋好友聚集一堂，高高兴兴庆贺一番即可。萧万芳说这话时脸上带着笑容，貌似轻松，语气中却包含着不容置疑的成分，说罢还朝丈夫范福增问："老范，你说我的意见对吧？"范福增连连点头称是。大姐夫妇多年形成的默契是，范福增主外，萧万芳主内。事实上，范福增作为曾经的黔阳特支负责人，在工作上原则性极强，从不允许萧万芳把家事与公事混为一谈，而家里的琐碎杂事，历来是萧万芳说一不二。

二姐萧万华见状立刻出面调解，主张新旧结合。婚事过程中的仪式可以保留，但要简化，譬如下聘环节，不能要求男方时兹禾家里派人千里迢迢来送订婚彩礼。依据黔阳习俗，下聘礼品包含金饰、手表、礼饼、茶叶；龙凤烛、排香、祖纸、龙凤炮各一对；洗手鸡一只，斗二米；福圆、糖仔路、伴头花、半猪、面线、甜汤圆、点心等。然而，几千里路过来，吃食多会变质，这显然不切实际。至于安床仪式，也不必再找个属龙的男孩子在床上翻转，毕竟新社会应该破除这些带有封建色彩的旧习气。

萧万华的折中方案暗藏玄机，主要不想让大姐一言九鼎。萧万华私下对丈夫晏传安说："大姐是老革命，讲话看上去很有道理，但其中含有今后萧家大事由她说了算的意思。至于小妹夫鲍柏年的意见，听听罢了，不一定非得照办。"

晏传安则说："咱们的儿子走南闯北，见多识广，不妨让他拿个主意。"

晏小楠怀念起外公健在的日子，萧家那么多人，吃喝拉撒、柴米油盐、婚丧嫁娶，哪有一件省心的事情？怪不得他小时候常听外公念叨"家大业大，难倒菩萨"，果然大有大的难处。幸好外公依凭几十年为家人遮风挡雨所建立起的威望，尚可维系局面。

虽然在外人眼中晏小楠贵为黔阳公安局副局长，但在萧家却是晚辈。萧士余活着那会儿，晏小楠、范青青和鲍云彤算第三代，如今老爷子仙逝，上头还有六个长辈，尤其那三个几十年来出嫁不出阁的女性长辈，从来没有经历过婆家的生活磨砺，依旧保留着自小养成的任性习惯与大小姐意识，个性十足，并不容易应对。于是晏小楠只呵呵笑着，并不表态。

日子是时兹禾最终敲定的。他说服了众人，理由简单明了——他已经下决心转业至黔阳公安局工作，一来正如晏小楠所说，做一名主持公道正义的警察曾经是他的理想，二来可以从此在黔阳真正落下脚来，与鲍云彤开始新的生活。定在国庆节，是因为黔省军区文化速成学校的扫尾教学任务在节前全部完成，国庆假期后，时兹禾才能正式办理转业离队手续。最重要的是，时兹禾想穿着军装参加婚礼，给新的人生阶段留下鲜明印记。

时兹禾打消了鲍云彤最大的顾虑，球球将跟着他们一起生活。他不仅没有介意鲍云彤带着一个并非亲生的孩子，还因此更加钦佩她的为人。善良且单纯的鲍云彤丝毫没有改变，仍然像当初在广州那会儿一样，为一个虽然遇到棘手的意外却与她并无关系的外埠考生竭尽全力。时兹禾感到幸运，美貌与善良在一个女人身上同时彰显，更幸运的是这个女人愿意与他永结同心。

按照两人商定的意见，在球球上中学之前，不告诉他真实身世，莫说球球那位急着嫁给富商做阔太太而对亲生儿子不管不顾的生母丁玛丽，就是人品没多大毛病的生父刘永初也不好让球球知晓。其实，球球向鲍云彤问过多次为何见不到父亲，鲍云彤总是以在外谋事为由应对球球的疑惑。时兹禾的出现也让鲍云彤为此松了一口气。她终于可以正儿八经地跟球球说，他的爸爸回来了。

婚礼并没有像鲍柏年萧万琴夫妇主张的那样安排在黔阳的大三元酒楼，那家高端馆子是很多人家举办婚礼的首选。在鲍云彤的坚持下，父母做了妥协，同意就在萧宅的厅堂进行。这里虽然比不上酒楼宽敞与阔绰，但足以容纳亲朋好友。

大姨萧万芳高兴地表扬了鲍云彤，说她勇于带头婚事新办，厉行节约，体现了新社会女青年的精神风貌。

鲍云彤的想法却与大姨不尽相同，她只是希望在这里与时兹禾一起向外公的遗像鞠躬，觉得这样相当于外公参加了她的婚礼。她长这么大一直都是外公心中乖巧听话的外孙女，唯有她的婚姻大事违逆了外公的意愿，或者说外公最大的遗憾是没能亲眼看到她出嫁。鲍云彤预想在向外公遗像鞠躬的那一刻，她会忍不住哭泣，便叮嘱时兹禾在关键时候拉住她的手，在她即将大哭时使劲拽拽她，并提醒她这是一个全家欢乐的时刻,老爷子也会在此刻感到开心。时兹禾自然满口答应。

只是婚礼举办的当天中午,一身崭新戎装的时兹禾从学校匆匆赶来,悄悄地对鲍云彤说,他想了许久,想把老人的遗像移至他曾经的卧房。时兹禾说他可以陪着鲍云彤在那里尽情哭泣与诉说,告慰老人的在天之灵,得到老人的祝福,然后他们带着老人的祝福再步入婚礼现场。

时兹禾说:"幺儿,怀念与快乐都是我们生活中不可缺少的内容。怀念归怀念,快乐归快乐。最重要的是,球球年纪尚小,让他在今天这种场合看到爸爸妈妈的快乐,而不必让他看到妈妈的瞬间悲伤。等球球长大之后,我们再告诉他,那个离我们远去的老祖祖曾经多么疼爱他、关心他。你看这样好吗?"

鲍云彤思忖后点点头,说:"毛头你说得对。今天我是你的新娘,是我最幸福的一天。我应该让父母、家人和参加婚礼的人与我们一起开心。我若哭得不能自已,或许外公也不答应。"说罢鲍云彤将头依偎在时兹禾的胸前,露出幸福的笑容。

时兹禾与鲍云彤在欢声笑语中接受了家人与友人的祝福,诸如天造一双地设一对、郎才女貌神仙、美眷之类的赞美与祝贺之词不绝于耳。时兹禾与鲍云彤笑着频频点头致谢,鲍柏年与萧万琴夫妇高兴得合不拢嘴。

鲍云彤不知从什么地方突然拿出一个绣锦缎面小方盒,递给时兹禾,害羞地说:"能帮我把这个戴上吗?"

时兹禾觉得奇怪,接过小方盒打开一看,瞬间呆住了,那是当年他离开蚌山前母亲赵翠娥悄悄塞进他行囊中的金戒指。在金龙江择木客栈,时兹禾让鲍云彤替他保管。有心的鲍云彤竟然保留至今,而且在他们的婚礼现场拿了出来。时兹禾激动不已,取出金戒指,在众人的欢呼声中,小心翼翼地戴到鲍云彤的右手无名指上。鲍云彤笑着流下了眼泪。

果然如二姐萧万华所言,大姐萧万芳努力扮演着萧家家长的样子,对来客的祝福纷纷表示谢意,只是之后每每补充道,他们也是一对革命伴侣,一个是革命军人,一个是救死扶伤的护士。

紧紧贴在鲍云彤身边的球球抬起头,不解地问:"妈妈,为什么人家爸爸妈妈都是先结婚再有了娃娃,而我都这么大了你们才结婚呀?"

鲍云彤一下愣了神,时兹禾赶紧弯下腰,捧住球球的脸颊,笑吟吟地说:"球球,爸爸一直在外面忙于工作,今天是补办的婚礼。"

鲍云彤抱起孩子,亲了亲他的小脸,说:"爸爸妈妈今天带着球球补办了一个婚礼,从今天起,我们全家永远不会再分开。"

喧嚣与热闹之际,只听拥挤的人群外面传来一个女人的声音,清脆明亮:"祝贺萧家新郎新娘大婚!对啦,祝晏小楠副局长的表妹和妹夫新婚快乐!"

众人循声望去,只见一个飒爽英姿的女军人疾步走了进来。她双手抱拳,说:"抱歉来晚了!桂兰这厢有礼啦!"

晏小楠的父亲晏传安赶紧迎了上去,说:"哎哟,我们财政局曾经的桂代表光临婚礼现场喽,萧家不胜荣幸!"

晏小楠也走了过来,与桂兰握手道谢。她是晏小楠特意邀请的客人,不仅因为他在普山镇草场坡垭口的那次特殊战斗中与她结识,而且她还曾经专程登门拜访,诚邀他的父亲晏传安重新回到财政局工作。

晏小楠知道,在他的上一辈人中,外公对他的父母操心最多。但晏小楠从不觉得父亲晏传安年轻时想四处闯荡有何不妥。出生于湘西新晃的父亲凭借优异的成绩考到黔阳念书,又因在校表现出色而被财政局录用。就像他渴望离开故土去外地念书一样,父亲在事业发展上不想受黔阳一地限制,更不想在高墙围合的萧宅过安稳但缺少追求的生活。成长后的晏小楠渐渐理解了父亲,因而也更加敬佩父亲。

至于外公对父辈的操心,莫不与时事动荡以及人心不古相关,诸如军阀混战和外寇入侵,钩心斗角和尔虞我诈。在晏小楠看来,如果不是在极度不安的心绪下独自拉扯三个女儿,外公很可能是个叱咤风云的人物。祖辈与父辈站位不同,各有视角,看待问题自然不一样。只是父亲在外打拼并不顺利,且年岁渐大,不得不回到黔阳。幸好桂兰的努力让父亲得以重操旧业,有了安稳的工作。

晏小楠打算借表妹鲍云彤婚宴的喜酒以示感谢。当然,晏小楠最初还有更微妙的心理,连他自己都觉得奇怪,每次与桂兰相见,眼光就不知该落在哪里,与她直视则心里略显慌乱,不看又觉得没有礼貌。桂兰是晏小楠见过的最气质超群的女人,平叛战斗结束,两人在草场坡垭口一侧的山头刚刚碰面,他的心就略噔了一下。桂兰斜背着手枪,满脸灰尘,压在军帽下的齐肩头发随风向一边飘摆,笑吟吟地对他说:"谢谢啦,晏小楠同志,你们的反伏击真是及时!"后来他在军管会再见桂兰,那种忐忑不安的心绪更加明显。只是前几天,晏小楠刚刚听说,桂兰很快就要脱下军装,调到北京工作,参与筹建侨务联合会的工作。晏小楠闻讯愣了一下神,只消片刻,他转而踏实起来。他开始有点相信缘分的说法。

时兹禾一开始并未特别注意,以为又来了一位受邀参加婚礼的客人。当他听到客人自称"桂兰"的时候,大吃一惊,难道此人与他在崇正教会学校结识的桂兰重名?时兹禾立即拉着鲍云彤的手走了过去。四目相对时,时兹禾和桂兰不约而同地都愣住了。

"桂姐?"时兹禾简直不敢相信自己的眼睛。身材娇小的桂兰气质与神情似乎没有太大变化,但戎装在身更显成熟。

"时兹禾?"桂兰露出激动的样子,但很快调整好情绪,笑着说,

"是,我不仅是你的桂姐,还是你的桂老师!这些都没有变。"

时兹禾好像突然想起了什么,对鲍云彤说:"幺儿,这就是桂兰姐。你还记得我在广州粤黔旅社的经理办公室管你要的那张照片吗?照片上那个与我长得十分相像的年轻人就是她当年追寻的偶像。"说完,时兹禾转向桂兰,继续说:"桂姐,他也曾经是你爱恋的对象,是吗?"

桂兰点点头,若有所思地说:"我那时年轻,对一切美好的东西都充满希望。可惜黄一峰已经牺牲十几年了。"

趁鲍云彤与桂兰握手的当口,时兹禾忽然朝外面跑去,不一会儿便拿着一张照片回到桂兰身边,恭恭敬敬地双手递上那张照片,说:"我当时就想,若有朝一日能再与你相逢,一定亲手交给你。"

桂兰接过照片,仔细看着,用手轻轻抚摸着照片,眼中露出激动。

桂兰说:"蚌山解放后,我去烟墩子找过你。令堂很健谈,她说你外出上大学了。我还以为你去上海念圣约翰大学,顺嘴说何时你从上海回来,有机会再与你相见。没想到令尊说,天晓得你在哪里念书?语气中好像带着些许不满。我不知道发生了什么,不好细问,便离开了。原来你也参军了,我们成了战友。这些年你都在哪里?上学了吗?你可是当年崇正教会学校会考的头名状元呀!"

桂兰的话让时兹禾想到了自己的父母,想到他在黔阳与鲍云彤结为夫妇,父母竟然毫不知情,恍惚间他怅然地说了一句:"一言难尽。"

婚礼结束,客人散去,萧宅渐渐沉寂下来。

看着保姆安顿好球球入睡,时兹禾与鲍云彤回到婚房——那间原本就是鲍云彤原来的闺房,开始了他们的新婚之夜。敏感的鲍云彤发现,时兹禾似乎不像婚礼开始那样兴高采烈,虽然依旧微笑着看她,并且动作麻利地收拾着婚床上散落的红枣、花生等喜果,但情绪略显低落。

鲍云彤说:"毛头,我一直想跟你说,等你办完转业手续,在公安局安排好工作,我们一起回蚌山看望你的父母。他们两位老人现如今是我的公婆,丑媳妇见公婆是天经地义的事情。无论如何,这趟行程不能耽搁。"

鲍云彤一句话逗乐了时兹禾,尤其是她没有说"去"而说的是"回"。时兹禾转过身,先是深情地凝视着鲍云彤的双眼,然后捧住她的双颊,笑着说:"天底下还有像你这么漂亮和懂事的媳妇吗?幺儿,你可千万别误会,刚才桂兰姐的话让我瞬间有些想家。老话说每逢佳节倍思亲,今天是国庆节,又是咱们大喜的日子,刚才我在院子里看到悬月当空,不免想念远在蚌山的父母。你刚才这么一说,我马上缓了过来。我们累了一天,现在该歇息了。"

鲍云彤故意问:"只是歇息吗?"

时兹禾一愣,抬头看见鲍云彤褪去了外衣,露出雪白的肩头和红色的胸衣,而平时她穿着稍显宽松的外衣,时兹禾并未发现她的乳房原来这么丰满,或许因为胸衣衬托的缘故,她的前胸微微上翘,格外诱人。

时兹禾的心怦怦乱跳。他脑海中闪现出几年前两人在雨夜中入住金龙江那家简陋客栈的情景,鲍云彤叮嘱他背过身子,她脱掉衣服擦洗。背过身的时兹禾想入非非,暗自冲动。这会儿的情形全然不同,眼前的美丽酮体就要与他融在一起,时兹禾有些不敢相信,试探着将手轻轻放在她的肩头,鲍云彤顺从地靠向他的怀中。时兹禾猛地拥搂住鲍云彤,不顾一切地吻向她的芳唇。鲍云彤应承着来自时兹禾的激情,双手环抱在他的脖子上。少顷,他的一只手继续搂着鲍云彤,另一只手腾出来试图解开她的胸衣,由于不得要领,动作渐渐有些粗鲁。

鲍云彤害羞地说:"毛头,你轻点!打今天起,我就是你的人了,和在金龙江择木客栈时不同了,你想怎样都可以!"

时兹禾顺手关上电灯,不顾一切地扑了上去……

时兹禾第一次感受到一个男人在畅快之后的轻松与愉悦。他与鲍云彤躺在床上,望着漆黑的天花板。他的一只胳膊从鲍云彤脖子下面伸过去,揽在她的肩头。

时兹禾说:"幺儿,和你在一起我感到非常幸福。"

鲍云彤"嗯"了一声,说:"我也是,有幸遇到你是上苍的恩赐。"

时兹禾说:"球球跟着我们会健康地成长。"

鲍云彤说:"带着球球嫁给你,我一点也不担心。"

时兹禾说:"我突然想到,球球怎么没有大名?总这么叫着,过几年球球上小学没有大名怎么行?总不能在学校也叫球球吧?我忘记问你了,球球上户口了吗?"

鲍云彤说:"毛头,你真心细,球球确实还没有大名。我原来打算叫他鲍球球,后来觉得不像个正式的名字,一时又没有想好。如今,你既然做了他父亲,给他起个名字吧!"

时兹禾说:"球球应该姓时,不是说不能随你姓,而是我担心上学后他的同学会觉得奇怪,为什么这家的孩子不随父姓而随母姓呢?我怕引起不必要的猜测、误解与麻烦。"

鲍云彤将头贴在时兹禾胸口一侧,娇声说:"听你的,一切由我的丈夫拿主意。"

时兹禾说:"按照我们老时家'昭兹来许,福禄尔康'的辈分排序,在我这辈的'兹'字之后,球球应该是'来'字辈。过去,时家人都是请祖父起名。我的名字就是祖父起的。我猜想若告诉父亲,他老人家定然给孩子起个'时来福'或者'时来运'之类的名字。现在是新社会,我想改改习惯。首先,名字由我来起,将来禀告球球的祖父即是。

其次,不必再遵循旧俗,而应将时代色彩融入其中。我们是国庆节结婚的,孩子借个吉顺之日,不妨叫'时建国',如何?"

鲍云彤惊喜道:"时建国?这名字真好,有纪念意义。改天我们去给球球上户口,就登记这个名字。"

得到妻子的夸赞,时兹禾喜不自胜,便转过脸亲了鲍云彤脸颊。哪承想兴奋的鲍云彤抬起身来,热切地回应起时兹禾,芳唇跟着贴了上来。新婚燕尔的时兹禾哪受得了这个,身子不听使唤,又开始跃跃欲试……

微澜

时兹禾后来才意识到,是否带鲍云彤与时建国一起回蚌山探望父母是个大难题,其难度一点不亚于萧家分家析产这件事。

时兹禾与鲍云彤结婚不久,大姨萧万芳在一次全家聚齐的场合提出了分家的想法。

把全家男女老少召集在一起,对萧万芳来说,远不像萧士余健在时那么容易。最早不回萧宅居住的人,恰恰就是萧万芳与范福增的宝贝女儿范青青。范青青商专毕业后不久,与平飞悄悄相恋,虽然时间不长便被萧万芳和范福增发现,但身为范青青的父母以及平飞的同事,萧万芳夫妇似乎没有什么办法能够阻止,除了男大当婚、女大当嫁一类的社会习俗因素,男女发育成熟后的自然天性发挥着极强的促动作用,有时这种天性的劲头上来,便是天王老子看着也很难办。且不说女儿范青青自小在外公和他们做父母的两代人娇宠下养成了特立独行的品性,动辄顶嘴与反驳,也根本不像萧万芳小时候习惯于听从父亲的吩咐,指东从不向西,让拿糖岂敢要果子?即便对平飞,夫妇二人也不可能像在工作中那样一旦发现不妥便张口批评。

恋爱本属个人私事,只要当事人向组织上及时报备,严格遵守纪律且不暴露身份,没有规定从事地下工作的人不能搞对象,尤其作为特支负责人的范福增,更不能因为女儿是这场恋爱的当事人而横加阻挠,否则便有假公济私的嫌疑。何况萧万芳两口子都觉得平飞的人品与相貌符合他们对未来女婿的要求,唯一让他们不适应的就是原本还整日黏在身边撒娇的女儿突然将心思用在别的男人身上,感到不适应而已。想想这也是天经地义的事情,因而就随了这对年轻人。

范青青从此便以各种理由不怎么回家,免得外公不厌其烦地打探诸如为什么回家晚了或者周末何以不在家吃饭。天长日久,对萧士余来说,习惯好像成了自然。实际上萧士余心知肚明,隔代宠爱外孙女与管教女儿多有不同,前者是享受,后者是责任,加之年岁渐大,心有余而力不足,顺其自然罢了。

晏小楠的情况更为特殊,十四岁离家后就再也未曾着家,回来后公开身份不久就当了黔阳公安局的领导,加班加点是家常便饭,为了不打扰家人,他索性吃住都在办公室,偶尔回家来住上个把天如同宾客下榻旅社。

说嘴打嘴,嘴上挂个棒槌。在每日按时回家这件事情上,萧万芳夫妇本身就不能以身作则。这两口子因为当年工作特殊,又不能让萧士余知道后挂念与担心,便假以学校教学忙碌的名义,回家也是三天打鱼两天晒网。黔阳解放后,萧万芳在教育局做了科长,范福增则在组织部负责干部考察之类的大事,繁忙仍然是他们无法经常回家最有说服力的理由,所以回萧宅居住的次数更加有限。

大姐萧万芳知道,从道理上讲,虽说老爷子已经去世,但萧家的每个人依然是萧宅的共同主人。不管二妹萧万华夫妇、三妹萧万琴夫妇以及新婚夫妇时兹禾与鲍云彤住在这里会怎样,反正萧万芳确信,自己与丈夫范福增,加上外甥晏小楠,继续以主人的身份时常出入萧宅或许就不太妥当,毕竟他们都担负着领导职务,而有产者与他们的身份很不相称。

这个话题在根本上关涉老爷子萧士余的人生价值、他的追求与努力、成就与业绩,因而在萧万芳心目中十分严肃且分量很重。和妹妹与妹夫相比,萧万芳和范福增夫妇在认识上更为清楚,从民国第一个十年伊始算起,在那样一个社会背景下,老爷子的人生设计对他们这个特殊的家庭意味着什么。没有老爷子这样一个长辈的庇护与支撑,很难说他们今天的境况如何。而萧万芳在老爷子活着的时候,几次想问他当初是否知道范福增是冒着风险为革命理想奋斗的地下党员。老爷子主动将她送到范福增身边工作,难道一点也不担心吗?其实说起来还包括去保定念书的晏承德,像老爷子那样为家人分外操心的一家之长,在晏承德十多年仅有音信却从未露面的情况下,居然能够沉得住气,并相信晏承德终会以不同凡响的面目重新出现在眼前。寻常人说的"活法",在老爷子那里就是人生尺度的丈量与拿捏,这包括是与非、对与错、坚守与转变、前景的预判以及家人在有限的空间中如何获得回旋的余地。

今天,萧万芳在丈夫范福增的暗自支持下,鼓足了心劲,打算将老爷子几十年建立起来的一切尽数放弃——其实她脑海中闪现过"摧毁"这样的词语,那个词语是精准的,却不能说出。她不知道除此之外还有什么更为合适的词语来说明她的意图,虽然有些严酷,但不得不如此。

萧万芳想到这些,顾虑与担忧不时在心中泛起,而她最担心的是,万一她表述得过于简单,恐怕会引起家人的强烈反对,以至于生出口角,让一向坚固如铁的姊妹情深分崩离析。于是,萧万芳小心翼翼地兜着圈子慢慢讲述起来——

老爷子健在时,萧家与萧宅在黔阳有一定知名度,后者作为住址的名气源起于前者,而前者当然是以老爷子萧士余为标志的。稍微上些年岁的人都知道,萧士余辞职回黔后,北洋政府曾经专门派员来诚邀他再度返京,可见他在京城业界之声望。他回黔后,当地几任主政者遇到棘手难缠的事项都会寻求他在法律上提供的帮助。新中国成立后,市政府首次邀请社会各界代表人士征求城市建设与发展方面的意见,萧士余当在受邀之列,且排名靠前,十分显赫。至于当年萧士余五年内为三个女儿择的婿均为外埠在黔的有为青年传为佳话,则纯属民间鼓噪,类似于街头小报热衷的八卦或者花边新闻。

萧万芳这么说的目的,是强调父亲的身份特殊——在旧时代,他是留洋归来的稀缺人才,经历过晚清时期层层遴选与推举,以及民国初年在"共和"背景下做过专业事务的第一拨专才;在新社会,他是受人尊敬的著名律师与开明人士。在开始成分划定的时代潮流中,人们容易凭借某种标签做出认知上非黑即白的判定。幸好,萧士余被明确认定为知识分子,这个概念超越了寻常意义上穷与富的界限,所以即使他拥有积蓄和资产,也与资本家有所不同。可以毫无疑问地说,萧士余所拥有的一切房产、钱财并非来自万恶之首——剥削。问题是萧士余溘然离世之前没有意识到萧宅作为一笔资产会给后人带来什么影响,所以,尽管他渐渐不再像之前那样还有着盼望家人们回家居住的强烈意愿,却从未考虑过分家析产之事。

众人听懂了萧万芳的意思。

时兹禾第一个表态,表示将很快与鲍云彤带着儿子时建国从萧宅搬出去。他觉得这丝毫不存在问题,球球长大了,保姆回家了,负担没有了。时兹禾说这番话时头脑中浮现出他所知道的时家走过的路径——祖父时康仁在苏北老家曾经拥有土地,那块土地按照时下成分划分标准,大致属于富农与中农之间,后来被细化为上中农。父亲时昭明离家时还是懵懂少年,他对土地完全没有兴趣更遑论若干年后自己继承,一门心思跑到上海闯荡世界,居然在洋人开办的卷烟厂习得技艺,结果生活得更加惬意。同样,父亲时昭明在蚌山开拓了一片新的天地,成为天来卷烟厂薪酬最高的人,并在烟墩子盖起巴洛克风格的洋房。而那时时兹禾也从未想过他作为长子或许未来就是这座洋房的主人,他不仅毅然决然跑到千里之外试图实现他在老警察赵传勇影响下刚刚建立起来的理想,甚至还在遥远的他乡娶妻成家。

但时兹禾刚一讲完就有些后悔。他立刻表态的本意,是想说明他们这个小家可以马上搬走,完全不影响大姨萧万芳设定的大局。实际情况的确如此,时兹禾办完转业手续去公安局报到的当天,负责干部工作的相关领导就问时兹禾是单身还是已婚。结婚不到十天的时兹禾略显害羞地说刚刚举办完婚礼,人家就说考虑到他是学历较高的转业军人,可以给他分配宿舍——一排平房把头的两间屋子,用以安家。

将婚房暂定在萧宅是时兹禾转业之前与鲍云彤商定的,主要考虑到萧家多年来为鲍云彤的婚事操心,在时兹禾心中也有为鲍云彤了却其外公心愿的意思。时兹禾其实初到萧家就百思不得其解,为什么鲍云彤的母亲以及两个姨母在结婚后仍然住在娘家,而且一住几十年。这种情形在老家蚌山相当于入赘,没有极为特殊原因,通常不会出现,也不被大多数人所接受。时兹禾打心底里深爱鲍云彤,但不会因为爱而迁就这种女婿们住在岳丈家心安理得的生活。所以他早就想好,待所谓婚期或者蜜月结束,立即搬到公安局分配的宿舍。

时兹禾感到懊悔的缘故是他刚才的表述容易让人产生误解,推演开来如同在说他们同意大姨的搬家与分家的建议。搬家与分家对他而言完全是风马牛不相干的两件事。

时兹禾正想做出解释,没料想鲍云彤即刻接过他的话说道:"我们俩都赞同大姨的想法。至于分家,那是老辈子的事情,与我们无关。"鲍云彤的话让时兹禾顿感释然,暗想自己果然命好,能有如此明事理的媳妇,又知道何时出面为丈夫补台。抱得美人归本就是天大的福气,再加上"女子贤能如明月,满怀柔情似春风",他讨得人生多大的便宜?

出乎萧万芳意料的是,萧万华与晏传安夫妇爽快地赞同了大姐的想法。晏传安还补充说,早该如此。具体说来就是三妹萧万琴与鲍柏年大婚完成那年,老爷子就该考虑分家之事,哪能等待如此之久?只是当初不了解老爷子的真实想法,担心贸然说出,惹老人生气。多亏自己提前有所尝试,去广州经营旅社相当于迈出了离家单过的第一步,虽说在外闯荡不算成功,重新回到昔日状态,但总算有过体验。更重要的是,儿子晏承德已经回到黔阳,迟早娶妻生子,下一代萧家人可以重新建立回家的概念,那就是看望爷爷奶奶。

时兹禾听后一愣,原来老辈人中也有与自己相同的想法。

鲍柏年说,与大姐和二姐两家不同,他们夫妇一向在家中帮助老爷子打理家事,并无在外谋事的机缘。他们可以外出寻找工作,或者做些小买卖,或者投身社会主义建设的高潮之中。好在鲍云彤已经成家,他们已然无牵无挂。

鲍云彤插话说,父母可以与他们一起生活,她和时兹禾两人工作,足以养活一家三代五口人。

鲍柏年笑道:"吾儿云彤此言差矣。我也是当年你外公择优选中的外埠女婿之一,学历与能力当在常人之上。我毕竟是学商科出身,做小买卖自食其力,绝无问题。"

萧万芳笑道:"做哪样买卖?鬼扯噻!萧家人最好别顶着商人的帽子,有句老话不见得对,在家里说说无妨,叫作'十商九奸',好说不好听。父亲虽然有些积蓄,但并非经商所得,本质上靠的是知识。我如今在教育局工作,可帮你问问是否有合适的教师工作。对啦,不如去你的母校任教。"

鲍柏年听到大姐如此说，兴奋地拍了一下大腿，站起身来说："那敢情好，我当年成绩优异，学校的确考虑过让我留校任教。我的最大优势是，不仅专业基础扎实，而且在众多黔阳籍教师之中，我的普通话肯定是一流的。"

萧宅是三合院布局，三面平房，一面为临街大门，影壁后面是庭院。正面平房居中的屋子为客厅。客厅依凭露天的院落采光，由于黔阳平素多为阴天，加上客厅两面靠墙之处摆放着明清样式的古旧书柜以及古董收藏柜，颜色暗旧，衬托得屋子有些昏暗。鲍柏年说完这话，赶巧阴霾散去，阳光霎时从客厅朝南两侧的窗子和打开的大门洒了进来，萧万芳顿时觉得屋内一下子明亮起来。她高兴地说："萧家人深明大义，不愧父亲多年教导有方。我先申明，我和老范不参与家产分配。二妹与三妹两家大可尽数平分。"

晏传安立即接过萧万芳话头说："大姐一家是老革命，觉悟甚高，可别忘了现如今我又回到财政局工作，怎么说也算一名国家干部。听说市政府正考虑在省府路那一带给我们盖一些公产平房宿舍，我和万华可以顺理成章地搬过去居住。更重要的是，我家承德身居重要岗位，严格说来，作为领导干部的家属，我们若是有了些许财产，并不是什么增光添彩的事情，所以我和万华也不参与家产分配。"

晏小楠一直没有吭声。一方面，他认为所谓分家是长辈之间的事情，与他和范青青、鲍云彤这一代人没有直接关系；另一方面，他的心绪复杂而难以言表，高兴之中夹杂着伤感与失落。他生于斯长于斯，在感受着这里的安逸、踏实与威严的同时，也在这里滋生了最初的人生体验。晏小楠清楚，无论如何，他都不算真正的无产者家庭出身，但谁都不能否认，将他有意无意推上革命之路的，正是这里曾经的主人——外公萧士余。晏小楠意识到家人们的目光都聚集在他的身上，显然都期待他的表态，便清了清嗓子，说："对我们全家而言,萧宅的确是一份遗产,也是一份珍贵的记忆。按照客观公正的说法,在这里生活的有革命者,有革命的同路人,有正直的人。不管身份如何,我们都受到过外公的影响。既然大家在分开后各有住处安身,我想不如将萧宅捐献给国家,或做图书馆,或做小型博物馆。我们全家也可以定期来到这里相聚,怀念一下我们曾经在这里的时光,怀念外公。"

　　家人们兴致高昂地将分家大事谈妥后,旋即展开了一场轰轰烈烈的搬家行动。萧宅门前巷子的左邻右舍纷纷探出头来,甚至走出家门,观看这虽不算壮阔却也气势不凡的场景。紧邻萧宅的那户人家中,一位白发苍苍的长者在用人搀扶下,感慨地望着眼前的场景,自言自语道:"老邻居走了,后人跟着就走了。"

　　用人在一旁附和道:"您的前一句没说错,后一句应当说'搬走了'。"

　　萧家人各归其所。

　　萧万芳与范福增夫妇及他们的女儿范青青、女婿平飞各有住处,这在萧家不是秘密。没人为此说过一句闲话,他们都十分尊重作为老革命的大姐与大姐夫,也十分关心仍旧作为军属的范青青,平飞所在部队参加完剿匪战斗后,依旧留在了黔东南。只是萧万华与晏传安夫妇以及萧万琴与鲍柏年夫妇暂且居住在各自儿女的宿舍。晏传安等待市政府分配住房,据说时间不会很久。唯有萧万琴和鲍柏年夫妇分得了老爷子的部分存款用于购买住房,其余存款暂时不做分配,一旦家人遇有大事急事,经过大家商议,可视情况支取。晏小楠补充说:"若国家遇有大事急事,建议亦可如此照办。"萧万芳笑道:"年轻一代想得更加周全。"

　　其实,搬家的当晚,萧家人在各自的居住地和暂住地,都悄悄地流下了眼泪。晏传安哭着对妻子萧万华说:"我之前曾经让父亲不省心。不管老爷子与我的想法谁对谁错,我都不能忘记,他待我恩重如山。"没有两个妹妹与妹夫在场,不必硬撑着做出一副端着样子的萧万芳哭得不能自已,不断重复着:"这件事我不做谁来做? 我做了这些,父亲会原谅我吗?"无论范福增怎么劝说,萧万芳都止不住哭泣。

萧家两代人都知道,他们这回真的与老爷子萧士余告别了。

是夜,悬月如钩,皎洁明亮,远远看去,仿佛挂在东山之上一般,照得街景如若披上一层白纱。

鲍云彤坐在床边,靠在时兹禾怀中呜呜地哭泣。她不敢放声大哭,担心已经入睡的儿子时建国听到。时兹禾用打湿的毛巾为鲍云彤擦去泪水,准备安顿她歇息。却见鲍云彤脸色转而变得苍白,开始阵阵作呕,就像吃了变质食物而出现反胃情形一样,眼看就要吐到地上。鲍云彤强忍着站起身,猛然冲出门外,跑到平房尽头公共水龙头下面的水池处呕吐起来。时兹禾吓了一跳,以为鲍云彤或许白天搬家劳累,加之因为萧家突然间风流云散而悲伤,引起身体不适,跟着跑了出去——

显然不及广州入夜后依旧喧嚣热闹那般,此刻的黔阳街头虽然亮着路灯,却看不到多少人走动,更没有黄包车的影子。时兹禾不由分说背起鲍云彤朝医院跑去。那家医院正是鲍云彤上班的地方,时兹禾结婚前便去过多次,熟门熟路。趴在时兹禾背上的鲍云彤贴着他的耳畔说:"毛头,快放我下来。孩子一个人在家,我不放心。我猜想身体没多大关系,这会儿感觉好多了。"

时兹禾说:"别操心孩子,他已经睡了。我们去医院做个检查,如果没大问题,很快就回来。"

值班的是个中年女医生,见鲍云彤来到医院,以为过来接班,抬头看看墙上医护人员排班表,并没有她的名字,十分纳闷,正要询问原因,时兹禾急忙说道:"刚才好好的,突然呕吐,症状出现得很急。"女医生立即为鲍云彤做了检查,没发现什么问题,凭借经验,问及鲍云彤近期经期情况。身边站着丈夫时兹禾,鲍云彤的面孔腾地变得通红。时兹禾赶紧转身出去。鲍云彤这才说有日子没来了,只是这种情况以前出现过,没有当回事。女医生笑了,冲着外面的时兹禾喊道:"好奇怪哟,你这个做丈夫的回避哪样?赶紧带你老婆做尿检,要有思想准备哟!"

慒慒懂懂的时兹禾更觉紧张,不知道鲍云彤患了什么急症,急忙扶着鲍云彤欲向厕所走去。倒是鲍云彤听到医生问话,心里有了数,毕竟自己是做护士的,没少遇到这种情况,便甩开时兹禾的手,娇嗔地说:"我自己去就行,你一个大男人怎么好去女厕所?"

少顷,女医生看了化验单,笑呵呵地对时兹禾说:"莫担心哟,啥子病都没得。恭喜啦!你家鲍云彤怀孕啦!"

欣喜若狂的时兹禾有些手足无措,回到家后,鸡啄米般一下下地亲着鲍云彤的面颊,念念有词地说:"幺儿,你可真行,这么快就有了收获?"

鲍云彤臊得满脸通红,羞赧地说:"毛头乱讲,我一个人再怎么行也白搭,你这个做丈夫的也行哟!"

时兹禾连连点头,由于愉悦带来了精神上的放松,很久没有流露的蚌山口音竟然脱口而出:"哪个讲不是的呢?"

鲍云彤的本意是说,女人怀孕自然是男女共同作为的结果,时兹禾想到的却是两人自重逢以来,鲍云彤的"失而复得"在他心中引发的惊喜——那是一种从将信将疑到喜出望外,再从大喜过望到爱不释手的心境演变过程,混杂着极度兴奋与如获至宝的情绪。婚礼准备得仓促怨不得别人,若非时兹禾的执意要求,按照萧家人尤其是鲍柏年的考虑,这等人生大事无论如何也得诸事齐备之后方可进行。

时兹禾打算身穿军装出现在婚礼现场的理由虽然冠冕堂皇,但从他涌动着澎湃激情的内心来说,他一天都无法等待。从新婚之夜开始,时兹禾就像个执着且忙碌的农人,几乎放弃歇息的机会而每日在肥沃的土地上耕耘。他不觉得他的行为是贪恋女色的本能表现,或者就像普山军营中那些如饥似渴的小伙子,遇到新媳妇突然来队探亲所表现出的瞬间爆发力。时兹禾只是坚定地认为,只有将他与鲍云彤时时地交融在一起,她才不会再从他身边消失。

倒是鲍云彤不时地嗔怪时兹禾,说:"毛头,可别累着!来日方长,干吗总这样?"

每当这时,时兹禾就会甜蜜地吻住鲍云彤的嘴唇,不让她言语。

所谓"天弓拨其弦,平地跃虎狼",也算是顺天应地,恰逢其时,时兹禾强烈的爱意和火热的激情很快产生了结果。

热情高涨的时兹禾不仅尽享着婚后生活的甜美,也在正式成为公安民警后,表现出了空前的工作主动性与积极性。

晏小楠根据时兹禾的学历与特长,一开始将他留在局机关从事与文字起草相关的业务,而时兹禾对警察的最初印象来自蚌山曹山湖派出所的赵传勇。他总觉得自己作为崇正教会学校的游泳健将,第一次遭遇马失前蹄,便是险些在横渡曹山湖时溺水。那个在蚌山以"疤叔"著称的老警察赵传勇在关键时刻搭救了他,帮他换衣,为他买来早点,给他讲述人生道理。某种程度上说,他的理想形成的参照系就是那个面积不大的派出所。所以,时兹禾很快递上书面申请报告,要求去派出所担任户籍警。

这让晏小楠很是意外,他在时兹禾的申请报告上签下"同意"字样的时候,还以为他的这位表妹夫是希望在基层得到锻炼,惊喜当中也感到敬佩。晏小楠跟那位分管干部工作的局领导说:"我的那位当年的部下不愧为在部队经受过锤炼,思想觉悟蛮高,别人都想调来机关,他却愿意去基层。"分管干部工作的局领导其实知道,晏小楠副局长与时兹禾除了在部队时是上下级关系,还有一层姻亲关系,但他并没有说破。因为让他感慨的是,这两人当中,一个愿意放弃机关相对舒适的工作环境而主动去基层派出所,另一个立即予以批准。一个甘于吃苦,一个不徇私情。所以他在晏小楠面前毫不隐瞒自己的想法,说:"这样肯去基层的民警是我们需要认真培养的好苗子。"晏小楠笑道:"我只管使用,是否提拔与培养,那是你的事情。"

理想得以实现,工作得心应手,家庭美满幸福,时兹禾此时才想到目前唯一的缺憾就是许久未见到父母。他掐指一算,自己离开蚌山已经整整六年了,当年十九岁的大小伙子俨然成为二十五岁的成熟青年。其实,时兹禾心知肚明,他面临最大的问题是一直没有将他结婚这件大事禀告二老,更不用说按照传统习俗父母要为他的婚姻大事做主。父母在与他通信时多次提及此事,时兹禾总以工作较忙为由加以推托。纸终究包不住火,时兹禾认真掂量过,在告知与暂且隐瞒之间权衡了好一段时间,最终决定找一个合适的时间回到蚌山当面相告。

症结当然并非在于他未经父母同意擅自在外地讨得媳妇。时兹禾上初中时就听母亲唠叨过父亲的事情。当年苏北老家的祖父时康仁三番五次要求父亲时昭明从上海返回老家相亲,而父亲却不管不顾地在上海相中了做舞女的母亲,对祖父的劝说未予理睬。尽管祖父与父亲之间因此僵持了许久,甚至断了联系,直到时兹禾出生,父亲以让祖父为孙子起名为由写去信,才让僵局得以缓和。父亲的经历让时兹禾对自己的决定有了信心,暗想:父亲前车之辙,儿子后车可鉴。想必很久很久之前的祖父在年轻时也有过类似举动,至少与他的长辈有过抗争。一代又一代的时家人不就是这样走过来的吗?而且似乎后浪卷起的浪头比前浪更高。大不了届时自己多费些口舌做出解释,再不济干脆带着鲍云彤一起下跪请求父母宽恕也未尝不可。

时兹禾担心的是时建国之事恐怕一言难尽,天底下哪有头婚的新娘子嫁过来带着一个孩子？况且这孩子也不是媳妇亲生的。无论如何，这种事情单凭写信是说不清的，而企望通过打长途电话加以说明也不切实际，费用昂贵不说，那边万一动了火气，在电话那头嚷嚷起来，不但于事无补，还会平添烦恼，弄不好还像祖父与父亲那样有了心结。结婚与时建国的存在虽然是两件事情，但必须同时禀告。换句话说，不管婚事在哪里举办，作为婆家的父母两人，都要到场参加。假如父母千里迢迢来到黔阳，总不能让时建国避开，而若在蚌山家中举办婚礼，亲朋好友前来祝贺，见到时建国在场，都会询问孩子的来历以及事情的缘由。时兹禾虽然是读书人出身，口才了得，但他完全可以想象，在那个场合，他即使浑身长满嘴，也很难在短时间内说清道明，因而至今也未告知父母。

鲍云彤并不完全知悉时兹禾的心思，三番五次地提出尽快去蚌山拜见公婆。时兹禾支支吾吾地不置可否，以至于最后鲍云彤流露出不快的表情，说："毛头，是不是我这个媳妇实在拿不出手，让你十分为难？"

鲍云彤的这句话促使时兹禾下定决心开始制定去蚌山的计划。

首先，时兹禾迅速打开地图查看了一家人去蚌山的路线和需要搭载的交通工具。他发现，经由与黔南近邻的桂北金龙江，再转乘火车是最佳选择。这与他当年从广州来时的路线有相当一段是重叠的。一想到金龙江，时兹禾不免心潮起伏。假如此番行程的计划最终敲定，途经金龙江时说不定还可以与鲍云彤一起去那家小客栈重温旧梦，虽说他们当时在那里并没有做出什么出格之事，但同床共枕的几天时间正是他们情感升温的关键时期。也正是在那里，他与鲍云彤失去了联系。

其次，时兹禾要向所里及局里的两级领导请假。依照规定，普通民警因事请假，派出所领导批准即可，但民警身份终究特殊，跨省外出，还需得到局里领导的批准。晏小楠因此获知时兹禾终于决定回蚌山探亲,如烟往事一下浮现在脑海之中,于是专门利用周末休息来到时兹禾的住地——公安局的那几排平房家属区。

晏小楠没想到鲍云彤将两间住房的一间布置成了客厅,而且收拾得齐整利落。虽然赶不上萧宅那般阔大,但十分温馨。一个方凳上面搭上一块粉色手帕,变成了可以置放水杯的茶几,而另两个方凳上则垫上了缝纫机轧制的棉坐垫,坐上去感觉蛮舒适,好像不次于外公家的太师椅。最让晏小楠吃惊的是,靠墙置放的方形餐桌上居然摆放着一台刚刚出产的红星牌收音机。

晏小楠笑着说:"小时,你好有福气,娶到我们家幺儿。我一直以为娇生惯养的幺儿不会做家务,想不到她把家里打理得这么井井有条,一尘不染。"

时兹禾诺诺笑着,以为回答。

鲍云彤笑着对晏小楠说:"表哥瞧你说的,萧家就我们两个人外出念过书,离家念书本身就是一种磨炼,以前不会的慢慢都会了。"

鲍云彤说罢拉着时建国去了隔壁的卧室,留下他们两人说话。

晏小楠看着坐在对面小凳子上的时兹禾,有些恍惚,好像又看到几年前他在匆忙之间跑进普山军营时狼狈不堪且神色慌张的样子。晏小楠记得很清楚,他和平飞为范福增送行,吉普车停在营区大门外,从远处飞驰而来的马拉婚车装扮得花枝招展,格外耀眼,一下子吸引住他们的目光。时兹禾从那辆婚车上跳下来的时候,在地上栽了一个大跟头,起身后稍有迟疑,然后慌不择路地朝营区大门跑来。当年那个看上去稍显稚嫩的时兹禾,如今脸上显露着坚毅的神情,在米黄色警服的衬托下,看上去成熟了许多。

晏小楠感慨地说:"你那时若听我的话返回蚌山,今天的所有情形都不一样了。所谓造化弄人,我以前只是当作一个说法,原来在我们的生活中无处不在。先不说过去与现在我们是战友,假如不是你的坚持,我肯定就少了一个你这样的妹夫。我在想,你回到蚌山后,也可以看看那边的情况。如果你依然思念故土,愿意与父母生活在一起,也可以考虑将来调到那边工作。当然,今非昔比,幺儿需要与你随调喽!哈哈!"

时兹禾一愣,他可是从来没想过这样的问题呀!

闪念

紧张得满头大汗的时兹禾推着人力三轮车送鲍云彤去医院生产,他不敢骑行,担心稍有颠簸或晃动让鲍云彤更觉难受。六岁的时建国并没有听从时兹禾的叮嘱留在家中,而是跟在三轮车旁小步疾走着一同前往。妇产科医生原本告诉时兹禾,鲍云彤的预产期在入伏的前一天,凭借经验,前后不会相差一两天。赶上周末休息,时兹禾正在平房屋外搭建的简易炉灶上做饭,忽听时建国在屋里呼唤,急忙进屋,发现鲍云彤正在呻吟。时兹禾意识到妻子的生产可能提前,只是实在没有想到竟然会提前二十来天。他不知道这算不算早产,急得心急火燎。幸好时兹禾心思缜密,早早借了一辆三轮车放在家门口,以备不时之需。来不及通知鲍柏年和萧万琴,时兹禾便在车上铺上厚实的被褥,扶着鲍云彤坐上三轮车。

为了分散鲍云彤的注意力,时兹禾一边推车一边以逗弄的语气问时建国:"球球,妈妈要给你生个妹妹,你喜欢吗?"

没等时建国回话,坐在车上的鲍云彤插话说:"别跟球球没有依据地乱讲,万一生个弟弟呢?"

时建国的语气像个小大人:"不管妈妈给我生个妹妹还是弟弟,我都是大哥哥。"

鲍云彤笑了,说:"球球说得对,你以后在家就是大哥哥,要给弟弟妹妹做表率。"

时建国说:"妈妈放心,以后只要你和爸爸不在家,我来照顾弟弟妹妹。"

时兹禾目视着前方,对鲍云彤说:"云彤,你知道吗,球球讲话的语气和样子,如果我们老家的人见了,会戏称他为'老人精'。"

时兹禾与鲍云彤有约定,在孩子球球面前,不能互称爱称或小名。因为有一次两人聊天时彼此不慎唤了"毛头"与"幺儿",时建国为此询问了好多次,为什么在妈妈口中时兹禾成了"毛头",而爸爸却将妈妈唤作"幺儿"。球球说,他记得老祖祖活着的时候把妈妈叫作"幺儿",那因为老祖祖是长者。爸爸和妈妈是同辈人,怎么能像老者那样称呼对方呢?

时兹禾为这事琢磨了许久,最后才意识到爱称与小名有所不同,但一时半会儿又没法跟球球讲清楚,只好用打岔的方式转移了他的注意力。从此,时兹禾在球球面前称鲍云彤为"云彤",而鲍云彤则把时兹禾唤作"老时"。有一次趁球球睡着,鲍云彤和时兹禾躺在床上说悄悄话,鲍云彤告诉时兹禾,他的名字着实拗口,呼唤全名少了亲切感,省去姓氏又觉得难以启齿——不是有什么见不得人的那种难以启齿,而是真正的张不开口。"兹禾——"鲍云彤试着唤了一下,然后自己笑了起来。时兹禾说:"你叫我老时吧,至少与你表哥的'小时'叫法有所区别。"

鲍云彤的生产,让时兹禾长舒一口气,他觉得终于无须纠结了,现在有了充分理由可以把去蚌山探望父母的计划向后推迟。再找个合适机会,带着鲍云彤与两个儿子一起"浩浩荡荡"地返回蚌山,让父亲时昭明与母亲赵翠娥十二万分地惊喜一下——当年为考学独自一人离家的毛头,如今拖家带口地回来省亲。老时家人气依然蓬勃兴盛。

为了这个不算遥远的目标,时兹禾当时只能靠频繁给父母写信,以各种理由说明自己暂时无法回家的原因。信写得越来越长,理由编撰得越来越充分。时兹禾知道,在真正踏上返乡之旅之前,他跟父母所说的一切,分明都在扯谎。即使如此,他也确信,当有朝一日父母亲眼看到姣美贤惠的儿媳妇和两个乖巧的孙子站在眼前并因此露出快慰神情的时候,那个吹了许久的谎言泡沫便可以在一片祥和的氛围中破灭。

那天,时兹禾因为调解邻里纠纷之事拖延到夜半方才回家。估摸家人们已经入睡,站在门口的时兹禾停下了脚步。他想起孩子出生后不久,鲍云彤躺在产房的床上含情脉脉地问他:"我们的头一个儿子,我们家的第二个孩子,你打算给他起个什么名字?"时兹禾果断地说:"这一年国家最大的事情莫过于在印尼的万隆参加了亚非盛会。既然球球起名为时建国是为了纪念我们在国庆节结婚,索性给小儿子也起个有纪念意义的名字,叫时亚非吧。"

休完产假的鲍云彤已经上班,她的父母萧万琴、鲍柏年搬过来帮忙打理家务——白天照看刚刚三个月的时亚非,晚上则在客厅临时添加的床上带着时建国一起睡觉。萧万琴说:"球球该上学了,届时我们再搬回去,让球球一个人睡在这里。"

时兹禾仍然没有开门进屋,他转过身来,举头仰望当晚的明月,秋风习习之中,一股暖意涌上心头。时兹禾有种难言的感动,自言自语地轻声说道:"俺爸、俺妈,用不了多久,我就要带着建国和亚非回去看望您二老了。"

时兹禾蓦然觉得自己肩头搭上来一只柔软的臂膀,鲍云彤此时站在身边,娇嗔地说:"毛头,你不带我一起去吗?"

深秋时节,刚刚换穿上五五式警服的时兹禾精神抖擞地跑完外勤回到派出所。上个月,他刚刚从户籍室调到治安股担任股长,每日的外勤任务明显增多。他与户籍室那些同事相处了两年多时间,很有感情,只要有时间,都会进来与他们打声招呼。

时兹禾正要走进户籍室，正巧一位女士朝外走出，差点与他撞个满怀。时兹禾一闪身，连忙给对方让路。两人错身之间，一阵雪花膏特有的香气飘来，时兹禾嗅了一下，觉得除了雪花膏的气味，好像还有一种熟悉的味道。他回身一看，女人已经匆匆离去。女人烫着微卷的波浪发型，身材高挑——如此身高的女人在黔阳很难见到。时兹禾心中一惊，难道是她？

时兹禾赶紧问办理业务的民警："刚才那位女士办什么业务？"

民警看到时兹禾，立即站起身说："办理户口，来了好几趟。"

时兹禾问："上户口干吗要好几趟？"

民警说："她是黔阳钢厂的工人，之前是临时工，按规定只能办理暂住证。最近钢厂扩编，她转为正式职工，符合上户口的条件。"

时兹禾问："那人叫什么名字？"

时兹禾负责治安工作，民警以为他有事情需要了解，连忙说："时股长，她叫莫黛，苗族，住址是……"

时兹禾摆摆手，说："不用，不用！"说罢，他转身朝莫黛走去的方向追去。

正是夕阳西下时分，灿烂的阳光迎面照来，有些晃眼，时兹禾看到了走在远处的莫黛。她的背影在阳光的衬托下，略显昏暗，但头顶与身体两侧却沐浴着光亮，稍长的头发随着匆匆行走的步态微微摆动着，显得十分飘逸……

314